OLIVIER COJAN

Ancien instituteur, Olivier Cojan se consacre à ses deux passions : la lecture et l'histoire du XXe siècle. Avec la saga *Le pays où vont mourir les rêves*, il construit une fresque qui met en scène plusieurs familles en intégrant avec habileté toutes les tragédies du siècle précédent à Saulnières, petit coin de campagne où il a grandi. À ce jour, Olivier Cojan a publié quatre tomes de la saga : *Dernières nouvelles du monde*, *N'oublie jamais*, *De toutes nos forces* et *Ainsi finit la nuit*, chez Ella Éditions. Le cinquième tome est en cours d'écriture, il y en aura six au total. *Le Grand Voyage de la* Marie-Amélie, un roman historique poignant sur le commerce triangulaire, a paru en 2019 chez le même éditeur.

LE GRAND VOYAGE
DE LA *MARIE-AMÉLIE*

DU MÊME AUTEUR
CHEZ POCKET

LE PAYS OÙ VONT MOURIR LES RÊVES

1. LE PAYS OÙ VONT MOURIR LES RÊVES
1898 – 1918
2. LE PAYS OÙ LES RÊVES PRENNENT VIE
1926 – 1946

LE GRAND VOYAGE DE LA *MARIE-AMÉLIE*

OLIVIER COJAN

LE GRAND VOYAGE DE LA *MARIE-AMÉLIE*

ELLA Éditions

ISBN : 978-2-266-31269-1
Dépôt légal : janvier 2021

À tous ces enfants, à toutes ces femmes
et à tous ces hommes qui, de par le vaste monde,
ont à souffrir du mépris, de la cruauté
et de l'humaine indifférence.

Quand la sueur de l'Indien se trouva brusquement
tarie par le soleil
Quand la frénésie de l'or draina au marché la
dernière goutte de sang indien
De sorte qu'il ne resta plus un seul Indien aux
alentours des mines d'or
On se tourna vers le fleuve musculaire de l'Afrique
Pour assurer la relève du désespoir
Alors commença la ruée vers l'inépuisable
Trésorerie de la chair noire
Alors commença la bousculade échevelée
Vers le rayonnant midi du corps noir
Et toute la terre retentit du vacarme des pioches
Dans l'épaisseur du minerai noir
Et tout juste si des chimistes ne pensèrent
Au moyen d'obtenir quelque alliage précieux
Avec le métal noir tout juste si des dames ne
Rêvèrent d'une batterie de cuisine
En nègre du Sénégal d'un service à thé
En massif négrillon des Antilles
Tout juste si quelque curé
Ne promit à sa paroisse
Une cloche coulée dans la sonorité du sang noir

René DEPESTRE,
Minerai noir, 1956, Présence africaine

I – Novembre 1741

Les quais de Nantes

— Simon Levrault, chirurgien ?

Il lut jusqu'au bout, sans se presser, le document que je venais de lui remettre de la part des négociants armateurs Trottignon & Lecourbe : c'était le contrat de mon engagement comme chirurgien sur la *Marie-Amélie*.

— Qu'est-ce que vous connaissez aux Nègres ?

— Je n'en ai pas encore examiné, je n'en ai même jamais vu ! Mais j'ai appris à palper les corps, j'ai étudié l'anatomie humaine, l'anatomie comparée et la pharmacopée classique. J'ai exercé comme chirurgien ambulant. Je suis capable de soigner des Nègres, dans la mesure du possible évidemment.

— Il ne s'agit pas de soigner les Nègres, il s'agit de trier les bons d'avec les autres. Il faut les deviner, comprenez-vous ? Les bons, ce sont ceux qui supporteront la traversée sans tomber malades, ceux qui seront encore bien vigoureux quand ils arriveront de l'autre côté, ceux dont on tirera le meilleur prix. C'est un métier, le tri. C'est pour ça que vous êtes engagé, pour trier et pour veiller sur ceux qu'on a achetés jusqu'à ce qu'on les revende…

— C'est ce que m'ont expliqué MM. Trottignon et Lecourbe.

Burgelin prit le temps de lamper une longue rasade de vin. Il me recevait chez lui, dans sa belle maison de famille, après l'heure du déjeuner. De son fauteuil, il pouvait surveiller l'activité sur le quai, au bord de la Loire. On devait être en train de charger et d'arrimer la cargaison du troc dans les cales et l'entrepont de la *Marie-Amélie*.

Deux petits garçons blonds bouclés, charmants et bien mis riaient en jouant avec un chaton devant la cheminée. C'étaient les deux plus jeunes fils de Burgelin : veuf, il s'était remarié avec la fille d'un autre capitaine négrier. La traite restait toujours plus ou moins une affaire de famille.

On s'essayait à jouer du clavecin dans la pièce d'à côté, le jeu était hésitant. Le musicien ou la musicienne butait sur les passages difficiles et reprenait. Un bref instant je songeai à Laurette, qui prenait sa leçon de musique au château. L'été, quand je rentrais du séminaire, je l'attendais sagement assis dans l'antichambre. Les mains posées sur les genoux, j'entendais le clavecin. La même paix, la même tranquillité habitaient ces instants enfuis depuis longtemps. En ce bel après-midi d'automne, dans la douce quiétude de sa confortable maison, le capitaine au long cours Burgelin goûtait aux joies toutes simples de la vie de famille.

— Les armateurs n'y connaissent rien pour ce qui est des Nègres. Ils s'y entendent surtout pour faire les comptes au retour… Si on revient !

Le capitaine Burgelin était un homme d'environ quarante-cinq ans, chauve et grassouillet, d'aspect négligé. Il était mal rasé, sa cravate godaillait, son pourpoint était plein de taches et sa chemise tire-bouchonnait aux poignets. Je n'aimais pas sa façon de me parler, sans me regarder.

— Presque tous les bateaux reviennent, me permis-je d'objecter, les naufrages sont rares. Le plus souvent, les navires négriers bouclent leur « Grand Voyage » en moins de deux années pleines !

Burgelin n'aimait pas qu'on le contredise, le dernier mot devait toujours être le sien.

— Les bateaux reviennent, mais les équipages ne sont jamais au complet, il y a de la perte. La traite est un métier dangereux ! On pense tous qu'on va revenir, me répondit le capitaine de la *Marie-Amélie*. Sinon, on ne partirait pas...

— Sur les quais, il se dit tant de choses sur les voyages des bateaux négriers ! Les fièvres des tropiques semblent bien plus dangereuses que la traversée de l'océan...

— Je ne sais pas ce qu'on raconte dans les tavernes, me coupa Burgelin, mais j'ai vu les maladies du golfe de Guinée régler leur compte, en deux temps trois mouvements, à des gars qu'on pensait solides comme des rocs.

J'avais bien compris qu'il valait mieux me taire et le laisser discourir. Il me rendit mon contrat avant de continuer :

— Sans compter que l'océan réclame son dû de matelots et de Nègres à chaque traversée. Il faut avoir de la chance pour revenir jusqu'à Nantes : si vous craignez le danger ou que vous n'êtes pas chanceux, il vaut mieux passer votre chemin et rester à terre, monsieur Levrault !

Burgelin semblait vouloir me décourager d'embarquer à son service. Sans doute me jugeait-il trop tendre et trop peu aguerri pour courir l'aventure de la traite avec lui. Peut-être en avait-il pris son parti ?

— Je fais dire une messe à l'église Saint-Nicolas-sur-le-port à la veille de notre appareillage, reprit-il, tâchez d'être là. Les matelots sont superstitieux. Ils sont tous mauvais chrétiens, mais l'absence du chirurgien du bord à la messe d'action de grâces au moment du départ serait pour eux un mauvais présage. Nous devons nous mettre sous la protection du Très-Haut, pour qu'il nous assiste et que notre entreprise soit couronnée de succès.

— Bien sûr, monsieur, j'assisterai à la messe…

Depuis ma fuite du petit séminaire, je m'étais rangé dans la catégorie des sceptiques, mais je ne voulais ni déplaire au capitaine de la *Marie-Amélie* ni en aucune façon chagriner son équipage. Je fis donc mes dévotions avant de prendre la mer.

*

Je m'appelle Simon Levrault. Je venais d'avoir vingt-cinq ans quand je suis parti pour cette expédition sur la côte des esclaves, et par la suite jusqu'aux Indes occidentales. J'étais chirurgien, diplômé du collège d'anatomie et de chirurgie d'Orléans. J'y avais été accueilli sans le sou, mais avec beaucoup de bienveillance parce que je m'étais enfui du séminaire et que mes maîtres s'opposaient à l'intolérance sourcilleuse de l'Église. Je n'avais aucune disposition pour devenir prêtre. Sans compter qu'à regarder vivre et agir les bons pères, j'avais perdu la belle foi naïve de mon enfance.

Il faut beaucoup travailler pour acquérir les compétences indispensables à l'exercice de mon art. Il n'est pas donné à tout le monde de pouvoir soigner : il y faut de l'intuition autant que de savoirs. Après avoir satisfait à toutes les connaissances exigées par mes maîtres, j'avais obtenu de me prévaloir du titre de chirurgien.

Je n'avais pas idée de la meilleure manière de conduire ma vie ni où elle pourrait bien me mener, mais j'étais plein d'espérance. Il n'était pas question de revenir sur les lieux de ma déconvenue amoureuse et de mon humiliation. J'avais la bougeotte, j'étais devenu praticien ambulant.

Ma connaissance du métier faisait merveille. J'exerçais mon art ici ou là. Je fréquentais les arrière-cours des taudis où s'entasse la multitude des pauvres et des mendiants des villes. Il m'arrivait parfois de visiter les maisons cossues des gros bourgs de province où on me réclamait. Je soignais, je recousais, je trépanais, j'opérais, j'amputais et, à l'occasion, j'arrachais des dents contre un repas chez les traîne-misère ou quelques beaux écus chez les marchands et les rentiers. Il m'arrivait aussi très souvent d'assister des femmes en couches, quand des matrones ignorantes s'avéraient incapables de mener à bien la venue au monde d'un enfant récalcitrant à quitter le ventre maternel. On me disait habile et on louait mon jugement dans l'examen des souffrances humaines autant que ma façon de palper les corps ou les organes perclus d'humeurs.

Il arrivait que l'exercice de mon art me valût des applaudissements. Un arrachage de dent bien conduit, aidé par trois ou quatre costauds pour immobiliser mon patient, pouvait être salué par une salve de hourras dans une grange fermière ou dans la salle d'une auberge. Je faisais toute une pantomime autour de ma « victime » du jour en brandissant mes instruments, en roulant des yeux pour amuser les enfants et effrayer les femmes. Ensuite, un de mes assistants complices passait dans le public avec mon chapeau à la main pour recevoir en petite monnaie le prix du spectacle. Ce n'était pas la plus prestigieuse manière de pratiquer la chirurgie, mais je prenais plaisir à faire le saltimbanque.

Cependant, j'aspirais à une autre vie. Il n'était plus question de revenir sur mes pas, je n'avais d'autre choix que d'aller devant moi, à l'aventure en quelque sorte. En quête de bonne fortune, j'avais dirigé mes pas vers Nantes, la grande commerçante célèbre dans tout le royaume, si ventrue et si prospère. On disait alors de la grande ville du fleuve de Loire qu'elle était bâtie sur du sable et sur du sucre. Qui peut prétendre ne pas aimer le sucre ?

*

— Jeune et bien fait comme vous êtes, vous devriez plutôt vous marier, monsieur Simon, me disait ma logeuse.

Cette femme de bon conseil avait souci de mon avenir, elle se désolait de me voir brûler par les deux bouts la chandelle de ma jeunesse.

— C'est une idée commune à bien des gens de se marier, madame, mais je n'ai pas encore le goût de prendre femme. Elle aurait trop vite fait de me donner une ribambelle de marmots que je serais bien en peine d'élever.

De manière insidieuse, mon amour pour Laurette continuait de vivre dans un recoin de mon esprit. Je répugnais à la laisser sombrer dans l'oubli et à abandonner tout espoir de la revoir jamais. Les blessures de la désillusion et du dépit sont souvent plus longues à guérir que les plaies du corps, on ne peut ni les cautériser ni les recoudre.

— À faire le malin et à courir de droite et de gauche comme vous le faites, vous resterez tout seul, me disait-elle en riant. Le temps n'épargne personne… Quand vous commencerez à perdre vos dents et vos cheveux, les jouvencelles ne voudront plus de vous !

Je fanfaronnais. Sans doute est-ce dans la nature des jeunes gens, toujours assez sots pour croire que la vigueur et l'agrément de leur personne leur sont indéfiniment dévolus. Je ne pus m'empêcher de plastronner un peu :

— Qu'importe la vieillesse, je ne suis pas même certain d'y arriver. Pour ce que j'en connais, la vie est tellement incertaine et fragile qu'il me répugne de regarder si loin.

J'avais fait des dettes chez cette brave dame. Les quelques écus que je grappillais ici ou là me filaient entre les doigts et je n'avais pas toutes les semaines le moyen de payer mon terme. Madame ma logeuse avait la bonté de me faire crédit. Le plus souvent, je laissais le peu d'argent que je gagnais dans l'un ou l'autre des innombrables tripots du port. J'y retrouvais quelques bons compagnons un peu canailles, le soir, pour boire, rire, jouer et, de temps en temps, finir la nuit avec une des belles catins qui hantaient ces lieux.

Malgré l'ancienne déconvenue amoureuse et la blessure d'orgueil qui s'en était suivie, je me sentais plein de la légèreté qu'autorise la jeunesse. J'en avais la conviction, la vie m'attendait, j'avais le désir ardent de m'en saisir. Je marchais droit devant moi, poussé par l'envie de suivre mon chemin pour découvrir le monde. Parvenu à l'embouchure du grand fleuve, je ne pouvais guère aller plus loin. Droit devant moi, il n'y avait plus que l'immensité. Il n'y avait plus que l'attirance pour le vide de la mer.

Il me fallait un emploi à ma mesure. Je n'ai pas cherché bien longtemps, il y avait à faire à Nantes, comme à La Rochelle ou à Bordeaux, pour un homme de l'art chirurgical. Je n'avais jamais rechigné à l'ouvrage, et las des expédients peu glorieux dont je tirais ma subsistance jusqu'alors, je lorgnais sur les confortables revenus que pouvait m'offrir mon état.

Je n'ai pas tardé à répondre à l'annonce de MM. Trottignon et Lecourbe, banquiers, négociants et armateurs qui cherchaient un chirurgien pour compléter l'équipage de la *Marie-Amélie*, le navire négrier qu'ils armaient pour un grand périple de la traite.

*

— *Ecce Agnus Dei qui tollit peccata mundi...*

L'inusable rituel des messes endurées au séminaire me revenait. À genoux, j'inclinai la tête, pour qu'à l'instant de l'élévation, la grâce du Seigneur, maître de toutes les destinées, voulût bien ruisseler jusqu'à nous, pauvres pécheurs, et apporter plein succès à notre entreprise commerciale. Je faisais preuve de bonne volonté.

— *Per ipsum et cum ipso et in ipso est tibi Deo Patri omnipotenti in unitate Spiritus Sancti omnis honor et gloria per omnia saecula saeculorum.*

— *Amen*, répondîmes-nous, pleins d'entrain, ou peut-être de crainte.

Encore une série de génuflexions, de répons marmonnés et c'en fut terminé. Je connaissais la liturgie par cœur. Au petit séminaire, j'avais ingurgité tant et tant de messes que je pouvais, à bon droit, estimer en avoir fait provision pour le restant de mes jours.

Dehors, il faisait encore nuit. Les hommes étaient tous venus à l'église. L'équipage de la *Marie-Amélie* s'était regroupé dans le chœur autour de l'officiant. Nous autres mis à part, la vieille église Saint-Nicolas-sur-le-port était presque vide. Il faisait un froid de gueux.

Notre capitaine, le maître d'équipage, l'officier subalterne et quelques matelots avaient reçu la sainte communion, mais la ferveur des autres marins semblait aussi tiède que la mienne. Burgelin avait raison, les matelots n'étaient là que par superstition, pour tenter de conjurer le sort et mettre toutes les chances de leur côté pour compter au nombre de ceux qui reviendraient.

*

Je ne connaissais rien de la mer. Quand on ne l'a jamais vue, on ne peut pas l'imaginer. À vrai dire, quand j'avais rencontré pour la première fois cette immensité mouvante, cette puissance vaguement hostile, toute cette vie presque monstrueuse m'avait effrayé. Enfant, j'avais essayé de me la représenter à travers les livres que j'avais le droit de feuilleter ou les gravures que j'avais pu voir dans la bibliothèque du château de Crécy. Mais mon imagination était restée très en deçà de la réalité prodigieuse de l'océan. Les premiers temps de mon arrivée sur la côte, j'allais jusqu'au rivage et je restais des heures sans rien faire d'autre que de contempler cet infini, majestueux et sans cesse en mouvement. J'aimais m'emplir les poumons de son souffle, m'étourdir de ses odeurs, m'enivrer du goût de ses embruns et de l'incessant fracas des vagues. Je restais immobile, vide de toute pensée, à regarder leur élan écumeux se briser sans fin contre les enrochements de la petite anse à pêcheurs de Saint-Nazaire. J'étais émerveillé.

J'étais inquiet, aussi. Ce monde inconnu de la mer et du lointain m'attirait et m'effrayait. J'étais curieux de ce qui m'attendait au long cours de ce « Grand Voyage », mais ce que je tentais d'en imaginer faisait lever en moi une sourde angoisse.

Jusqu'au jour de mon embarquement, je n'avais jamais posé le pied sur le pont d'un bateau. La veille du départ, j'avais apporté mes deux malles sur la *Marie-Amélie* : mes effets personnels dans l'une, ma pharmacopée et plusieurs gros traités de médecine indispensables à qui prétend soigner les maladies de l'Afrique dans l'autre. J'y avais aussi rangé avec le plus grand soin toute la collection de mes instruments de maître chirurgien. Je m'étais installé à la place qu'on m'avait allouée dans une des quatre minuscules cabines sous le gaillard arrière. J'allais partager ce réduit avec le maître charpentier et le tonnelier du bord.

— Vous verrez, ce sont de bons compagnons, m'avait dit le maître d'équipage. Vous auriez pu tomber beaucoup plus mal…

Privilège de sa fonction, le capitaine Burgelin avait une chambre pour lui tout seul, mais le second capitaine partageait son logement avec Barrault, l'officier subalterne. Quant à Le Scamf, qui m'accueillait à bord, il s'entassait avec un autre bosco et le commis aux vivres dans un cagibi pompeusement dénommé « chambre d'officiers ».

— Pouvoir occuper une chambre sous la dunette est une grande chance, reprit le vieux marin. Les matelots s'entassent dans un coin de l'entrepont et n'ont qu'un hamac pour deux ou trois.

Le Scamf me voyait manquer d'entrain à l'heure du départ. L'homme était affable. À sa façon, il entendait me souhaiter la bienvenue à bord en me faisant remarquer que je devais m'estimer bien heureux de ne pas être soumis à la rude promiscuité des hommes de l'équipage.

Nous étions tous serrés les uns contre les autres, la place manquait sur la *Marie-Amélie* : je ne le savais pas encore, mais au départ de Nantes, alors que je trouvais déjà notre entassement insupportable, nous avions nos aises.

La senteur épaisse de goudron, celle de crasse surie et de poisson pourri qui montait du fond de cale se mêlait à celle plus insidieuse du moisi et de l'entassement de toutes sortes d'ordures. Il s'y ajoutait aussi les fragrances indéfinissables de la cambuse et les exhalaisons de graillon de la cuisine du bord. Ce bateau puait d'un autre remugle, plus écœurant et plus indéfinissable encore.

— Aucune grande lessive ne peut venir à bout de cette odeur épouvantable, m'avait fait remarquer le maître d'équipage, elle imprègne tout le bateau. Il n'y a qu'en y mettant le feu qu'on s'en débarrassera.

Je ne savais pas encore nommer cette puanteur particulière qui hantait toute l'intimité de la *Marie-Amélie*. L'idée de devoir dormir et vivre des mois durant confiné dans cet espace étroit et malodorant me retourna l'estomac. Dans le même instant, une bouffée de désespoir s'emparait de tout mon être : n'avais-je pas fait preuve d'inconséquence en m'engageant dans cette hasardeuse campagne de la traite négrière ?

Au cours de notre longue pérégrination entre les trois continents, je finis par comprendre que tous les bateaux négriers puaient. C'est une odeur tenace dont il est impossible de se débarrasser. C'est au point que les autres navires de commerce prennent toujours bien soin de ne jamais se trouver sous le vent d'un bateau « négrier ».

*

Quand mes deux malles furent arrimées à la cloison, il ne resta plus guère d'espace pour remuer dans notre chambre. Ma minuscule couchette ne me permettait même pas de m'étendre de tout mon long, j'étais condamné à y dormir en chien de fusil ou bien assis. Les deux autres n'étaient guère mieux lotis. Brébeuf, le maître charpentier, était moins grand que moi, mais très trapu et musculeux ; il ne pouvait dormir que sur le flanc, sa couche ne pouvant le contenir en largeur s'il se posait sur le dos. Magoariec, le tonnelier, bien que court de taille et plus chétif de constitution que le charpentier, ne pouvait pas non plus s'allonger de tout son long dans son lit tant l'espace était réduit. Cet inconfort ne gênait en rien mes compagnons de chambre. Ils étaient de vrais marins, habitués de longue date à l'inconfort, à la puanteur et à la promiscuité, qui sont la règle sur les navires de commerce.

Après une dernière nuit de dissipation et de soûlerie avec mes amis dans un des bouges du port où nous avions nos habitudes, je m'apprêtais à quitter Nantes. J'abandonnais ma vie vagabonde et débauchée sans le moindre regret, elle ne m'avait apporté que de trop fugaces satisfactions. L'avenir m'appartenait, j'étais enfin reconnu comme chirurgien ! Pour la première fois, j'étais praticien de plein exercice, j'en éprouvais une sorte d'exaltation.

Quand j'étais arrivé à bord, on m'avait donné du « Monsieur » et les matelots s'étaient adressés à moi avec respect : j'en avais éprouvé un certain contentement. Bien que ne connaissant rien à la marche d'un navire, j'avais rang d'officier sur la *Marie-Amélie*. J'étais flatté de cette toute nouvelle considération. Néanmoins – sans doute est-ce dû à mon tempérament –, je ne pouvais me départir d'une certaine anxiété à devoir bientôt affronter l'inconnu.

Avant d'embarquer, j'avais aussi fait mes adieux à ma vieille logeuse. On ne s'était pas fréquentés bien longtemps, mais on avait pris plaisir à converser tous les deux. Elle semblait m'attendre quand, rentrant d'une nuit agitée, je la trouvais fourrageant dans sa cuisine. Sans doute avait-elle été belle autrefois, mais elle avait beaucoup vécu. Sa douce sagesse et son immense bonté me rassuraient. La vie nous gratifie parfois de ces sourires étranges : nous n'avions fait que nous croiser, mais elle avait de l'affection pour moi.

— On ne se reverra pas, Simon, m'avait-elle dit quand, une chandelle à la main, elle était montée se coucher. Je vous aimais bien. Vous allez me manquer !

— Et pourquoi ne se reverrait-on pas quand je reviendrai à Nantes ? Deux années sont vite passées.

— Parce que c'est ainsi, Simon ! On se rencontre et puis on se quitte ! C'est toujours la même chose. Après, on se souvient, mais le plus souvent, on oublie. Parfois même on regrette, mais ça ne change rien.

— Quel affreux pessimisme, m'exclamai-je, ce que vous dites me rend très triste !

— Gardez votre tristesse pour d'autres événements, elle ne changera rien au temps qui passe et nous sépare ! Vous êtes bien trop sentimental, mon jeune ami. Adieu, m'avait-elle répondu en me tournant le dos pour rejoindre sa chambre. Il y a trop de courants d'air dans ce maudit couloir, il n'est plus l'heure d'y faire la conversation.

*

La maison de commerce de MM. Trottignon et Lecourbe occupait tout un étage d'un bel hôtel particulier sur le quai de la Fosse. On devinait là l'opulence et la prospérité. Un valet emperruqué en livrée et bas blancs m'avait conduit jusqu'à une galerie richement meublée et décorée. J'y étais attendu. L'offre d'emploi de ces messieurs m'était apparue comme une aubaine, on s'accordait à dire dans les tavernes que les navires de la traite étaient plus fiables, tout vieux et exigus qu'ils fussent, que bien d'autres navires plus honorables dédiés au commerce de la mer. S'ils ne faisaient pas naufrage pour une raison ou pour une autre, on savait à peu près quand ils seraient de retour.

Les deux armateurs avaient pris la peine de me recevoir ensemble, assis dans de confortables fauteuils à hauts dossiers. Ils étaient solennels, bien portants, vêtus de pourpoints sobres, mais de très belle étoffe, et poudrés avec le plus grand soin. Ils respiraient la prospérité satisfaite d'elle-même, ils n'inspiraient guère la sympathie. J'étais resté debout : nous n'appartenions pas au même monde. Néanmoins, nous étions très vite tombés d'accord. Ils savaient de quoi il retournait, ce n'était pas la première expédition négrière qu'ils mettaient sur pied : ils avaient grand besoin de chirurgiens pour leur commerce, et je cherchais un emploi.

— Nous faisons plus confiance à un jeune chirurgien audacieux qu'à un vieux médecin timoré, avait commencé le sieur Lecourbe, qui me semblait le plus aimable des deux.

— Il y a tant de bateaux qui partent sur la côte de Guinée que certains n'emmènent qu'un vulgaire barbier pour procéder au choix des Nègres et veiller sur leur santé durant la traversée. Il faudrait interdire cette pratique, le commerce maritime des esclaves devrait être plus strictement réglementé par le surintendant des finances du roi.

L'indignation du sieur Trottignon paraissait on ne peut plus sincère.

— Nous vous engageons comme praticien de plein exercice, reprit l'autre armateur. C'est une grande faveur que nous vous consentons : un jeune homme comme vous devrait accomplir son premier embarquement comme aide-chirurgien.

— Je suis très honoré, balbutiai-je. Je saurai me montrer digne de votre confiance.

— Nécessité fait loi, reprit Lecourbe, n'y voyez aucune défiance à votre endroit, mais votre manque de jugement et d'habitude à choisir comme à trier au moment des premiers achats nous fera immanquablement perdre de l'argent… ainsi qu'au capitaine Burgelin. Un bon chirurgien de la traite est un chirurgien qui a fait ses preuves.

— Vous comprendrez, monsieur Levrault, enchaîna Trottignon, qu'il serait outrecuidant, vis-à-vis de votre honorable corporation, que vous soyez rémunéré comme un chirurgien expérimenté ayant déjà plusieurs voyages à son actif et qui serait de très bon conseil pour son capitaine…

On ne fait pas fortune par hasard : il faut être sans vergogne, il faut savoir rapiner partout et sur tout le monde pour devenir riche. Trottignon et son compère Lecourbe s'y entendaient pour gratter tout ce qu'il y avait à gratter sur un os : ils étaient très, très riches.

— C'est entendu, fis-je sottement au lieu de les planter là en attendant qu'ils me rattrapent et m'accordent la pleine rétribution de ma fonction.

Ils me firent signer un contrat rédigé dans un français alambiqué et bien difficile à comprendre. Toutes mes tâches et obligations y étaient répertoriées et détaillées. Ma rémunération et le montant des différentes primes offertes en fonction des bénéfices engrangés par mes employeurs étaient consignés sur le document. Il me fut aussi délivré un bel acompte sur mes futurs émoluments : il devait me permettre de quitter le port de Nantes libéré des quelques dettes que j'y avais contractées.

Le contrat précisait aussi qu'au cas où je ne reviendrais pas à Nantes, MM. Trottignon et Lecourbe seraient dans l'obligation de faire dire un certain nombre de messes pour le repos de mon âme.

Je pouvais partir tranquille.

En paix avec la loi, en paix avec le Ciel, les deux armateurs associés me congédièrent. Ils pouvaient vaquer à leurs petites et grandes affaires sans l'ombre d'un soupçon de remords.

Hiver 1760 – À l'hôpital Saint-Jean de Crécy-Couvé

— J'ai préparé le breuvage selon vos indications, Monsieur. Buvez-le vite, il vous fera le plus grand bien !

Je ne réponds pas à Jacquet, tant la fièvre m'égare. Le jeune domestique, qui me sert et m'assiste avec fidélité, m'a préparé une décoction de rhubarbe, de camphre et d'écorce de saule pour me soulager. Mais rien n'y fait, nos plantes d'ici sont impuissantes à combattre ces langueurs et ces fièvres, inconnues de ce côté-ci du monde ; elles me dévorent de l'intérieur, rien ne peut les entraver et encore moins les vaincre : elles prospèrent dans mon corps en toute liberté.

— Et puis soyez un peu sensé, remettez-vous au lit, Monsieur, et cessez de vous agiter sans raison !

Que sait-il de mes raisons, ce brave garçon ? Ma consomption le désole. Il me croyait savant, capable de contourner la maladie et sans doute de la terrasser. Je le déçois, je ne suis pas même capable de me soigner. Comment puis-je prétendre soigner les autres ?

— Vous vous entêtez à vouloir faire comme si tout allait pour le mieux, alors que cette fichue fièvre vient encore vous visiter. Soyez un peu sérieux, Monsieur, acceptez d'être souffrant comme n'importe lequel de vos patients !

J'ai voulu me remettre au travail et continuer d'écrire ce récit de ma vie entamé il y a quelque temps déjà. La belle affaire ! Voilà deux jours que cette maudite fièvre m'assaille, je ne peux mettre en ordre mes pensées. Je me suis levé, mais c'est pure folie. Je suis contraint de me recoucher et de grelotter au fond de mon lit sous trois édredons de plumes.

— Ne faites pas l'enfant ! Ce soir, la fièvre est plus forte que vous, laissez-la se fatiguer, il sera temps d'en venir à bout demain… ou après-demain.

Ce mal qui me consume à petit feu vient me narguer de temps à autre, il me met au défi de le vaincre. Je ne sais rien de ses secrets, comment pourrais-je le combattre ?

— Vous êtes un malade bien difficile, Monsieur ! Vous allez à rebours de tous les conseils que vous prodiguez à vos patients…

Mes mâchoires sont crispées par le mal qui m'assiège. Je voudrais dire à Jacquet de me ficher la paix. Il n'est d'autre issue que d'attendre la décrue de la fièvre, si elle veut bien décroître, en espérant que les ondes de ce mal sournois ne m'emportent pas en enfer.

— Vous pourriez faire l'effort de me répondre. Vous n'êtes guère accommodant avec ceux qui vous veulent du bien et cherchent à vous aider !

Seules les décoctions de plantes préparées par les sorciers nègres seraient capables de calmer les tremblements et les frissons qui me dévastent. Mais les chefferies de la côte de Guinée et toutes leurs maudites nègreries sont si loin, désormais, qu'écrasé par la fièvre j'en viens à croire que je les ai rêvées. Les hommes médecines et le fracas obsédant des tambours de la nuit n'existent plus que dans les plus affreux de mes cauchemars…

— Vous m'avez habitué à plus de civilité, Monsieur mon maître. Si je ne vous savais malade, je vous croirais fâché et en train de me battre froid !

Je ne peux articuler le moindre mot. Je barbote dans mes souvenirs, jusqu'à m'y noyer. Bien peu des Blancs qui s'en vont sur les côtes de Guinée échappent à cette malédiction. Beaucoup ne sont pas même revenus, ils sont enterrés et reposent là-bas, sous le soleil impitoyable où règnent les rois nègres et les féticheurs grimaçants du vodou.

— Je me vois contraint de parler tout seul ! Avouez que c'est tout de même un drôle de métier que celui d'être votre domestique ! Je me demande bien ce qui mijote dans votre tête et que vous gardez pour vous comme un secret.

Ne pourrait-il pas se taire, pour une fois, et me laisser errer dans mes souvenirs ? Sur la côte des esclaves, les cimetières chrétiens sont bondés. On y manque de place. Les rois nègres, tous idolâtres ou mahométans, ne concèdent que peu d'endroits pour les sépultures des baptisés au nom du Christ. Ils se méfient des Blancs, ils se méfient de toutes nos simagrées religieuses, de nos génuflexions, de nos bénédictions et de toutes nos prières, auxquelles ils ne comprennent rien. Même dans la mort, les Blancs et les Nègres sont séparés. Leurs os nettoyés et blanchis, que plus rien ne distingue, tout secs et cassants qu'ils soient, ne risquent pas de se mélanger.

— Vous avez la tremblote. Je vais vous aider à vous coucher. Je repasserai vous voir au mitan de la nuit. Je vous préparerai une tisane avec de la sauge et de l'extrait de quinquina, ça vous avait beaucoup soulagé lors de votre dernière crise.

Malgré le claquement de mes dents, je parviens à lui répondre. Jacquet, mon brave petit domestique, doit se pencher tout près pour m'entendre.

— On ne sait jamais ! Sauge et quinquina, avec un petit verre d'eau-de-vie pour fouetter le sang…

— Bien, Monsieur, je ferai comme vous dites… avec un petit verre d'eau-de-vie en sus.

II – Janvier 1742

À bord de la *Marie-Amélie*

— C'est affreux, tout est imprégné de cette effroyable odeur de moisi, de pourriture et de… je ne sais quoi !

Le Scamf ne me répondit pas tout de suite. Les matelots finissaient d'embosser la chaloupe du bord et le canot du capitaine sur leur chantier au milieu du pont, entre le grand mât et le mât de misaine. Pieds nus dans l'humidité glacée de ce petit matin d'hiver, les hommes s'activaient. On attendait le renversement de la marée pour se déhaler du quai et laisser filer la *Marie-Amélie* dans le courant. Un pilote du grand fleuve devait nous guider tout au long des douze lieues marines qu'il faut couvrir de Nantes au débouché de Saint-Nazaire sur l'océan. Il fallait une grande habitude de la navigation pour ne pas sortir du chenal qui conduisait vers la mer. Chargés comme nous l'étions, il n'était pas l'heure d'aller nous mettre au sec sur un des bancs de sable qui encombrent l'estuaire de la Loire et de risquer d'y faire naufrage.

Le capitaine Burgelin avait fait établir ce qu'il fallait de toile pour saisir les risées de la bise de terre qui nous glaçait jusqu'aux os. On se laissait porter en douceur vers l'océan par le courant du fleuve. C'était ce vent d'hiver et la marée descendante qui nous emmenaient sur les routes du grand large. Le Scamf avait l'œil à toute la manœuvre. Sans relâche il houspillait ses hommes, mais prenait le temps de me faire les honneurs du brigantin dont j'étais maintenant membre de l'équipage.

— Tous les bateaux ont une odeur bien à eux.

— Celle-là est bien difficile à supporter pour qui n'a pas le nez marin.

— Notre vieux navire a déjà beaucoup vécu, il sent très fort la saumure, le poisson et les Nègres qu'il a transportés. La traite pue que c'en est une malédiction, il faudra vous y faire, mais vous vous habituerez vite, m'avait-il répondu. Au bout de quelques jours de mer, on n'y pense plus, on finit même par l'oublier.

La *Marie-Amélie* était un brigantin armé pour la traite négrière de cent quatre-vingt-cinq tonneaux pour quatre-vingt-quinze pieds de long et douze pieds de cale. C'était un vieux voilier de haute mer qui avait déjà servi au commerce des harengs et du sel dans les mers du Nord entre l'Angleterre et le continent. MM. Trottignon et Lecourbe l'avaient acquis d'occasion avant de le faire transformer et aménager à peu de frais sur les chantiers de Paimbœuf. Pas besoin d'un bateau neuf pour l'usage auquel il était destiné. Il suffisait qu'il fût solide, rapide et assez maniable pour s'approcher tout près des côtes. Les gros navires de plus de deux cents tonneaux avec trop de tirant d'eau et peu manœuvrants ne valent rien pour la traite négrière. La *Marie-Amélie* était encore capable de virer pour prendre le vent avec seulement deux à trois brasses d'eau sous sa quille. Elle avait déjà accompli deux transports négriers entre les trois continents. Nos distingués armateurs l'avaient jugée assez vaillante pour un nouveau périple au long cours. Elle leur rapporterait de quoi tenir leur rang avec ce qu'il faut de dignité et d'aplomb dans le monde âpre et violent de l'argent roi. La caste des grands bourgeois de Nantes était un monde fermé, réservé aux fortunes les plus insolentes du négoce. Tous ces notables poudrés, parfumés et apprêtés avaient des intérêts dans la traite. Il va de soi que les armateurs négriers y tenaient les premières places. En toute bonne conscience, ces messieurs aspiraient à la reconnaissance de leurs grands mérites. Ils étaient prêts à tout pour accéder à la noblesse : la bonne ville de Nantes leur devait bien ça, et les richesses amassées grâce au commerce de la traite et du sucre leur permettaient toutes les ambitions.

— Vous verrez, la descente vers l'Afrique est la plus agréable, reprit le maître d'équipage, même si la mer est mauvaise, passé le sud de l'Espagne on se laisse porter jusqu'au golfe de Guinée. On peut bien rester sans bouger pendant un ou deux couples d'heures, mais on finit toujours par trouver un peu de brise, on n'a pas à craindre les longues journées sans vent de la grande traversée… et on n'a pas de Nègres à surveiller et à soigner.

— Pour ce que j'en sais, le grand calme est moins effrayant que la tempête !

— N'en croyez rien. Il n'y a pas pire que de rester des jours et des jours immobiles au milieu de l'océan à attendre qu'un peu d'air consente à gonfler nos voiles. L'enfermement de nos Nègres finit par les rendre fous. Ils deviennent encore plus dangereux et il faut être sans cesse sur le qui-vive.

Le Scamf était un vieux de la vieille, il connaissait la manœuvre et la mer comme pas un. Il avait déjà trois voyages vers la Guinée à son actif comme officier marinier et au moins autant comme matelot. Il savait de quoi il parlait. Lui s'y connaissait en Nègres.

— S'occuper des esclaves, les nourrir, les soigner et nettoyer l'entrepont, c'est comme se promener au milieu des barils de poudre dans la sainte-barbe avec une torche à la main ! On a tous la peur au ventre quand on descend chez les Nègres, et c'est encore bien pire quand on est encalminés pendant des jours à attendre le vent !

Le vieux marin était causant. Il voulait que je sache à quoi m'en tenir avec les Noirs de notre future cargaison.

— L'équipage est doublé sur les navires négriers. Dix-sept ou dix-huit matelots suffisent pour mener un brigantin sur la mer, mais notre équipage en compte trente-huit avec les deux mousses, c'est plus qu'il n'en faut pour descendre sur la côte des esclaves, avait poursuivi Le Scamf. Les matelots sont moins sollicités que sur les autres navires de commerce, ils ont le double de repos, c'est pour ça qu'ils aiment cette partie du voyage. Après, quand la cargaison est à bord… fini la rigolade ! On ne dort plus que d'un œil.

— Les Nègres sont donc si terribles que ça ?

— Des bêtes sauvages ! Ils sont capables de tout ! Ils sont sournois, il faut une vigilance de chaque instant pour que tout se passe bien. Il y a déjà eu des révoltes, des équipages entiers ont été massacrés ! Les bateaux ont sombré parce que les Nègres ne connaissent rien à la navigation.

— Je commence à regretter mon engagement, fis-je en essayant d'avoir l'air indifférent et léger.

La sincérité m'aurait plutôt conduit à faire part de l'appréhension que m'inspirait cette expédition au long cours, mais je préférais avoir l'air brave.

— Quand la cale est pleine, reprit le maître d'équipage, on n'est plus qu'un pour dix à s'en occuper, pour les nourrir et les enchaîner. Il faut constamment des hommes armés dans le gréement pour surveiller le pont si on sort les Nègres pour qu'ils prennent l'air dans la journée. Quand ils sont dans l'entrepont pour la nuit, ils sont enchaînés, on pourrait être plus tranquilles… mais on ne sait jamais ce qu'ils trament ! Ils parlent entre eux dans leur foutu baragouin de Nègres auquel on ne comprend rien du tout ! Il n'y a pas moyen de les faire taire.

— Si je vous entends bien, les Nègres ne se laissent pas emmener docilement jusqu'aux îles des Antilles. Il faut leur tenir la bride serrée et toujours être très prudent et très vigilant.

C'était sot et d'une grande banalité, j'avais dit ça sans y penser vraiment, pour meubler la conversation en quelque sorte. Le maître d'équipage me fit un clin d'œil appuyé, comme pour me signifier que j'étais un bon élève et qu'il était content de moi, que j'avais bien compris la leçon. Il me restait bien des choses à apprendre sur le commerce négrier, mais j'étais prévenu. Le maître d'équipage avait beaucoup roulé sa bosse, lui aussi devait me trouver un peu tendre pour m'acquitter correctement de ma tâche.

*

Les armateurs avaient engagé Burgelin parce qu'il possédait une grande expérience de la traite. Il était déjà allé deux fois en Afrique comme second capitaine et une autre fois comme capitaine sur des navires de la flotte négrière partis de Nantes ou de Bordeaux. Sur les quais de Nantes, il avait la réputation d'être un piètre marin, mais un commerçant habile, retors et implacable. Ces messieurs de l'armement avaient aussi choisi son second, M. Duplessis. C'était un homme bien mis d'une quarantaine d'années. Lui était un marin de très grande compétence, à ce qui se disait, un homme maigre, austère et distant. Il occupait son temps libre à lire une petite bible qu'il avait toujours sur lui. À l'église Saint-Nicolas-sur-le-port, pour la messe d'action de grâces d'avant notre départ, il avait marmonné les répons, procédé à tous les agenouillements et à tous les signes de croix prescrits par la liturgie catholique, mais j'avais bien vu qu'il se dispensait de la sainte communion. Au vrai, tout vêtu de noir de la tête aux pieds comme il l'était, il puait son parpaillot à plein nez.

Si la mer et le vent étaient bien décidés à nous accompagner et si aucun événement grave ne venait perturber notre « Grand Voyage », il nous faudrait au moins être partis dix-huit mois avant de revenir à

Nantes. Ce retour mettrait un terme à mon engagement. On me verserait à ce moment-là le solde de mon dû pour tout ce temps passé au bénéfice de l'armement Trottignon & Lecourbe.

J'étais fier de la confiance qui m'était accordée. Avec le tri des Nègres, il me revenait de soigner toute notre cargaison : un Nègre qui mourait, c'était de beaux écus qu'on jetait à la mer. On allait en Afrique pour faire du commerce, pour dépasser en gains l'énorme mise de fonds que représentaient la solde de tout un équipage et l'armement complet d'un navire pour une très longue campagne. On s'en allait sur la côte de Guinée pour gagner de l'argent et pour accumuler de la richesse. Messieurs nos armateurs n'étaient pas des sentimentaux, ils étaient précis et aussi peu avenants que les colonnes de chiffres d'un livre de comptes tenu avec rigueur. Comme tous les grands financiers de la traite du port de Nantes, ils brassaient de grosses affaires et ils avaient en horreur de perdre leur temps et leur argent.

*

Dans la matinée, la *Marie-Amélie*, lourdement chargée de tout son fret pour le commerce d'Afrique, en avait terminé avec sa navigation fluviale. Burgelin avait fait filer une ancre. Bout au vent, un peu en amont du petit port de Saint-Nazaire, notre brigantin tirait sur sa grosse ligne de mouillage. Les gabiers étaient parés pour la manœuvre, il fallait attendre la prochaine marée de reflux. Elle commanderait l'appareillage et nous emmènerait prendre ce qu'il fallait de vent pour nous éloigner de la côte avant d'entamer notre longue descente vers l'équateur. On attendait. On passe toujours beaucoup de temps à attendre sur un bateau.

La bise soufflait du nord-est. Il fallait user au mieux du courant, Burgelin guettait l'instant où la dérive nous mettrait dans le lit du vent pour envoyer la toile sur les huniers. Les hommes, transis de froid, étaient dans les hauts, perchés sur les vergues, parés à brasser les voiles de grosse toile de lin, lourdes de l'humidité glacée de l'hiver.

Au commandement, on ferla. Notre brigantin sembla hésiter un instant avant de prendre le vent. Finalement, il réagit avec docilité, il s'inclina sur bâbord et commença à tracer son sillage plein ouest. C'en était fini du grand fleuve, l'océan s'ouvrait devant nous. Je n'eus pas un regard pour cette côte que je laissais derrière moi.

L'océan était agité et la houle très creuse. L'étrave plongeait dans la vague, des paquets de mer déferlaient sur le pont. Je ne tardai pas à ressentir les premiers effets de ce que nous autres, venus de la terre, appelons le mal de mer. L'humidité et les embruns rendaient la froidure de janvier plus mordante et cruelle. On fuyait vers le grand large sous un ciel chargé de menaces, on verrait plus tard pour faire route plein sud. On ne fait pas ce qu'on veut avec le vent, en mer, c'est lui qui commande.

*

Sur la côte de Guinée comme sur la grande île de Saint-Domingue, toutes les étapes du grand négoce de la traite étaient anticipées et organisées avec minutie : tout était prévu et calculé au plus juste. Les ordres transmis étaient rigoureux et précis. Le capitaine de la *Marie-Amélie* savait à quoi s'en tenir, rien ne devait aller à l'encontre des désirs et surtout des intérêts de nos deux armateurs.

MM. Trottignon et Lecourbe avaient mis des capitaux importants dans cette entreprise, elle devrait rapporter beaucoup plus qu'elle ne coûtait. Tous deux y avaient mis de leur propre argent, mais aussi de l'argent déposé par d'honnêtes bourgeois dans leur maison de commerce. Depuis longtemps, à Nantes, la traite négrière avait bonne réputation : de l'avis de tous, c'était une très bonne affaire pour faire fructifier son épargne. Il y avait des risques, bien sûr, mais bon an, mal an, les perspectives de rentabilité étaient alléchantes.

Ceux qui tiraient toutes les ficelles de ce trafic avaient pignon sur rue et passaient pour des gens très respectables, ils inspiraient confiance. Bien des braves gens ne voulaient surtout pas manquer de placer chez eux leurs parcimonieuses économies et d'en tirer bénéfice le moment venu.

Hiver 1760 – À l'hôpital Saint-Jean de Crécy-Couvé

Seul. J'ai dû à nouveau m'assoupir. C'est le cœur de la nuit, il me faut sortir de ma torpeur. Des scènes très anciennes se bousculent dans ma pauvre cervelle surchauffée par la fièvre. Je dois lutter pour ne pas me noyer dans toutes ces images sans ordre ni raison qui surgissent du plus lointain de ma mémoire.

C'est ici, à côté de l'église où j'ai servi la messe et appris à lire, que tout a commencé. Elle aussi allait à la petite école du curé. Elle s'appelait Laurette, son père était le tout-puissant régisseur du château, un personnage sévère et hautain qui se prenait pour un marquis. Nous avions six ou sept ans, c'est une douleur très ancienne, mais le dépit et l'humiliation m'étreignent le cœur à nouveau. Pendant que j'affrontais l'aridité du thème et de la version latine sous la férule des pères lazaristes de Chartres, ma vie était en train de basculer. Ce qui s'en est suivi n'a été que la conséquence de ce malheureux événement : Laurette avait été mariée. Son père nous avait devinés. Il ne m'aimait pas, il avait profité de mon départ au séminaire pour manigancer son affaire. Pour lui, je n'étais qu'un moins que rien, un fils de paysan. À l'été de mes quinze ans, elle était partie vivre ailleurs. Ce fut mon premier chagrin d'amour. La tristesse en est passée depuis longtemps, mais il me reste cher et j'en cultive le regret avec autant de soin que de tendresse.

— Monsieur… Vous m'entendez ? Vous êtes réveillé ? Je ne fais que passer prendre un peu de vos nouvelles.

À nouveau mon brave petit Jacquet est près de moi. Il a dû entrer sans frapper, je ne l'ai pas entendu pousser la porte de ma chambre. Malgré ma faiblesse, il me tarde de me remettre à l'ouvrage et de poursuivre le récit de ma vie.

— Apporte mon écritoire, de l'encre, des plumes bien taillées et des chandelles neuves pour mon lumignon. Je vais rester assis pour finir de cuver ma fièvre, bien calé dans mes oreillers.

Il y a un peu plus de fermeté dans ma voix. Il se peut que j'entre dans la décrue de mon mal d'Afrique. Je ne tremble plus et ma mâchoire n'est plus crispée, je vais pouvoir répondre à mon valet.

— Est-ce bien raisonnable, Monsieur ? Il n'est pas l'heure de se mettre à travailler, au mitan de la nuit.

— Il y a des aveux qui ne souffrent pas d'attendre, quand on commence à en dérouler le fil, on se doit d'aller jusqu'au bout…

— Vous êtes têtu comme une vieille mule, Monsieur mon maître, dans votre état on ne devrait songer qu'à dormir et à réparer ses forces.

L'impertinent Jacquet profite de mon épuisement pour me dire mon fait. Il abuse de ma faiblesse, mais je lui pardonne. Il a raison, je suis têtu et la fièvre ne me fera pas renoncer. Quand j'aurai recouvré ce qu'il faut de lucidité pour rassembler mes souvenirs, je reprendrai mon travail. Je dois écrire et encore écrire.

— Jacquet, ne dis pas de mal des vieilles mules. Elles ont parfois beaucoup plus de sagesse et de lucidité que nous autres humains : elles ont bien raison d'être têtues.

Moi, je ne l'ai pas été assez. C'est pourquoi je veux poursuivre le récit de mon « Grand Voyage » : ma vie ne vaut pas d'être racontée pour de hauts faits que j'aurais accomplis, mais parce que je l'ai gaspillée par manque de courage et de volonté. Si je suis devenu un misérable, je ne dois en attribuer la faute à nul autre qu'à moi-même. Il faut à toute force que je le confesse, même si je ne crois plus depuis longtemps à la rémission des péchés.

— Beaucoup plus que les fièvres africaines, le mal qui me consume tient à tous ces événements dont j'ai été le témoin. Ils me hantent depuis la lointaine côte des esclaves.

— Je ne peux pas vous faire confiance, Monsieur. Vous m'aviez promis de rester bien calme pour vous endormir et je vous vois encore en train de vous agiter et de parler tout seul.

— Je parle tout seul ? Et tu écoutes ce que je raconte ?

— Je ne suis pas sourd, Monsieur, quand vous parlez, j'entends. Mais je ne comprends pas grand-chose à tout ce que vous dites. Ne m'en veuillez pas, mais j'ai parfois l'impression que vous radotez !

— C'est bien possible, mon petit Jacquet, je dois radoter. Tous les hommes, un jour ou l'autre, finissent par radoter. Le radotage est inscrit dans notre destinée…

Nous y sommes tous condamnés à plus ou moins brève échéance !

À nouveau je me laisse aller à ces rêveries entrecoupées de brefs instants de grande lucidité. Le passé m'assaille.

Je viens du hameau de Majainville, à un tiers de lieue de l'église du village de Crécy-Couvé. J'y suis né, troisième fils d'Ephraïm Levrault, qui tenait la plus grosse ferme du château, et d'Alphonsine Granger. Ils sont morts tous les deux et reposent depuis longtemps sous six pieds de terre. Mes frères et mes sœurs sont partis aussi, dispersés aux quatre vents de l'oubli. Je suis le dernier des Levrault à vivre encore au pays qui nous a vus naître.

— Au revoir, Monsieur mon maître, je passerai vous voir tout à l'heure, je vous laisse à votre radotage.

— À tout à l'heure, mon petit Jacquet.

Je suis le chirurgien de l'hôpital Saint-Jean que M. le duc de Penthièvre a fait construire pour ses paysans de Crécy-Couvé. C'est là que j'ai vu le jour, il y a quarante-cinq années de cela. M. le duc a été bien bon de me prendre à son service quand je suis revenu au pays de mon enfance : il n'était pas obligé. Un duc vaguement cousin du roi n'est l'obligé de personne. Cependant, M. de Penthièvre, tout puissant qu'il est, me marque de la considération, il a toujours fait preuve à mon endroit d'une certaine générosité et je lui en suis reconnaissant.

Je n'en tire aucune vanité et ne m'en leurre point, la simple vérité est qu'ici, au château, je ne porte pas la livrée, mais je ne suis qu'un domestique parmi d'autres, un pas grand-chose.

« T'auras beau dire et beau faire », m'a balancé en pleine figure le portier de l'hôpital un jour que j'exigeais qu'il me vouvoyât, « tu seras toujours qu'un gars de Crécy, un gars d'ici et rien d'autre. »

Il a raison, je ne suis pas devenu un « monsieur », même si je porte perruque miteuse et chapeau usé pour sortir de ma chambre.

« T'es rien qu'un Levrault de Majainville », m'avait-il fait en crachant par terre. « Un fils à l'Ephraïm qui voudrait bien avoir l'air d'un “monsieur”, mais qui n'y arrive pas ! »

III – Janvier 1742

Cap au sud

La bise glacée venue du lointain des terres nous avait poussés vers le large, elle n'avait pas tardé à laisser place au noroît. Les grands vents de l'hiver venus du septentrion de l'océan étaient bien peu propices à la navigation hauturière. MM. Trottignon et Lecourbe entendaient bien que « leur » bateau n'attendît point les beaux jours pour prendre la mer. Ils n'étaient pas sans savoir que chaque jour, de tous les ports de l'Europe, des vaisseaux négriers s'en allaient vers les côtes d'Afrique. Assis bien au chaud dans leurs bureaux, nos armateurs vivaient dans la crainte de voir le flot du minerai de chair noire se tarir un jour, tant la demande en « bois d'ébène » était forte. Il devenait toujours plus difficile de constituer une belle cargaison, il fallait aller chercher les Nègres de plus en plus loin à l'intérieur du continent africain.

S'il n'y avait plus de captifs à acheter – ou si les prix, du fait de leur raréfaction, venaient à monter de façon vertigineuse –, tout l'investissement de ces beaux messieurs de Nantes risquait d'être perdu. Achetés trop cher, les Nègres devenaient difficiles à revendre. Les planteurs savaient compter et spéculer sur la force et le muscle du bétail humain. Faute de se pourvoir en nouveaux esclaves, les maîtres de la canne pouvaient prendre soin de ceux dont ils disposaient déjà pour les faire durer un peu. Les prix à la revente risquaient de s'en trouver tirés vers le bas pendant des mois. C'était, pour nos financiers, une perspective abominable qui justifiait qu'on prît tous les risques.

*

La *Marie-Amélie* avait quitté son mouillage pour gagner la haute mer dans la journée du 18 janvier 1742. Ce n'était pas une bonne idée, le golfe de Gascogne est souvent très agité et hostile à la navigation en hiver. Le lendemain de notre départ, il fut même pris de folie furieuse et rendit épouvantable ma première rencontre avec la mer.

Dans le déchaînement de cette tempête, je fus malade comme un chien. J'ai pensé mourir d'épuisement tant cette effroyable colère du vent et de l'océan m'inspira de terreur. J'avais les tripes retournées. Renonçant à toute dignité, je me suis vautré dans mes souillures. La faiblesse autant que le désespoir anéantissaient en moi toute volonté de survivre. Trois jours durant, la tempête nous a secoués et retournés dans tous les sens. Des vagues monstrueuses soulevaient notre brigantin avant de le laisser retomber au pied de murailles liquides qui menaçaient à chaque instant de l'engloutir. L'océan se jouait de la *Marie-Amélie* comme d'un misérable fétu de paille : notre navire geignait et craquait de toutes parts. J'étais convaincu qu'il allait se désarticuler et que nous allions être emportés dans les profondeurs hostiles et glaciales de la mer. L'épouvante me submergeait. Jamais, jusqu'alors, je n'avais ressenti à ce point la frayeur de devoir faire face à l'étreinte si proche de la mort : je ne doutais pas qu'elle allait m'emporter d'un instant à l'autre et que mon existence touchait à sa fin.

Le calme n'est revenu que bien au-delà du cap Finisterre. En proie aux malaises de la nausée, cramponné à ma couchette dans l'espoir d'échapper aux vertiges, je pus enfin me hasarder à engager un semblant de conversation avec mes compagnons de chambre. Tous les deux avaient vu bien d'autres tempêtes, cette colère de la mer et du ciel n'entamait pas leur sérénité, ils allaient et venaient, vaquant à leurs occupations ordinaires comme si de rien n'était.

Le tonnelier et le charpentier m'apprirent qu'un matelot avait été emporté par un paquet de mer plus monstrueux et imprévisible que les autres. C'était bien triste, mais l'heure n'était pas aux oraisons funèbres sur la *Marie-Amélie*. Un marin passé par-dessus bord, ça n'avait rien d'exceptionnel. Peut-être pour s'amuser de ma naïveté, Magoariec et Brébeuf me racontèrent que certaines tempêtes étaient beaucoup plus meurtrières que celle que nous venions de subir. L'un et l'autre me firent des récits de coups de vent terrifiants aux abords de la mer des Caraïbes, il n'y était question que de navires brisés menus par des ouragans meurtriers qui envoyaient par le fond les bateaux, leurs équipages et leurs cargaisons de Nègres enchaînés.

Burgelin avait rayé le matelot du rôle de l'équipage, il s'était contenté de rapporter brièvement l'accident dans le journal de bord qu'il remettrait à nos armateurs dans leur bel hôtel du quai de la Fosse à notre retour à Nantes. Quand le vent et la mer voulurent bien faire preuve d'un peu de clémence, Duplessis, le second capitaine qui s'y entendait en prêchi-prêcha et en lecture de la Bible, avait débité une oraison, debout contre la lisse en regardant filer notre sillage. Ceux des matelots qui n'étaient pas requis par la marche du bateau avaient assisté, nu-tête et silencieux, à cette « cérémonie » vite expédiée. On n'avait pas pris la peine de mettre en panne pour que tout le monde puisse se recueillir un instant et adresser un adieu à cet homme englouti par l'océan.

*

Je n'ai pas vu grand-chose des côtes du Portugal ni des colonnes d'Hercule. Nous nous en étions rapprochés pour fuir devant un nouveau grain menaçant d'être aussi brutal et violent que celui que nous venions d'affronter. J'espérais que nous trouverions l'abri d'un port pour laisser passer cette nouvelle tempête. Il n'en fut rien. Tant bien que mal, nous poursuivîmes notre route vers le sud.

J'étais encore trop faible et trop mal en point pour rester debout sur le pont. Regarder en face le soulèvement démesuré de la houle me chavirait encore les entrailles. Pour ce que je pouvais en percevoir, je compris que nous n'étions plus en danger de sombrer. La *Marie-Amélie* était mon calvaire. J'aurais donné tout ce que je possédais – c'était bien peu de chose, en vérité – pour en finir avec ce remuement perpétuel imposé par la houle. Marcher un peu sur la terre ferme, cesser d'être sans arrêt secoué et ballotté dans tous les sens aurait suffi à me rendre heureux. Nous plongions lourdement dans des creux vertigineux après nous être élevés très haut sur la crête des vagues. J'avais dépassé les limites du désespoir, je n'étais pas loin de penser que la mer voulait ma mort.

Mon état de santé délabré n'inspirait pas la moindre compassion au capitaine Burgelin ni aux autres marins du bord. Eux grimpaient et couraient jusqu'aux plus hautes des vergues avec agilité, sans être le moins du monde importunés par les embardées du bateau. Du capitaine au dernier des mousses, tout l'équipage était préoccupé par le gréement de la *Marie-Amélie*. Il avait, lui aussi, beaucoup souffert dans la tempête. Les hauts supports des perroquets montraient d'inquiétants signes de faiblesse, la flèche de misaine était fendue sur toute sa longueur et la vergue de hunier du grand mât avait été emportée dans la tourmente. Le Scamf avait l'air catastrophé quand il me fit savoir qu'étarquer les voiles d'étai risquait de « casser du bois ». Il pouvait bien me dire tout ce qu'il voulait, dans mon brouillard nauséeux, j'acquiesçais d'un hochement de tête. Je n'étais pas en état d'avoir peur de quoi que ce fût ou même de redouter le naufrage.

Ce n'est qu'une fois dépassé le sud de l'Espagne que j'ai pu commencer à avaler autre chose que des bouillons ou des soupes claires. Il était grand temps, j'étais affaibli au point de ne plus tenir debout. Je commençais à voir l'heure que notre capitaine allait devoir se passer de chirurgien pour trier ses Nègres et les soigner. Quand mon estomac accepta de ne plus régurgiter l'épais rata de haricots et de viande boucanée que je tentais d'y faire descendre, je pus être considéré comme convalescent.

Bientôt, je trouvai la force de monter sur la dunette et de m'y tenir debout, jambes écartées pour compenser le roulis, comme un vrai marin. Je retrouvais cette joie intense que j'avais connue en découvrant la mer pour la première fois. Je me surpris à prendre plaisir à m'accoter à la lisse pour m'emplir à nouveau les poumons de son souffle, de sa puissance et m'enivrer du goût salé des embruns sur mes lèvres. Les bienfaits conjugués du soleil et du vent achevèrent de me requinquer. Pour la première fois depuis notre départ de Nantes, j'avais le sourire : c'était le signe de ma résurrection.

Le maître d'équipage Le Scamf avait raison au moins sur un point : à ce moment-là, je ne me souciais plus des odeurs fortes qui empuantissaient notre bateau. Depuis le jour de mon embarquement sur ce maudit navire, je n'avais procédé à aucune toilette. Je me sentais tout souillé et maculé de mes propres vomissures. Crasseux à souhait, je puais comme tous les hôtes de la *Marie-Amélie*. Il pouvait se passer encore bien du temps avant que nous touchions la terre. J'allais mieux, je n'envisageais plus de mourir de détresse, je pus à nouveau dormir et rêver : j'imaginais me couler dans la tiédeur voluptueuse d'un bain. À bord, il était hors de question de gaspiller de l'eau douce pour se laver et l'eau de mer ne me disait rien qui vaille.

*

— Vous avez de la chance, m'avait dit Burgelin, alors qu'emmitouflé dans mon manteau, je prenais l'air assis sur un coffre à côté de la timonerie. Nous allons devoir faire une escale forcée aux îles Canaries.

J'avais souri. Je n'osais pas le croire. Ce n'était pas de gaieté de cœur que notre capitaine se résignait à perdre du temps. La recherche effrénée d'esclaves était une course féroce où tous les coups étaient permis entre négriers.

— Ne prenez pas la peine de vous dérouter pour moi, lui avais-je répondu sur le ton de la plaisanterie. Je suis en train de devenir un vrai marin.

L'avarie était sérieuse même si, pour moi, elle prenait l'allure d'une bénédiction : j'allais quitter pour un moment le confinement du bord !

En mer, notre charpentier ne pouvait procéder qu'à des aménagements de fortune dans la mâture. Je cachais ma joie du mieux que je pouvais. Nous devions nous mettre à l'abri dans un port pour charpenter, dans les règles de l'art naval, l'assemblage des mâts et remettre en état tous les espars des hauts du gréement avant de poursuivre notre périple.

— Dans le petit temps, la *Marie-Amélie* aura besoin de toute sa toile pour se saisir du vent disposé à nous faire avancer, m'avait encore fait savoir Burgelin.

N'étant pas marin et n'ayant aucune idée de la nature des travaux à effectuer ni de ce qu'était le petit temps, je hochai la tête pour lui faire plaisir.

— Je ne veux pas m'aventurer dans la grande traversée avec des hauts de mâts en mauvais état, poursuivit notre capitaine. Ce serait prendre beaucoup de risques.

— Vous êtes seul juge de ce qui convient pour la bonne marche du navire, lui avais-je répondu.

Depuis notre première entrevue à Nantes, j'avais deviné notre capitaine. Je savais lui servir ce qu'il avait envie d'entendre.

*

Comme bien des hommes médiocres, Burgelin était vaniteux. Un bon coup de plumeau le rendait avenant et presque aimable. Il fallait saisir le moment propice pour le flatter. Je n'avais pas étudié pendant toutes ces années sous l'autorité des lazaristes au petit séminaire sans savoir deviner l'instant opportun pour pommader un fat.

— Il vaut mieux avoir la sagesse de perdre un peu de temps que de prendre des risques inconsidérés que nous pourrions payer au prix fort ! Un bon capitaine sait ne pas être téméraire.

La flatterie était un peu épaisse, mais elle fit son effet : j'obtins l'autorisation de m'installer, à mes frais, dans une auberge du port pendant le temps de la remise en état du gréement.

— Profitez de ces quelques jours à terre pour restaurer votre santé, monsieur Levrault, me conseilla Burgelin lorsque je quittai le bord, les chétifs et les maladifs n'ont pas leur place sur la côte des esclaves.

Il me restait quelques écus de l'acompte versé par MM. Trottignon et Lecourbe pour éteindre mes dettes avant notre départ de Nantes. Les circonstances me servaient, je n'avais aucune raison de faire des économies en débarquant sur le port de Las Palmas de Gran Canaria.

Quitter le petit monde de la *Marie-Amélie* pour quelques jours fut un immense soulagement. J'éprouvais une satisfaction jusqu'alors inconnue à retrouver le plancher des vaches, à aller et venir sur les quais, à éprouver la fermeté du sol sous mes pieds, même si la sensation du tangage entrée dans mon corps ne me quittait pas et me donnait par moments la démarche hésitante d'un ivrogne.

Avant de m'asseoir dans la cour d'une taverne pour boire une pinte de vin doux, je pris le temps de me perdre dans les rues sinueuses de la ville. Je flânai dans les passages ombreux, sous les arcades des places bordées de belles maisons ou de palais d'une blancheur éclatante. Moi qui avais grandi sur la terre sévère de Crécy, je découvrais un monde inconnu, ensoleillé, plein de couleurs et d'originalité. Dans le bruit et l'agitation de tous ces gens qui s'interpellaient en langue espagnole, je me sentais revivre.

Ce fut sur les quais de Las Palmas que je rencontrai mes premiers Nègres. Les charretiers conduisant les charrois sur le port étaient noirs de peau et crépus de cheveux ; les charpentiers et les maçons au travail sur une église en construction, les hommes qui roulaient les tonneaux de vin de malvoisie jusqu'aux bateaux en partance pour l'Espagne ainsi que les femmes qui lavaient les pas-de-porte à grande eau, tous étaient des Nègres, des Négresses ou de ces demi-Nègres qu'on désignait sous le nom de mulâtres. Partout ils étaient au travail ; ma curiosité était en éveil, j'aurais voulu les approcher, les détailler pour les connaître mieux, les toucher peut-être, mais je les trouvais si étranges et tellement différents de nous autres Blancs que je n'osais pas. Je passais mon chemin.

La vie de marin, si difficile par ailleurs, avait aussi de bons côtés. On était en hiver et je prenais le soleil en me régalant du spectacle des *señoras* qui passaient dans les rues, jouant de leur ombrelle pour se protéger du soleil.

Les matelots de la *Marie-Amélie* n'avaient pas ma chance. Tout l'équipage fut requis, mis aux ordres de Brébeuf. Le charpentier du bord s'y entendait comme personne pour changer une flèche de mât, réappareiller des vergues de huniers ou de perroquets et diriger la remise en état d'un gréement malmené par une terrible tempête.

Duplessis, le second capitaine, et Magoariec, le tonnelier, profitèrent d'avoir sous la main des matelots désœuvrés à un moment ou l'autre de la journée pour les mettre à la corvée d'aiguade et de vivres. Il n'y a guère de moments d'oisiveté dans la vie des marins. Les tonneaux vides furent vinaigrés et soufrés pour en chasser les miasmes délétères, les réserves d'eau douce furent complétées et on fit provision de fruits et de légumes frais pour la suite du voyage vers les côtes de Guinée.

Pendant ce temps-là, je prenais du bon temps dans une auberge du port. L'établissement tenait beaucoup plus du bouge à matelots que de l'honnête pension de famille. De ma fenêtre, j'apercevais « mon » brigantin qu'on s'activait à relever de ses avaries. Ma logeuse avait du métier : elle avait l'œil pour saisir ce dont un homme fraîchement débarqué avait besoin en prenant pension chez elle. Elle possédait surtout l'art de s'assurer que le quidam en question avait les moyens de s'offrir ce à quoi il prétendait. Elle mit donc à ma disposition une jolie servante, blanche de peau, mais pas farouche du tout, quand je lui réclamai une baignoire et de l'eau chaude pour prendre un bain.

Quand, ayant épuisé mon maigre pécule, je demandai qu'on me fît le compte de ce que je devais, la belle ne fut pas en peine d'offrir ses services à un nouvel hôte de l'auberge. Je n'en fus ni amer ni désappointé, j'étais coutumier de l'amour vénal : il dispense de l'illusion d'être aimé.

*

Burgelin avait envoyé un commissionnaire à ma recherche : du travail m'attendait à bord. Des matelots s'étaient blessés au cours des travaux de charpenterie. J'avais quelques vilaines plaies à recoudre, des membres à immobiliser suite à des foulures et deux fractures à réduire. Ce n'était là que routine pour un chirurgien embarqué pour un très long périple entre les trois continents. Nos hommes étaient assez solides pour se sortir sans mon secours des maladies et des blessures qui les affectaient. Nous n'étions pas encore parvenus au royaume des fièvres virulentes des tropiques.

Je retrouvai donc les odeurs fortes qui imprégnaient la carcasse et les membrures de notre vieux brigantin. À nouveau, elles me levèrent le cœur, même si je pensais les avoir apprivoisées lors de la première partie de notre longue navigation. Bientôt, je ne les remarquerais plus. Je devenais un vrai marin. Ou plutôt un vrai trafiquant négrier.

J'avais presque hâte de reprendre la mer. À ce moment-là de notre navigation, j'avais à peu près oublié la belle Laurette, je l'avais rejetée loin dans le passé attendrissant de ma prime jeunesse : mon ancienne déconvenue m'amusait quand il m'arrivait d'y penser. Mon village natal n'était plus qu'un souvenir de plus en plus vague et diffus. La disparition du mal de mer me rendait euphorique. Nos états d'âme tiennent, parfois, à bien peu de choses !

*

Les dernières épissures n'étaient pas encore serrées sur les écoutes que Duplessis, le second, et Le Scamf, le maître d'équipage, houspillaient leur monde et commandaient l'appareillage. Burgelin était pressé de reprendre la mer.

Nous sommes repartis du port de Las Palmas de l'île de Gran Canaria le 21 février 1742 en fin de matinée. Notre départ fut salué de trois coups de canon tirés depuis la forteresse et nous y répondîmes d'une double charge de poudre depuis une des bouches à mitraille de la dunette. Les signaux de politesse des gens de mer sont toujours tonitruants.

J'avais le cœur léger. Le beau soleil et la douceur du climat, qui enchantent en permanence les îles Canaries, n'y étaient pas pour rien. Il y avait plus d'un mois que nous avions quitté Nantes. Notre capitaine était fort mécontent, et ne se privait pas de nous le faire savoir. Nous avions perdu beaucoup trop de temps pour mener à bien cette fichue remise en état du gréement. D'autres navires négriers avaient filé au large des côtes d'Afrique sans s'arrêter. Ils auraient de l'avance sur nous pour constituer leur cargaison de beaux esclaves robustes et durs à la tâche.

Ma santé maintenant bien rétablie, je pus, conformément au règlement en vigueur pour le commerce négrier français, entamer la rédaction de mon registre de santé. Il devrait y être consigné toute mon activité, tant auprès de l'équipage que de notre cargaison d'esclaves quand elle serait constituée. Chaque incident de santé, chaque blessure, chaque maladie devrait y être nommé ou décrit ainsi que les remèdes, potions et interventions divers mis en œuvre pour les guérir… ou tenter de les guérir.

Nous ne tardâmes pas à reprendre la routine du service à la mer. L'océan me fascinait comme au jour de notre première rencontre, mais je trouvais le temps bien long. J'étais maintenant pressé d'arriver, de me mettre vraiment au travail et de montrer qu'on avait eu raison de me faire confiance. Le vent parvenait encore à nous rafraîchir malgré l'aplomb du soleil. La peau de mon visage prit bientôt une couleur cramoisie ; je n'avais pas le cuir tanné et boucané de nos marins. Les matelots se protégeaient de l'insolation avec de grands chapeaux de paille tressée ; je troquais bientôt mon tricorne contre un de ces couvre-chefs, mieux adaptés que le chapeau de feutre pour ces latitudes. Au fur et à mesure de notre avancée vers le sud et l'équateur, le ciel devenait d'un bleu plus laiteux et de lourds nuages hostiles stagnaient au-dessus de nous jusqu'à l'horizon.

Il était devenu impossible de dormir dans le confinement étroit de notre cabine. Je pris l'habitude de me reposer sur la dunette. Quand le vent venait à manquer, il faisait chaud sur le pont de la *Marie-Amélie* comme je n'avais jamais pensé qu'il pût faire chaud. Je n'imaginais pas que j'allais connaître bien pire par la suite.

*

C'était le second qui prenait la hauteur méridienne. Duplessis était un authentique navigateur, il maniait l'octant et effectuait les calculs très ardus déterminant notre latitude et notre longitude avant de reporter toutes ses observations sur le journal de loch du bord. Burgelin n'était qu'un meneur d'hommes, une grande gueule, un commerçant sans scrupule et, je ne m'en aperçus que plus tard, une brute épaisse dénuée de sentiments et d'humanité. Il ne savait naviguer qu'à l'estime, en usant de son seul sens marin. Il était déjà venu sur la côte des esclaves, et à n'en pas douter, il était capable d'y retourner sans s'encombrer l'esprit ni d'astronomie ni des sciences de la navigation.

Au sud-ouest de Gran Canaria, l'alizé ne soufflait que par intermittence, il nous poussait plein ouest. L'équipage était contraint à de fréquentes manœuvres de virement de bord et à serrer le vent pour reprendre notre cap au sud sans trop nous éloigner de la côte africaine.

Quand nous passâmes sous la ligne du tropique, notre belle et franche allure devint plus incertaine. Je fis connaissance avec ces trop longues heures d'ennui mortel, sans le moindre souffle d'air : c'est fréquent dans les parages équatoriaux. Écrasé par le soleil, le bateau restait alors parfaitement immobile, encalminé à attendre le vent.

La torpeur qui nous anéantissait redonnait de l'élan à toutes ces odeurs écœurantes attachées à la *Marie-Amélie* : c'était un peu comme si tous ces relents venus de son passé négrier en avaient imprégné l'âme. La chaleur était si écrasante qu'elle brouillait la vue : un simple regard égaré sur le miroitement de la mer brûlait les yeux et faisait naître des hallucinations, même la lecture à l'ombre devenait pénible. Nous étions tous abattus et amorphes en attendant qu'Éole, caché derrière les nuages, voulût bien faire preuve de bonne volonté.

— On dit qu'un navire négrier hollandais a attendu le vent deux mois durant au mitan de la route de Guinée vers les Antilles néerlandaises, me raconta le maître d'équipage un jour où nous étions en panne au milieu de nulle part et que le soleil nous abrutissait sans la moindre pitié. Ils n'avaient plus d'eau, ils ont dû jeter tous leurs Nègres à la mer…

— Je ne vous crois pas, monsieur Le Scamf, les capitaines ont bien trop peur de perdre de l'argent pour se débarrasser ainsi de leur cargaison…

— Je n'ai pas dit que c'était la vérité : c'est ce qu'on raconte : une des légendes de la traite. Mais c'est possible ! J'ai vu rationner l'eau sur certains bateaux parce que le voyage durait plus longtemps que prévu…

Ces heures immobiles, à se morfondre, à raconter tout et n'importe quoi, étaient propices à la nostalgie. Rendus apathiques par cette oisiveté insupportable, les hommes somnolaient sur le pont dans l'attente d'une risée qui nous relancerait sur notre route. Je me laissais submerger par mes pensées, je revenais au temps de mon enfance. Dans la léthargie qui nous accablait, je m'imaginais l'été, chez nous, dans la fraîcheur et le murmure de l'eau, au bord de la rivière où nous menions boire les vaches. Je me rappelais l'ombre bienfaisante des arbres et la lumière de l'été jouant dans les feuillages. Je pensais à mes frères, à ma sœur : je ne les avais pas revus depuis des années. La vie nous avait dispersés, c'était au temps de l'enfance, c'était si loin…

Sans tristesse désormais, je me souvenais de mon ancienne vie, je m'en étais libéré. La mer et le vent m'avaient nettoyé l'esprit, je me sentais tout neuf, délivré de toutes les peines et des déconvenues du passé. Mon amour pour la fille du régisseur du château s'était dilué dans tout ce flux de sensations nouvelles découvertes au cours de cette longue navigation. Dans ces moments d'ennui, propres aux fantasmagories, ces sentiments oubliés revenaient me visiter. Je pouvais même, par instants, éprouver une manière de regrets attendris. Je me souvenais que Laurette nous accompagnait de temps à autre. Nous étions très jeunes, j'étais déjà amoureux. Elle n'avait pas le droit de jouer avec les gueux, mais c'était une effrontée, son père avait beau dire, elle n'en faisait qu'à sa tête. Elle avait de l'attirance pour moi. C'était avant que le curé de Crécy se mette en tête de nous envoyer au séminaire, mon frère aîné et moi. Il y avait bien des fils chez nous, le père Levrault pouvait en donner deux à l'Église. Un seul aurait suffi, le curé n'était pas si gourmand, mais lui et mon père ne refusaient jamais rien à l'intendant du château.

À ces grands calmes qui pouvaient me plonger dans une douce mélancolie, succédaient des jours de houle longue, qui faisait plonger le bateau dans des creux bien formés. Je pouvais maintenant supporter les vertigineux mouvements de balançoire que nous imposait l'océan sans être incommodé, le mal de mer n'était plus qu'un mauvais souvenir.

Pour échapper à l'oisiveté, j'inspectai avec minutie l'entrepont où seraient entassés nos Nègres pour le second tiers du « Grand Voyage ». La diversité de nos marchandises pour le troc y était arrimée. À notre arrivée, tout ce fatras serait déposé à terre pour être échangé contre des esclaves. Sans être un géant – je mesure cinq pieds six pouces –, je ne m'y déplaçais qu'avec difficulté. Le lieu de confinement de nos Nègres ne faisait que quatre pieds quatre pouces de hauteur, il fallait y circuler courbé en deux, à plusieurs reprises je me cognai dans les membrures et la charpenterie, au point que je crus m'être ouvert le crâne. Je doutais qu'on puisse entasser près de quatre cents Nègres dans un espace aussi réduit, mais le capitaine Burgelin et le maître d'équipage étaient catégoriques, il n'y avait pas de souci à se faire : ça tiendrait.

— Il y aura largement la place quand notre charpentier aura installé ses banquettes à mi-hauteur, m'avait dit le maître d'équipage. On pourra les enchaîner sur deux étages, les pieds contre le bordé et la tête vers le mitan du plancher.

Nous transportions des monceaux de planches épaisses et de madriers pour procéder à l'aménagement du pont et des entrailles de la *Marie-Amélie*. Je découvris aussi, soigneusement stockés dans un compartiment de la cale, les chaînes et les bracelets de force pour entraver nos Nègres quand ils seraient à bord.

— Vous avez raison, fis-je à Le Scamf en refermant un bracelet sur mon poignet, on n'est jamais assez prudent. Si les Nègres sont aussi dangereux que vous le dites, il faut nous protéger de leur sournoiserie et de leurs vices.

— Je vous l'ai déjà dit, avec les Nègres tout peut arriver. Ils sont faux et menteurs. Même enchaînés, il faut garder l'œil sur eux !

C'était le début de notre longue navigation, j'étais encore impressionné par l'assurance des anciens de la traite. Ils me donnaient l'impression de tout connaître du métier de négrier où je n'étais pas même encore novice.

— Il me faudra une pièce séparée pour mettre à l'isolement ceux qui seront les plus malades. On peut souvent éviter la propagation de bien des maladies par l'isolement des plus touchés…

— Le charpentier vous construira une infirmerie en dressant une cloison à l'arrière, pour séparer les plus malades des autres : il y aura un sabord pour l'aération… C'est bien commode aussi pour se débarrasser des cadavres sans que les autres s'en aperçoivent. Voir passer un des leurs par-dessus bord parce qu'il est mort, ça peut créer de l'excitation chez les Nègres !

Le Scamf et Burgelin avaient un grand sens de l'organisation.

J'appris aussi ce jour-là que le plus précieux de notre cargaison de troc était sous clef, rangé avec grand soin dans la sainte-barbe : mille deux cents fusils à pierre tout neufs accompagnés d'un nombre conséquent de barils de poudre. Seuls le capitaine Burgelin et notre maître canonnier avaient accès à la cale aux poudres.

— Dame, m'avait dit Le Scamf, qui ne savait pas tenir sa langue, si on veut des esclaves, il faut bien qu'on donne aux Nègres les moyens de se faire la guerre et de ramener des prisonniers pour nous les céder !

En effet, ça tombait sous le sens.

En furetant dans les entrailles de la *Marie-Amélie*, je pus voir que nous emportions aussi en Afrique force barres de plomb pour fondre des balles, des lingots de cuivre, du fer et de l'acier à forger en grande quantité pour la fabrication de poignards, de coutelas ou de coupe-coupe dont les Nègres usaient pour se faire la guerre. Nous transportions aussi une impressionnante collection de tonnelets d'eau-de-vie de toutes les tailles ainsi que tout un bazar hétéroclite de verroteries, de vaisselles, de miroirs, de cadres dorés, d'outils de toutes sortes ou de coupons de tissus variés. Il y avait dans les entrailles de la *Marie-Amélie* de quoi alimenter un vrai commerce de foirail.

*

Nous longeâmes les côtes de Sénégambie en laissant à l'ouest les îles portugaises du Cap Vert. Quand le vent nous poussait vers l'est, on devinait la côte africaine dans le lointain par notre travers bâbord. Je ne pouvais m'en faire qu'une idée très vague, même avec la longue-vue que m'avait obligeamment prêtée Burgelin.

On était maintenant au milieu du mois de mars, mais très loin encore de la côte de Guinée. Malgré de déprimantes journées sans la moindre risée, l'équipage était en pleine santé, les blessures étaient en voie de guérison. La mélancolie et la peur n'avaient pas aigri le caractère des marins. Les longs mois de promiscuité et de frustrations de toutes sortes imposées par ces voyages interminables ne les avaient pas encore rendus à demi fous. Même les malades étaient de bonne humeur. Les hommes trouvaient toujours plaisir à pêcher le requin ou à tirer sur les dauphins qui venaient chaque jour bondir autour de notre étrave ou jouer dans notre sillage.

— Il ne faut pas laisser les hommes s'installer dans l'ennui, m'avait dit Burgelin, qui veillait sur le moral de son équipage. Je compte sur vous pour les distraire et entretenir leur bonne humeur…

— Je ne vois pas de quelle façon je pourrais m'y prendre pour soustraire nos matelots à la morosité !

— N'êtes-vous pas chirurgien ? me rappela le capitaine. Ceux qui ont prétention à soigner leur prochain sont tous un peu comédiens.

Burgelin ne me demandait rien moins que de faire une démonstration d'arrachage de dent. Quand j'étais enfant, la tournée du barbier était une attraction au village : on faisait cercle autour de l'homme de l'art. Le spectacle avait lieu dans une grange et tout le monde pouvait en profiter. Le barbier de chez nous exhibait fièrement les chicots qu'il extrayait des mâchoires de ceux qui n'en pouvaient plus d'être tarabustés par une dent pourrie. Le verre d'eau-de-vie octroyé et bu pour rincer la plaie était toujours accompagné par une joyeuse salve d'applaudissements. On n'avait pas tous les jours l'occasion de rire et de s'amuser, au pays.

— C'est une tradition dans la marine, le chirurgien doit montrer à tous les matelots de quoi il est capable, me fit encore le capitaine. Si les hommes ne vous voient pas travailler, ils ne vous feront pas confiance.

En m'engageant auprès de MM. Trottignon et Lecourbe, je m'étais juré de ne plus jamais donner dans la pantomime comique, mais je n'étais pas en état de refuser.

— Trouvez-moi deux ou trois hommes qui veulent se débarrasser de leurs dents pourries et je vous promets de désennuyer et d'amuser nos matelots pendant un moment.

— On va vous trouver ça, monsieur le chirurgien, me répondit le capitaine.

Lui-même avait l'air très content de sa dentition et n'avait aucunement l'intention de me confier ses mâchoires.

Comme les paysans, les marins sont friands de ce genre de bouffonnerie : on s'ennuie tant en mer quand le vent tombe et que les voiles inertes sous les vergues attendent un souffle de vent. J'en avais pris mon parti, j'avais, à ce moment-là, le cœur léger. Un dimanche après-midi de calme plat, je m'exécutai de bonne grâce. On arrima un siège au pied du mât de misaine pour y installer ma patientèle, je sortis mes pinces et un davier de ma malle. Trois costauds immobilisaient mes faire-valoir qui n'en pouvaient plus de souffrir de rages de dents pendant que je procédais à l'extraction de plusieurs de leurs molaires. Mes pauvres marins crachèrent assez de sang pour donner tout son lustre à l'opération.

Je n'avais pas perdu la main et l'équipage assemblé applaudit très fort à chacun des chicots sanguinolents brandis devant l'assistance. La distribution dominicale de tafia eut lieu immédiatement après le spectacle. Mes clients furent gratifiés d'un rince-bouche d'eau-de-vie supplémentaire. Leurs dents pourries ne leur faisaient plus mal, mais la brutalité de l'arrachage leur tortura le clapoir encore plusieurs jours. Le recours à l'art chirurgical est toujours un pis-aller.

Ce fut un des rares moments de réjouissance au cours de cette interminable descente vers la Guinée. J'y gagnai une certaine popularité parmi les matelots. À leurs yeux, j'avais fait mes preuves : ma main ne tremblait pas. Ils étaient rassurés, je serais un bon acheteur de Nègres et je saurais prendre soin de la cargaison : désormais, j'étais des leurs, un vrai négrier.

*

Enfin, nous entrâmes dans le golfe de Guinée. Nous naviguâmes plusieurs jours en vue de la côte. Je m'enhardis jusqu'à grimper au poste de vigie pour mieux découvrir ce monde inconnu qui s'offrait à moi. Une végétation dense poussait jusque sur des plages où l'océan venait se fracasser avec violence. De monstrueux rouleaux d'écume rendaient vaine toute velléité de débarquement. Il fallait faire route encore vers l'est pour trouver des eaux plus tranquilles.

Le 14 avril 1742, après quatre jours à serrer le vent au plus près, la *Marie-Amélie* vira de bord à hauteur d'une anse bien abritée désignée sur la carte du nom de Sainte-Croix. Auparavant, nous étions passés au large d'autres mouillages aussi avenants et hospitaliers, tenus par les Anglais, les Portugais, les Espagnols ou les Hollandais. Nous avions aussi dépassé le fort de Christianborg, le plus imposant et le plus massif de tous, où flottait le pavillon du roi du Danemark. Toutes les nations participant à la traite possédaient de ces places fortes pour affirmer leur puissance et protéger les intérêts de leur commerce négrier.

Partout il y avait des bateaux au mouillage. La côte du golfe de Guinée était très fréquentée, toutes les marines de commerce s'y étaient donné rendez-vous. Les Nègres attiraient, ils étaient comme l'inépuisable promesse d'un trésor de pièces d'or offert aux capitaines et aux marins les plus audacieux.

Trois coups de canon tirés depuis la casemate supérieure du fort saluèrent notre arrivée. Nous répondîmes à cet accueil par trois coups d'une de nos pièces de six livres du gaillard arrière. Il y avait quatre-vingt-six jours que nous avions quitté Nantes, l'équipage n'avait à déplorer la perte que d'un seul matelot, ce qui était rare sur les navires accomplissant cette première partie du « Grand Voyage » triangulaire. C'était si rare que Burgelin pouvait passer pour un bon capitaine et moi pour un bon chirurgien.

Duplessis, le second capitaine, connaissait bien les parages de Sainte-Croix pour y avoir abordé au cours de précédentes expéditions. Il donna l'ordre de filer l'ancre par six brasses d'eau sondées sous l'étrave. Nous étions mouillés à une dizaine d'encablures des embarcadères précaires aménagés sous le fort. Les fonds étaient rocheux, l'ancre crocha et la *Marie-Amélie* put aller gentiment se balancer dans la dérive du courant sans risquer d'aller se mettre au sec. La baie était bien abritée des vents de mer, notre mouillage fut jugé excellent par le second et le bosco. Burgelin ne s'était guère occupé de la manœuvre, il avait déjà la tête au négoce.

Nous eûmes vite fait de gréer le mât de charge et de nous préparer à débarquer. La chaloupe du bord et le canot furent promptement mis à l'eau. Notre capitaine était pressé d'aller à terre. Le temps du commerce était venu. Il y avait des dispositions à prendre, car nous n'étions pas les premiers dans la place. Trois autres bateaux négriers étaient à l'ancre devant le fort, ce qui avait mis notre capitaine de fort méchante humeur.

*

Un léger souffle de vent marin parvenait à entretenir une illusion de fraîcheur sur le pont. L'équipage avait hâte de se dégourdir les jambes et de s'en aller marcher sur la terre ferme. Ne restèrent à bord que l'officier subalterne et quelques hommes pour surveiller la *Marie-Amélie* et parer à un coup de vent imprévu : il n'était pas l'heure de laisser drosser notre brigantin sur les enrochements à l'est de l'anse.

Nous débarquâmes dans l'après-midi.

Le rivage n'était qu'une épouvantable fournaise. C'était à n'y pas croire, la chaleur faisait éclater le bois, l'eau de boisson s'évaporait dans les verres et à l'heure la plus chaude, l'encre séchait si vite au bout de la plume qu'il devenait impossible d'écrire. Nous n'étions pas à terre depuis une heure que les vents brûlants accourus depuis l'intérieur des terres de l'Afrique se mirent à souffler en rafales. Ils transportaient tant de sable qu'encore en plein jour on pouvait se croire déjà au crépuscule. Il volait tant de poussière qu'on devait marcher les yeux à demi clos. Il fallait se voiler le nez et la bouche d'un linge pour pouvoir respirer. J'étais accablé, mais ce n'était pas ce que le climat africain pouvait nous offrir de pire. On était juste avant le début de la saison des pluies, la saison la plus épouvantable et la plus mortifère sur la côte de Guinée.

Les dysenteries, les jaunisses et toutes les formes de fièvres des tropiques se régaleraient de l'humidité poisseuse qui bientôt allait s'insinuer partout. Chaque jour, les vêtements et les literies seraient à tordre comme des serpillières, la pourriture et les moisissures gangrèneraient les murs de pisé des habitations. Endormi pendant la saison sèche, le ver de Guinée se réveillerait et coloniserait les marigots et même les citernes, l'eau deviendrait dangereuse.

Je n'allais pas tarder à m'apercevoir que la saison des pluies pesait aussi lourdement sur l'entendement des hommes que sur leurs corps épuisés et malades. Minés par la chaleur, les pluies, les fièvres, l'ivrognerie et les véroles de toutes sortes, les Blancs confinés sur la côte de Guinée perdaient rapidement le goût de vivre, ils devenaient bilieux et irascibles. La grande faucheuse se tenait en embuscade, prête à moissonner tous ces pantins égarés dans ce monde inquiétant qui les rejetait.

Hiver 1760 – À l'hôpital Saint-Jean de Crécy-Couvé

Le matin, déjà ! Le mal qui me mine est dans sa décrue, c'est certain. Je me suis remis à écrire. Avec beaucoup de peine au début, et puis les idées et les mots ont à nouveau consenti à s'enchaîner et à courir en bon ordre sur le papier.

— Vous allez mieux, Monsieur ! La fièvre serait-elle à ce point tombée que je vous trouve en train d'écrire assis dans votre lit ?

Jacquet est entré sans frapper, il ne voulait sans doute pas me réveiller. Il est étonné. Il s'attendait à me voir agonisant et râlant et voilà qu'il me trouve presque gaillard occupé à travailler sans lever le nez pour l'accueillir. Je suis d'ordinaire plus courtois avec mon petit valet.

— Je vais beaucoup mieux. Une fois de plus, ma carcasse a regimbé, elle a refusé de capituler.

J'éprouve une sorte d'euphorie à avoir repris le fil du récit de ce chapitre de ma vie. Je veux mener à bien la narration complète de mon « Grand Voyage » vers les Indes occidentales, depuis mon départ jusqu'à mon retour sur les quais de Nantes. Raconter toute cette aventure sans rien en omettre est douloureux, mais il me faut en coucher sur le papier toute la vérité et ne plus conserver par-devers moi dans un tiroir secret de ma mémoire ce qu'il m'a été donné de vivre et de connaître.

Me voir en meilleur état rassure mon valet. Ce matin, Jacquet se montre guilleret et plein d'entrain.

— Je suis bien aise de constater que votre fichue maladie a décidé de vous laisser en paix. Pour ne rien vous cacher, j'ai eu très peur pour vous, Monsieur ! Jamais je ne vous avais vu aussi misérable et tout près de passer.

— Moi aussi j'ai eu très peur. Comme chaque fois qu'il me vient une de ces violentes crises de fièvre, j'ai cru que j'étais en train de vivre ma dernière heure avant de m'en aller dans l'autre monde.

— Je vais prendre soin de vous, Monsieur. Vous verrez, maintenant que vous êtes mieux, je me sens de force et d'humeur à vous remettre debout sur vos deux pieds.

— Personne ne guérit de ces maladies sournoises ramenées d'Afrique. Elles vont et viennent sans jamais prévenir du moment de leur prochain assaut. Il y aura d'autres crises et l'une d'elles, plus forte que les autres, m'emportera…

La fidélité de ce garçon est une étonnante merveille. Elle réchauffe un peu ma carcasse pleine de toutes ces souffrances de l'âme et du corps que j'emmène partout avec moi. La seule présence de Jacquet apaise mon angoisse et soulage un peu le poids de ces fautes qui par moments m'écrase.

Tout attentionné qu'il soit, mon gentil domestique me dérange, à s'occuper de moi et à me materner sans cesse. Je sais mieux que lui ce qui me convient ou ce que je dois faire. Je m'efforce d'être aimable avec lui. Je lui dois bien un peu de bienveillance. Il est le seul ici à rompre cet enfermement de solitude où je finis par me complaire.

— Et maintenant que votre corps va mieux, il faut que vous vous esquintiez les yeux à couvrir toutes ces feuilles de votre écriture en pattes de mouche ! Tous ces mots que vous alignez peuvent bien attendre demain.

— Non, ça ne peut plus attendre. Maintenant que je suis parti, il faut que je déroule toute cette histoire, de son début jusqu'à son terme.

Le garçon se balance d'un pied sur l'autre. Il voudrait bien que je dorme pour être tranquille. Un maître qui dort ne demande rien à son valet.

— Range donc ces feuilles dans le tiroir central de ma table de travail. Prends bien soin de toutes les numéroter afin qu'il me soit facile de les regrouper dans le bon ordre quand j'en aurai terminé.

— Il sera fait selon votre désir, Monsieur. Je vais classer vos feuilles et je vous apporterai un bouillon bien chaud dès que la cuisinière de service aura ranimé le feu dans l'âtre de l'office. Mais de grâce, Monsieur, prenez le temps de vous reposer un peu ! À vous agiter sans cesse la cervelle comme vous le faites, vous risquez de retomber bientôt dans la fièvre et la maladie.

— Merci, tu es un très bon garçon et un merveilleux domestique, mais je dois continuer à écrire. Je dois tout consigner de ma vie.

Je me remets à écrire, ce qui cloue le bec de mon impertinent valet. Je ne veux pas interrompre trop longtemps le cours de ma pensée parce que les idées ne se laissent pas facilement discipliner, elles ont vite fait de s'égarer et de s'en aller dans toutes les directions de la rêvasserie et de la complaisance. Il me faut tenir mon récit comme en mer on s'efforce de tenir le cap contre les courants et les vents contraires.

À l'instant de retremper ma plume dans l'encrier, j'ai encore une pensée presque amusée pour Laurette : si notre tendresse réciproque avait pu suivre son cours, je n'aurais jamais quitté cette campagne qui m'a vu naître. J'aurais vécu bourgeois, abrité du monde et de toute sa violence insensée. Les regrets ne font que nous enfoncer, toujours un peu plus, dans la tristesse. Pourquoi les jours de notre vie empruntent-ils tel chemin plutôt que tel autre ? Nul n'en sait rien. C'est sans aucun doute très bien comme ça. La vie a ses secrets qu'il vaut mieux ne jamais dévoiler.

Mon gentil valet se retire, il ferme la porte sans bruit. Il reviendra voir tout à l'heure si le sommeil m'a vaincu.

Je reprends le fil interrompu de mon récit.

IV – Avril 1742

Le comptoir de Sainte-Croix

Le commis aux écritures du comptoir était assis – plutôt vautré – sur un amas de coussins dans le patio de sa maison : la plus belle et la plus solide construction en pisé du bourg misérable de Sainte-Croix, à une demi-lieue du fort. Massin était une sorte d'entremetteur entre les capitaines de la traite et les émissaires des rois nègres chargés d'écouler les captifs victimes des guerres entre tribus. C'était un gros bonhomme chauve, dégoulinant de transpiration, mal rasé, vêtu d'une chemise déboutonnée qui ne contenait plus son ventre, d'une culotte à la française, mais sans bas, avec aux pieds des pantoufles en peau d'éléphant.

Le vent, qui nous avait harcelés depuis notre arrivée, nous fichait enfin la paix. L'air était saturé de toutes les odeurs violentes du poisson en train de sécher, de la viande pourrie et de toutes les décompositions et les fermentations de cette nature exubérante. C'était le milieu de la matinée, mais la chaleur était déjà écrasante, et l'air poisseux d'humidité. Sous la direction de Burgelin, toute notre cargaison avait été débarquée de la *Marie-Amélie*. Notre fourniment commercial était rangé et répertorié avec le plus grand soin dans les entrepôts qui jouxtaient la case de l'entremetteur. Deux Noirs alphabétisés au service de Massin, une écritoire accrochée au cou, avaient noté dans un registre les quantités et les valeurs des marchandises qui seraient bientôt échangées contre des Nègres.

— Le métier n'est plus ce qu'il était. Les beaux jours sont derrière nous, monsieur Levrault. Il y a beaucoup trop de bateaux sur la côte, maintenant. C'est trop de concurrence ! Les rois nègres en profitent : ça fait monter les prix à l'achat…

— Il n'y a qu'à vendre plus cher pour s'y retrouver, avais-je naïvement rétorqué au gros Massin.

— Les bateaux sont de plus en plus difficiles à remplir : il y a tellement de négociants dans le commerce négrier qu'il arrive toujours plus de Nègres en Amérique, et les prix à la vente ont une fâcheuse tendance à baisser.

Un négrillon ne portant qu'un pagne pour tout vêtement éventait Massin et chassait les mouches qui sans répit nous assaillaient. Le commis aux écritures du comptoir se mit soudain debout avec une agilité qu'on n'attendait pas chez un homme de sa corpulence.

— Vous verrez, vous allez très vite comprendre ! D'ici à quelques semaines, le commerce des esclaves n'aura plus de secret pour vous. Il faut que vous ayez bien en tête certaines choses avant d'être reçu par M. d'Harchevilliers, notre gouverneur.

Respectant à la lettre les us et coutumes de Sainte-Croix, Burgelin était allé présenter ses respects à celui qui gouvernait le comptoir et le fort au nom du roi Louis. En retour, la courtoisie commandait que M. d'Harchevilliers nous invitât à dîner le lendemain soir. Il était temps, pour moi, d'entrer dans le vif de la traite. Il me fallait acquérir un peu d'assurance et de compétence en matière de sélection des Nègres musculeux les plus propres à la revente aux planteurs des îles. Très obligeamment, Massin m'emmena faire une petite visite dans les parcs aux esclaves aménagés dans l'enceinte du fort. Burgelin nous y retrouverait quand il en aurait fini avec sa visite protocolaire.

*

Les esclaves étaient détenus dans deux vastes cellules voûtées sous la grosse casemate qui faisait face à la mer : une pour les hommes, l'autre pour les femmes et les enfants. On pouvait entasser là entre six à sept cents Nègres, Négresses et négrillons. Une fois la marque de leur nouveau propriétaire imprimée au fer rouge, les esclaves échangés ou achetés par les capitaines négriers y attendaient leur départ pour les Indes occidentales. On préférait ne les embarquer qu'au dernier moment tant la mer leur inspirait de terreur.

De grandes fenêtres closes d'épais barreaux de fer permettaient une bonne ventilation des lieux. Malgré tout, une odeur lourde de sueur, d'excréments, de moisissure et de misère humaine rendait l'air de ces lieux irrespirable. C'étaient les mêmes remugles qui m'avaient si fort offusqué les narines à l'heure de mon premier contact avec la *Marie-Amélie* quelques mois plus tôt : c'était l'odeur de la traite négrière.

Une lourde porte soigneusement cadenassée donnait directement accès à une petite plage et à un enrochement bien abrité : la mer n'était distante que d'une dizaine de perches. C'était pratique pour nettoyer les cachots des esclaves à grande eau ou quand il s'agissait d'embarquer les Nègres sur les chaloupes pour les emmener jusqu'aux bateaux mouillés un peu plus loin au large.

Les hommes étaient enchaînés à de gros anneaux scellés dans les murs. Pas qu'on craignît une spectaculaire évasion – ce n'était jamais arrivé –, mais Massin m'apprit que certains se mutilaient dans l'espoir d'être réformés tandis que d'autres, en proie au désespoir, attentaient à leurs jours.

— C'est un crime, s'esclaffa bruyamment le maître commerçant. Interrompre volontairement la vie que le Seigneur vous a octroyée est un péché qui vaut la damnation éternelle. On les enchaîne pour qu'ils ne pèchent pas contre eux-mêmes. Ce vieux jésuite de père Chabrier devrait bien nous en être reconnaissant, plutôt que de nous faire la gueule !

Je ris par pure convenance à cette plaisanterie un peu épaisse à mon goût. Je ne connaissais pas encore ce père Chabrier qui inspirait tant de mépris à Massin ; il redevint sérieux. Il n'y avait pas plus de cinquante hommes et une trentaine de Négresses avec autant d'enfants enfermés dans ces culs-de-basse-fosse. C'était bien peu au regard de l'avidité des esclavagistes.

Les trafiquants estampillaient au fer rouge leurs acquisitions, la marque des armateurs et son emplacement sur le corps étaient portés sur les registres du fort. Le marquage était une tâche très méticuleuse, il y fallait main souple et délicatesse. Sous ces climats une brûlure trop profonde avait vite fait de s'infecter, mais une marque trop peu appuyée se voyait mal sur les peaux noires et pouvait entraîner des querelles de propriété sans fin entre les trafiquants. Il arrivait qu'ils en viennent aux mains. Il revenait au gouverneur de trancher ce genre de conflit entre négriers avant que ne coulât le sang. Le marquage des Nègres acquis pour le compte de MM. Trottignon et Lecourbe devrait donc être net, propre et indiscutable. Il en allait de ma réputation de chirurgien de la traite.

Ceux qui attendaient dans les cellules du parc aux esclaves allaient embarquer sur un navire en cours de chargement. Massin m'apprit que les capitaines étaient contraints de prendre des enfants pour compléter leurs chargements. Les négrillons ne valaient pas grand-chose à la revente, sans compter qu'ils étaient fragiles et que beaucoup mouraient pendant la traversée. Mais faute de bons Nègres robustes, on vendrait du négrillon.

*

Burgelin était venu nous rejoindre dans les cellules du fort à la fin de son entretien de courtoisie avec le gouverneur d'Harchevilliers. Le capitaine de la *Marie-Amélie* estimait avoir de la place pour trois cent cinquante à quatre cents unités dans son entrepont, il comptait remplir son bateau bien que la ressource fît défaut. Comme tous les trafiquants négriers, il devait toucher une prime à la tête revendue. Plus il vendrait de Nègres, plus cher il les céderait et plus il gagnerait d'argent.

— Jamais ton parc n'a été si bas, s'étonna-t-il.

— On manque de Nègres, rétorqua Massin. Il y a près d'une année que les Amangos et les Akwapins ont fait la paix. Plus de guerre entre tribus... plus de prisonniers ! Plus d'ennemis à vendre comme esclaves ! Les trafiquants nègres sont obligés d'aller faire leurs captures de prisonniers très loin. Ils perdent plus de la moitié de leurs prises lors du retour vers la côte, et beaucoup de ceux qui arrivent jusqu'ici sont invendables.

— Et chez les autres ? demanda encore Burgelin.

— Les Portugais et les Hollandais sont comme nous. Les Anglais et les Danois ne sont guère mieux lotis : ils parlent même d'abandonner plusieurs de leurs forts sur la côte. C'est la disette pour tout le monde. Dans toutes les anses et les mouillages côtiers, il y a des bateaux en attente d'un chargement.

— La traite attire de plus en plus d'aventuriers qui espèrent faire fortune, se plaignait notre capitaine. La paix n'arrange pas nos affaires.

J'étais désolé. Pas tant pour Burgelin et ses marins, mais le voyage risquait de s'éterniser. Pas plus que moi le capitaine et ses matelots n'avaient envie de moisir dans ce trou perdu, écrasé par le soleil, au bord de ce monde inconnu, confrontés à une nature hostile, en proie aux bêtes sauvages et aux fièvres. Les maladies qui sévissaient sur les rivages d'Afrique usaient très vite les Blancs. Certains d'entre eux mouraient quelques semaines ou quelques mois après leur arrivée en Guinée. Il fallait avoir une solide constitution et beaucoup de chance pour échapper à la malédiction africaine.

La crainte d'un prochain trépas enfiévrait l'entendement des Blancs sur cette côte maudite : la débauche et l'ivrognerie occupaient tous ces hommes sans espérance. Les plus jeunes et les plus avenantes des Négresses payaient au prix fort ce désespoir qui transformait les hommes en bêtes exigeantes et souvent cruelles. Toute cette avidité avait produit au milieu des cases misérables du bourg des mulâtres et des mulâtresses devenus, au fil des années, presque aussi nombreux que les Nègres. Toute cette population de Noirs et de demi-Noirs y survivait au service des maîtres venus de France. Sans compter que toutes les formes de la vérole ravageaient les populations des environs. Elles prospéraient, apportées par des marins et des soldats venus de toutes les nations se livrant au commerce des esclaves. Le comptoir n'était pas une île, mais on s'y sentait prisonniers, coincés entre la puissance des vagues de l'océan tropical et ce monde inconnu et terrifiant qui nous menaçait quand nous tournions le dos à la mer.

— Tous ces bateaux, même à demi pleins, finissent par aller déverser leurs cargaisons dans toute la Caraïbe et sur les côtes américaines, reprit Massin. Malgré la disette ici, il y a abondance de l'autre côté de l'océan. Les prix à la vente ne cessent de baisser.

— La traite est libre ! Nous aurons beau dire, nous n'y pouvons rien. Sauf à ce que les nations européennes se fassent la guerre et entravent la liberté du commerce, tout le monde peut venir en Afrique se servir en Nègres pour aller les revendre là où il y a des acheteurs.

— Au train où vont les choses, me permis-je de rajouter comme pour soutenir l'argumentation de mon capitaine, MM. Trottignon et Lecourbe vont bientôt perdre de l'argent.

Ça fit bien rire Massin, qui en savait très long sur les comptes et les mécomptes du commerce triangulaire.

— Ils se rattraperont sur le sucre, le rhum, l'indigo et le café qui débarqueront sur les quais du port de Nantes… Ne vous en faites pas pour eux, ceux-là ne prennent jamais aucun risque, ils retomberont toujours sur leurs pattes.

*

M. d'Harchevilliers, cadet de famille et officier des armées du roi Louis le quinzième était gouverneur et administrateur du comptoir et du fort de Sainte-Croix. En fait, il ne gouvernait que le fort, ce qui se passait au bourg échappait à son autorité. Il s'en remettait à Massin ; ce dernier s'y entendait comme personne pour faire coïncider les affaires du comptoir et les siennes.

Les quatre ou cinq hommes qui restaient du contingent des soldats venus de France étaient censés affirmer sur les murailles du seul bâtiment en pierres du territoire l'autorité du roi sur la côte des esclaves. En fait, ils se terraient à l'ombre des casemates et s'assommaient à l'eau-de-vie pour oublier les fièvres pernicieuses autant que l'incertitude de leur devenir. Comme leur gouverneur, ils survivaient.

Le représentant du roi avait charge de surveiller et d'organiser le commerce de la traite négrière dans ce territoire du bout du monde. Le ministre de la Marine et des Colonies veillait toujours à ce que les forts africains fussent administrés avec rigueur. Mais M. de Maurepas était à la cour de Versailles, dans l'ombre du roi : que pouvait-il savoir de ce qui se passait ici, sous l'implacable soleil des contrées équatoriales ? L'administration du comptoir allait à vau-l'eau. La plupart des soldats engloutis par les fièvres et les maladies parasitaires avaient été remplacés par des Nègres qu'on avait en partie vêtus des uniformes des soldats morts : ils adoraient porter le tricorne et la vareuse de l'infanterie de marine, mais ils refusaient obstinément de s'affubler de culottes à la française et d'enfiler des souliers. Au début, cet accoutrement ridicule m'amusait beaucoup, mais il y avait tant de choses ridicules et stupides dans notre façon d'administrer ce petit territoire que j'en perdis bientôt le goût de rire.

Les Nègres soldats faisaient fonction de geôliers et d'hommes à tout faire pour la bonne tenue de la garnison. Sans l'obligeance et l'intérêt bien compris du roi Babileke, qui le tolérait chez lui, le minuscule comptoir tenu par les Français et son fortin dérisoire auraient été bien incapables de survivre en terre africaine.

M. d'Harchevilliers faisait semblant d'administrer le territoire au nom du Roi Très-Chrétien. Il avait sans doute été bel homme dans une autre vie, mais l'Afrique l'avait prématurément usé et vieilli. Il était bouffi de mauvaise graisse et ses yeux larmoyaient : comme beaucoup de Blancs sur la côte de Guinée, il avait sombré dans l'ivrognerie. On le disait fréquemment sujet à de terribles accès de fièvre qui le laissaient anéanti, incapable de tenir son rang et de remplir ses obligations. Un secrétaire était chargé de seconder monsieur le gouverneur, il devait tenir à jour les gros registres des mouvements des navires arrivant et partant, ainsi que la valeur des « marchandises » débarquées depuis la métropole ou embarquées à destination des îles des Antilles. Mais le dernier plumitif envoyé par M. de Maurepas n'avait résisté que quelques mois aux miasmes délétères et au climat étouffant de Sainte-Croix. Il était mort et enterré.

Le courrier expédié depuis le fort par M. d'Harchevilliers mettrait des mois à parvenir jusqu'à Versailles, s'il y arrivait. Il pouvait s'écouler deux ou trois années avant qu'un nouvel administrateur comptable vînt prendre ses fonctions et assister le gouverneur. En attendant qu'on envoie un nouveau secrétaire-administrateur, le sieur Massin avait été chargé d'occuper la fonction à titre intérimaire. Autrement dit, Massin, temporairement fonctionnaire du roi, avait pour tâche de contrôler les agissements de Massin commerçant, trafiquant d'esclaves et intermédiaire des rois nègres auprès des capitaines négriers. On n'était plus à ça près. Personne ne trouvait rien à redire à cette bien curieuse conception de la tenue des livres comptables de l'administration royale. Massin était malin et retors, il savait comment il fallait s'y prendre pour acheter le silence et les complicités dont il avait besoin pour faire avancer ses affaires.

*

— Savez-vous pourquoi le roi des Amangos et le roi des Akwapins vivent en paix depuis près d'un an ? demanda Massin en levant son verre en direction du gouverneur d'Harchevilliers.

— Je suppose, répondit-il, qu'ils étaient las des combats et des guerres qui épuisent leurs peuples. Ils préfèrent vivre en paix chez eux, derrière les murs épais de leurs palais, au milieu de leurs femmes et des richesses qu'ils ont accumulées depuis toutes ces années où nous avons commercé avec eux.

Nous étions en train de dîner dans la grande salle à manger du fort, servis par une escouade de Nègres en livrée, dans de la vaisselle de porcelaine fine, avec des couverts en argent et des verres de cristal. Le gouverneur présidait en bout de table, j'étais à sa droite avec le gros Massin, tandis qu'à sa gauche avaient pris place Burgelin et le capitaine d'une petite goélette négrière de La Rochelle venue la veille jeter l'ancre dans la baie de Sainte-Croix. À l'autre bout de la table, faisant face au gouverneur, se tenait le père Louis-Antoine Chabrier. C'était la première fois que je rencontrais le seul jésuite rescapé de la mission envoyée cinq années plus tôt par la compagnie de Jésus pour évangéliser les Nègres de la côte.

Il n'y avait pas de femmes à la table du gouverneur. Il n'y avait pas de femmes à Sainte-Croix. Plus exactement, pas de femmes blanches. Elles ne résistaient pas mieux que les hommes à l'épouvantable climat de la côte de Guinée. Toutes celles qui y avaient posé le pied reposaient désormais au cimetière des Français sous la muraille du fort.

— Pas du tout, rétorqua Massin. Ils vivent en paix parce qu'ils se neutralisent. Nous avons échangé autant de fusils et de poudre aux Amangos qu'aux Akwapins. Aucun des deux rois ne peut prétendre vaincre l'autre. Ils se haïssent depuis toujours, mais ils savent qu'une guerre ferait beaucoup de morts. Les combats leur laisseraient peu de butin et encore moins de prisonniers à vendre. Je ne vous apprends pas que sans la complicité des rois nègres, il n'y a pas de commerce possible…

— Vous semblez appeler de vos vœux une nouvelle guerre entre les royaumes de l'intérieur, monsieur Massin !

— Si nous n'alimentons pas le commerce de la traite, notre présence sur la côte des esclaves n'a aucun sens. Nous devons saisir toutes les opportunités, il en va autant de l'intérêt du trésor royal que de celui des capitaines des navires négriers !

Les verres se remplirent et se vidèrent une nouvelle fois. Tout le monde attendait ce qu'allait bien pouvoir dire l'improbable gouverneur déjà bien amoché par l'eau-de-vie et le vin de palme.

— Vous sous-entendez que si nous armions un des deux camps, nous créerions le déséquilibre nécessaire à la reprise de la guerre et que le flot d'esclaves arrivant jusqu'à la côte retrouverait le niveau qu'il avait avant cette paix malencontreuse ?

— J'en suis convaincu. Je sais que Babileke, le roi des Amangos, a très peur que les Anglais et les Danois n'arment les Akwapins. S'ils en avaient les moyens, ils lui tomberaient dessus sans perdre de temps. Évidemment, s'ils raniment la guerre, les Anglais et les Danois le feront à leur profit. Il faut agir avant eux, nous ne devons pas nous laisser prendre de vitesse.

Le gouverneur aux yeux larmoyants savait bien que Massin parlait au nom des capitaines des navires au mouillage dans la baie. Le secrétaire prenait aussi le parti des commerçants et des trafiquants de tous poils avec lesquels il était en affaires. Le représentant de Sa Majesté n'avait ni la volonté ni les moyens de s'opposer aux stratagèmes de tous ces gens qui vivaient de la traite des esclaves. Il laissa au père Chabrier le soin de tempérer un peu le cynisme ambiant.

— Il n'est pas dans nos habitudes d'attiser la querelle chez nos voisins, avec qui nous devons nous efforcer de vivre en bonne intelligence. Votre commerce dût-il en souffrir, notre devoir de chrétiens est de prêcher la concorde entre les peuples, pas de les dresser les uns contre les autres ! Et dois-je vous le rappeler, l'Église réprouve et condamne la traite des esclaves !

— Néanmoins, mon père, le contra Massin, Sa Majesté très chrétienne encourage la traite négrière. Sans esclaves, il serait impossible aux planteurs des Indes occidentales de produire le sucre et toutes les autres denrées des îles qui alimentent en taxes le trésor royal…

— Je ne réponds à vos invitations à dîner, répondit encore le jésuite à l'adresse du gouverneur, que pour rappeler à tous vos invités leurs devoirs de chrétiens et l'obligation qu'ils ont contractée par le baptême de respecter les commandements de Dieu et ceux de son Église.

Le jésuite pouvait toujours causer, son avis n'intéressait personne, il ne comptait pour rien autour de la table. Le père Chabrier mangeait peu et ne s'enivrait pas. Il était bien le seul. Le vin ne valait rien sur la côte de Guinée, il s'altérait et devenait très vite aigre à cause de la chaleur et de l'humidité. Les soiffards s'imbibaient en allongeant leur eau-de-vie avec du vin de palme. Plus ou moins frais, le mélange était curieux, mais plutôt agréable, en tout cas moins dangereux que l'eau croupie des citernes qu'il fallait boire en fin de saison sèche.

Parmi tous les ivrognes qui cuvaient leur déchéance sur la côte des esclaves, Massin faisait exception : il était là depuis des années et jouissait toujours d'une santé insolente. Il forniquait et levait le coude avec autant d'entrain que les autres, mais restait toujours d'une parfaite lucidité : les maux de l'Afrique ne semblaient pas avoir prise sur lui. Avec d'Harchevilliers, le trafiquant disposait d'une marionnette dérisoire qu'il manipulait avec cynisme.

— Nous ne ferons rien sans votre assentiment, Monsieur le Gouverneur. C'est vous qui commandez à Sainte-Croix. Je voulais juste vous faire remarquer que nous avons une belle carte à jouer. La *Marie-Amélie* nous a apporté de l'eau-de-vie et mille deux cents fusils de très bonne qualité, de la poudre et du plomb pour fondre des balles… ainsi que de l'acier pour forger machettes et coupe-coupe.

— Et j'ai la possibilité de faire crédit à l'un ou l'autre des rois, rajouta le capitaine Burgelin. On dit que le roi Babileke a toujours été un homme de parole.

— Je suis évidemment sensible à la solution que vous nous suggérez de mettre en œuvre pour relancer le commerce, monsieur Massin, mais je me dois d'accorder la plus grande attention aux avis du père Chabrier à propos de notre commerce avec les peuples nègres…

Chacun pouvait entendre ce qu'il voulait dans l'embrouillamini des paroles du gouverneur. Le jésuite n'était pas dupe de la connivence du représentant du roi et du secrétaire intérimaire.

On but encore beaucoup avant de se séparer : à ce jeu-là, Massin était bien plus solide que M. d'Harchevilliers. Deux Nègres durent transporter le gouverneur jusqu'à son lit, où l'attendait une jeune Négresse terrorisée que, dans son ivresse, il fut, pour ce que j'en sus, incapable d'honorer.

D'Harchevilliers parti, Massin jugea qu'il avait carte blanche pour mener la politique du comptoir au mieux de ses intérêts et de ceux du commerce négrier. Les capitaines des navires de la traite n'allaient pas s'en plaindre. Le commis aux écritures rota bruyamment, signifiant ainsi que le dîner était terminé et que chacun pouvait rentrer chez lui, il allait s'occuper du reste. Le sieur Massin n'avait jamais prétendu être un gentilhomme.

*

Après ces agapes coutumières, je raccompagnai le père Chabrier jusque chez lui ; j'avais beaucoup apprécié son attitude pendant le dîner. L'homme était plaisant, et contrairement aux autres commensaux, il avait de la droiture, il disait sans détour ce qu'il avait à dire. De plus, il se refusait à habiter dans l'enceinte du fort, il préférait vivre dans une case en pisé adossée à la petite chapelle qu'il avait construite au milieu du bourg.

La nuit ne parvenait pas à ramener ce qu'il aurait fallu de fraîcheur pour la rendre un peu agréable. La forêt bruissait de toute une confusion mystérieuse de hurlements et de cris de bêtes sauvages. Des senteurs lourdes d'humus, d'épices et de pourriture végétale saturaient l'air épais que nous respirions. Ce qui rendait l'obscurité plus inquiétante encore, c'était le roulement intermittent des tam-tams dans le lointain. Ils semblaient s'interpeller et se répondre. La touffeur de cette nuit me faisait transpirer abondamment et ces tambours qui emplissaient l'immensité inconnue et hostile de la terre africaine me portaient sur les nerfs.

— Vous allez vous y habituer, me répondit le père jésuite. Ici, il n'y a ni poste ni porteur de gazette, il faut bien que les nouvelles circulent. C'est la voix mystérieuse de la forêt !

— Et que dit la voix de la forêt ?

— Je suis très loin de comprendre tous les messages des tambours de la nuit, ils s'adressent d'une même voix aux vivants, aux ancêtres et aux esprits qui hantent l'univers tel que les peuples nègres l'imaginent. Mais cette nuit, le message est très clair, les guerriers des clans Amangos vantent leur force légendaire et leur courage indomptable.

C'était notre première conversation. Nous parcourions presque en aveugle les allées du village, défoncées et ravinées par les pluies. Le père Chabrier avait le pied sûr et marchait sans la moindre hésitation entre les murs des paillotes, il évoquait le monde africain sans mépris, avec une sorte d'amitié bienveillante : c'était une exception chez les Blancs de la côte. Assis à même la terre battue, les Nègres du bourg palabraient à voix basse autour des braseros en poterie où rôtissaient de petits animaux embrochés. Ils se taisaient à notre passage, je devinais qu'ils se méfiaient de nous. De leur côté, les femmes s'activaient dans les enclos devant les cases misérables où tous ces gens vivaient entassés. Elles préparaient le manioc, d'autres pilaient le mil dans de grands mortiers de bois, leurs derniers nés endormis, serrés sur leurs dos par deux bandes d'étoffe. Des enfants jouaient et s'interpellaient dans la nuit. Ils riaient dans l'ombre mystérieuse. Tout ce petit monde bruissait d'une vie assourdie dont nous autres, Blancs, étions exclus.

Quand j'eus raccompagné le prêtre jusqu'à son minuscule logement, je repartis vers notre « habitation ». À terre, les officiers de la *Marie-Amélie* logeaient dans une paillote adossée au magasin où étaient entreposées nos marchandises. Il ne pouvait être question de laisser toute notre richesse sans surveillance, les Blancs de Sainte-Croix craignaient beaucoup les Noirs et les mulâtres, qu'ils disaient hypocrites et volontiers voleurs. La méfiance comme la peur sont très communicatives.

Je n'avais plus aucun repère dans l'obscurité. Je fus bientôt perdu et je dus me résoudre à marcher vers une lumière qui scintillait dans ce que je pensais être la bonne direction. Je parvins devant une case et je m'arrêtai un instant. Dorée par le clair-obscur d'une lampe à huile, une Négresse au visage fripé de vieillesse tissait avec lenteur sur un métier de bois sombre. Elle m'aperçut et suspendit son geste machinal. Je reconnus dans le sourire timide qu'elle m'adressa la douceur des sourires de ma propre mère, que je n'avais pas revue depuis des années. Une bouffée de tendresse me submergea. Peut-être aurais-je pu partager avec elle un peu de mon émotion, mais je passai mon chemin. J'aperçus enfin l'habitation de Massin ; j'avais tourné en rond, elle était toute proche.

La solitude me pesait. Dans l'épaisseur de la nuit africaine, la belle Laurette revint affleurer à ma conscience. L'évocation de son visage ou de sa silhouette devenait de plus en plus imprécise. Désormais, elle n'était plus qu'un vague souvenir qui flottait dans mes pensées. Je n'en souffrais plus depuis longtemps.

J'enviais un peu le gros Massin, qui choisirait une des jeunes mulâtresses de sa maison pour lui tenir compagnie au lit : il m'avait confié qu'il n'aimait pas dormir seul et qu'il ne comptait plus les enfants qu'il avait semés un peu partout sur le territoire et dans les villages des alentours. Il ne s'en occupait pas, mais sa conscience était en paix parce qu'il veillait à ce qu'ils fussent baptisés par le père Chabrier.

*

À Sainte-Croix, la vente de fusils et de poudre aux indigènes était interdite ou, plus exactement, strictement réservée à Massin. Il avait la haute main sur le troc et veillait à rester le maître et l'ordonnateur des échanges. Les capitaines savaient que toutes les transactions négrières devaient recevoir son assentiment. En tant qu'intermédiaire commercial et trafiquant notoire, il était le vrai patron du comptoir. D'Harchevilliers veillait à ce que cette règle fût respectée. C'était même le plus fort de son travail les jours de marché. Le représentant du roi et le trafiquant étaient liés par une indéfectible complicité.

— Si tout le monde vendait des armes à n'importe qui, la situation finirait par nous échapper, m'avait dit le gouverneur un jour où il était en veine de confidences.

— Mais si de leur côté les Anglais, les Hollandais ou les Portugais fournissent des fusils et de la poudre au plus offrant ? Vous n'avez de pouvoir qu'à Sainte-Croix.

— Personne n'a intérêt à bousculer l'équilibre établi entre les nations qui tirent avantage de la traite, m'avait encore répondu le défenseur des intérêts de son roi. Personne ne gagnerait rien à une guerre généralisée entre les royaumes de l'intérieur. Nos concurrents gèrent aussi avec beaucoup d'attention le trafic des fusils et de la poudre. Quand les Amangos n'auront plus de poudre ni de plomb pour fondre des balles et que les fusils auront été détériorés par l'humidité, il sera temps pour les Anglais d'armer les Akwapins. Pour la revanche ! L'essentiel est que le flot des esclaves descendant vers la côte ne tarisse pas…

Le monopole de la vente de fusils et de poudre accordé à Massin n'était pas gratuit, il devait aussi rapporter à d'Harchevilliers quelques milliers de livres chaque année. Bien entendu, cet argent n'apparaissait ni sur les livres de comptes des navires négriers ni sur ceux de l'administration royale.

La guerre entre les Amangos et les Akwapins commença exactement six semaines après ce fameux dîner chez le gouverneur. Le roi des Tambas du Nord s'était joint à celui des Amangos pour prendre à revers les Akwapins. Trois cents des fusils de notre cargaison avaient été placés entre des mains qui savaient en user. Massin y avait joint ce qu'il fallait de poudre, de plomb et d'eau-de-vie pour mener à bien des batailles qui ne devaient faire ni trop de morts ni trop de blessés – les mutilés et les esquintés sont invendables –, mais beaucoup de captifs.

La voix obsédante des tam-tams de la nuit chanta très vite les victoires éclatantes du roi Babileke, qui commandait au tonnerre dans le ciel et régnait ici-bas sur une armée de féticheurs et de sorciers prodigieux capables de rendre ses guerriers invisibles et invulnérables. Les bardes et les conteurs nègres avaient la louange intarissable. On sut très vite qu'il avait fait beaucoup de prisonniers.

La rumeur allant bon train sur la côte des esclaves, deux autres bateaux, un portugais et un brigantin français de Bordeaux, étaient à l'ancre au pied du fort de Sainte-Croix. Ils étaient six navires maintenant à attendre monts et merveilles de la guerre qui venait de commencer.

Burgelin avait fourni les fusils. Il aurait la préséance à l'heure du premier choix sur le marché aux esclaves. Il récupérerait en bons Nègres robustes la plus grande partie du crédit consenti sur les fusils qu'il avait fournis au vainqueur. Bien entendu, Massin, qui avait joué les intermédiaires, n'avait pas travaillé pour rien non plus. Il aurait sa commission.

*

Au début de mon séjour sur la côte de Guinée, je ne cessais pas d'être étonné par les Nègres que je côtoyais. Malgré la couleur de leur peau, les traits de leur visage si différents des nôtres et le dénuement dans lequel ils croupissaient, ils paraissaient être toujours de bonne humeur.

Les Négresses vivaient ensemble au milieu de nuées d'enfants, elles riaient beaucoup et s'interpellaient joyeusement dans leur langue ; peut-être se moquaient-elles de nous autres, les Blancs, tout encombrés que nous étions de nos préjugés. Ces femmes allaient souvent dénudées jusqu'à la taille, elles n'avaient pas comme chez nous le souci constant de dissimuler leur gorge et leur peau. Quant aux enfançons, ils restaient tout nus à longueur de jour. Au début, j'étais troublé par ce que je croyais être la pratique de mœurs licencieuses proches de celles des animaux. Ce n'était guère facile à admettre pour qui avait grandi soumis aux règles strictes de la pudeur, mais les peuples nègres n'avaient pas, comme nous, le souci de masquer leur intimité. Il y avait, pour eux, des manières bien plus graves d'outrager les esprits et leurs dieux.

Quant aux hommes, ils allaient et venaient de leur côté. Ils se déplaçaient avec aisance et naturel dans la chaleur accablante qui nous abrutissait. Ils savaient économiser leurs forces, se soumettre ou s'accorder à la tyrannie du soleil. Ils étaient d'une patience inconnue chez nous, ils possédaient l'art de se fondre et de se couler dans toute cette nature proliférante et indomptable où ils vivaient. Les nuées ardentes d'insectes piqueurs n'entamaient jamais leur sérénité, ils semblaient être les maîtres du temps. Souvent ils chantaient le soir, il n'était pas rare de les voir danser, emportés par le rythme diabolique des tambours. Leur gaieté nonchalante faisait plaisir à voir, même si elle nous restait étrangère.

Comme tous les Blancs convaincus de leur supériorité, je pensais que c'était la simplicité de leur esprit qui les préservait de nos plus grands travers. Sans aucun doute, ils n'avaient pas comme nous le goût de la domination sur les choses et les gens, ni l'appétit de la propriété ou de l'appropriation forcenée des biens de ce monde. Selon le père Chabrier, c'était cela surtout qui distinguait les Noirs et les Blancs, beaucoup plus que la couleur de leur peau.

— Il est admis par tout le monde que les peuples blancs sont supérieurs à ceux qui ont la peau noire par la capacité de raisonner et de formuler des idées, me fit remarquer le père Chabrier un jour où nous parlions à l'ombre d'un fromager. Les Nègres apprennent à user de notre langue, mais je ne connais aucun Français de Sainte-Croix capable de parler dans la langue des Amangos ou dans celle des Akwapins. Le truchement d'un langage à l'autre n'est l'affaire que des Noirs…

— La maîtrise d'une langue étrangère se fait par une sorte d'imprégnation des sons, ça ne requiert aucune compétence d'intelligence, lui rétorquai-je. L'entendement des enfants quittant le sein de leur nourrice n'est pas formé, pourtant ils apprennent la langue de leurs parents.

— Alors, monsieur le savant, vous apprendrez la langue des Amangos ou celle des Akwapins et nous en reparlerons. Ni l'une ni l'autre ne s'écrivent, elles sont cependant très complexes pour un esprit européen qui a appris à raisonner en usant du latin. Bien peu des Blancs vivant sur la côte de Guinée ont réussi à user des langues de l'Afrique, tandis que les Noirs se servent de la nôtre avec une étonnante facilité et même une très grande virtuosité, quand il s'agit de commercer.

Ce n'était pas la première fois que j'entendais le jésuite parler des Nègres avec bienveillance, mais voilà qu'il leur prêtait aussi de l'intelligence. Il était bien le seul sur toute la côte des esclaves à ne pas considérer les indigènes comme des êtres à peine placés au-dessus du bétail de chez nous ou des singes de la forêt dans l'ordre de la création.

— Nous avons beaucoup à apprendre des peuples à la peau sombre, me fit encore remarquer le père Chabrier. Mais nous ne voulons rien savoir de ces gens, seulement en faire des esclaves en niant leur capacité à se servir de leur raison et en usant de la ruse ou de la violence pour les soumettre à notre volonté.

Ce « nous » ne le concernait pas. Il avait reconnu son « prochain » dans ce que je pensais être la laideur des Nègres. Il voulait les comprendre et les aimer. Il cherchait à percer les mystères de leurs croyances et de leur nègrerie, pour les entraîner sur le chemin de la conversion à la seule vraie foi qui vaille : la sienne.

Au fil de nos discussions, le père jésuite me distrayait de la pesante vulgarité de tous les autres Blancs. Au cours de nos rencontres, je remarquais que le prêtre n'employait jamais le mot « Nègre », il parlait plutôt des indigènes, ou des peuples à la peau noire. Je ne compris que bien plus tard qu'ainsi, il leur témoignait du respect.

On se retrouvait l'après-midi, à l'ombre de sa chapelle. La chaleur provoquait un tel anéantissement physique, pour nous autres les Blancs, qu'il nous était impossible de vaquer à quelque occupation que ce fût, hormis bavarder à l'ombre d'un arbre. Quand j'arrivais, le prêtre fermait son bréviaire : il en remettait la lecture à plus tard et nous parlions. À la suite d'une de ces discussions, je finis par admettre que les jeunes Négresses, avec leur marmot dans le dos et souvent un haut panier sur la tête, avaient un maintien majestueux. Le jésuite avait fait évoluer ma façon de regarder les femmes noires et de juger de la beauté d'une posture. Quand elles se déplaçaient, je ne pouvais m'empêcher d'admirer le mouvement gracieux de leur marche autant que l'élégance de leur allure.

*

J'avais demandé à me rendre dans le parc aux esclaves pour examiner de près des spécimens de Nègres. D'Harchevilliers n'y voyait aucun inconvénient, son état de délabrement physique en faisait une chiffe molle : il se fichait bien de ce qui se passait dans les cachots du fort dont il avait la charge.

J'étais accompagné d'un matelot de la *Marie-Amélie*. Un vieux marin, qui avait assisté le chirurgien du bord lors d'un précédent voyage. Un Nègre, pieds nus, vêtu d'un pagne, mais à demi déguisé en soldat du fort, me servait d'interprète.

— C'est par les dents qu'il faut commencer, m'avait prévenu le matelot. De bonnes dents, c'est un signe de santé. Mieux vaut un Nègre moins musclé qu'un costaud à qui il manque la moitié des dents…

Hormis ce conseil de bon sens, je me serais débrouillé seul dans mon travail de palpation du corps d'un Nègre ou d'une Négresse, mais mon matelot n'arrêtait pas de m'abreuver de tout ce qu'il croyait savoir de l'anatomie des indigènes de la Guinée.

— On dit que leur cervelle est très différente de la nôtre, elle est plus petite et la matière en est plus liquide…

— Je n'en sais rien, je n'ai jamais disséqué de Nègre, je ne sais rien de leur matière cérébrale !

— Ce qui est sûr, c'est qu'ils ont moins de nerfs que nous. C'est pour ça qu'on peut les fouetter : ils ne sentent pas la douleur comme nous…

— Qui a bien pu proférer une pareille sottise ? m'indignai-je.

— Le chirurgien qui officiait sur la *Marie-Amélie* avant vous s'y connaissait en négros. Il avait fait trois expéditions depuis les côtes d'Afrique vers les Indes occidentales. Il est mort, emporté par une fièvre maligne en arrivant à Saint-Domingue.

Après avoir palpé avec le plus grand soin une dizaine de Nègres et autant de Négresses, je pus constater que leur complexion était en tout point semblable à la nôtre. Il n'y avait aucune raison qu'ils fussent différents de nous. Je fus cependant troublé par la tranquille certitude du matelot qui m'abreuvait de toutes les âneries que mon prédécesseur proférait avec l'autorité d'un homme de sciences. L'après-midi même je ne manquai pas de rendre compte de mes conclusions au père Chabrier. Le jésuite s'amusa beaucoup de ce que je lui rapportai.

— Et que pensiez-vous débusquer au cours de votre examen ? Deux estomacs comme chez les ruminants ? Des branchies comme chez les poissons ? Des organes inconnus de nos anatomistes ? Les trafiquants et les négriers auront beau faire et beau dire, les hommes à la peau noire sont des hommes, tout simplement.

— Des hommes sans aucun doute, mais leur peau est noire, ils ne nous ressemblent pas, ce qui nous autorise…

— À en faire des esclaves et à les considérer comme des animaux, compléta-t-il en me coupant la parole.

— À en faire des esclaves, sans aucun doute ! Ils sont une sorte d'hommes très différente de la nôtre, c'est une évidence ! Ne pas l'admettre relève de l'aveuglement.

Je devais heurter la conviction du prêtre. Cependant, il ne chercha pas à m'assommer d'arguments charitables ou de bondieuseries bienséantes. L'homme avait de l'intuition, il avait jugé que je n'étais pas décidé encore à entendre quelques vérités qui lui tenaient à cœur. Il reprit avec douceur le fil de notre conversation, comme il seyait à deux hommes éduqués, coutumiers des règles de la courtoisie :

— Ce n'est que par habitude et par ignorance que nous faisons des Noirs des êtres frustes et de moindre qualité, un peu comme dans notre bon royaume de France on considère qu'un duc vaut mieux qu'un baron, qui lui-même vaut mieux qu'un bourgeois, lequel méprisera un artisan, qui lui-même tiendra un manant pour un moins que rien… On se plaît à penser que c'est là le choix de la providence.

Je garde le souvenir précis de la réponse pleine de sottise que je fis au père Chabrier :

— Vous prenez plaisir à tout confondre et à essayer de semer le trouble dans mon esprit. Mais je ne me laisserai pas subvertir : les Nègres sont des Nègres ! Vous voulez en faire nos égaux, mais leur entendement est limité, ils sont incapables de raisonner, de s'instruire et d'atteindre à notre savoir ! Nous sommes les maîtres et nous en faisons nos esclaves. Ce n'est ni vous ni moi qui en avons décidé, c'est un arrêt de la nature et vos boniments charitables n'y changeront rien !

Il aurait pu se fâcher, me traiter de fat, d'ignare ou de jeune blanc-bec présomptueux. Il aurait eu dix mille fois raison. Au lieu de ça, il ne se départit aucunement de sa sérénité ni de sa douceur teintée d'ironie pour me répondre.

— Vous êtes encore très jeune, mon cher ami : certaines idées nous prennent à rebrousse-poil, il faut leur laisser le temps de faire leur chemin. Voyez-vous, en arrivant ici, nous autres, jésuites, étions pleins de préjugés, tout imbus de notre supériorité de chrétiens.

Nous portions sur le monde des païens et des sauvages un regard plein de condescendance. Il a fallu que je reste seul après la mort du dernier de mes frères pour que j'ouvre enfin les yeux sur la vraie nature des peuples de la côte. Autant que nous autres Blancs, ils ont toute leur place dans la maison du Père.

Le jésuite devait avoir une bonne cinquantaine d'années, c'était un âge très avancé pour un Blanc dans ces funestes contrées. Et il était arrivé là depuis longtemps, il avait connu plusieurs gouverneurs dont il avait célébré les funérailles. Dans le cimetière des Français, il avait béni les cercueils de soldats, de marins, de trafiquants, ainsi que ceux de leurs épouses imprudemment aventurées sur ces terres de désolation ; ça lui donnait une sorte de légitimité. Hormis le gros Massin, tout le monde le traitait avec égards. Même si on ne tenait aucun compte de ce qu'il disait, on le craignait un peu comme on craignait les sorciers et les féticheurs. La superstition n'était pas qu'affaire de Nègres.

Comme tous les jésuites, Chabrier était un homme de grande intelligence et très instruit. Le saint homme devait affronter le mépris des Blancs et l'indifférence des Nègres : la solitude ne l'effrayait pas, il ne craignait jamais d'aller à contre-courant de ce que pensaient les uns ou les autres. Malgré tout le respect que cet homme de bien m'inspirait, je n'avais nulle envie de porter un regard chargé de compassion et de mansuétude sur le monde des Nègres. J'avais l'entrepont de la *Marie-Amélie* à remplir, je devais m'atteler à ce travail difficile sans trouble de conscience ni remords. Comme tous les négriers en quête de « bois d'ébène », j'avais hâte d'échapper au plus vite à la sinistre côte des esclaves.

Hiver 1760 – À l'hôpital Saint-Jean de Crécy-Couvé

— Voilà votre bouillon, Monsieur. Dépêchez-vous de le boire pendant qu'il est bien chaud.

Surpris, je lève le nez de mon écritoire. Jacquet est encore entré sans frapper… ou bien je ne l'ai pas entendu. Maintenant que je vais mieux, il faudrait bien qu'il prenne l'habitude de respecter mon intimité. Je ne veux pas le fâcher, je le lui dirai quand l'occasion s'en présentera.

— Il fait grand jour, je n'ai pas vu le temps passer. J'ai tant écrit ces dernières heures que mes doigts en sont crispés et douloureux.

Tout se bouscule dans ma pauvre tête malmenée par les séquelles de cette fichue maladie. Je perds la notion du temps. Depuis que la fièvre est tombée, j'ai rempli des pages et des pages sans presque lever le nez. Il faudra que je me relise avec le plus grand soin pour m'assurer que ma main a suivi avec fidélité le cours de ma pensée.

— Vous feriez bien mieux de vivre que d'écrire ! Ici tout le monde s'agite sans relâche depuis le matin jusqu'au soir tandis que vous, vous vous cachez du monde à faire le bougon dans votre chambre, à raconter une histoire qui n'intéresse personne !

Jacquet est de plus en plus insupportable, même si je dois admettre qu'il n'a pas tout à fait tort.

— C'est donc pour me gratifier de toute cette impertinence que tu viens interrompre mon travail d'écriture ?

— Les petites gens commencent leur journée de bonne heure pour que les maîtres trouvent tout à leur convenance quand ils se donnent la peine de sortir de leur lit. Les maîtres devraient avoir plus de considération pour leurs domestiques ! Vous ne me demandez même pas si j'ai passé une bonne nuit à ne dormir que d'un œil en gardant l'autre grand ouvert à votre service.

Voilà qu'il me fait des remontrances, maintenant ! Je ne vais pas lui reprocher d'avoir la langue trop bien pendue, mais il devrait tout de même me témoigner un peu plus de respect !

Il sait bien que je tiens à lui ; il se joue de ma faiblesse.

— Pardonne-moi, Jacquet. Je suis tant préoccupé de moi-même que je manque aux obligations de la politesse la plus élémentaire. Comment te portes-tu, ce matin ?

— Très bien, Monsieur, et je suis fort aise de vous voir plus civil et avenant qu'hier. J'ai demandé qu'on vous prépare ce régal pour malade fait de miel, de vin de Madère et de crème fraîche que vous recommandez à vos patients les plus faibles pour leur redonner de la vigueur.

Ce mélange n'a rien de savant, c'est un remède de bonne femme que la vieille cuisinière de l'hôpital prépare sur mes conseils pour tous les catarrheux et les poitrinaires. Bien chaud, il insuffle un peu de vitalité et de force dans les organismes affaiblis par la maladie. Il me fera beaucoup de bien, j'y puiserai l'énergie de poursuivre la relation de mon grand voyage à travers l'océan Atlantique.

— Tu es bien bon. À défaut de vigueur, le breuvage devrait m'aider à clarifier mes idées. Tous ces événements sont survenus il y a bien longtemps, je dois les restituer dans l'ordre. Les années et la fièvre n'effacent rien, mais ont tendance à mélanger mes souvenirs.

— Vous faites preuve d'une vitalité peu commune, Monsieur. Hier au soir vous étiez à deux doigts de trépasser, et ce matin vous êtes plein de gaillardise en train de fatiguer votre monde à écrire sans vous arrêter. C'est à croire que vous vous moquez des gens…

Voilà que nous marchons sur la tête ! C'est moi, le maître, qui subis la mauvaise humeur de mon domestique. Je dois admettre que mon petit Jacquet n'en peut plus. Il a veillé sur moi la nuit durant et maintenant, il bâille à s'en décrocher la mâchoire, je vois bien qu'il tombe de fatigue et qu'il n'aspire qu'à dormir tout son saoul.

— Va donc et ne te soucie plus de moi. Si tu veux continuer à me servir, il faut que toi aussi tu reprennes des forces, car je vais avoir encore besoin de toi. Il me reste beaucoup de pages à écrire pour venir au bout de ce récit monstrueux que j'ai commencé.

L'adorable garçon ! S'il savait que son maître n'est qu'un sot doublé d'un poltron, mettrait-il autant de zèle à l'assister ? Aurait-il pour moi cette affection parfois un peu rugueuse dont il fait preuve ? Je n'ai jamais su répondre comme il fallait à celles et ceux qui ont eu de l'amour ou de l'amitié pour moi.

— Je vais vous aider à passer une chemise propre et poser sur vos épaules une couverture. Puisqu'il n'est pas moyen de vous faire dormir ou de vous faire lever pour aller prendre l'air, au moins serez-vous plus confortablement installé pour écrire.

— Merci infiniment, mon garçon. Je bois ce bouillon et je me remets immédiatement au travail.

— Vous êtes enragé, Monsieur ! Je sais que je ne parviendrai pas à vous faire entendre raison. Je vous laisse à vos démons…

Il parle de démons… il ne croit pas si bien dire. Il est sorti, il ne tardera pas à venir à nouveau s'enquérir de ma santé et de mon bien-être. Je devine qu'il ne comprend pas mon obstination à poursuivre ce travail d'écriture. Je ne sais pas moi-même pourquoi je tiens tant à raconter cette vieille histoire. J'y cherche l'apaisement, peut-être une manière de pardon.

V – Juin 1742

Remplir l'entrepont d'un brigantin

Le ciel était lourd de menaces. De gros nuages tout près de crever n'allaient pas tarder à noyer tout le territoire de Sainte-Croix sous des trombes d'eau. La chaleur humide de ce début de matinée du mois de juin était déjà insupportable. Pareille à un gros serpent paresseux et lent, la colonne sortit des lisières de la forêt, elle ondula vers nous dans les hautes herbes de la savane. On les attendait de pied ferme, le roi des Amangos payait ses dettes. Avec le second de la *Marie-Amélie*, nous étions perchés sur le plus haut bastion du fort et, armés de longues-vues, nous les regardions avancer jusqu'aux premières cases du bourg. C'était sur la grande place que se tenait le marché. Là se vendaient et s'échangeaient des femmes, des hommes et des enfants. C'était là qu'auraient lieu le tri et les marchandages avec les sbires du roi Babileke. Pour moi, le vrai travail allait bientôt commencer. J'étais impatient de montrer à tous ce dont j'étais capable.

Quand je les avais découverts et palpés dans les parcs aux esclaves, j'avais eu le loisir d'apprendre la bonne manière d'évaluer un Nègre, les points sur lesquels il fallait être intransigeant et quelques-unes des roueries des marchands pour nous fourguer des vieux, des abîmés ou des femmes enceintes. Je m'étais aussi initié au marquage sur ceux qui devaient partir sur d'autres bateaux. J'avais participé au travail avec timidité, au début, mais finalement, j'avais pu faire état de mon habileté manuelle, j'avais acquis en deux séances quelques-unes des astuces indispensables pour réaliser de beaux marquages bien nets qui cicatriseraient très vite. J'étais prêt à expérimenter tout ce que je venais d'apprendre.

Burgelin aussi bouillonnait d'impatience, il n'y avait pas loin de deux mois que nous avions touché terre. Nos marins travaillaient d'arrache-pied à transformer la *Marie-Amélie* en navire prison. Notre capitaine avait le sentiment d'avoir été la dupe du gros Massin, ce qui lui aigrissait très fort le caractère. Par l'entremise du secrétaire intérimaire, il avait fait crédit au roi Babileke de fusils, de poudre et de barres de fer à forger, mais pour l'heure, pas le moindre Nègre n'était enchaîné pour nous sous les bastions du fort.

— Il était temps, murmura Duplessis, l'œil vissé à sa longue-vue. Ils ont l'air en bonne santé ! Nous allons pouvoir commencer à emplir notre entrepont.

J'avais deux heures devant moi avant que le gouverneur d'Harchevilliers ne déclarât ouvert le marché. Nous descendîmes de notre perchoir. Nous devions partir au bourg et nous installer aux meilleures places, à l'abri du déluge qui ne tarderait pas à noyer toute la côte. Les soldats du fort étaient en train de s'installer autour de la grande esplanade. Il ne fallait pas confondre le marché aux esclaves avec une foire d'empoigne. L'ordre devait être scrupuleusement respecté dans le déroulement des transactions. Les capitaines négriers et leurs équipages défendaient leurs intérêts avec ce qu'il fallait de brutalité et de violence s'ils s'estimaient lésés. Il fallait éviter d'invraisemblables pugilats à propos de beaux spécimens de Nègres trop âprement disputés. Quelques mois plus tôt, il y avait eu des morts chez les Anglais lors d'affrontements entre négriers.

D'Harchevilliers nous attendait dans la cour du fort. Il était déjà saoul comme un cochon.

— Le marché lui fait horreur, me glissa Massin alors que nous nous mettions en route. Chaque fois c'est pareil, il ne s'est jamais habitué. M. d'Harchevilliers est un homme sensible, le tri le dégoûte. Il faudrait qu'il s'en retourne en France, mais il n'en a plus ni la force ni la volonté. Il n'est pas fait pour trafiquer les esclaves sur la côte. Il n'ira plus très loin… Je le regretterai !

Il y avait une manière de commisération dans les paroles de Massin, c'était une oraison funèbre prononcée à l'avance. Le cynisme du secrétaire trafiquant ne m'indigna pas : je trouvais même ses propos très justes et sensés. Qu'avais-je à faire, alors, de la sensibilité de ce pantin dérisoire détruit par l'alcool ? Je le méprisais.

J'étais, à cet instant-là, comme un jeune comédien transi d'angoisse avant d'entrer en scène : je connaissais bien mon rôle, mais la crainte de mal faire m'ôtait beaucoup de mon aplomb. Je fus aussi saisi par le doute : je n'étais pas bien sûr d'être fait pour ce travail. Mais il fallait y aller, il n'était plus possible de reculer !

*

Ils étaient là, devant nous. Mille, peut-être plus. Les femmes et les enfants marchaient devant. Les hommes venaient à leur suite, entravés et attachés les uns aux autres par d'épais liens de fibres végétales tressées avec beaucoup d'habileté. Des billes de bois pendues par des chaînes leur battaient dans les jambes et les auraient empêchés de courir si l'idée saugrenue leur était venue de vouloir s'enfuir.

Quand nous étions arrivés sur l'esplanade, les cris, les pleurs s'étaient tus, tout ce charivari de troupeau en marche était anéanti de détresse. Les Nègres hébétés n'avaient aucune idée de ce qui les attendait, ce silence étrange était angoissant.

Les capitaines négriers qui voulaient remplir leur navire en se passant de l'intermédiaire de notre trafiquant-secrétaire, à la tenue des livres du comptoir, étaient déjà en négociation avec les sbires amangos, mais rien ne se conclurait sans son accord. Massin était le maître du marché.

Burgelin avait fourni les fusils, la poudre et le plomb pour les balles et tout ce qu'il fallait pour mener une guerre entre tribus : ça méritait quelques égards. Le roi savait être cruel et d'une cupidité féroce, mais c'était un homme de parole, ses sbires avaient des consignes strictes, on se fournirait en premier, on se saisirait des plus beaux spécimens. La traite était un combat sans merci entre négriers.

Les Nègres akwapins de la colonne étaient incrédules, étonnés par ce monde inconnu où ils avaient été amenés de force. La plupart d'entre eux n'avaient jamais vu d'hommes blancs, ils ne comprenaient rien à ce qui leur arrivait. Ils avaient parcouru une centaine de lieues, peut-être même bien davantage, pour venir jusqu'à nous. Beaucoup portaient dans leur chair la marque du fouet de leurs vainqueurs amangos. À quoi pensaient-ils en attendant que nous décidions de leur sort ? Sous la peau noire de leurs faces et le crépu de leur chevelure, était-il possible qu'ils eussent, comme nous, une vie intérieure et une âme inquiète ? Et si tel était le cas, tout le flot de leurs pensées survivait-il à la peur que nous leur inspirions ? Leurs sentiments – s'ils en éprouvaient – étaient-ils anéantis ? Avaient-ils déjà tant souffert qu'ils se trouvaient maintenant dans l'au-delà de la souffrance ?

Je fus brièvement effleuré par le doute. Un instant seulement. Qu'avait-on à faire de ce qui traversait l'entendement des Nègres ?

Sur un geste du gouverneur, on agita la cloche à l'entrée de l'esplanade. Les transactions pouvaient commencer. Soutenu par deux de ses Nègres soldats, d'Harchevilliers regagna ses appartements.

— Il a son compte, fit Massin. Ne perdons pas de temps…

Les Amangos n'avaient pas fait de détails. C'était tout un village akwapin qui avait été razzié, avec ses vieillards, ses matrones, ses hommes faits et scarifiés, ses femmes, ses filles nubiles, ses enfants et même ses nouveau-nés. Les vieux et les vieilles furent éliminés d'emblée ainsi que les enfants orphelins, les femmes enceintes, les blessés et les malades. Nous retînmes quatre cents unités dignes d'être regardées de plus près.

Aidé par le matelot censé s'y connaître en Nègres pour être déjà venu plusieurs fois sur la côte des esclaves, je commençai à trier. Nous les examinâmes tous, un par un, avec un soin méticuleux et presque maniaque. On tâtait les membres, on évaluait les musculatures et l'élasticité de la peau. Mon matelot assistant avait l'œil, il frottait les pectoraux des Nègres avec de la poussière pour voir si on ne les avait pas enduits avec de la cire ou de l'huile pour leur donner bonne mine, faire saillir les muscles et briller la peau. Moi, je leur ouvrais la bouche pour inspecter leur dentition, j'examinais leurs yeux, je leur tâtais le ventre pour connaître l'état de leurs entrailles et les maladies qui pouvaient s'y tapir. Le foie était l'objet de toute mon attention, car beaucoup des maladies sournoises de l'Afrique y trouvent refuge avant de le détériorer irrémédiablement.

Loupe en main, j'examinais les parties génitales des hommes comme celles des femmes pour être certain que nos achats étaient sains, exempts des maladies purulentes qui sévissaient sous les tropiques comme dans tous les ports depuis le Portugal jusqu'à l'Écosse et la Hollande. Si j'avais un doute, j'éliminais. Un autre matelot mettait de côté les Nègres que je lui désignais pour entrer dans le jeu de troc de mon capitaine.

— Monsieur Levrault, me lança joyeusement Burgelin, qui de loin surveillait les opérations, on dirait que vous avez trié des Nègres toute votre vie !

— Ce n'est pas l'idée que je me faisais de mon métier : je ne suis pas certain d'y prendre goût !

— Moi, j'aime beaucoup ça, claironna-t-il. Les journées de troc m'échauffent toujours beaucoup le tempérament. Ça me manquera quand je rentrerai chez moi et que j'en aurai fini avec la vie de marin du commerce !

Il avait tout lieu d'être satisfait. C'était un beau jour pour ses affaires : quand la cloche marquerait la fin des transactions, la *Marie-Amélie* serait remplie d'une bonne moitié de ses passagers.

J'eus plus de mal à constituer le lot de Négresses qu'il nous faudrait emmener. Les rois nègres n'acceptaient jamais de ne vendre que des hommes, ils voulaient se débarrasser des Négresses qu'ils avaient razziées chez leurs ennemis. Il nous fallait donc emmener des femmes. Elles ont beaucoup moins de valeur à la revente que de bons mâles robustes aptes au dur travail de la canne. Il fallait aussi s'embarrasser d'enfants que les capitaines devaient parfois laisser pour presque rien sur les marchés aux esclaves des Antilles. Burgelin se pliait de mauvaise grâce à cette règle imposée par le roi nègre, mais il avait bien insisté : il ne voulait pas de Négresse engrossée.

— Quand elles accouchent pendant le voyage, les nouveau-nés meurent presque toujours, ça rend les autres mélancoliques. Elles deviennent comme des animaux tristes. La morosité d'une Négresse, ça se voit au premier coup d'œil, ça peut faire baisser son prix des deux tiers…

Les femmes regimbaient, elles refusaient de se laisser examiner. L'idée que je pouvais blesser leur pudeur m'effleura, mais je passai outre. Il n'est pas d'autre moyen de connaître le début de la gestation d'une femme qu'en lui palpant les seins et en sondant son intimité. Trois vieilles Négresses plus ou moins matrones immobilisaient celles que je leur désignais. Je palpais des gorges, des ventres et j'examinais des vulves sans être sûr et certain de ne pas me tromper. Désigner pour l'embarquement des Négresses déjà prises, mais dont les gésines étaient encore indécelables, pouvait être une bonne affaire. Ces femmes seraient grosses au moment de la revente et les maîtres ne répugnaient pas à prendre à leur service une mère avec un enfant à naître. Les Négresses allaitantes avaient la réputation d'être de très bonnes nourrices. Quant au négrillon ou à la négrillonne à venir, il allait de soi qu'il serait la propriété de l'acheteur. Le prix d'une Négresse pleine pouvait parfois avoisiner celui d'un bon Nègre dans la force de l'âge, disait-on.

Il me fallut plus de deux heures pour constituer mon lot d'esclaves. Cent cinquante Nègres robustes et de bonne constitution, cinquante Négresses avec enfants et cinquante filles-femmes nubiles sans enfants ou sans grossesse décelable. Rien que du meilleur. Des femmes et des mâles solides, bien proportionnés, musclés, habitués à l'ardeur du soleil, avec toutes leurs dents, avec aussi de longues jambes, plats de ventre, bien découplés d'allure, les reins convenablement cambrés, et noirs de peau sauf à l'intérieur des mains et sous la plante des pieds, qu'ils avaient plus claire.

À eux tous, ils étaient le prix de l'avance des fusils et de la poudre consentie au roi Babileke par l'entremise de Massin. Les hommes furent promptement enchaînés, les femmes et les enfants parqués dans un autre enclos. De par notre crédit, nous avions eu la primeur du choix. Maintenant que nous étions servis, les autres capitaines négriers pouvaient entamer leur troc en vue de constituer leur propre cargaison. Nous avions pris le meilleur, les autres nous regardaient de travers, mais ils se pliaient aux usages imposés par notre maître trafiquant et secrétaire aux écritures du comptoir. Le trafic des esclaves est partout soumis à des règles particulières, les capitaines négriers ont beau protester, ils n'ont pas les moyens de s'y opposer. Si les trafiquants ne trouvaient pas leur bonheur dans le troupeau de ceux que nous n'avions pas retenus, ils pouvaient s'en aller tenter leur chance ailleurs, un peu plus loin, chez les Anglais ou chez les Hollandais, ou même chez les Portugais.

J'avais la tête vide, la chaleur était accablante, je m'installai à l'ombre d'un kapokier pour me reposer et reprendre un peu mes esprits avant de commencer la séance de marquage. Une étrange torpeur s'était abattue sur le marché. Assaillis par des mouches voraces, des enfants pleuraient, des femmes se lamentaient. Les hommes semblaient résignés. J'entendais claquer les fouets des soldats et des matelots qui canalisaient en hurlant le flot des Nègres sur cette esplanade de désolation.

— Très beau choix, vous avez l'œil négrier, cher ami. Mais il vous manque encore un peu d'expérience : ce ne sont pas toujours les plus robustes qui parviennent de l'autre côté de la mer…

— Ne me dites pas que ce sont les plus chétifs ou les plus vieux ! Je ne vous croirais pas.

C'était le père Chabrier qui venait m'importuner. Je ne l'avais pas vu arriver, il m'apportait à boire. Lui aussi prenait le temps de se reposer un peu à l'ombre.

— Les hommes et les femmes sont pris d'un immense désespoir quand ils se retrouvent au milieu de la mer. Vous les privez de leur forêt, de la proximité de leurs ancêtres… de leurs dieux cachés dans les arbres, les rochers ou les animaux sauvages. Vous les entravez comme des bêtes. Beaucoup de vos passagers mourront de tristesse et de mélancolie avant même que d'arriver dans les îles sucrières.

— Est-ce seulement pour asticoter ma conscience que vous avez affronté ce soleil infernal qui finira par me rendre fou ?

— Les jours de marché, je parcours l'esplanade dans tous les sens. J'essaie d'apporter un peu de réconfort à tous ces malheureux. Je ne peux pas faire grand-chose pour ces pauvres gens, mais ma conscience ne me laisserait pas un moment de répit si je n'étais pas au milieu de toute cette souffrance ignoble des jours du troc.

— Un marchand de bestiaux de chez nous ne s'y prend pas autrement que je l'ai fait pour choisir les bêtes qu'il va acheter au marché ! J'aurais pu faire un marchand de bestiaux convenable…

— Qui sait ce qu'on aurait fait, si la vie en avait décidé autrement, répondit-il en riant.

Puis, redevenant sérieux :

— Connaissez-vous le cours de l'échange, aujourd'hui ?

— Le cours de l'échange, fis-je, très intrigué.

— Ce que vaut un Nègre pour les autres capitaines négriers que Burgelin, pour ceux qui n'ont pas eu la chance de faire crédit au roi Babileke…

Je n'en avais pas la moindre idée.

— Trois fusils à pierre, douze livres de poudre noire, deux barres de plomb pour les balles, un tonnelet d'eau-de-vie, deux plaques de cuivre à découper et un coupon de toile anglaise. Babileke troquera tout ça à ses guerriers contre de l'or ou de l'ivoire qu'il échangera aux capitaines négriers contre d'autres fusils, de la poudre et du plomb. Les rois nègres ont aussi le goût de l'or, de la richesse et de la conquête. Notre ami le roi des Amangos pourra armer d'autres guerriers, affirmer sa puissance, montrer à ses vassaux qu'il est le plus fort. Il pourra continuer la guerre et razzier d'autres villages, faire des prisonniers qu'il vous vendra comme esclaves.

— C'est odieux ! Ce Babileke est un triste sire !

— Je suis bien d'accord avec vous, fit le père Chabrier sur un ton presque jovial. Mais ceux qui fournissent les fusils, la poudre, le plomb et l'eau-de-vie sont à fourrer dans le même sac, monsieur Levrault. Quant à ceux qui achètent ces pauvres gens pour les revendre…

Il laissa sa phrase en suspens et repartit, sans me regarder, à son travail de pêcheur d'âmes à soulager.

*

Quand un Nègre ou une Négresse dans la force de l'âge était retenu, les scribes de Massin l'inscrivaient sur le grand registre du comptoir. Le chef des sbires amangos apposait sur la même ligne la marque du roi Babileke. Dès lors, l'homme ou la femme capturé par les Amangos devenait la propriété exclusive de MM. Trottignon et Lecourbe. Le nouvel esclave était conduit dans le secteur de l'esplanade où nous avions installé notre atelier de marquage.

— Ils gueulent un peu, mais ils ne sentent pas la douleur comme nous, me dit un des matelots qui allait m'assister pour l'opération.

C'était la seconde fois qu'on me servait cette idiotie, qui semblait être une conviction bien ancrée chez nos marins.

Avec un fer rougi au feu, on imprimait un « TL », pour « Trottignon & Lecourbe », sur l'avant de la cuisse gauche de « nos Noirs ». On laissait l'omoplate libre pour la marque du planteur qui ferait l'acquisition de nos esclaves dans les îles. Pour réaliser une belle estampille bien propre et nette, il fallait surtout que le Nègre ou la Négresse fût solidement maintenu et qu'il ou qu'elle ne bougeât point pour ne pas compromettre l'opération. Tout l'équipage était requis pour ce travail : tandis que les uns me prêtaient main-forte, les autres, armés de fouets, maintenaient le calme parmi celles et ceux qui attendaient leur tour. À Sainte-Croix, on ne marquait pas les enfants.

— C'est bien gentil, m'avait dit un matelot, mais si une mère meurt, on peut se faire piquer un gosse à la vente aux enchères : allez donc repérer un négrillon parmi d'autres négrillons : ils se ressemblent tous.

— Un négrillon sans mère ça vaut rien du tout, on ne va pas en faire une histoire, avait rétorqué un autre de mes acolytes.

Celui-là n'avait pas le goût de marquer des enfants avec un fer rougi au feu.

Estampiller les adultes des initiales de nos armateurs m'avait mis mal à l'aise. Il y avait là une barbarie et une indignité qui me heurtaient. Chez nous, c'était le traitement réservé aux criminels ou aux bestiaux. Nos Nègres n'avaient que le tort d'avoir la peau noire, ils n'avaient commis aucun des crimes méritant la flétrissure du marquage. J'éprouvais de la honte à accomplir cette tâche, c'était là le travail d'un bourreau ou d'un maquignon, pas celui d'un chirurgien. Marquer les enfants aurait été au-dessus de mes forces.

C'étaient ceux des Nègres qui supportaient la brûlure, sans lâcher la moindre plainte, qui me rendaient ce travail insupportable. Ils ne baissaient pas les yeux, ils me défiaient, ils avaient de la haine et du dégoût dans le regard. Ils me méprisaient. Je préférais de beaucoup qu'ils hurlent leur douleur et qu'ils se débattent.

Certains des matelots prenaient plaisir à contraindre les Nègres et les Négresses à l'immobilité pour que je puisse poser le fer rouge sur leur peau. D'autres œuvraient en silence, mâchoires crispées. Tous étaient ivres. On ne leur rationnait pas l'eau-de-vie qu'ils avalaient sans discontinuer pour se donner du cœur au ventre.

Moi aussi je m'étourdissais avec de l'eau-de-vie.

Le second capitaine de la *Marie-Amélie* se chargeait d'enchaîner nos « achats ». On entravait nos Nègres deux par deux avec des fers aux chevilles et aux poignets pour parer à toute tentative de rébellion. Les femmes n'étaient pas enchaînées, la crainte du fouet suffisait à les maintenir groupées pour les faire avancer.

Avant de conduire nos Nègres jusqu'aux parcs aux esclaves sous le fort, on leur arrachait leurs colliers, leurs fétiches et tout ce dont ils pouvaient user pour leur maudite sorcellerie. Se voir dépouillés de leurs gris-gris provoquait chez eux d'inimaginables accès de désespoir et de terreur. Des matelots s'en amusaient et se moquaient d'eux, mais quelques-uns étaient émus et gênés par le spectacle de cette détresse. Je préférais m'éloigner, car j'étais de ceux que ce chagrin des captifs troublait. Je ne parvenais pas à rester insensible à toutes ces larmes, à cette violence et à tout ce malheur dont nous étions la cause.

En passant le grand portail du fort, beaucoup de nos esclaves pleuraient et, dans leur langue, imploraient la pitié. Les marins encadraient ce sinistre cortège : ils se gaussaient du spectacle de tant de « sottise ». Il ne venait à l'idée de personne que ces hommes et ces femmes éprouvaient à ce moment-là un insondable désespoir. De mémoire de négriers, il n'y avait jamais eu de rébellion à Sainte-Croix : dans ces premières heures de captivité, ce qui leur arrivait était tellement effarant et inattendu qu'ils subissaient leur sort avec une sorte de frayeur résignée.

*

Le soir venu, je me sentis pris d'une insidieuse nausée. Une impression tenace de honte et d'amertume encombrait mon esprit sans que je ne puisse rien faire pour l'en chasser. Avec beaucoup de scrupules et de méthode, j'avais accompli le travail pour lequel on me payait, mais depuis, il m'était impossible de retrouver un semblant de paix. L'odeur de la peau noire brûlée continuait de me hanter.

Tout le monde était pourtant très content du bon déroulement de la journée. Je m'efforçais de paraître aussi satisfait de moi-même que mes acolytes. Le chef des sbires amangos et le sieur Massin étaient ravis de la tournure des événements. Burgelin aussi. Le chargement de la *Marie-Amélie* prenait forme. L'eau-de-vie coulait à flots. Ce soir-là, il valait mieux s'étourdir de mauvais alcool que de risquer de sombrer dans l'examen de conscience.

— Il est peut-être inutile de remplir encore plus notre entrepont, avais-je fait remarquer au capitaine Burgelin. Il est connu que l'entassement favorise l'apparition des maladies. Laisser un peu d'espace à nos Nègres permettrait de les conserver en meilleure santé.

— Je vous remercie de votre conseil, monsieur le chirurgien, mais il ne vous appartient pas de me dire ce que je dois faire ! Je compte bien charger encore plus d'une centaine d'unités pour nous rendre aux Indes occidentales. Tout le monde se plaint de la baisse du prix des Nègres sur les marchés des Grandes et des

Petites Antilles. Nous compenserons le manque à gagner des prix bas par le nombre.

— S'ils arrivent tous de l'autre côté...

— Il y a toujours de la perte dans un transport vers les îles, me répondit Burgelin. C'est inévitable. L'entassement nous laissera plus de Nègres à vendre si une maladie épidémique venait à ravager la cargaison.

C'était d'une confondante stupidité. Je n'eus, ce jour-là, ni le courage ni l'audace de contredire l'avis de mon capitaine. J'étais résigné. Je savais que Burgelin n'était qu'un commerçant obtus, et qu'il n'y avait rien à lui faire entendre tant la poursuite du profit l'obsédait.

Je n'avais même plus l'excuse de m'être laissé embarquer dans cette monstrueuse aventure par dépit amoureux. L'épouvantable chaleur de Sainte-Croix avait anéanti jusqu'au souvenir de Laurette. J'en étais presque déçu. Le désir d'oublier autant que la nécessité de m'abîmer dans cet infâme travail de maquignon aurait peut-être donné un peu de sens à ma présence sur cette côte mille fois maudite. Parfois, dans la léthargie de l'heure de la sieste, il me semblait entendre une toute jeune fille rire et se moquer de moi comme au temps très lointain de notre enfance, mais ce n'était qu'illusion.

*

Depuis que nous avions touché terre, je n'étais pas retourné sur la *Marie-Amélie*. Il était de la responsabilité du chirurgien du bord de veiller à l'installation des Nègres pour la grande traversée. Je me fis donc emmener en chaloupe jusqu'à notre bateau. Au fur et à mesure que nous l'approchions, j'avais peine à reconnaître notre vieux brigantin. Le charpentier du bord s'était mis au travail dès que nous avions filé l'ancre. De toute évidence, il s'y entendait pour transformer un honnête navire de commerce en un bateau-prison capable de transporter pendant des semaines sa cargaison d'Africains vers les Amériques.

Deux solides et hautes cloisons isolaient, par tout le travers du bateau, les gaillards de poupe et de proue. Derrière la palissade arrière, par deux ouvertures, pointaient sur le pont deux canons de six livres qu'on pouvait charger à mitraille s'il en était besoin. L'espace dégagé entre ces murailles d'épais madriers serait réservé à la promenade des Nègres. Quand le temps le permettrait, on les ferait monter sur le pont par petits groupes de trois ou quatre douzaines pour qu'ils prennent l'air ; on en profiterait pour les laver à l'eau de mer. Il serait aussi plus simple de les nourrir dehors, car c'était là, au pied du mât de misaine, qu'on cuirait leur tambouille, sur des réchauds à charbon de bois. L'entrepont où seraient enchaînés nos esclaves était malcommode, il était très malaisé d'y circuler ou de s'y tenir debout. On n'y voyait rien non plus. Sans compter que l'odeur y serait évidemment épouvantable du fait de l'entassement des corps dans un espace réduit, mal aéré et surchauffé par l'ardeur du soleil des tropiques. Il serait aussi difficile, dans l'obscurité, de s'assurer que nos Nègres se sont bien alimentés, qu'ils n'ont pas décidé de se laisser mourir de faim.

Le charpentier avait aussi construit une cabane carrée contre le flanc du navire, en débordement au-dessus de l'eau : c'étaient les latrines des femmes. Les hommes n'y avaient pas accès, ils devraient se contenter de vieux tonneaux arrimés aux cloisons. Ils en useraient chaque jour, enchaînés deux par deux par les chevilles et les poignets. L'idée de ménager, un tant soit peu, la pudeur et l'intimité de ces hommes n'était venue à personne. Roulis, tangage ou calme plat, il faudrait tous les jours désigner une corvée de costauds pour vider ces tonneaux de merde qui ne manqueraient pas de déborder ou de se renverser dans l'allée centrale. Il faudrait aussi nettoyer à grande eau ce lieu confiné qui n'était pas loin d'être une antichambre de l'enfer.

Notre brigantin était parfait pour y entasser des tonneaux de sucre, des barils de rhum, des ballots de feuilles de tabac ou les sacs de café qu'on ramènerait des Antilles, mais il n'était pas conçu pour transporter des Nègres entravés deux par deux. À mi-hauteur, à bâbord comme à tribord et sur toute la longueur du bateau, le charpentier avait installé une sorte d'étagère d'environ six pieds de profondeur. Quand le plancher sous le pont serait couvert de Nègres – on laisserait disponible une allée centrale pour pouvoir circuler –, on en entasserait autant sur la banquette aménagée par le charpentier. Ça ne laissait pas plus de deux pieds trois pouces entre le plancher et la banquette et guère plus entre la banquette et le plafond. Les Nègres seraient serrés là, les uns contre les autres, ne disposant pas de plus de place qu'un mort dans son cercueil.

Une épaisse cloison séparait l'espace attribué aux femmes et aux enfants de celui des hommes. N'étant pas enchaînées, elles ne devaient en aucun cas pouvoir entrer en contact avec les hommes. Un couloir de planches épaisses avait été prévu pour qu'elles puissent accéder librement aux latrines qui leur étaient réservées sur le pont. Par une bizarrerie que je ne suis jamais parvenu à m'expliquer, Burgelin ménageait la pudeur de ses passagères.

Brébeuf, le charpentier du bord, m'avait construit un local d'isolement pour les malades à l'arrière. Effectivement, il y avait un sabord pour se débarrasser en toute discrétion des cadavres de ceux qui ne supporteraient pas le voyage.

— On est fin prêts, m'avait fait le responsable de la métamorphose de notre brigantin quand j'eus terminé mon inspection. Vous n'avez plus qu'à nous amener vos clients, monsieur le docteur, on va vous les installer comme des harengs en caque !

Je me suis contenté de hocher la tête : l'image des Nègres installés comme des harengs dans de la saumure me levait le cœur. Je ne pouvais tout de même pas m'en ouvrir à cet honnête Brébeuf, tellement content de son ouvrage de charpenterie négrière.

— Il ne me reste qu'à filer les deux grosses chaînes dans lesquelles on croche les fers des Nègres, poursuivit-il. Ça sera vite fait ! Moi aussi j'ai envie d'aller à terre avant de virer l'ancre. Quand on s'en va d'Afrique pour la grande traversée, on ne sait pas quand on reverra la terre. Ni même si on la reverra un jour !

J'ai attendu que lui et les matelots aient fini leur installation, et tout le monde a profité du même canot pour retourner à l'embarcadère. Le charpentier et les marins plaisantaient entre eux, ils se promettaient une ou deux joyeuses bamboches avant de reprendre la mer. Les larmes de détresse des petites Négresses et des jolies mulâtresses de Sainte-Croix donneraient la mesure de ces joyeuses bordées.

*

Ce même jour, il m'arriva une mésaventure singulière. J'avais pris l'habitude d'aller, avant le coucher du soleil, sur la plage qui borde le sud de l'anse de Sainte-Croix, exposée au vent puissant venu du large. L'océan venait s'y fracasser en énormes et tonitruants rouleaux d'écume. Les pêcheurs du village nègre y avaient installé leur campement de paillotes, car la plage où la mer était plus clémente, au pied du fort, leur était interdite, elle était réservée au trafic entre les navires négriers et la terre.

J'aimais regarder les Nègres franchir cette muraille d'eau furieuse avec leurs fines pirogues pour prendre la mer, ou revenir sur la plage en se laissant porter avec élégance sur la crête des vagues. C'était dangereux de danser et de glisser ainsi sur l'emportement de la houle avec ces embarcations si fragiles et légères. Bien que partageant encore l'opinion commune sur la poltronnerie et la lâcheté des Nègres, je ne pouvais m'empêcher d'admirer leur adresse à les regarder partir pêcher au large en bravant l'hostilité écumeuse de l'océan.

Des Blancs venaient là pour jouir, comme moi, du spectacle de la puissance des flots écumeux ou du ballet des pirogues de pêcheurs. D'autres encore goûtaient le simple plaisir de se jeter dans l'eau pour ressentir l'effet bienfaisant d'un bain. Il se trouva ce jour-là que la chaleur avait été plus accablante encore qu'à l'accoutumée : je cédai, moi aussi, à l'envie de me plonger tout entier dans la fraîcheur de la mer.

Vêtu de mes seules culottes, je m'avançais dans les vagues. Jamais, jusque-là, je n'avais osé me confronter à la démesure de la mer. J'en éprouvai une sorte d'cxaltation. Je me tenais bien campé sur mes deux pieds avec de l'eau jusqu'à la taille, jouissant du soulèvement et de l'enroulement sans fin des vagues qui montaient à l'assaut du sable de la plage. Une vague plus forte que les autres me bouscula et je tombai dans l'eau. L'agitation désordonnée de la mer m'enveloppa tout entier. Ce fut une vraie jouissance, une communion intense avec la violence de la nature que je n'avais jamais imaginée. Je me laissai porter par le grand brassage du ressac avant de me remettre debout.

Tandis que je m'essuyais le visage avec les mains, une nouvelle lame me projeta dans l'écume, mais avant que j'eusse repris mon équilibre, le retour brutal d'une autre vague m'entraîna dans son remous. Je perdis pied. Je me débattis tant que je pus pour échapper au mouvement circulaire qui me soulevait très haut avant de me précipiter sur le fond sableux de la plage, sous plusieurs brasses d'eau furieuse. Je suffoquai. J'étais le jouet d'un infernal tourbillon dont il m'était impossible de sortir. J'avais déjà avalé beaucoup d'eau. J'étais en train de me noyer. Je n'eus pas le temps d'avoir peur, car tous ces élans contradictoires de flux et de reflux qui me secouaient dans tous les sens ne durèrent qu'une poignée de secondes. La fin était toute proche.

Mais soudain, je sentis qu'une poigne vigoureuse m'enserrait le torse et m'arrachait au manège et à la perversité des vagues. Je m'accrochai de toutes mes forces à celui qui était en train de me tirer du mauvais pas où je m'étais fourré. Il dut encore lutter contre la puissance des rouleaux pour me sortir de la mer et regagner des eaux plus calmes. L'homme était d'une vigueur peu commune. Finalement, nous nous écroulâmes tous les deux, à bout de forces, sur le sable, hors de portée du reflux. Je restai immobile, étonné d'être encore vivant et d'avoir échappé à la mer.

Quand j'eus recouvré la force de me mettre à genoux, je vis que mon sauveur était un Nègre à cheveux blancs, tout juste vêtu d'un pagne, sec d'allure, mais solide comme un tronc d'ébénier. C'était, à n'en pas douter, un de ces pêcheurs relégués sur la plage la plus dangereuse de l'anse de Sainte-Croix. Je bredouillai des remerciements maladroits qu'il dut plus ou moins comprendre. L'homme se mit debout et commença à m'invectiver dans sa langue. Je ne comprenais pas ce qu'il me disait, mais il était plein de véhémence. Avec de grands gestes, il me désignait les misérables cabanes où s'entassaient les pêcheurs. Il me fut impossible de le calmer et d'engager avec lui un semblant de dialogue. Pour parachever l'expression de son mépris, le Nègre cracha à mes pieds avant de me tourner le dos et de s'en aller sans hâte vers le campement.

J'étais perplexe. L'homme n'était pas content. Était-ce mon imprudence, ou bien la condition misérable des indigènes sur la côte qui provoquait sa colère ? Peut-être nourrissait-il, à l'endroit des Blancs, le même mépris que nous inspiraient les Noirs ? Je n'en sus jamais rien. Toujours est-il qu'il m'avait arraché à la mort, il avait dépassé son ressentiment ou sa détestation des Blancs pour sauver un homme. Parce que pour ce Nègre humilié et offensé, un Blanc, tout mauvais et cruel qu'il fût, était avant tout un homme, et on ne laisse pas un homme se noyer sans rien faire pour le sauver. Dans la moiteur des nuits de Sainte-Croix, je passai de longues heures d'insomnie, à méditer sur cet incident comme sur son épilogue. Longtemps le sens m'en demeura caché.

*

Il se passa un peu plus d'un mois avant que le roi Babileke ne renvoyât vers le comptoir de Sainte-Croix une nouvelle cohorte de prisonniers pour les échanger contre des fusils, de la poudre, de l'eau-de-vie, des tissus et différents métaux.

Outre la *Marie-Amélie*, il n'y avait qu'une goélette portugaise et un brigantin nantais à tirer sur leur ancre dans la baie. C'était une aubaine pour nous : trop d'acheteurs faisaient monter les cours du troc. L'affaire devait être rondement menée.

C'était encore tout un village qui avait été razzié loin du golfe de Guinée, dans la profondeur des terres africaines, au cœur de la forêt ou peut-être bien au-delà, dans la boucle du fleuve Niger dont on faisait grand cas, mais que personne – c'est-à-dire aucun Blanc – n'avait jamais vu. J'appris, d'un vieil Amango qui semblait connaître tous les peuples et toutes les tribus des arrière-pays de la Guinée, qu'il s'agissait d'Ashawas, un peuple du Nord cousin des Amangos, mais allié de très longue date avec les Akwapins. Pour nous, les Blancs de la côte des esclaves, Ashawas, Akwapins ou Amangos, c'était du pareil au même : c'étaient des Nègres.

Il fut procédé comme lors du précédent marché aux esclaves. Saoul perdu, le gouverneur d'Harchevilliers, soutenu par deux Noirs en livrée, vint agiter la cloche qui marquait le début du troc.

À la différence de la fois précédente, Burgelin et moi n'avions plus le privilège de choisir et d'acheter avant les autres : Babileke considérait avoir remboursé le crédit en fusils et en poudre consenti quelques semaines plus tôt pour se lancer dans la guerre. C'était à son tour d'être le maître du jeu et il entendait bien tirer tout le profit possible de sa position. En bon commerçant, il voulait faire jouer la concurrence entre négriers.

Nous n'avions pas le choix, il me fallut être vif, repérer les meilleurs, les évaluer après une rapide palpation, les mettre de côté pour un examen plus complet avant de négocier le troc. Je me montrais habile à ce jeu, j'alliais sûreté du coup d'œil et rapidité de la décision. Aujourd'hui, je n'en suis plus très fier, mais ce jour-là sur l'esplanade, j'étais le meilleur des trieurs de Nègres.

Les prisonniers mis à la vente avaient aussi parcouru plus d'une centaine de lieues pour arriver jusqu'à la côte, mais les trafiquants amangos ne les avaient pas ménagés. Les captifs étaient épuisés, leurs joues étaient creuses, beaucoup avaient les yeux ternes, leur aspect était le plus souvent morne et maladif. Les enfants étaient maigres à faire peur, il n'y avait plus de vieillards dans cette troupe misérable mal traitée et mal nourrie par ses vainqueurs. Sans doute les moins robustes étaient-ils morts en chemin.

Le barguin fut âpre avec les représentants du roi Babileke. Les capitaines s'étaient entendus pour ne pas enchérir les uns contre les autres et faire baisser les termes du troc. C'était de bonne guerre, mais la colère montait de part et d'autre. Les émissaires du roi des Amangos étaient maîtres dans l'art du marchandage, ils menacèrent de lever le camp, de ramener chez eux leur troupeau de prisonniers malingres et de traiter dorénavant avec les Anglais ou les Hollandais. Ils savaient user de la mauvaise foi et feindre la colère.

— Babileke est malin, il a dû négocier avec nos concurrents. Il leur a réservé le meilleur de sa marchandise et nous a envoyé le moins bon ! Si nous voulons reprendre la main, il va falloir être plus généreux avec notre ami. Il est ambitieux, il lui faut beaucoup de fusils, de poudre et d'eau-de-vie pour faire la guerre.

De l'eau-de-vie, surtout. Il en fallait aux guerriers amangos pour mener à bien leurs coups de main, il en fallait aux Blancs qui survivaient à Sainte-Croix en attendant la mort qui les guettait et pouvait les surprendre à chaque instant. Il en fallait aussi aux marins négriers pour supporter la cruauté des jours de troc et le traitement que nous infligions aux Nègres. L'eau-de-vie était l'âme du trafic négrier, elle coulait à flots, sans discontinuer. Aurait-on cessé d'en amener par pleines barriques sur la côte de Guinée que, peut-être, le grand fleuve de la traite aurait tari, lui aussi ?

Ce jour-là, je retins une centaine d'hommes à marquer et à enfermer avec les autres dans notre secteur du parc aux esclaves. Ils étaient en apparence moins robustes et attiraient moins l'œil que nos acquisitions du mois précédent. Ils paraissaient cependant plus durs au mal. Ils étaient à coup sûr très résistants, pour avoir réussi à venir de très loin jusqu'à nous, entravés comme du bétail sans presque rien à manger. L'affaire n'était pas mauvaise, ils seraient faciles à vendre s'ils parvenaient à refaire un peu de lard et à traverser la mer océane. Les costauds ne sont pas toujours les plus recherchés, aux îles. Je crus déceler un discret sourire de contentement sur les lèvres de Burgelin : nous étions bien d'accord, ceux-là pourraient travailler onze à douze heures par jour dans les champs de canne.

Puis nous passâmes au second temps de la vente. À coups de trique et de fouet, des hommes de l'équipage regroupèrent devant moi un troupeau de Négresses et de négrillons qu'ils firent ranger en colonnes. J'étais à l'ombre d'une paillote, les femmes attendaient debout en plein soleil, effarées de toute cette incompréhensible cruauté, séparées de leurs hommes qu'elles voyaient, enchaînés et entravés, rejoindre l'atelier de marquage.

Après avoir lampé une bonne rasade de tafia pour me donner du courage, je me remis au travail. Toutes ces femmes alignées devant moi étaient très jeunes, mais déjà mères pour la plupart. Elles étaient vêtues de haillons couvrant imparfaitement leur nudité. Des enfants pleuraient, des nuées de mouches harcelaient tout l'étalement de cette détresse infinie. Trois ou quatre matrones, qui s'y entendaient pour maîtriser les récalcitrantes, m'aidaient à conduire un examen méticuleux et honnête de l'intimité du corps de ces femmes.

Hiver 1760 – À l'hôpital Saint-Jean de Crécy-Couvé

— Monsieur, je crains que tout ce temps passé à écrire ne soit à tout jamais gaspillé. Vous feriez mieux de vivre comme tout le monde et de prendre un peu de repos.

— Mon domestique deviendrait-il une de ces vieilles commères qui vont répétant les mêmes paroles au fil des jours et du temps qui passent ?

— Il se peut, Monsieur ! Il n'empêche que vous devriez goûter l'air vif du dehors pour reconstituer votre santé. Il fait soleil, aujourd'hui…

— Tu me l'as déjà dit et je t'ai répondu que j'étais assez grand pour décider de ce que j'avais envie de faire ou de ne pas faire. Tu es encore bien jeune, mais tu radotes déjà comme un vieux bonhomme.

— Monsieur, si je n'essaie pas de vous faire entendre un peu raison, qui donc le fera ?

— Depuis quand les domestiques ont-ils charge de faire la leçon à leurs maîtres ?

— Depuis toujours, Monsieur mon maître, mais les maîtres ont rarement assez de sagesse et de jugeote pour écouter leurs domestiques.

— Tu es bavard, Jacquet, et prends garde que ton bavardage ne finisse par m'insupporter !

— Si je vous insupporte, Monsieur, c'est que je ne vous considère pas comme un maître ordinaire, tout juste bon à s'emporter quand on le prend dans le mauvais sens du poil.

— Tu as tort de m'attribuer de la mesure et de la bonté. Je suis capable de méchanceté et de mesquinerie comme n'importe quel autre maître.

— Oh, je le sais, mais il faut bien que je vous secoue un peu. Vous restez à longueur de temps enfermé dans cette chambre, sans autre occupation que votre fichue écriture, sans même respirer l'air du dehors. La vérité est que vous tournez en rond jusqu'à vous aigrir le caractère.

— Que te mêles-tu de mon caractère ? J'écris parce que j'ai envie d'écrire, voilà tout ! Et cesse de me chercher querelle à propos de ma façon de vivre. Je fais ce que je veux, quand j'en ai envie !

— Bien sûr, Monsieur, mais c'est que votre écriture est une fichue maladie. Ce que vous écrivez ne servira jamais à rien ! Les gens ont bien autre chose à faire que de se fourrer dans la tête toutes vos histoires qui n'intéressent personne.

Il n'a pas tort, mon petit Jacquet : celui qui perdrait son temps à lire la relation de mon voyage en Afrique et aux Indes occidentales passerait pour fou. Les gens d'ici sont très occupés, ils n'ont pas de temps à perdre avec ce fatras de confidences de confessionnal, ils n'en ont que faire.

— Il se peut que tu aies raison, Jacquet, mais en ce qui me concerne l'écriture n'est pas une maladie, c'est un remède pour soigner les maux de mon âme.

— Il y a bien d'autres choses à faire que de gribouiller à longueur de journée pour se remettre la tête à l'endroit quand elle est toute chavirée.

— On fait tant de choses qui ne servent à rien ni à personne ! Il faut bien que tu saches que je n'écris pas pour être lu. J'écris par nécessité, parce qu'il le faut, même si ça ne sert à rien.

— Si je vous entends bien, personne ne saura rien de toutes vos aventures ?

— Personne n'en a rien à faire. De nos jours, l'indifférence est la plus grande des marques du mépris. Les gens se moquent bien du véritable prix du sucre comme de tout ce dont ils se régalent.

— Vous êtes en train de me dire que ce que vous écrivez à longueur de temps ne sert à rien et n'est destiné qu'à occuper la vacuité de votre esprit…

— Tu parles d'or, je n'aurais pas dit mieux, je meuble la vacuité désespérée de mon esprit !

— Ce que vous confiez à ces pages doit être bien terrible pour que vous vous donniez toute cette peine pour rien et que vous refusiez de vous accorder le moindre repos.

Ce gamin est beaucoup plus malin qu'il y paraît. La curiosité le dévore, il me devine. Il ne veut pas l'avouer tout crûment, mais il a dû se repaître des pages que je lui ai demandé de classer. Il doit mourir d'envie de lire la suite. Peut-être me lira-t-il jusqu'au bout et en viendra-t-il à me détester ?

— Écrire ce qui me tient à cœur est une nécessité qui ne souffre aucun retard. J'ai commencé, il faut que j'aille au bout de ce que j'ai vécu. Laisse-moi, maintenant…

— Alors, Monsieur, puisque c'est tellement important, je m'en vais. Je vous laisse tout seul, aux prises avec vous-même. Je reviendrai vous voir dans un couple d'heures. Peut-être serez-vous plus aimable et enclin à la conversation.

Tout compte fait, j'aime l'impertinence joyeuse de Jacquet. Elle me distrait de tout ce passé où je m'enfonce et où je risque bien de me noyer à mon tour.

Je me saisis d'une nouvelle feuille de vélin. Mon encrier est plein. D'une main ferme, je reprends le fil du récit, me voilà de retour sur la terre maudite de Sainte-Croix.

VI – Août 1742

Maüza

Je ne l'ai pas vue. J'ai senti sa présence derrière moi, je l'ai devinée. Quand je me suis retourné, on s'est regardés pour la première fois. Elle n'a pas baissé les yeux. Il arrivait que des Nègres nous défient du regard. Jamais les Négresses. Elles nous craignaient : toutes baissaient les yeux, elles se soumettaient. Toutes, sauf elle.

J'avais déjà examiné une bonne vingtaine de femmes et j'en avais retenu la moitié. Je palpais et je scrutais avec le plus grand soin : j'ai toujours été un chirurgien méticuleux. Même si depuis quelque temps le doute avait commencé à s'insinuer dans mon esprit, j'étais resté loyal envers MM. Trottignon et Lecourbe ainsi qu'envers Burgelin. Quand je travaillais, je faisais taire ma conscience. Je triais. J'évaluais avec la plus grande attention. Je traquais les défauts et les tares dissimulés par les sbires de Babileke. Je ne gardais que les meilleures, les plus solides, les plus aptes à supporter la traversée de l'océan et à être revendues avec le plus grand profit possible.

La menace du fouet ne semblait pas lui faire peur, elle se tenait debout, en retrait de la file des femmes qui attendaient, silencieuses, que je les examine une à une. Drapée dans une sorte de toge déchirée d'un tissu de couleur vive, je lui reconnus d'emblée une manière d'élégance, une dignité particulière que je n'avais jamais remarquée chez aucune autre Négresse. C'était de la fierté, ou peut-être de l'arrogance. Elle se taisait. Elle se contentait de me regarder sans rien faire, sans rien dire, mais je sentais peser sur moi tout le poids de son mépris. J'en étais troublé, je ne parvenais plus à me concentrer sur ma tâche, qui réclamait beaucoup d'attention.

Je m'étais protégé la tête sous un grand chapeau de paille ; seuls les Blancs protégeaient leur crâne, les Nègres allaient nu-tête sous le crépu soyeux de leur tignasse. Un petit mulâtre agitait un éventail de palmes au-dessus de moi pour chasser les mouches. Le soleil cognait avec une brutalité inouïe, l'humidité rendait le moindre effort pénible, la sueur qui me coulait du front me brouillait la vue. Je ne me sentais pas bien, à la fois ridicule et honteux. Mes gestes étaient devenus lents, empruntés et maladroits, j'étais comme absent de moi-même, spectateur de mon propre désarroi.

Sans doute aurais-je dû la faire fouetter pour qu'elle baisse les yeux et qu'elle cesse de me troubler, c'eût été briser l'instant de cette fascination. Ce me fut impossible. Il émanait de toute sa personne une force et une tranquillité qui me paralysaient. Elle se tenait devant moi comme pour me juger et je ne parvenais pas à me dérober à cette justice-là. Je me sentis piteux et ridicule sous mon grand couvre-chef de Blanc.

Elle m'apparaissait très différente de toutes les femmes noires que j'avais côtoyées depuis mon arrivée en Afrique. Dans la confusion des premiers instants de notre rencontre, je l'admirais. Je lui trouvais de la noblesse et de l'orgueil. Sa façon d'être et de me regarder m'emplissait de timidité et de maladresse. Elle me dominait. Malgré tout mon savoir et toute cette capacité à raisonner dont j'étais si fier, je me sentis soudain la tête étrangement vide. J'étais incapable de me soustraire à cette sorte d'envoûtement puissant qui m'engourdissait l'esprit.

*

Nous autres, Blancs, savions jouer de l'apathie des femmes noires, de leur résignation et de la peur que nous leur inspirions pour les mener à notre convenance. À peine sortie de l'enfance, cette Négresse-là m'imposait de ne pas me conduire comme les autres Blancs, de ne pas l'humilier. Par la seule force de son regard, elle m'intimait de la respecter. Ce n'était pas une petite négrillonne à l'insolence enfantine qui me défiait du regard, mais une très jeune femme, tout juste nubile peut-être, mais belle de cette beauté mystérieuse des femmes à la peau couleur de nuit. Elle était pleine d'une grâce étrange et fascinante, c'était une apparition presque angélique dans cet univers effrayant de mépris, de misère et de désolation de la traite négrière. J'en étais stupide et désorienté.

Plus tard, en mer, dans les longues périodes d'abattement provoquées par la suite des jours sans le moindre souffle de vent, il m'arrivait de me demander s'il était possible qu'un ange pût avoir la peau noire. Je n'avais évidemment pas de réponse à pareille question. Je m'en sortais en me disant que les anges n'existaient pas.

Quand vint son tour d'être évaluée pour le tri, je ne pus me résoudre à la palper, c'eût été une sorte de sacrilège que je me sentais incapable de commettre. Les matrones qui m'assistaient et qui obligeaient les femmes et les filles prépubères à prendre une posture commode pour l'examen de leur féminité l'avaient déjà empoignée, mais je fis signe qu'on la laissât en paix. Je l'inclus à notre lot d'achat sans pousser plus avant le moindre examen. Elle me gratifia d'un sourire. Ce n'était pas un remerciement ni le signe d'une quelconque complicité, mais plutôt la marque d'un défi, ou peut-être, de son mépris pour ce Blanc trop faible et trop sensible qu'un seul regard suffisait à transformer en benêt.

Évidemment, j'ignorais son nom. Je n'avais jamais porté la moindre attention ni le moindre intérêt à la manière de nommer les Nègres par un nom ou un prénom : pas plus que je ne m'étais intéressé aux petits noms que nous donnions aux vaches que je menais paître à la rivière étant enfant.

En reprenant le travail du tri, je pris conscience de ce qu'avait de cruel et d'humiliant pour ces femmes d'exposer à tous leur intimité sans égard d'aucune sorte pour leur pudeur. Le doute et la honte me paralysaient. Il me fut impossible de surmonter mon tumulte intérieur, je ne me livrai plus qu'à un examen sommaire du ventre des femmes.

À côté de moi, un matelot actionnait le soufflet : les fers étaient à la forge et commençaient à rougir.

— Je vous laisse le soin de marquer les Négresses, elles sont calmes, fis-je à mes acolytes. Je vais m'occuper des hommes, ils sont toujours plus difficiles à estampiller.

Il s'agissait surtout pour moi d'éviter de porter le fer rougi au feu sur la peau de cette jeune Négresse qui m'avait si fort impressionné. Peut-être eût-elle enfin baissé les yeux sous la morsure du fer de marquage et se serait-elle enfin comportée comme une femme des tribus de l'intérieur ? C'était plus sûrement courir le risque de supporter une nouvelle fois cette réprobation muette qui m'aurait confondu, car je n'envisageai pas qu'elle pût se soumettre…

Cette Négresse de si haute tenue hanta mon sommeil avant de tourmenter mes nuits d'insomnies. Il me fallait la revoir.

*

J'inspectais nos Nègres chaque jour. Je prenais garde à ce qu'ils fussent à peu près bien traités, à ce qu'ils fussent convenablement nourris et à ce que, malgré l'entassement, les maladies des uns ne corrompissent pas les autres. Certains refusaient de manger et se laissaient dépérir, il fallait les gaver comme des oies, les alimenter de force avec des bouillies de mil en forçant la barrière de leurs dents avec un écarteur. Je notais sur mon registre de santé le nombre de nos esclaves qui dépérissaient de tristesse ou tentaient de se laisser mourir de faim. Pour beaucoup de ces hommes habitués à vivre libres dans le monde étrange des forêts et des savanes, l'enfermement était une épreuve insurmontable. Il leur venait de ces maladies de l'âme que j'appris à reconnaître, mais qu'aucun remède ne pouvait guérir. Chaque jour il mourait des Nègres dans le parc aux esclaves. Je pris aussi soin de noter le nom de nos malades, que je recueillais d'oreille et que je transcrivais dans notre alphabet.

Il me fallait sans cesse faire preuve de discernement et de la plus grande attention pour soigner tous ces hommes, mais la jeune Négresse n'en occupait pas moins mon esprit. Je souffrais de la savoir enfermée dans le parc aux esclaves, mais j'éprouvais dans le même temps une certaine allégresse à l'idée de la voir un peu chaque jour.

C'était là qu'elle était, dans la grande cellule où les femmes étaient cloîtrées avec les enfants, sans la moindre intimité. Elle partageait avec ses sœurs en négritude la misère de cette réclusion inhumaine. Les mères et leurs négrillons étaient moins en proie au désespoir que les hommes. Les femmes résistaient mieux à l'enfermement et aux maladies des cachots, mais les enfants souffraient : beaucoup étaient malades. Chaque jour, je notais dans mon registre le nombre des petits cadavres qu'il fallait évacuer de la cellule. Il aurait fallu mettre un nom sur ces morts, mais je n'avais pas le courage d'extorquer à ces mères désespérées les noms de ces enfants victimes de notre cruauté. Une fosse commune avait été ouverte à une demi-lieue du fort pour ensevelir, pêle-mêle, tous les Nègres, leurs femmes ou leurs enfants qui ne supportaient pas la captivité. Quand on la jugeait assez remplie, on y répandait de la chaux vive puis on la comblait et on ouvrait une autre fosse un peu plus loin. Je n'avais, jusque-là, jamais rien trouvé de méprisable à cette façon de se débarrasser sans cérémonie des Nègres morts de tristesse.

Je n'eus guère de peine à la retrouver. Elle m'avait vu venir de loin. J'étais le seul Blanc, accompagné du Nègre qui me servait de truchement dans toute cette confusion de corps de femmes noires entassés sous les voûtes de l'immense cellule. Elle se tenait près d'une des fenêtres barricadées de lourdes grilles de fer. J'aurais voulu lui parler, mais que lui dire ? Son dialecte m'était inconnu et elle n'entendait rien de notre langue. Lui demander par l'entremise de mon Nègre de ne pas m'en vouloir d'être enfermée dans cette prison ? C'était d'une stupidité sans nom. Lui dire ce qui l'attendait au terme du « Grand Voyage » de la traite ? Ç'aurait été aussi une sottise, et puis, je n'en savais à peu près rien. Lui faire remarquer qu'elle avait la peau noire et que j'étais un Blanc ? Qu'il y avait entre nous deux un infranchissable fossé ? Tout cela, elle le savait déjà. Nous n'avions rien à nous dire. Il valait mieux se taire, essayer d'affronter sans flancher l'intensité de son regard.

J'ai flanché. C'est moi qui ai baissé les yeux le premier. J'ai baissé la tête aussi, j'étais vaincu. Le poids de la honte était trop lourd à porter, c'était au-dessus de mes forces. Dans la demi-obscurité de cette prison, dans la puanteur de ces corps enfermés, bouffés de misère et de vermine, au milieu des pleurs des mères désemparées et des plaintes des enfants agonisants, je pris conscience de mon fol orgueil. Toute ma raison, tout mon savoir, toute la puissance que me conférait la force du fouet ou la corruption imposée aux peuples indigènes ne feraient jamais de moi un être supérieur à cette Négresse si digne, et toujours si fière arrivée au bout du dénuement et de l'avilissement.

— Maüza, missié, elle s'appelle Maüza.

Je n'avais rien demandé à mon Nègre, il m'avait deviné. Il avait pris sur lui de s'enquérir de son nom, tout simplement. Je fis l'indifférent.

— Maüza ! C'est bien un nom de Négresse, dis-je en regagnant la porte du parc aux femmes.

Je fis l'effort de n'y plus penser, mais malgré moi, j'y pensais sans cesse.

*

Tandis que le capitaine et son second organisaient notre départ et que le regard de Maüza à chaque instant me transperçait et me jugeait, je m'interrogeais sur une autre des bizarreries du troc. Je m'étais aperçu que plus de la moitié des Nègres mis à la vente au marché n'avait pas trouvé preneurs.

— Que deviennent les autres ? demandai-je un jour au père Chabrier. Tous ces Nègres qui ne sont pas retenus par les négriers parce qu'ils sont trop vieux ou trop chétifs pour être achetés et revendus avec profit ?

— Les peuples de Guinée pratiquent l'esclavage des ennemis capturés depuis toujours. Je suppose qu'ils doivent retourner dans les parcs où le roi Babileke loge ses prisonniers, me répondit-il. Ensuite, je ne sais pas ce qu'ils deviennent.

— La plupart sont vieux ou malades, ils ne sont plus capables de travailler. La mansuétude et la compassion n'ont jamais été au nombre des vertus pratiquées par les rois nègres. Ce sont des centaines d'esclaves qui repartent chez les Amangos. Tous ceux que nous n'achetons pas deviennent des bouches inutiles…

Le père jésuite resta songeur de longues minutes. Peut-être hésitait-il à me livrer le fond de sa pensée… ou de ses doutes.

— On raconte que les Amangos ont coutume de faire des sacrifices humains à l'occasion des funérailles des hauts dignitaires du royaume. Ce serait l'occasion de se débarrasser de leurs captifs invendables. Pour qu'un roi s'en aille dignement dans le royaume des morts, ils pourraient sacrifier plusieurs centaines de ces « bouches inutiles », comme vous dites.

Il m'avait confié cette horreur insoutenable avec une tranquillité sereine et distante qui me glaça d'effroi.

— Mais c'est abominable, on ne peut pas laisser commettre de telles atrocités ! Les nations chrétiennes présentes sur la côte de Guinée doivent se réunir et organiser des expéditions avec tous leurs soldats pour mettre fin à ces coutumes de sauvages. Comment peut-on tolérer pareille infamie ?

— Tout doux, monsieur Levrault, me fit-il sur le même ton très calme et presque bonhomme. Je ne vous ai pas dit que c'était vrai. Je vous ai dit que c'était ce qu'on racontait : je n'en ai pas la certitude. Je vous rapporte la rumeur de la forêt colportée par les tambours de la nuit.

— Comment pouvez-vous parler avec autant de légèreté d'une horreur pareille, comme s'il ne s'agissait que d'une banale cérémonie de sorcellerie commandée par un roi nègre pour faire plaisir à son peuple idolâtre ?

— Je ne me suis pas plus rendu à la cour de notre ami le roi Babileke que sur les plantations de l'île de Saint-Domingue où, dit-on, les esclaves meurent d'épuisement au travail. Le bruit court, chez les matelots, que les Noirs seraient moins bien traités que les bestiaux parce qu'ils coûtent beaucoup moins cher et qu'il est très facile de s'en procurer de nouveaux…

— Dans les îles de la Caraïbe appartenant au roi de France, les esclaves sont depuis des dizaines d'années sous la protection des édits royaux du Code noir. Vous ne pouvez pas comparer les coutumes barbares des rois nègres et la façon dont les planteurs des Indes occidentales traitent les esclaves qu'ils ont achetés et qu'ils possèdent légalement… C'est grotesque.

— En effet, monsieur Levrault, me répondit le père Chabrier, vous avez raison, les rois nègres sont grotesques et d'une grande cruauté. Mais au jour du Jugement, il se pourrait bien que le poids de leurs péchés ne soit en rien supérieur aux crimes des planteurs des îles. Quant à ceux qui prêtent la main à tout ce trafic infâme de l'esclavage et de la traite négrière… je vous laisse en juger par vous-même !

Il était content de lui, une nouvelle fois il avait fait son petit effet.

— Sachez, poursuivit-il encore, que nos rois, depuis un siècle, se sont tous employés à conforter le système esclavagiste dans les îles et sur toutes les terres lointaines dont ils sont les souverains. Ils protègent les intérêts du commerce, pas les esclaves, qui ne sont pas dignes de leur intérêt. Même après avoir reçu le baptême chrétien ils restent des Noirs, des « Nègres », comme disent les Blancs de France.

Nous nous quittâmes fâchés. J'avais beaucoup de respect pour lui, mais le jésuite avait cette exécrable manie de me faire la leçon avec son air de ne pas y toucher. Comme si le regard accusateur de la belle Maïza ne suffisait pas à gâter mes jours et mes nuits.

*

Chaque jour, nous sortions nos Nègres de leurs cellules. Par petits groupes, les matelots les emmenaient sur la plage au pied du fort. Bien que le tumulte incessant de l'océan terrorisât ces hommes arrachés aux profondeurs de la Guinée, ils pouvaient profiter un peu de l'air marin. Quand les hommes avaient fini leur promenade et qu'ils étaient de nouveau enfermés, c'était au tour des femmes et des enfants de goûter aux bienfaits du soleil et du vent. Elles n'osaient pas s'approcher des vagues qui venaient mourir sur la grève, elles aussi craignaient la mer.

Les femmes étaient plus dociles et plus joyeuses que les hommes. On savait que, chargées d'enfants souvent très jeunes, elles ne tenteraient pas de fuir. La surveillance en était plus relâchée. Je ne ratais pas ces moments où Négresses et négrillons jouissaient d'un semblant de liberté. Perché en retrait sur un des bastions du fort, j'épiais Maüza. Je prenais plaisir à la voir rire parmi les autres femmes ou s'amuser avec les enfants. Je n'avais pas à affronter son regard toujours plein de questions, de reproches ou d'arrogance. Parfois, pour plus de commodité, j'emportais une longue-vue : ainsi, je pouvais la détailler à loisir, profiter de son sourire et de son abandon.

En saison des pluies, une des grandes citernes en contrebas du fort était réservée à la toilette des femmes. Elles puisaient l'eau avec des calebasses et s'arrosaient mutuellement avec des gestes amples et lents. C'était une sorte de cérémonial dont je ne me lassais pas d'être le spectateur. Je me conduisais en pilleur indiscret de ces instants d'intimité. Maüza se mettait nue, une femme l'aspergeait, puis à son tour elle se faisait baptiste pour une autre de ses compagnes. Ces ablutions avaient la grâce et la légèreté d'un rêve. C'était une trop brève vision de douceur entrevue dans l'univers brutal de la traite. J'étais émerveillé par ces gestes dolents d'une harmonie envoûtante. D'où je me tenais, je n'en percevais pas le détail, mais son corps m'apparaissait aussi frêle que gracieux. Il m'était douloureux de m'arracher à cette contemplation.

Et puis j'entendais claquer les fouets des matelots. Leurs cris et leurs rires brisaient le charme, l'enchantement prenait fin, les femmes, drapées dans leurs haillons, s'en retournaient à pas lourds et traînants vers leur cellule. Et moi, je descendais de mon perchoir, je redevenais un chirurgien ordinaire de la traite.

*

— Nous sommes sur une dépense de moins de trente livres par tête pour le prix de la nourriture. Si on prend en compte la perte entre quinze à vingt du cent comme à chaque voyage, il faut vendre au moins soixante-cinq livres aux Antilles ! En dessous, tu perds sur la valeur de l'achat.

Le trafiquant, temporairement administrateur du comptoir au nom du roi, s'adressait à Burgelin. Si le gros Massin nous avait invités chez lui, ce n'était pas par pure courtoisie, il avait une idée derrière la tête.

— Soixante-cinq livres par Nègre aux Indes occidentales ce serait bien, pleurnichait Burgelin. On ne tirera pas plus de trente-cinq livres pour une Négresse : on sera tout juste à l'équilibre. Les primes aux Nègres débarqués vont s'en ressentir.

— Il te reste de la place, il faut compléter ton chargement…

— Maintenant que Babileke traite avec les Anglais et les Hollandais, ça risque de prendre des mois ! Je vais devoir partir avec un entrepont incomplet…

Massin prit tout son temps pour répondre à son compère, il savait où il voulait en venir.

— Il y aurait bien une combine pour te fournir des Nègres, mais il faudra être malin et faire preuve de discrétion…

L'administrateur trafiquant proposait de s'occuper de trouver tout ce qu'il fallait pour remplir jusqu'à n'en plus pouvoir la *Marie-Amélie* et permettre à son « ami » Burgelin de ne pas trop pâtir de la baisse du prix et de la raréfaction des esclaves. Il allait de soi que le secrétaire chargé de la tenue des livres du comptoir de Sainte-Croix ne se donnerait pas tout ce mal pour rien.

De son côté, le capitaine négrier était méfiant, il savait à quoi s'en tenir sur son compère trafiquant : il craignait de se faire entourlouper par plus malin que lui. Il tergiversa et remit sa réponse au lendemain : il n'était pas homme à engager les écus et les marchandises de MM. Trottignon et Lecourbe sans y avoir mûrement réfléchi.

Nous dînions à l'africaine, à même le sol, assis sur des nattes de paille tressée et des coussins dans la moiteur de cette nuit pesante et lourde, hantée par des nuées de moustiques et quantité d'autres bestioles piquantes et dévorantes. Les deux vieux crocodiles rompus à toutes les combines de la traite pouvaient parler plus librement qu'au fort. Une fois de plus, on buvait sec, mais cette fois, nous étions servis à la bonne franquette par de jeunes Négresses et des mulâtresses dépoitraillées qui vivaient dans la maison.

Elles n'étaient pas seulement dévolues au service de la table et au plaisir de leur maître et patron, elles savaient étourdir les hommes. Leur ballet autour de nous était ensorcelant. La nuit africaine était chaude et poisseuse. Certains soirs, la solitude et l'isolement devenaient insupportables.

Les tam-tams commencèrent à battre sourdement avant d'enfler et de donner toute la mesure de leur frénésie. Le rythme entrait en moi et me submergeait : j'en oubliais le regard obsédant de la belle Maüza et le trouble de ma conscience.

Une à une, les femmes qui nous servaient étaient happées par la frénésie de la danse. Elles étaient comme possédées, soumises à une puissante sorcellerie éveillée dans leurs entrailles par le rythme affolant des tambours. C'était sauvage, presque dément. Elles se déhanchaient et se fondaient dans le frappé vertigineux imposé par les tambourineurs. Les corps à demi nus et emperlés de sueur n'étaient plus que mouvements saccadés et sensualité primitive. C'était d'une beauté mystérieuse et d'une sauvagerie fascinante. J'étais submergé par des émotions nouvelles, par des désirs insensés que je n'avais jamais ressentis jusqu'alors.

J'étais encombré de ma grande carcasse. Dans cette explosion torride de la danse nègre, j'aurais voulu être capable d'entrer dans le cercle de leur sarabande diabolique. J'aurais voulu me couler moi aussi dans cette exaltation tellement animale qu'elle était, sans nul doute, le prolongement d'une nègrerie occulte destinée à nous envoûter.

Je cédai, ou à tout le moins, je perdis pied et faillis à ma résolution la plus ferme. J'avais, jusque-là, refusé d'approcher les Négresses et les mulâtresses qui vendaient leur corps dans les ruelles du bourg. Pas que je fusse plus vertueux qu'un autre, mais par ma fonction, j'étais amené à soigner toutes les formes de vérole dont était affligée une bonne moitié de l'équipage de la *Marie-Amélie*. Je voyais ces pauvres garçons souffrir et certains se consumer de fièvres malignes, risquant jusqu'au trépas pour avoir forniqué avec des femmes vérolées. La prudence commandait l'abstinence. Et puis, forniquer avec une Négresse m'avait jusque-là paru plus ou moins sacrilège : je n'étais pas guéri de mes années passées sous la férule des lazaristes du séminaire. Mais depuis que ses yeux s'étaient posés sur moi, le lourd silence de Maüza avait fait vaciller quelques-uns de mes préjugés les plus stupides et les mieux établis.

Je passai cette nuit avec une de ces jeunes Négresses qui nous avaient étourdis de leurs danses. J'avais succombé à sa sensualité délurée. Sans doute avait-elle reçu l'ordre de me séduire. Le sieur Massin récompensait à sa manière ceux qui permettaient à ses louches entreprises de prospérer. Je n'eus pas la force de ne point me laisser corrompre.

Au matin, Burgelin avait opté pour l'achat d'un lot de Nègres de contrebande pour le compte de l'armement Trottignon & Lecourbe. La très belle mulâtresse qui avait enchanté sa nuit n'y était sans doute pas pour rien. Massin savait jouer de la faiblesse des hommes, et Burgelin savait mieux que d'autres peser l'avantage et les inconvénients d'une transaction. D'instinct, ils allaient tous les deux là où leurs intérêts les portaient.

*

Dans la semaine qui suivit, nous avons pu racheter un lot d'esclaves mâles, tous en bonne santé et bien conformés – j'en fus le garant auprès de Burgelin – à un capitaine portugais qui spéculait sur la revente de Nègres-Congo. Avec ses deux bricks de charge capables de s'engager très en amont sur le cours des grandes rivières d'Afrique, il descendait jusqu'à l'embouchure du grand fleuve Lualaba. La navigation y était plus délicate qu'en Guinée, mais la concurrence entre négriers bien moins féroce.

Plutôt que de se lancer dans la grande traversée, le Lusitanien revendait ses Nègres aux capitaines qui souhaitaient compléter leur cargaison. Ce n'était ni plus ni moins que de la contrebande. C'était surtout une pratique de concurrence interdite par les rois nègres de la Guinée. Le gros Massin connaissait toutes les combines et toutes les pattes qu'il fallait graisser dans l'entourage de Babileke pour organiser ce juteux trafic. D'Harchevilliers n'y voyait que du feu ou ne voulait pas voir, ce qui revenait au même. MM. Trottignon et Lecourbe avaient pourvu Burgelin en écus sonnants et trébuchants pour réaliser quelques bonnes affaires, le cas échéant.

Cette fois, la *Marie-Amélie* était pleine à en craquer. L'entassement était une folie, je l'avais dit à Burgelin, mais je n'avais rien fait pour m'y opposer.

*

Notre capitaine n'avait plus en tête que les dispositions à prendre pour notre départ vers les îles sucrières. Il lui fallait caser tous « ses » Nègres. Je l'avais prévenu, on allait manquer de place. Ce genre de détail n'avait à ses yeux aucune importance.

— Il va falloir tasser. On va se débarrasser des enfants les plus jeunes pour gagner de la place chez les femmes. On déplacera la palissade de séparation de l'entrepont, ce qui laissera un peu plus d'espace chez les hommes. Les enfants sont une charge, ils ne valent rien à la revente dans les îles !

Ce qu'était en train de dire le capitaine de la *Marie-Amélie* était d'un cynisme à peine imaginable. Il ne se trouvait que le gros Massin pour les approuver en opinant du chef. Duplessis et l'officier subalterne se turent. J'étais indigné. Pour une fois, je me permis de le faire savoir :

— Mais il faudra séparer les mères de leurs enfants ! Certains sont très jeunes. Nous ne pouvons pas faire ça ! Il va falloir les abandonner ! Ce n'est pas…

J'allais dire « ce n'est pas bien ». Mais je me retins, certaines idées n'avaient plus cours depuis longtemps sur la côte des esclaves.

— Chabrier s'en occupera, s'esclaffa Massin. Il pourra même les baptiser et leur apprendre à lire, si ça lui chante.

— Ce sont des Négresses, ajouta encore Burgelin à mon intention, elles n'ont pas, comme nous, un sentiment filial très développé. On a déjà vu ça lors de précédents voyages, elles sont comme des chattes à qui on vient d'ôter leurs chatons pour les noyer : quelques larmes et un peu de tristesse au départ, mais une fois sur la mer, elles n'y pensent plus.

J'aurais dû m'insurger, dire à ces deux hommes que tenir de pareils propos était criminel, qu'arracher des enfants à leur mère violait la loi naturelle, même chez les Nègres, et que nous n'avions pas le droit de nous en affranchir.

Je dois avouer, pour ma plus grande honte, qu'au lieu de m'indigner et de leur jeter ma colère et leur ignominie à la face, je gardai le silence.

Quelle loi et quels droits faire valoir, dans ce monde soumis à l'arbitraire de la seule rapacité du commerce ?

Qui ne dit mot consent.

Ce matin-là, j'ai consenti.

La présence obsédante de la mort embusquée partout sur les terres de la Guinée n'était pas la seule cause de l'ivrognerie et de la débauche effrénée sur cette côte maudite. L'une comme l'autre devait beaucoup à ce consentement, à cette lâcheté de ceux qui acceptaient d'être complices de ces horreurs à peine imaginables.

J'aurais pu me saouler à mort pour tenter d'oublier cette cruauté à laquelle, sans même protester, je prêtais la main. J'eus toutefois la sagesse, ou la veulerie, de résister à la tentation de l'eau-de-vie. Le spectacle affligeant de la déchéance du gouverneur d'Harchevilliers me consternait, j'avais la hantise de ressembler un jour à ce pitoyable pantin emperruqué.

C'était toujours auprès du père Chabrier que j'allais chercher un peu de réconfort quand je sentais poindre en moi le désarroi. Aussi brève que fût notre relation, je puis le dire aujourd'hui, malgré la différence de nos âges et bien au-delà de ce qui aurait dû nous éloigner l'un de l'autre, nous fûmes véritablement amis. Le commerce des esclaves le révulsait ; s'il commença à m'ouvrir les yeux sur le rôle que je tenais dans cette abominable entreprise, il eut la sagesse de ne pas m'accabler et de considérer que je n'étais qu'un rouage dans cette grande mécanique sans âme de la traite. Sa confiance allait jusqu'à penser que mes yeux finiraient par se dessiller et ma conscience par être éclairée.

Le saint homme habitait une modeste case dans la cour de la chapelle qu'il avait construite de ses mains au centre du bourg ; c'était là qu'il exerçait son ministère. Il alphabétisait, soignait et catéchisait les négrillons orphelins qu'il recueillait sur le rivage. Les enfants abandonnés, séparés de leurs mères emmenées de force sur les navires négriers, se comptaient par centaines sur la côte. Presque tous finissaient par mourir de faim, de tristesse ou de misère.

*

Le jour du départ approchait. Du matin au soir, nos matelots faisaient la navette entre la terre et la *Marie-Amélie*. Ils approvisionnaient le bateau en eau et en vivres. Je passais mes matinées dans les parcs aux esclaves, à surveiller l'état de notre cargaison. J'y voyais Maüza, qui semblait aussi m'attendre ou me surveiller. Nous n'échangions aucune parole, mais une sorte de connivence s'était peu à peu établie entre nous. Elle me regardait prendre soin des captives malades afin qu'elles pâtissent le moins possible de leur détention forcée. Une fois en notre possession, les Nègres devenaient un bien précieux. Sans qu'elle eût besoin d'explications, Maüza avait parfaitement saisi le sens de mon travail auprès de ses sœurs et des négrillons enfermés avec elles. Peut-être m'en était-elle reconnaissante ?

L'après-midi, je constituais ma pharmacopée. Je prenais aussi le temps de m'intéresser à la médecine nègre. Le père Chabrier avait fini par me convaincre que nous avions beaucoup à apprendre de ce qui, au début de notre séjour, me semblait n'être que sorcellerie.

Un vieil Amango croupissait sous un abri précaire dans la cour de la chapelle. On le disait capable de guérir une des innombrables fièvres les plus mortelles qui sévissaient sur la côte de Guinée. Les préparations mystérieuses de ce sorcier étaient bien plus efficaces que mes dilutions de camphre et de mélisse : je n'étais parvenu à sauver qu'un seul de nos quatre matelots victimes de cette abominable calamité. Mon survivant fut sans doute bien plus redevable de sa guérison à sa propre vitalité qu'à mon remède : mon impuissance à soigner les maladies de la côte africaine m'avait rendu modeste.

La nature de la décoction mise au point par ce vieil épouvantail nous tint en échec. Nous ne pûmes discerner les plantes dont il usait, et malgré notre insistance, il ne voulut rien révéler des méthodes de préparation du breuvage. C'était un adepte du vodou. Cette secte idolâtre régnait sans partage sur les peuples superstitieux du golfe de Guinée. Les Nègres du bourg disaient aussi que les plus grands sorciers pouvaient faire venir Sakpata, le dieu de la maladie parmi les hommes. Cette divinité mystérieuse pouvait guérir les uns ou tuer les autres, à la demande des hommes-médecine. Tous les Nègres – même les convertis christianisés par le père Chabrier – restaient sous l'emprise de la sorcellerie et de la magie des prêtres du vodou. Beaucoup de Blancs craignaient aussi la puissance maléfique de ces féticheurs diaboliques. À Sainte-Croix, toutes les nègreries magiciennes de l'Afrique étaient à l'œuvre, la raison n'avait plus cours, les esprits les plus solides pouvaient vaciller et sombrer dans la folie.

Tout misérable qu'il fût, notre sorcier savait taire ses secrets. Je crus deviner du défi dans son regard, il ne nous craignait pas. J'étais déçu et même dépité.

— Une fois de plus, la croyance en des chimères absurdes s'oppose à la légitime curiosité de la raison et de la science !

— Votre naïveté ne finira jamais de m'amuser, me répondit Chabrier. Comment pouvez-vous imaginer un seul instant que les Nègres nous aiment et qu'ils aient envie de nous initier à leurs secrets ?

— Même si notre raison leur est étrangère, soigner autrui est un devoir moral, m'écriai-je. Le savoir que possède ce Nègre ne doit pas rester secret !

— Vous admettrez, monsieur le chirurgien, qu'ils puissent avoir quelques doutes sur la nature de notre « devoir moral », comme vous dites !

Une fois de plus, le père Chabrier m'avait cloué le bec.

— Les Noirs nous considèrent comme des ennemis, poursuivit le prêtre. Au-delà de la peur que nous leur inspirons, ils n'ont que mépris pour l'homme blanc. Ils ne sont pas sans avoir compris que les Blancs ont moins d'affection et de bonté pour eux que pour leurs chiens. Pourquoi partageraient-ils avec nous ces secrets qui sont l'âme de leur peuple ?

— Contribuer à soigner les fièvres des Blancs grandirait les Nègres à leurs propres yeux ! Ils se rendraient utiles, ils accéderaient un peu à notre monde.

— Qui vous a dit qu'ils veulent accéder à notre monde ? Le vodou hante ces lieux depuis la nuit des temps. Ici, les sorciers et les esprits sont chez eux. Sur cette côte, où nous semons le malheur, nous ne sommes que des intrus.

À nouveau, le jésuite exonérait les Nègres de leur bestialité et de leur incapacité à s'élever à notre niveau d'intelligence et de raison. L'envie de le contredire et de faire valoir notre supériorité m'était passée. Les opinions en apparence les plus fermes peuvent varier et même s'effondrer parce que tout à coup nos yeux se dessillent : notre façon de voir le monde et les gens en est bouleversée.

*

Les plus solides de mes certitudes s'étaient envolées. La traite négrière n'était qu'un sordide et odieux trafic. J'avais conscience d'être complice d'une abomination, mais je ne me sentais ni le courage ni la force de secouer ma torpeur et de me révolter. Jour après jour, je continuais à soigner tous ces corps souffrant d'être enfermés et malades de détresse.

Chaque jour, grimpé sur le même bastion du fort surplombant la plage, j'espionnais ma belle Africaine. Je rêvais de l'affronter les yeux dans les yeux, mais je n'osais pas. L'audace me manquait, je me dissuadais d'agir. Je renonçais. Dissimulé dans l'ombre, je l'épiais : c'était devenu presque maladif.

Des questions me venaient à regarder vivre Maüza parmi ses compagnes d'infortune. Elle me semblait être seule, sans famille : quelle tragédie sanglante avait-elle surmontée avant de prendre place dans la file des femmes que j'examinais le jour où, pour la première fois, j'avais croisé son regard ? Avait-elle assisté à l'incendie de son village ? Avait-elle vu mourir les siens ? Qu'étaient devenues sa mère, les autres femmes de son père et toute l'innombrable parentèle de ses frères et de ses sœurs ? Que restait-il de son enfance ? Quelles violences avait-elle subies tout au long du chemin qui l'avait amenée jusqu'à moi ? Je n'en savais rien, son passé avait été comme aboli.

Sur la plage, avec leurs ribambelles d'enfants, esclaves eux aussi, les femmes riaient et jouaient : elles revivaient. Elles ne semblaient pas aussi atones et désespérées que les hommes. Pourtant, chacune emportait avec elle sa part de douleurs et de drames. Qu'avaient-elles vécu ? Combien d'horreurs avaient-elles endurées avant d'arriver sur l'esplanade du bourg pour y être échangées contre des fusils, de la poudre ou de l'eau-de-vie ? Tout le monde s'en fichait éperdument : elles n'étaient que des Négresses. Personne ne voulait rien savoir des Nègres et des Négresses que nous avions estampillés au fer rouge. Ceux qui étaient devenus notre propriété n'avaient à nos yeux ni passé ni histoire, ils sortaient de nulle part. Ils seraient vendus.

*

Sur cette côte de tous les malheurs, depuis des semaines, je m'étais rangé du côté des trafiquants. Bien qu'accablé par le doute, je continuais à m'acquitter de mes différentes tâches avec conscience et efficacité.

Cependant, bien des aspects de la traite me demeuraient obscurs, ou à tout le moins incompréhensibles. J'avais encore beaucoup de choses à apprendre du père Chabrier avant de repartir sur la mer avec nos esclaves.

— Pourquoi n'allez-vous pas tenter de convertir les captifs et baptiser tous ces païens qui sont enchaînés en attendant d'embarquer pour les Amériques ? lui demandai-je, un jour qu'il se plaignait de ne pouvoir arracher les Nègres « libres » du bourg à l'emprise du vodou.

— Je n'ai pas accès au parc aux esclaves. Le gouverneur d'Harchevilliers veille personnellement à ce que je n'entre jamais en contact avec les Noirs.

— Et pourquoi donc ? Il a peur que dans un accès de folie généreuse et au nom de la charité chrétienne, vous ne libériez les Nègres qui y sont enfermés et enchaînés !

— Du tout, mon jeune ami, il porte la plus grande attention à la bonne marche du commerce, il a très peur du baptême chrétien !

J'étais à la fois dubitatif et interloqué par cette réponse inattendue. Il y avait là quelque chose qui m'échappait : j'avais toujours pensé l'Église moissonneuse infatigable de nouveaux baptisés. Le père Chabrier éclaira ma lanterne sans que je ne lui eusse rien demandé.

— Depuis au moins deux cents ans, l'Église interdit l'esclavage… ou plutôt de vendre ou d'acheter son frère en Jésus-Christ. Par le baptême, les païens idolâtres enfermés sous le fort deviendraient nos frères en chrétienté. Ce serait, dès lors, un très grand péché que de les vendre comme esclaves. Par contre, vendre un païen n'est pas interdit par Rome. Un païen idolâtre n'est pas notre frère, il ne vaut guère plus qu'une bête qu'on peut vendre ou acheter au marché. M. d'Harchevilliers, qui sait ce qu'être chrétien veut dire, est un fils très fidèle de l'Église : même saoul perdu, il sait distinguer qui est son frère et qui ne l'est pas !

Le père Chabrier gardait, pour me bâiller son bouillon doctrinal, un ton badin presque léger et plein d'ironie.

— Ne riez pas, monsieur Levrault, me dit mon ami le jésuite. Il se trouve des théologiens à Rome pour soutenir, dans le meilleur latin, que l'asservissement des corps permet aux Noirs d'acquérir la liberté de l'esprit et qu'ainsi les esclaves peuvent plus aisément se tourner vers Dieu et travailler à leur salut.

Tant de suffisance et d'âneries de la part des éminences romaines me fit encore beaucoup rire, bien qu'il y eût plutôt de quoi pleurer, à voir étaler toute cette stupidité. Très en verve, le père Chabrier continua sur le même ton.

— Il s'en trouve d'autres pour dire et écrire – toujours dans un très beau latin classique – que la négritude est un châtiment divin : si les Nègres sont laids et qu'ils puent, c'est qu'ils sont des êtres diaboliques. C'est par l'esclavage qu'ils peuvent accéder au baptême chrétien et entrer dans la grande famille de ceux qui siégeront à la droite du Père. Notez bien que je vous parle des théologiens catholiques, mais pour ce que j'en connais, les parpaillots de Hollande ou d'ailleurs ne valent pas mieux : je me demande même s'ils ne sont pas pires…

Ce chapelet d'idioties prétendument théologiques m'avait brièvement mis en joie et fait oublier l'abominable cynisme de Massin et Burgelin. Tous deux auraient pu être d'éminents prélats à la cour de Rome, si la vie en avait décidé autrement. Je les imaginais vêtus de la pourpre cardinalice, dans la splendeur des pompes ecclésiastiques en train de commander, par des gestes patelins, à la séparation des mères et de leurs enfants.

Le père Chabrier, tout pétri de charité, de bonté et d'intelligence qu'il fût, était comme moi, soumis aux impératifs et aux lois d'airain du commerce de la mer océane. Ma conscience n'en était en rien soulagée.

*

Magoariec, le maître tonnelier du bord, veilla à ce que chacune de nos barriques fût nettoyée au vinaigre et parfaitement étanche. Ensuite on embarqua les cent cinquante mille pintes d'eau douce nécessaires pour étancher la soif de notre cargaison d'Africains. Il ne fallait pas moins de trois pintes par jour pour chacun de nos Nègres pendant les deux mois que durerait la traversée si tout allait bien. En l'absence de vents favorables, le voyage vers les Amériques avait duré cinq mois pour la frégate *Galatée*, un négrier bordelais dont la grande traversée restait dans toutes les mémoires. Le rationnement qui s'en était suivi avait rendu les hommes enchaînés à demi fous. La soif avait tué aussi. Par mesure d'économie, les Nègres les plus malades furent privés d'eau au bénéfice des biens portants.

L'équipage se désaltérerait avec l'épouvantable piquette transportée depuis Nantes et embarquée en quantité suffisante pour nous abreuver jusqu'aux îles Caraïbes. Comme l'eau-de-vie, ce mauvais vin était indispensable au moral des matelots : à raison, ils se méfiaient beaucoup de l'eau embarquée sur les côtes africaines.

On remisa dans la même cale les vingt quintaux parisiens de biscuits de mer, les quatre-vingts barils de farine, les dix barils de viande séchée, de l'huile, du vin de palme et de l'eau-de-vie. On chargea aussi trente tonneaux de fèves, cent muids de riz, autant de millet et de mil, autant de gruau d'avoine pour bien nourrir nos Noirs afin qu'ils ne fussent pas trop maigres et qu'ils fissent envie au jour de la revente. On n'oublia pas non plus le charbon de bois pour faire cuire la touillée quotidienne des Nègres et l'ordinaire de l'équipage.

Quand le bateau fut chargé et convenablement pourvu et armé pour une longue navigation, le transbordement de nos Nègres put commencer. L'opération était délicate, voire dangereuse. Les Noirs pensaient qu'on les emmenait loin de chez eux pour les manger. C'était stupide ignorance, mais à leurs yeux, nous étions capables du pire et même de l'inimaginable. Nous les arrachions avec une brutalité sans pareille à leur savane, à leurs montagnes, à leur forêt, à leurs coutumes, à leur monde. Il faudrait être dénué de toute sensibilité pour quitter à tout jamais son pays, ses dieux et ses maigres biens sans en ressentir une profonde douleur.

Les hommes essayaient de se révolter. On devait les mater à coups de fouet au risque de les blesser. La terreur les poussait à commettre les pires folies, il fallait les enchaîner dans les chaloupes pour éviter qu'ils ne sautassent dans la mer pour essayer de fuir. Certains tentaient de se noyer pour échapper au sort funeste qui leur était promis. Les lanières de cuir d'hippopotame claquaient et les marins tiraient en l'air pour effrayer les Nègres et les soumettre à leur volonté sans risquer de les abîmer.

Les chaloupes embarquaient beaucoup d'eau en fendant les vagues et en affrontant les mouvements incessants de la mer. Les Nègres en écarquillaient les yeux d'étonnement et de terreur, beaucoup d'entre eux n'avaient pas la moindre idée de ce que pouvait être l'océan. C'était un univers hostile qui leur inspirait une épouvantable frayeur. Quand ils abordaient sous l'échelle de coupée, le sombre flanc du navire se dressait devant eux comme une muraille de violence qui était bien au-delà de leur imagination. La plupart des Nègres refusaient de grimper, les matelots se démenaient pour les tirer un par un sur le pont.

Sur la *Marie-Amélie*, les captifs arrivaient par groupes d'une douzaine à la fois. Ils étaient tout de suite intégralement rasés pour éviter la propagation des maladies et des infections de peau liées à la prolifération des poux de corps. Ensuite, ils étaient descendus sous le pont et rivés par le cou aux grosses chaînes qui couraient sur toute la longueur du bateau. On les allongeait sur les banquettes dressées par notre charpentier, tout nus, les pieds contre les bordées du navire, la tête vers l'allée centrale. Les Nègres étaient aussi enchaînés les uns aux autres par les chevilles et les poignets afin que le moindre de leurs mouvements fût contraint. Dans la mesure du possible, on appariait deux hommes ne parlant pas le même dialecte. On se méfiait. Il courait parmi les matelots des histoires épouvantables d'insurrection où des équipages entiers avaient été massacrés par des Nègres révoltés.

On les entassait là, au fur et à mesure qu'ils descendaient dans le ventre de la *Marie-Amélie*, on les rangeait les uns contre les autres, serrés comme des livres sur les étagères d'une bibliothèque. Certains hurlaient et se débattaient, mais les marins savaient y faire pour calmer les excités et leur passer les fers. Faute d'espace pour manier le fouet, ils usaient pour maintenir l'ordre d'un martinet aux courtes lanières de cuir lestées de billes de plomb. C'était d'une diabolique efficacité. Perchés sur les échelles d'accès à l'entrepont, d'autres marins armés de pistolets surveillaient la mise à la chaîne des Nègres, prêts à faire feu en cas de besoin. C'était évidemment la toute dernière extrémité en cas d'émeute, car il convenait de ne point blesser gravement ou tuer un esclave.

*

Quand les deux cent quatre-vingt-dix-sept hommes marqués au chiffre de MM. les armateurs Trottignon et Lecourbe furent tous entravés, on posa des caillebotis ajourés sur les écoutilles pour que l'air frais pût pénétrer dans la cale. Néanmoins, la chaleur y était épouvantable et l'odeur de tous ces hommes égarés de peur et d'angoisse, ayant pour certains déféqué et pissé à même leur bat-flanc, était insoutenable. S'ajoutaient à cela les cris et les pleurs qui s'élevaient de cette masse indistincte de corps humiliés soumis à une effroyable cruauté.

Les hommes enchaînés, l'embarquement des femmes put débuter. Je pensais que ce serait moins tragique, car elles me semblaient plus dociles, plus résignées à subir leur sort que les hommes. Mais ce fut une monstrueuse infamie !

Au moment de monter dans les chaloupes, toutes voulaient emmener leurs enfants et les enfants s'accrochaient à leurs mères de toutes les forces que confère le désespoir. Burgelin fut inflexible, il n'en voulait pas plus de quarante sur la *Marie-Amélie* et il ne voulait que des « grands ». On pouvait toujours tirer quelque chose des négrillons, mais les gamines étaient, disait-il, impossibles à vendre. On repoussa les enfants à coups de bâton et de fouet. On arracha des nourrissons des bras de leurs mères, et pour mettre fin aux supplications effarées des femmes, des marins excédés en fracassèrent plusieurs contre les rochers de la plage. Les chiens errants de Sainte-Croix étaient à l'affût. Ils avaient l'habitude de ces scènes d'embarquement, ils attendaient la fin de ce tohu-bohu humain pour effacer les forfaits des négriers. Les pleurs et les lamentations de ces femmes me déchirèrent le cœur et l'âme, je n'imaginais pas que tant de cruauté fût possible.

La honte me submergeait. Elle me blesse encore à chaque fois que cette scène revient hanter ma mémoire. Je n'ai rien fait, je n'ai rien dit, je n'ai pas eu le moindre geste de compassion ni pour les femmes ni pour les enfants. J'ai assisté, impassible, à cette tragédie, comme un spectateur au théâtre.

Les enfants abandonnés sur le rivage hurlaient leur désespoir et leur détresse en voyant les chaloupes emmener leurs mères vers notre bateau. Bout à la brise de terre, il tirait doucement sur son ancre.

C'était le père Chabrier qui recueillait ces orphelins s'il le pouvait. La tâche était immense : il s'efforcerait de les catéchiser, il leur parlerait de l'infinie bonté du Dieu d'amour qui remet les péchés et récompense ceux qui laissent éclore en leur cœur la foi, l'espérance et la charité. Pour eux, un jour sans doute, il commenterait Matthieu : « *Ainsi les derniers seront les premiers, et les premiers les derniers, car il y a beaucoup d'appelés, mais peu d'élus.* »

À eux qui avaient déjà tant souffert malgré leur jeune âge, il promettrait un monde meilleur, mais pour plus tard, pour après…

*

Quand toute notre cargaison de Nègres fut embarquée, je me mis à la recherche de Maïza dans le secteur réservé aux femmes. Certaines pleuraient et se lamentaient, mais beaucoup étaient prostrées, incapables même de manifester leur détresse. Ce fut à sa tunique que je la repérai : elle n'en avait qu'une seule, sale et déchirée, qu'elle portait depuis qu'elle était devenue la propriété marquée de MM. Trottignon et Lecourbe.

Ma belle Africaine était recroquevillée dans le renfoncement d'une membrure du bateau, anéantie par cette violence inouïe dont elle venait d'être témoin. Je la sentis infiniment vulnérable, écrasée par cet impensable malheur qui pesait sur tous les peuples noirs de peau. J'aurais voulu serrer ma petite Africaine contre moi, la bercer, la rassurer, lui dire que pareille horreur n'arriverait plus jamais, et surtout que je n'étais pas comme eux. Je n'en fus pas capable ; je restai un négrier. La pitié me submergea mais je ravalai mes larmes.

Au-delà des mots, il aurait pu y avoir la compassion. J'esquissai le geste de lui caresser les cheveux, mais ma main resta en suspens, maladroite et ridicule. Elle devina ma présence, mais ne releva pas la tête. Maïza me fuyait. Pas un regard, plus la moindre trace de ces complicités muettes que nous avions entretenues au fil des jours dans le parc aux esclaves. J'en fus meurtri. Elle ne voulait plus rien partager avec moi ce jour-là. À ses yeux, je ne valais pas plus cher que les autres.

Dans cet entrepont suant de détresse et de misère humaine, je pris toute la mesure de mon indignité. J'avais été incapable de m'opposer à cette abjection que pourtant je rejetais de tout mon être. Je n'étais qu'un couard.

*

Le soir, le capitaine Burgelin s'en fut seul faire ses adieux au fort et dîner avec Massin et d'Harchevilliers. C'était l'usage, un très hypocrite vernis de civilisation et de politesse recouvrait tout ce sordide trafic de la traite. L'équipage, officiers et médecin compris, était consigné à bord et sur le pied de guerre : c'est à proximité de la côte d'Afrique que les Nègres sont les plus agités et les plus dangereux. Les révoltes ont souvent lieu avant le grand départ. Par la suite, l'immensité et le vide de l'océan les accablent.

Le dernier jésuite de Sainte-Croix n'était sans doute pas présent à la table du gouverneur ce soir-là, il devait s'employer à récupérer tous ces enfants que nous avions abandonnés sur la plage au pied du fort. Je lui avais fait mes adieux la veille. J'avais décliné son invitation à me confesser. Nous nous étions tout de même quittés bons amis. Je n'ai plus jamais revu le père Chabrier ; il se peut bien que ce saint homme ait été lui aussi avalé par l'Afrique et qu'il n'ait jamais revu la terre de France.

Il faisait encore noir quand on mit à la voile. Les navires négriers appareillent toujours de nuit, pendant le sommeil des Nègres. Tout était prêt, chacun savait ce qu'il avait à faire, l'ancre avait été virée discrètement la veille quand Burgelin était revenu à bord. La chaloupe et le canot du capitaine avaient été hissés et remisés sur leur chantier, les espars constitués en mât de charge avaient été démontés et arrimés sur le pont. Un très faible courant de marée nous portait vers l'océan ; la *Marie-Amélie* avait couru sur son erre en direction de la passe en attendant les premiers souffles de la brise de terre. Les matelots se déplaçaient avec précaution, pour une fois ; les ordres n'étaient pas aboyés, mais susurrés ; toutes les poulies avaient été soigneusement huilées, les voiles furent hissées dans le plus grand silence. Aux premières risées, la *Marie-Amélie* gîta avec grâce sur bâbord et, gentiment, prit le vent. Appuyé à la rambarde de la dunette, je demeurais horrifié par ce qu'il m'avait été donné de voir et de vivre pendant ces semaines sur cette terre mille et mille fois maudite. Je m'étais fait le complice de bien des infamies pendant toutes ces semaines passées à Sainte-Croix. J'éprouvais un grand soulagement à m'en éloigner enfin.

Nous n'avions à ce jour perdu qu'un seul matelot en mer et trois autres, morts d'une fièvre tropicale pendant notre long séjour sur la côte des esclaves. Bien que certains de nos marins fussent très mal en point au moment de lever l'ancre, c'était exceptionnel. La mortalité parmi les équipages des navires négriers était d'habitude beaucoup plus importante pendant l'étape africaine. Burgelin m'en complimenta bien que je n'y fusse pas pour grand-chose.

Profitant d'une bonne brise de terre, nous fîmes d'abord route au sud-sud-ouest, comme pour nous dérober au plus vite à l'attention de la vigie du fort. Puis nous mîmes cap plein ouest pour passer très au large des anses où les Danois, les Hollandais et toutes les autres nations entretenaient des forts semblables à celui de Sainte-Croix, pour y établir et faire prospérer leur propre trafic négrier.

Les vents nous furent favorables, bientôt nous perdîmes de vue la côte africaine. La *Marie-Amélie* et moi affrontions à nouveau l'océan, nous reprenions le cours de notre « Grand Voyage ».

Hiver 1760 – À l'hôpital Saint-Jean de Crécy-Couvé

Les chandelles ont fini de couler sur le pied du lumignon posé sur ma table de chevet. J'ai écrit une grande partie de la nuit avant de sombrer dans le sommeil. Pas très longtemps, mais je me suis reposé un peu. L'écritoire a glissé sur mes genoux et dans ce moment d'inconscience, j'ai gardé la plume à la main. Mon gentil petit valet doit dormir à poings fermés. C'est de son âge, il sera désolé d'avoir cédé à la fatigue et d'avoir abandonné son vieux maître à son triste sort.

— Jacquet… Ohé, Jacquet ! Il n'entend rien…

Depuis des années, je souffre d'insomnie. Je ne suis pas jaloux de ceux qui dorment à longueur de nuit, mais je ne peux m'empêcher de les envier un peu tout de même.

— Jacquet ! Ce garçon est une souche ! Se pourrait-il qu'il fasse semblant de ne point m'entendre et qu'il me laisse crier dans le vide… Jacquet…

L'épuisement consécutif aux assauts de la fièvre provoque cette succession de petits sommes qui contrarient mon travail. Loin de m'apporter la paix, ces instants d'abandon sont souvent peuplés des plus affreux cauchemars.

— Jacquet, mon petit Jacquet ! Ton vieux maître a besoin de toi… Il m'est venu, avant de me laisser surprendre par le sommeil, la pensée d'une évidence : je l'ai écrite en bas d'une page pour m'en souvenir ! Il faut que je te la communique et que tu me donnes ton avis.

Jacquet ne va pas être content d'être réveillé au milieu de la nuit. Tant pis, j'ai besoin de son impertinence et de sa façon de dire les choses. Et puis la nuit, j'ai peur. L'angoisse m'étreint…

— Jacquet, vas-tu répondre à la fin ? C'est à désespérer, il doit être devenu sourd !

Je sens cette maudite fièvre encore toute proche, prête à fondre de nouveau sur moi et me contraindre à grelotter sous trois épaisseurs d'édredons, en proie à la folie de mes égarements. Tous ces fantômes que je réveille me terrorisent.

— Puisqu'il n'y a pas moyen de te tirer du sommeil pour parler un peu, je te laisse à tes rêves… et moi, je retourne à mes souvenirs… ou à mes cauchemars, ce qui revient à peu près au même…

Quand la *Marie-Amélie* mit résolument le cap à l'ouest pour gagner les Indes occidentales avec sa cargaison d'esclaves, je ne croyais plus à notre droit naturel à contraindre d'autres hommes aux caprices de notre volonté ou de notre intérêt. J'avais aussi admis que les Nègres ne cumulaient pas tous ces vices que nous leur prêtions comme pour tenter de justifier le traitement odieux auquel nous les soumettions…

— C'est bien dommage de ne trouver personne au milieu de la nuit pour parler de sujet un peu philosophique.

Mais voilà Jacquet qui entre dans ma chambre, il a l'air tout défait et abruti de sommeil. Au beau milieu de cette nuit, il serait malséant de lui reprocher de n'avoir point frappé avant d'entrer…

— Vous m'avez appelé, Monsieur ? Que puis-je accomplir dans l'instant pour votre service et qui ne peut pas attendre demain matin ?

— Rien d'autre que de me tenir compagnie, mon petit Jacquet…

— Voilà que vous faites un caprice, maintenant ! Je dormais, Monsieur, ne vous déplaise, et vous m'avez réveillé.

— Je le sais bien, mais je voulais juste te dire que j'ai beaucoup… d'estime pour toi !

— Et c'est pour me dire ça que vous me tirez du lit ? Ne seriez-vous pas en train de vous payer ma tête, Monsieur ?

— Pas le moins du monde, il m'est venu une pensée singulière que je voulais partager avec toi.

— Ça ne pouvait pas attendre que j'aie fini de dormir ?

— Non, ça ne pouvait pas ! Il faut que nous en débattions.

— Alors quelle est cette pensée qui vous tarabuste au point de gâcher mon sommeil ?

— Voilà, je l'ai notée de peur de l'égarer : « Ce qui différencie les hommes, ce n'est pas le fait d'avoir des préjugés, mais de pouvoir les imposer aux autres »…

Long silence… Bâillements intempestifs, regard très courroucé.

— Si vous n'avez besoin de rien, je retourne dormir, Monsieur, les préjugés étant ce qu'ils sont, nous en parlerons une autre fois…

VII – Septembre 1742

D'un bord à l'autre de la mer

L'Atlantique s'ouvrait devant nous. De Nantes à Sainte-Croix, j'avais eu le temps de faire la paix avec la mer. Cependant, mes craintes de fils de la terre n'étaient pas vaincues. L'immensité de l'océan m'effarait : il courait, chez nos matelots, beaucoup d'histoires et de légendes sur ce monde infiniment vide et angoissant qu'il nous fallait affronter. Bien des marins y avaient été engloutis, effacés du monde des vivants par les fièvres sournoises embarquées sur les bateaux négriers depuis les côtes de l'Afrique. Toutes les maladies du monde se donnaient rendez-vous sur les navires négriers : des affections silencieuses venues de chez nous étaient tapies dans les bois crasseux des coques et des membrures des navires, elles s'en prenaient aux Nègres enchaînés dans les entreponts. Quand je l'avais rencontré pour la première fois, Burgelin m'avait prévenu : « L'océan réclame son dû de matelots et de Nègres à chaque traversée. » Sur le moment je n'y avais guère prêté attention, mais à l'heure du départ ces mots me revenaient à l'esprit.

La route maritime des esclaves franchit l'océan Atlantique par le travers en restant entre l'équateur et le tropique. C'est la route négrière, les matelots parlent entre eux du « passage du milieu » : ils le redoutent.

Depuis la côte des esclaves jusqu'à la grande île de Saint-Domingue, il y a, dit-on, près de mille quatre cents lieues marines. Tout au long de ce cheminement sur la mer, les alizés affluent avec leur cortège de houles puissantes depuis le nord et le sud, mais ils s'étiolent et s'endorment avant que d'atteindre la région des calmes plats. L'équateur et son absence de vent n'en finissent pas d'inquiéter les capitaines de la traite. L'immobilité presque parfaite au milieu de l'océan est leur cauchemar.

*

La rencontre de l'air qui souffle en rafales depuis la terre africaine brûlée de soleil avec la fraîcheur de l'océan engendre des vents puissants et toujours soutenus au large des côtes de Guinée. Ils nous obligeaient à fuir devant eux au sud-sud-ouest et nous écartaient, pour un temps, de la route la plus directe pour les îles de la mer des Caraïbes.

Lourdement chargé, notre brigantin était ballotté en tous sens sur une mer très formée. Malgré mon appréhension, après toutes ces semaines soumis à la chaleur humide et à l'atmosphère délétère du territoire de Sainte-Croix, j'éprouvais une sorte d'exaltation à me retrouver en mer, à sentir le souffle du vent, à deviner la manœuvre et à balancer imperceptiblement mon corps d'une jambe sur l'autre pour compenser le roulis. La houle ne nous empêchait pas de filer à bonne allure. J'étais désormais bien amariné et capable de supporter sans dommage l'agitation incessante de la *Marie-Amélie*.

À contempler l'immensité et le vide océanique, j'apaisais un peu le trouble de ma conscience. Ma rêverie m'emmenait bien au-delà de la ligne d'horizon, dans un ailleurs où je m'enfonçais sans penser : les propos du père Chabrier résonnaient avec moins de force à mes oreilles, l'horreur de ce que j'avais perçu lors de l'embarquement de notre cargaison humaine se diluait dans le fracas des paquets de mer qui balayaient le pont. Les vagues étaient longues et très creuses, mais ce n'était pas le déchaînement de la tempête d'hiver que nous avions affrontée dans le golfe de Gascogne. L'océan était désormais le seul vrai maître de notre destinée, nous n'avions d'autre choix que de nous plier à sa volonté comme à celle du vent et de ses sautes d'humeur.

Les matelots manifestaient aussi leur plaisir d'être en mer et d'échapper à la morbidité des rivages de la Guinée. Le goût salé du grand large avait réveillé leur enthousiasme, on les sentait hardis et prompts à grimper dans le gréement pour tirer le meilleur parti du vent.

— Regardez-les, monsieur Levrault, ils courent dans les hauts sans rechigner à la manœuvre, m'avait fait remarquer le maître d'équipage, mais ça ne va pas durer. Quand on va cesser de fuir sous le vent pour remonter vers le nord, les grands calmes de l'équateur vont les rendre mauvais comme des teignes.

Je n'avais pas répondu. On s'en allait sur la mer à très bonne allure, loin du rivage de la côte des esclaves. À ce moment-là, je pensais pouvoir oublier ce que j'avais connu et vécu là-bas. Mais à défaut de s'être imprimé dans ma chair, le fer rougi au feu avait marqué mon âme du signe noir de l'infamie. Mon désastreux séjour sur le territoire de Sainte-Croix reste comme une plaie à vif dans mon souvenir sans qu'il ne me soit jamais possible de la voir guérir ou de l'effacer.

— Ils vont devenir maussades, reprit encore Le Scamf en parlant des matelots, et nous aussi. Personne n'échappe à la tristesse et aux idées mélancoliques quand on reste des jours et des jours sans bouger au milieu de la mer à attendre qu'un souffle de vent nous pousse vers l'ouest.

Nous attaquions la seconde partie du voyage triangulaire de la traite. Je savais que la suite des jours à la mer apporterait son cortège d'événements tragiques. Je m'y préparais, mon infirmerie était en ordre de marche, et chaque jour, j'aurais à remplir avec conscience une nouvelle page de mon registre de santé.

*

Nos esclaves ignoraient tout de l'océan, de son immensité autant que de ses colères. Entassés comme des « harengs en caque » sous le pont de la *Marie-Amélie*, ils étaient en proie au mal de mer. Je savais d'expérience la détresse et même le désespoir qu'il peut engendrer chez celui qui en est l'innocente victime.

Pour nos Nègres, enfermés dans l'obscurité tout autant que dans leur ignorance, sans possibilité de bouger ou d'aller respirer un peu d'air frais, c'était une torture abominable. Les vomissures des uns éclaboussaient les autres et se répandaient sur les planchers et les banquettes auxquels ils étaient enchaînés. L'odeur dégagée par toute cette souffrance confinée dans un espace réduit, surpeuplé et mal aéré, était absolument insupportable. Les embardées dues au roulis ou au tangage provoquaient des hurlements de terreur, les hommes tiraient sur leurs chaînes à s'en blesser, ils tentaient inutilement de s'en libérer, terrorisés à l'idée d'être avalés par la mer, rivés à ce monstrueux navire en train de s'engloutir dans des abysses inconnus, mais sûrement peuplés de monstres infernaux et d'esprits malfaisants.

— Les vents de Guinée ont du bon, m'avait dit Burgelin. Ils secouent bien la cargaison au départ et matent le caractère de ceux qui sont toujours prêts à semer le désordre.

— Il ne faudrait pas que la peur ou le mal de mer finisse par faire mourir nos esclaves, lui avais-je répondu. Nous allons perdre des Nègres si on continue à les brasser trop longtemps, beaucoup n'ont rien mangé depuis plusieurs jours !

— Le mal de mer n'a jamais tué personne. Ils vont s'habituer. D'ici une semaine nous échapperons aux vents africains et nous pourrons remonter vers le nord-ouest et les grands calmes équatoriaux. Ils ne se souviendront même plus avoir été malades… Aux Antilles, ils oublieront même l'Afrique. Les Nègres ne sont pas comme nous, monsieur Levrault, ils vivent au jour le jour…

La science médicale est impuissante à lutter contre les désordres du corps engendrés par la turbulence perpétuelle de la mer. Je ne pouvais pas grand-chose pour soulager les malades ou rassurer ceux qui échappaient à cette malédiction. Je n'en arpentais pas moins, plusieurs fois par jour, la grande allée centrale de l'entrepont, un tampon de tissu vinaigré noué sur le nez et la bouche. Je veillais surtout à ne pas glisser sur le plancher souillé d'ordures autant que du débordement des tonneaux servant de tinettes qu'on ne pouvait pas vider dans le gros temps. L'enfer, s'il existe, doit ressembler un peu à la cale d'un navire négrier remplie d'esclaves, enchaînés les uns aux autres, souffrant de toutes sortes de maux, livrés aux caprices de la mer et du vent autant qu'à la cruauté des hommes. Jamais je n'avais imaginé qu'une telle accumulation de détresse et de désespoir fût possible dans un espace aussi réduit.

Je m'acquittais de toutes mes tâches avec le plus grand scrupule. Chacune de mes visites quotidiennes faisait l'objet d'un compte rendu sur mon registre : tout ce qui concernait l'état de santé de nos esclaves ou des membres de l'équipage y était minutieusement consigné.

Une semaine durant, il nous fut impossible de sortir nos enchaînés de leur confinement pour leur permettre de prendre l'air sur le pont, la mer était trop mauvaise, trop pleine de force. Tout l'équipage était requis par la marche de notre vaillant brigantin qui fuyait toujours sud-sud-ouest sous le courroux du vent. Le spectacle de la puissance de la houle aurait effrayé ces hommes et ces femmes des forêts profondes et des savanes. Il n'était pas utile de provoquer l'affolement d'une partie de notre cargaison. Nous aurions eu le plus grand mal à faire redescendre nos Nègres sous le pont et à les réenchaîner.

La mer étant mauvaise, il nous était impossible de préparer les bouillies et la viande salée qui constituaient leur ordinaire. On nourrissait les Nègres une fois par jour. On leur servait des brouets de farine de manioc ou de mil pilés, délayés dans des seaux d'eau froide, agrémentés de fruits secs et parfumés de vin de palme. Les matelots appelaient ce régal la « colle des Nègres ». Ça n'avait rien d'appétissant, mais il n'était guère possible d'allumer les réchauds à charbon de bois sur le pont balayé par les embruns. On servait la pitance de nos esclaves dans des écuelles de bois : ceux qui conservaient un peu d'appétit mangeaient avec leurs doigts. Les autres continuaient de souffrir ou d'appeler la délivrance du trépas en attendant que voulussent bien se calmer les éléments.

*

Tout autant que les hommes, les femmes et les enfants étaient sujets aux affres du mal de mer, mais l'entassement chez eux était moindre. Négrillons et

Négresses pouvaient aller et venir à leur guise dans l'espace qui leur était réservé. On respirait un peu mieux dans leur réduit, on pouvait aussi maintenir un semblant d'hygiène et de propreté en inondant le plancher d'eau de mer et en le frottant au vinaigre.

Tous étaient terrorisés par les mouvements désordonnés du bateau plongeant dans le creux d'une vague avant d'escalader la suivante pour mieux s'effondrer dans le précipice ouvert devant lui. Les femmes criaient, s'accrochaient les unes aux autres, pleuraient, laissant libre cours à leurs angoisses. Dans leur langue, elles devaient supplier la multitude de leurs dieux de les sortir de cet abominable cauchemar. Pareillement aux hommes, elles ne comprenaient rien à la mer ni aux tourments du vent et des vagues comme à tout ce charivari insensé qu'on leur imposait dans l'obscurité du ventre de la *Marie-Amélie*.

Maüza, la belle Africaine, ne hurlait pas avec les autres, pas plus qu'elle ne s'arrachait les cheveux de désespoir. Pourtant, je devinais sa peur et l'effort qu'elle faisait pour la dominer et rester digne en face de ce vertige inconnu imposé par la houle. Il n'est pas impossible qu'elle ait trouvé dans mes visites régulières chez les femmes un peu de réconfort et une raison de ne pas se laisser submerger par cette terreur d'être engloutie dans les profondeurs hostiles de la mer. Elle avait deviné que j'aimais sa fierté.

Bien du temps a passé depuis ce malheureux périple sur la mer océane en direction des îles des Grandes Antilles. J'aime toujours imaginer qu'il y avait à ce moment-là, entre nous deux, une sorte de confiance diffuse et secrète qui nous isolait de tous les autres. Nous étions des êtres à part dans ce déferlement de cruauté, de cupidité et d'infamie que fut ce « Grand Voyage » parmi tous les « Grands Voyages » de la traite négrière.

*

— L'eau est rousse et elle pue. Il n'y a pas douze jours que nous sommes en mer que l'eau est déjà toute gâtée !

— C'est normal, monsieur le docteur, m'avait répondu Magoariec, le tonnelier du bord. L'eau d'Afrique ne supporte pas le voyage, elle commence par roussir, mais au bout d'une semaine ou deux elle s'éclaircit un peu : elle reste encore bonne à boire pour les Nègres.

La couleur, c'était une chose, mais c'était surtout l'odeur et le goût qui étaient épouvantables. Avaler, chaque jour, trois ou quatre pintes d'un pareil breuvage risquait de provoquer des maladies intestinales mortelles. J'avais noté dans mon registre de santé la corruption de l'eau que nous donnions à boire à nos « passagers ». Je m'en étais aussi ouvert à Burgelin.

— Une boisson pareille est dangereuse pour toute notre cargaison. Par précaution, il faudrait couper leur eau avec du vinaigre ou de l'eau-de-vie comme nous le faisons pour l'équipage.

— Pensez-vous ? me fit le capitaine. Les Nègres sont habitués à boire l'eau pourrie des rivières de Guinée. Croyez-moi, ils résistent bien mieux que nous à toutes les maladies. Vous verrez ce qu'il conviendra de faire s'ils venaient à tomber malades. Nous n'avons pas de raison de les dorloter en attendant.

Était-ce dorloter des hommes enchaînés et entassés dans des conditions inhumaines que d'essayer d'empêcher qu'ils ne tombassent malades ? Burgelin était d'une inconscience à peine imaginable. Sa stupidité et son entêtement allaient à l'encontre de son intérêt, mais sa vanité l'empêchait de se ranger à l'avis d'un subalterne.

C'était devenu une habitude chez moi, je manquais d'à-propos. Plutôt que de m'indigner et de lui faire valoir les risques encourus par nos esclaves, je retournai auprès de ces hommes et de ces femmes qui avaient besoin de moi. On continua de donner à boire de l'eau douteuse à nos Nègres.

Au bout de trois semaines, l'eau de nos tonneaux ne se contenta pas de roussir et de puer, elle se mit à engendrer des vers d'un blanc grisâtre gros comme une épaisseur de doigt. Il fallut la filtrer à travers plusieurs épaisseurs de linge avant de la donner à boire à nos Nègres. Les matelots avaient déjà eu affaire à ce ver, ils appelaient cette apparition de bestioles « la maladie de l'eau ». Elle leur inspirait autant de crainte que les fièvres tropicales qui fichaient la paix aux Noirs, mais minaient les marins. Ils disaient qu'on ne parvenait jamais à éliminer tous les sortilèges de l'eau, qu'elle avait été fétichée par les sorciers du vodou et que certains organismes vivants minuscules, commandés par quelque nègrerie, devaient parvenir à s'insinuer dans la boisson des esclaves à travers les tissus.

L'équipage évitait d'en boire, nous la remplacions par cette infâme piquette du bord transportée depuis Nantes. Ce vin suri était épouvantable à ingurgiter et vous brûlait l'estomac sans vous désaltérer, mais au moins ne contenait-il aucune de ces maudites bestioles invisibles embusquées dans l'eau.

J'eus bientôt mes premiers malades : des hommes que tordaient d'horribles maux de ventre et pris de fièvres intenses. Aucun des remèdes à ma disposition ne pouvait combattre cette maladie emmenée depuis la côte de Guinée. Les intestins des esclaves atteints se vidaient de tout ce qu'ils pouvaient contenir jusqu'à ne plus rejeter que de l'eau sanguinolente.

Il aurait fallu organiser une vraie quarantaine, isoler des autres ceux qui étaient atteints dès les premiers symptômes. Mon infirmerie de fortune fut bientôt pleine. Les Nègres y dépérissaient à vue d'œil. Le 2 octobre, suite à des hémorragies intestinales, je consignais mes trois premiers morts sur mon registre de santé, puis deux autres le lendemain. Deux matelots venaient à la nuit tombée évacuer discrètement les cadavres de ces malheureux par le sabord qui s'ouvrait dans le local aménagé à l'arrière de l'entrepont. Je m'efforçais de sortir de l'anonymat ces pauvres morts en leur donnant un nom. Le plus souvent, je l'inventais faute de pouvoir communiquer avec mes infortunés patients.

On nettoyait les lieux à l'eau de mer et on passait au vinaigre les bat-flancs où avaient succombé nos esclaves. C'était bien peu de chose face au désastre d'une maladie insidieuse qui dévorait nos Nègres. Je m'en ouvris au capitaine.

— C'est inévitable, m'avait fait Burgelin quand je lui avais rendu compte de ces décès. Les plus fragiles sont toujours emportés par la maladie… celle-là ou une autre. Ce n'est pas très grave !

Le jour suivant nous eûmes quatre morts chez les hommes, auxquels il fallut ajouter deux filles prénubiles et une femme pourtant robuste de constitution. Le mal prenait de l'ampleur et je manquais de connaissance autant que de remèdes pour le juguler. Les gouttes d'extrait de rhubarbe que je faisais absorber aux malades n'étaient pas sans effet s'ils ne s'étaient pas déjà vidés de toute leur substance ; ceux qui conservaient la force d'aller jusqu'aux tinettes pouvaient expulser le ver.

Cependant, j'étais convaincu que les conditions d'enfermement que nous imposions à nos Nègres favorisaient l'apparition de ce genre de maladies. Même si beaucoup de nos matelots étaient délabrés physiquement, l'équipage, qui ne buvait pas de cette eau-là, ne présentait aucun des symptômes qui commençaient à assaillir notre cargaison.

— En plus des extraits de plantes, nous ferons boire de l'eau de mer en petite quantité et du vin de palme à nos malades, avais-je dit à Burgelin. Je suis convaincu que notre eau de boisson est mauvaise et qu'elle pervertit l'abdomen de nos Nègres.

— Faites le nécessaire, m'avait répondu notre capitaine, mais sauf à ce qu'il pleuve, les Nègres n'auront rien d'autre à boire que cette eau.

Notre commandant n'en disait encore rien, mais il était inquiet. Les diarrhées étaient le fléau qui s'abattait le plus fréquemment sur les bateaux négriers. Celles qui étaient provoquées par le ver de Guinée étaient les plus redoutables. Faute de savoir les soigner, je n'eus d'autres recours que de me plonger dans les gros traités de médecine que j'avais emportés. Les différents médecins confrontés à tous les maux de l'Afrique disaient qu'avec de la noix de muscade râpée dans du vin rouge et des brouets d'avoine on disposait du meilleur des remèdes capables de lutter contre les dysenteries. Tous s'emportaient contre la négligence des capitaines qui ne veillaient pas assez à la qualité de l'eau embarquée.

Malgré les soins que je leur prodiguais sans relâche, le jour suivant je dus encore inscrire trois hommes et deux enfants dans la colonne des pertes pour MM. Lecourbe et Trottignon sur mon registre de santé.

Les chiffres parlaient d'eux-mêmes. Les femmes étaient moins touchées que les hommes par cette fichue maladie. J'osai suggérer à Burgelin que n'étant pas enchaînées comme les hommes, libres de leurs mouvements et pouvant se laver à grande eau sur le pont, elles étaient moins sujettes aux ravages provoqués par le ver de Guinée. À ma plus grande surprise, il en convint. Je n'avais aucune certitude quant à ce que j'avançais, mais le capitaine commençait à se demander si son négoce n'était pas en danger de finir tout entier au fond de l'eau.

Nous perdîmes encore huit hommes, deux femmes et trois enfants le lendemain. Je reportai « diarrhées suivies de flux hémorragiques » dans la colonne des causes du décès sur mon registre. De tête, Burgelin faisait ses comptes en tournant les pages du grand cahier de santé de la *Marie-Amélie*. J'en profitais pour avancer quelques idées trouvées dans les traités de médecine emportés dans une de mes malles.

— Je ne suis pas loin de penser que le soleil et l'eau de mer sont les plus grands ennemis du ver. Les médecins-chirurgiens de la marine royale écrivent tous que le confinement, l'entassement et la corruption de l'eau favorisent l'apparition des diarrhées hémorragiques. Au train où vont les choses, nous allons perdre plus de la moitié de la cargaison avant d'arriver aux îles…

— Faites comme vous l'entendez, monsieur Levrault, mais tâchez de mettre bon ordre à tout ça. Plus nous vendrons d'esclaves dans les îles, mieux ce sera.

Burgelin était de mauvais poil, il n'encombrait pas son discours de vaines arguties bien-pensantes. Hormis la perte qu'elle représentait, la mort d'un ou de plusieurs esclaves le laissait indifférent. Ce n'étaient que des Nègres.

*

La Faucheuse arpentait l'entrepont de la *Marie-Amélie*. Le mal qui sévissait chez les hommes mobilisait toute mon énergie, mais je trouvais tout de même le temps de visiter le secteur des femmes et des enfants plusieurs fois par jour. La mort des négrillons embarqués à Sainte-Croix provoquait des scènes de détresse et de désespoir épouvantables. Quand deux nouveaux enfants tombèrent malades, je n'eus pas le cœur de les enlever à leurs mères et de les transférer dans mon infirmerie. Un des garçons était tellement affaibli qu'il ne put aller sur ses jambes jusqu'au bat-flanc isolé qu'on avait aménagé pour les malades, je dus le prendre dans mes bras et le porter. Son petit corps brûlant de fièvre était tellement amaigri qu'il ne pesait presque plus rien dans mes bras. Je fus submergé par la pitié autant que par la honte d'être au nombre des bourreaux coupables de cette misère infinie infligée à un enfant. Fermant les yeux, je posai un long baiser sur le front du petit moribond. J'avais l'habitude de faire face à la souffrance d'autrui, mais à cet instant, des larmes me sont venues et ont coulé sur mes joues. Peut-être n'ai-je pleuré que sur ma misérable destinée de chirurgien de la traite. Quand je relevai la tête, mon regard croisa celui de Maüza.

Depuis notre départ de la côte de Guinée, j'avais eu le sentiment qu'elle m'ignorait. En vérité, sans rien laisser paraître, elle avait été attentive à mon activité parmi les femmes. Elle m'accompagna jusqu'à la couche du petit malade. Agenouillée en face de moi, elle suivait mes gestes avec la plus grande attention ; je faisais avaler à l'enfant du brouet d'avoine et une mixture de vin rouge, de noix de muscade et d'écorce de saule. J'avais conscience de ce que pouvait avoir de dérisoire mon remède, mais je ne pouvais assister à cette agonie avec fatalisme, sans rien tenter. Par geste, j'indiquai à Maüza qu'elle devait poursuivre ce que j'avais entrepris. Pour faire tomber la fièvre, la mère posait des compresses d'eau vinaigrée sur le front de son garçon. C'était aussi peu efficace que mes médications.

Je passais voir l'enfant toutes les deux heures, de jour comme de nuit. Maüza veillait. Elle parlait avec douceur à toutes les femmes qui venaient aux nouvelles et s'enquérir des progrès de la maladie. Peut-être leur expliquait-elle que j'essayais de sauver l'enfant. Les Négresses n'avaient qu'une confiance limitée en mes compétences. À leurs yeux, je n'étais pas un vrai homme-médecine capable d'arracher un enfant aux griffes de la mort : l'esprit du vodou ne m'habitait pas, je n'agitais aucun fétiche, j'étais surtout incapable de m'entretenir avec les esprits et de les séduire par des prières et des fumigations appropriées.

Le négrillon se battit encore une longue journée, son pouls était très faible, ses mains et ses pieds étaient glacés. Il décéda dans la nuit. Le combat était inégal, je n'étais pas de taille à lutter contre la malignité de ce ver inconnu chez nous. Ma science et ma raison n'avaient pas eu plus d'effet qu'un gri-gri ridicule qu'on aurait agité avec conviction au-dessus de la tête de ce petit malade.

Les lamentations des femmes, une fois de plus, me déchirèrent l'âme. Maüza ne pleura pas avec les autres, elle vint vers moi au moment où j'allais quitter l'entrepont. Avec ses doigts, elle refit sur mon visage le chemin qu'avaient suivi mes larmes quelque temps plus tôt. J'étais bouleversé. Je me perdis dans le noir intense de ses prunelles. J'aurais dû la prendre dans mes bras, l'embrasser peut-être, mais je n'osai pas. Je pris la fuite.

Un peu plus tard, je consignai la mort de ce garçon dans mon registre de santé. Je pris soin de décrire les symptômes de la maladie et les remèdes mis en œuvre pour la combattre. Quand Burgelin contresigna la page, il ne fit aucune remarque particulière. Ces derniers jours, la situation avait changé du tout au tout. Les vents qui devaient nous pousser à travers l'Atlantique, de médiocres étaient devenus très faibles, la *Marie-Amélie* se traînait avec une lenteur désespérante. À l'approche des grands calmes équatoriaux, l'équipage était maussade, les hommes vaquaient à leurs occupations. On avait encore perdu un négrillon, ça n'avait rien d'extraordinaire.

— Les requins sentent l'épidémie, m'avait fait remarquer Le Scamf, notre maître d'équipage. Ils attendent qu'on jette les morts par-dessus bord pour les dévorer. Ça a du nez, ces bêtes-là ! Et c'est patient : ils nous escortent jusqu'à notre arrivée dans la mer des Caraïbes et les îles des Antilles. Ils préfèrent les Nègres parce que les nôtres, on les coud dans un morceau de toile à voile et on met deux boulets de douze livres dans le sac, pour qu'ils coulent à pic.

*

Burgelin avait réuni ses officiers, le maître d'équipage, l'autre bosco et moi dans sa chambre. L'heure était grave, déjà notre cargaison s'était allégée d'une trentaine d'unités. On ne pouvait plus tergiverser. Je fis part à l'assemblée des mesures qu'il fallait prendre d'urgence pour tenter d'enrayer l'hécatombe, s'il en était encore temps.

— Tous les jours ! s'exclama Duplessis, l'officier en second. Vous voulez les asperger avec de l'eau de mer tous les jours ?

— Je veux aussi que l'entrepont soit lavé chaque jour et les bat-flancs passés au vinaigre. Par roulement, il faudra allonger le temps de promenade sur le pont, les Nègres ont besoin de soleil. De plus, il faudra mélanger leur boisson avec de l'eau-de-vie. On dit que la force de l'alcool rend caduque la malignité du ver de Guinée.

— Je ne demande qu'à vous croire, me répondit le capitaine, qui ne cachait pas son scepticisme à l'endroit des mesures que je préconisais.

— Il n'y a pas que l'eau qui tue nos Nègres, poursuivis-je, il y a l'enfermement dans l'obscurité et la promiscuité.

Burgelin m'aurait bien envoyé promener, mais voir sa cargaison dépecée par les requins le navrait. Il n'y croyait guère, mais secrètement, il devait espérer que je parviendrais à juguler ce mal que nous transportions avec nous.

— On fera comme vous voulez, monsieur Levrault, mais j'ai bien peur que toutes ces précautions de santé ne servent à rien.

Tandis que le ver de Guinée s'en prenait à nos Nègres, les fièvres ramenées de la côte des esclaves harcelaient nos matelots. Trois hommes de l'équipage grelottaient depuis une dizaine de jours, ils étaient au plus mal. Les décoctions de plantes les avaient soulagés pendant un temps, mais elles n'avaient plus aucun effet sur le cours de la maladie. Je leur faisais ingurgiter toutes les deux heures de l'extrait de pavot délayé dans du vin de palme. La fièvre ne tombait pas, mais ils dormaient et l'angoisse de sentir le trépas rôder autour d'eux était, pour un temps, tenue à distance. J'ignorais tout des causes de ce mal que nous transportions avec nous. Seuls les sorciers du vodou auraient été capables de les soigner et de les remettre sur pied. Mais nous étions désormais très loin en mer.

*

Une nouvelle fois l'eau de boisson changea d'aspect et son odeur s'apaisa, elle devint légèrement laiteuse. La filtration lui redonnait bel aspect, elle semblait moins nocive aussi et presque potable. La maladie voulut bien marquer le pas.

Loin des marécages d'Afrique où il prospérait, le ver parasite perdait de sa virulence. La diarrhée hémorragique emporta encore une vingtaine de Nègres, Négresses et négrillons, puis s'en fut sans prévenir personne, aussi bizarrement qu'elle était venue.

— J'ai toujours eu grande confiance en vos qualités comme en votre jugement, me flatta notre capitaine. Vous êtes de très bon conseil, monsieur le chirurgien.

Sa cargaison d'esclaves était sauvée, ce qui à ses yeux justifiait tous les mensonges et toutes les flagorneries.

J'insistai néanmoins pour que fussent maintenues toutes les dispositions arrêtées un peu plus tôt.

— L'équipage va regimber, grogna Le Scamf. On n'est jamais assez prudents, avec les Nègres… Ça fait de la surveillance en plus.

Je fis mention de cette remarque sur mon registre de santé. En bas de la même page, Burgelin m'approuva par écrit et loua ma compétence à enrayer une diarrhée qui aurait pu emporter la moitié de la cargaison. On s'en sortait bien, il était vraiment très satisfait des simples mesures de bon sens que j'avais préconisées.

— L'eau n'est pas bonne, mais nous en avons à suffisance.

Magoariec rendait compte chaque jour à Burgelin du nombre de pintes d'eau puisées dans les réserves. Les indications étaient portées sur le livre de bord de la *Marie-Amélie*, et fort du rapport de son tonnelier, le capitaine décidait de rationner ou non la boisson des Nègres.

— Si le vent ne se décide pas à souffler d'ici trois à quatre jours, il faudra commencer à économiser d'une demi-pinte la ration d'eau quotidienne, avança notre maître de la boisson. Ce n'est jamais bon quand la soif s'installe à bord !

— Le vent finira bien par souffler, tempéra le capitaine, on ne reste jamais plus de quatre à cinq jours de rang sans bouger, il y a déjà trois jours pleins qu'il nous fait défaut. Nous allons bientôt nous remettre à avancer.

Burgelin s'efforçait à l'optimisme. Il le fallait. Au début de notre navigation vers l'Afrique, j'avais été terrorisé par la démesure d'une tempête, mais en mer, l'absence totale de vent est plus redoutable encore. Rien n'est plus angoissant que d'attendre un souffle d'air, abruti par la chaleur, aveuglé par la réverbération du soleil sur une mer parfaitement calme et immobile. Les voiles pendent comme mortes sous les vergues, le bateau somnole dans une torpeur malsaine, les matelots deviennent irritables, des bagarres éclatent à propos de tout et de rien et les Nègres s'ennuient.

On les sortait par roulement du trou à rats où ils étaient confinés. Quand ils avaient pris l'air, on leur remettait leurs fers et ils n'avaient plus aucune autre occupation de toute la journée. Eux aussi étaient angoissés par cette immobilité qu'ils ne comprenaient pas, ils s'agitaient, refusaient de se laisser enchaîner quand ils retournaient s'allonger sur leurs bat-flancs. Il fallait user du martinet aux lanières plombées.

Pour les distraire et tenter de vaincre le mortel ennui de ces jours d'immobilité, le capitaine leur avait permis de chanter. Les matelots en avaient le caractère aigri, ils devenaient très irritables.

— On ne comprend pas ce qu'ils racontent, disaient-ils. Si ça se trouve, ils sont en train de tramer un mauvais coup.

Le fait est que leurs chants étaient étranges, ils ne ressemblaient à rien de ce que j'avais pu entendre jusque-là. La mélodie importait peu, c'était le rythme syncopé qui faisait la beauté et l'enchantement de ces litanies sauvages. C'était la voix mystérieuse des profondeurs inconnues de l'Afrique. Ces sombres mélopées semblaient être une sorte de langue commune à ces hommes que différents dialectes séparaient : elles geignaient et se lamentaient, puis soudain hurlaient toute leur nostalgie de la terre africaine que les Nègres ne reverraient jamais. Les femmes, isolées à l'autre bout de l'entrepont, se joignaient à ces tristes chorales qui enveloppaient toute la *Marie-Amélie.* C'était très beau et même fascinant. Malgré leur méfiance, les matelots finissaient par se laisser prendre à cette beauté étrange et secrète.

Maüza était à l'unisson de ses sœurs d'infortune. Les femmes et les enfants étaient libres de leurs mouvements. Bien que l'espace fût compté dans leur réduit et malgré l'horreur de leur situation, il leur arrivait de danser. Le chant de celles qui restaient assises en frappant dans leurs mains accompagnait les danseuses. Sans presque bouger leurs pieds faute de place, ces dernières ondulaient du bassin avec une étonnante sensualité. Depuis Sainte-Croix, j'étais fasciné par les danses nègres, par le rythme, le mouvement des corps, la liberté des gestes et des regards. J'en étais jaloux. Moi qui avais passé une grande partie de ma jeunesse à apprendre tant de choses qui ne servaient à rien, je ne savais pas bouger, tanguer, marquer le tempo avec ce naturel, cette force et cette grâce infinie qu'ont les Noirs quand ils oublient leurs misères dans l'élan de la danse.

À cette fougue du corps soumis aux cadences sauvages et aux chants de la terre d'Afrique, Maüza était, à mes yeux, la plus étonnamment gracieuse, la plus vive, la plus belle aussi.

Empêtré de toute la maladresse pataude de ma trop lourde carcasse, je ne me lassais pas de l'admirer. Je me tenais dans l'ombre pour ne pas qu'elle me voie, mais elle me devinait, elle jouait de mon trouble.

Hiver 1760 – À l'hôpital Saint-Jean de Crécy-Couvé

— Jacquet doit être très fâché. Il me fait la tête parce que j'ai bousculé son sommeil pour recueillir son avis. Il peut dire ce qu'il veut, il n'y a pas beaucoup de maîtres qui prennent l'avis de leur valet sur la question philosophique des préjugés… Est-ce que je reste bien dans l'intimité de ma conscience, ou bien me suis-je laissé aller à parler à haute voix ? Je suis saisi par le doute. À vivre enfermé dans cette chambre, je finis par discourir tout seul sans m'en rendre compte. Il faut que je me surveille…

Ma carcasse est bien plus solide que je ne l'imaginais. Il est certain que la fièvre tropicale m'emportera, mais ce n'était pas encore mon tour. Elle veut peut-être me laisser assez de temps pour en finir avec ce récit de ma vie.

— Baliverne que tout cela ! La mort frappe à son heure sans se préoccuper de savoir si on a terminé ce qu'on avait commencé… Bon sang de bois, voilà encore que je pense à voix haute !

J'avais été amoureux de Laurette. Je me souviens avec tendresse des transports de mon cœur au sortir de l'enfance. J'en avais le vertige. C'est tellement bon d'être amoureux ! L'amour demeurera toujours un insondable mystère. Pourquoi avait-elle, plus qu'une autre, éveillé mon désir et ma tendresse ?

— Il vaut sans doute mieux n'en jamais rien savoir : l'amour doit rester mystérieux, à trop chercher à l'expliquer on risque bien de le tuer… Me voilà encore en train de dialoguer avec moi-même. Je suis seul, personne ne m'écoute, pourquoi briderais-je la conversation entre celui que je fus autrefois et celui que je suis devenu ?

Laurette aussi m'aimait. Aujourd'hui encore, c'est ce que je veux croire. Pourtant, entre nous deux, il n'y eut pas même l'esquisse d'un baiser. On nous a séparés sans qu'il nous fût possible de donner vie à toute cette tendresse mutuelle qui nous habitait et ne demandait qu'à s'épanouir.

— Je dois bousculer ma pudeur et inscrire dans mon récit ces sentiments si violents et contradictoires que je ne peux les empêcher de se transformer en paroles. Heureusement que je suis seul, on pourrait me croire pris de folie !

Sur la *Marie-Amélie*, j'avais d'abord refusé de reconnaître que l'amour, à nouveau, me visitait. Je m'étais révolté contre cette absurdité, j'avais rejeté loin de moi cette idée. Aimer une Négresse était inconvenant, et pour tout dire impossible. Ce n'était écrit nulle part parce que ça n'arrivait jamais, il était même inutile de l'interdire, ça allait de soi. On pouvait forniquer avec une Négresse – aucun Blanc ne s'en privait –, mais pas l'aimer d'amour. Même baptisée, même si elle chantait à l'église le dimanche, elle devrait rester, à jamais, à sa place. Elle serait toujours une sauvage à la peau noire, différente de nous autres, indigne de partager notre vie. Elle serait tout juste bonne à engendrer de petits mulâtres, bâtards ou bâtardes qu'elle tiendrait à leur place, loin de nos propres enfants issus de femmes blanches élégantes et respectables.

Et puis, j'avais fini par capituler. Maüza avait envahi mon cœur et vaincu ma raison. J'étais résigné, j'étais amoureux. Nous n'avions pas échangé une parole, mais le bout de ses doigts refaisant sur mon visage le chemin de mes larmes avait plus de sens, de bonté et de beauté que tous les discours amoureux de ces belles dames qui s'expriment avec tant d'intelligence et de subtilité sur le petit théâtre de monsieur le duc…

— Oui, au milieu de l'immensité de la mer, j'étais amoureux d'une Négresse !

— Monsieur, vous vous oubliez ! Prenez garde, vous pensez à haute voix… On pourrait vous entendre.

— C'est toi, Jacquet ?

Bougre de bougre ! L'indiscret ! Il est encore entré sans demander la permission. Il faudra bien qu'un de ces jours je me fâche et qu'il consente à respecter les usages. Avant d'entrer chez les gens, on frappe, nom de nom !

— Et qui voulez-vous donc que ce soit ? À part moi, il n'est personne dans cette immense bâtisse pour s'intéresser à un vieux bougon comme vous, capable de réveiller son domestique au milieu de la nuit pour lui faire part d'une réflexion singulière qui lui a traversé l'esprit.

— Tu m'as entendu ? Qu'est-ce que tu as compris de ce que j'ai pensé à voix haute ?

— Que vous avez été amoureux autrefois, et ça ne cesse pas de m'étonner !

— Qu'est-ce donc qui t'étonne ? Que j'aie été amoureux ?

— Non, ça arrive à tout le monde. C'est vous, Monsieur, que je trouve étonnant.

— Ah bon ! Qu'ai-je donc de si particulier ?

— Vous parlez tout seul, comme si votre cervelle ne parvenait plus à contenir tout ce que vous y avez engrangé.

— Alors cesse de t'étonner et prépare-moi un bain, j'en ai grand besoin…

VIII – Octobre 1742

Tu ne tueras point…

Le matelot Guivarch était soigneusement cousu dans un morceau de vieille toile à voile. Comme le voulaient les usages de la mer, on avait pris soin de mettre à ses pieds deux boulets de canon de douze livres pour qu'il coule à pic et échappe à la voracité des requins. La fièvre tropicale l'avait saisi alors que nous étions encore à Sainte-Croix, elle avait fini par l'emporter sans qu'il fût possible de le retenir parmi nous. La planche à bascule avait été installée à tribord au niveau de la coupée. Burgelin se tenait au chevet du mort ; son psautier à la main, il nous gratifia de la prière des morts, qu'il ne chanta pas, mais qu'il lut d'une voix neutre :

— « *De profundis clamavi ad te Domine :*
Domine exaudi vocem meam.
Fiant aures tuæ intendentes
in vocem deprecationis meæ.
Si iniquitates observaveris Domine :
Domine, quis sustinebit ? »

Les hommes de l'équipage qui n'étaient pas requis par la surveillance de l'entrepont faisaient cercle autour du défunt. Nous étions à nouveau encalminés depuis deux jours pleins, immobilisés au milieu de l'océan à attendre qu'un souffle de vent voulût bien mettre un peu de vie dans nos voiles. La chaleur était écrasante, la soif et le découragement nous accablaient.

Pour ces marins durs au mal, habitués à la vie difficile des gens de mer, privés des joies ordinaires de l'existence et sans réelle espérance, l'immersion d'un des leurs était un moment de gravité et d'angoisse. Beaucoup devinaient que c'était là le triste sort qui leur était promis à plus ou moins brève échéance.

— « Or, c'est la volonté de celui qui m'a envoyé : que je ne perde aucun de ceux qu'il m'a donnés, mais que je les ressuscite au dernier jour. Telle est la volonté de mon Père : que quiconque voit le Fils et croit en lui ait la vie éternelle ; et moi, je le ressusciterai au dernier jour. »

— *Amen*, répondirent les hommes d'une seule voix.

Après ces quelques lignes d'un verset de l'Évangile de saint Jean, le capitaine fit signe qu'on basculât le corps. Le matelot Guivarch entra bien droit dans l'eau et s'en alla par le fond les pieds en avant. Nous étions tous perdus dans l'intimité de nos pensées.

Burgelin voulait profiter du rassemblement de presque tout son équipage pour marquer les esprits et faire comprendre à tous qu'il était « le maître après Dieu » sur son navire et qu'il ne tolérait aucun manquement à la discipline.

— Le matelot Joël Gourvenec au mât de misaine, commanda-t-il sur un ton qui ne tolérait pas la réplique.

C'était un très jeune gars, bien bâti, avec quelque chose d'un peu naïf dans le regard. Il avait gravement désobéi aux règles très strictes imposées aux hommes sur les navires négriers : il était allé « aux femmes ». Il n'était sans doute pas le seul, mais il avait eu la maladresse de se faire surprendre par le second alors qu'il forçait une Négresse. C'était interdit.

— Les matelots sont tous plus ou moins contaminés par une forme ou une autre de la vérole, m'avait fait valoir le capitaine Burgelin quand j'avais eu à me prononcer sur l'affaire. Si les hommes de l'équipage allaient « aux femmes » sans retenue, elles ne tarderaient pas à être bientôt toutes contaminées.

— Une Négresse vérolée est invendable, compléta Duplessis, il est même interdit de les débarquer à Saint-Domingue. Certaines véroles affectent aussi les yeux et peuvent rendre les Nègres et les Négresses aveugles. Imagine-t-on vendre un Nègre aveugle ?

— Comme tous les autres capitaines de la traite, je suis inflexible sur ce chapitre, finit par conclure Burgelin. Quand un matelot a commis une faute grave, il doit être puni.

Quinze coups de fouet. C'était le tarif. Le règlement en vigueur sur les bateaux de commerce était impitoyable. J'eus beau faire valoir que la punition était trop rude, qu'elle risquait de tuer ce garçon et qu'on pouvait trouver d'autres moyens de le corriger, le capitaine de ce vaisseau infernal demeura inflexible. Il fit appliquer la sentence dans toute sa rigueur.

Après avoir envoyé le matelot Guivarch par le fond, on ôta sa chemise et on attacha le matelot Gourvenec au pied du mât de misaine. D'une voix forte, Burgelin rappela solennellement le motif de la punition à tout l'équipage réuni. Il entendait faire peur à ces hommes frustes, abrutis de toute cette violence qu'ils imposaient aux Nègres enchaînés dans l'entrepont.

L'officier subalterne fut désigné comme exécuteur de la sentence. Duplessis, le second, comptait à haute voix chaque fois que la lanière mordait le dos du supplicié. Le matelot hurlait de toutes ses forces, peut-être pour se donner du courage ou pour attendrir son bourreau. Au cinquième coup le dos du garçon ne fut plus qu'une plaie sanglante, au douzième il lâcha prise et perdit conscience. La lanière de cuir n'en continua pas moins à fouailler le dos à vif, projetant partout des éclaboussures de sang.

— Il est à vous, monsieur le chirurgien, me lança Burgelin après que le fouet se fut abattu quinze fois sur l'échine du marin. Les gars les plus solides s'en remettent, les autres…

Burgelin eut un geste vaguement méprisant pour indiquer qu'il se fichait de ce qui pouvait advenir de ceux qui avaient transgressé les règles.

On transporta le matelot Gourvenec jusque sous le gaillard arrière, où j'entrepris de nettoyer et de panser les multiples plaies sanguinolentes de son dos. En épongeant les chairs à vif avec des tissus imbibés d'eau-de-vie, je songeais à Maüza. Comme toutes les autres femmes, elle aurait pu aussi avoir à faire avec un brutal qui l'aurait violentée. J'en frémissais de dégoût.

La leçon infligée au marin fautif était cruelle, mais désormais, tous savaient Burgelin intraitable : nos Négresses devaient être vendues dans l'état de bonne santé où, sur mon conseil, il les avait troquées. S'il le fallait, le prochain puni pour être allé « aux femmes » recevrait vingt coups de fouet. C'était assez pour tuer un homme.

*

Il n'était pas question qu'un Noir pût assister à l'humiliation d'un Blanc, fût-il le dernier et le plus réprouvé criminel des matelots de l'équipage. Pour banales qu'elles fussent, la cérémonie d'immersion d'un marin suivie de l'exécution de la pénitence d'un fornicateur ne les regardait pas. C'étaient des affaires de Blancs à régler entre Blancs. En conséquence, les Nègres avaient été privés de leur promenade du jour. Ils n'avaient pas, non plus, reçu leur repas quotidien puisque par temps calme, on les nourrissait sur le pont. Les réchauds à charbon de bois sur lesquels les femmes préparaient les brouets et les ratas qui leur étaient servis n'avaient pas été installés. La fringale provoquait une effervescence inhabituelle chez les hommes. Ces événements exceptionnels dans la vie du bord avaient bouleversé les tâches bien réglées de l'équipage. Dans l'attente de leur tour de sortie et de leur douche quotidienne, beaucoup de Nègres n'étaient pas entravés par leurs chaînes rivées aux parois ou au plancher de l'entrepont. Debout dans l'allée centrale, ils attendaient de pouvoir venir profiter de la lumière du jour et marcher un peu en attendant la toilette sommaire qu'ils s'administraient en s'aspergeant mutuellement avec des seaux d'eau de mer. C'était un des rares moments joyeux de leurs longues journées de réclusion et d'ennui dans le ventre de la *Marie-Amélie*. On était en train de les en priver.

Les femmes aussi avaient été consignées sans nourriture dans les entrailles du navire. Négresses et Nègres protestaient contre ce retard inhabituel qui les angoissait. Les hommes menaient un chahut épouvantablc en hurlant tout en frappant le bordé et le plancher avec leurs chaînes. À travers les panneaux à claire-voie qui obstruaient les accès à leur espace réservé, les femmes criaient ce qui ressemblait à des insultes dans leur langue à l'adresse des hommes de l'équipage. Il y avait une grande agitation, toute notre cargaison humaine bouillonnait de colère, mais sûrs de notre domination, nous n'en avions pas encore clairement conscience.

La diarrhée hémorragique avait dégagé un peu de place chez les hommes, ils pouvaient bouger, et même s'asseoir pour certains. Ils ne manquaient pas d'en profiter et de s'agiter. Le ver de Guinée leur avait permis aussi de bénéficier d'un temps de promenade plus conséquent. Il était beaucoup plus difficile de les surveiller et d'empêcher les bousculades. Il devenait presque impossible d'imposer une stricte discipline du fait du roulement des groupes de Nègres qui se succédaient sur le pont à longueur de journée. Les esclaves étaient le plus souvent apathiques, mais parfois, on devinait dans leurs regards des éclairs de haine. Ils avaient pris notre mesure.

Je les avais triés et soignés, je pensais bien connaître nos Nègres et tout le douloureux cortège de leurs tourments : cet énervement insolite m'inquiétait. Après avoir soigné et pansé le matelot Gourvenec, j'étais retourné sur le pont parmi les marins occupés à la manœuvre.

— Faites-moi cesser tout ce tapage, fit Burgelin, très agacé, à l'adresse de Le Scamf, le maître d'équipage, et de l'officier subalterne.

Munis du fameux martinet aux lanières en cuir d'hippopotame lestées de billes de plomb, ils disparurent dans l'entrepont accompagnés de deux matelots armés de pistolets chargés.

Le tumulte ne fit que redoubler. Nous perçûmes nettement le bruit de deux ou trois détonations, mais nous n'eûmes pas même le temps de prendre conscience de la gravité des événements qu'un groupe vociférant d'une dizaine de Nègres surgissait sur le pont par un des panneaux d'accès à l'entrepont. Les esclaves qui attendaient au pied des échelles avaient réussi à arracher les goupilles de fer qui verrouillaient les entraves de leurs compagnons en les rivant aux parois du navire. Ceux qui n'avaient pas pu se débarrasser de leurs bracelets de force les faisaient tournoyer au-dessus de leur tête, ils usaient de leurs chaînes comme d'armes aussi vengeresses que redoutables.

Un autre groupe de Noirs jaillit par l'autre panneau. Ceux-là aussi hurlaient, ils avaient en main les pistolets, désormais sans poudre ni balles, des matelots qui, un peu plus tôt, avaient mission de les mater. Ils brandissaient aussi comme des trophées les martinets censés les ramener à la raison.

La surprise était totale, mais notre sidération ne dura pas plus de quelques secondes. La peur avait changé de camp.

— Tout le monde sur l'arrière et on boucle la porte, hurla Burgelin.

Le regard et les cris des Nègres n'étaient que férocité vengeresse. Toute cette furie fit lever en moi une véritable terreur. Je perçus l'utilité de la palissade construite par notre charpentier et destinée à transformer le gaillard arrière en forteresse en cas de besoin. Parant du mieux que nous le pouvions les redoutables moulinets des assaillants, nous ralliâmes la porte épaisse et solide qui nous mettrait à l'abri de « nos » esclaves. C'était le monde à l'envers : nous les Blancs, les maîtres de la raison, les seigneurs de la force, étions contraints de nous protéger des sauvages noirs qui en voulaient à notre vie. Aucun d'entre nous n'avait jamais affronté la colère de Nègres révoltés.

Notre capitaine aurait sûrement fait face avec beaucoup de bravoure et d'à-propos à cette situation inédite, mais une chaîne, maniée avec dextérité, vint le frapper en plein visage. À demi estourbi, aveuglé par le sang qui lui obscurcissait la vue, Burgelin perdit le sens de l'orientation, buta contre un obstacle qu'il ne pouvait pas voir et tomba à genoux. Il fut submergé par les esclaves de plus en plus nombreux qui prenaient possession du pont. Personne n'eut le courage d'aller braver la colère des Nègres pour ramener notre capitaine parmi nous. Quand nous eûmes franchi la palissade, nous bouclâmes la porte. Du haut du gaillard arrière, nous assistâmes, sans pouvoir rien faire pour lui, à la mise à mort du chef de notre expédition négrière.

Il n'était pas le seul à être resté coincé sur le pont : deux autres matelots payèrent de leur vie leur manque de promptitude à gagner l'abri de la forteresse de la dunette. Les Noirs ne firent pas de quartier ; tout alla très vite. Au moins les victimes de leur vengeance n'eurent-elles pas le temps de souffrir.

La *Marie-Amélie* venait de perdre son capitaine, son maître bosco, son officier subalterne et plusieurs marins. Si on y ajoutait le matelot emporté par la tempête après notre départ de Nantes, les deux autres morts à Sainte-Croix et celui que nous venions d'immerger au milieu de l'océan, ça nous faisait déjà douze noms à rayer du rôle des marins de son équipage. Nous étions encore bien loin des Antilles, et nous avions plusieurs fiévreux à bord. Au train où allaient les choses, la question se posait de savoir s'il y aurait encore assez de marins pour nous emmener jusqu'au bout du voyage. Avant toute chose, il nous fallait reconquérir notre bateau.

Ce n'est qu'une fois à l'abri de la palissade de protection que Maüza revint occuper toutes mes pensées. Plus que jamais nous étions séparés par la haine et la colère établies pour très longtemps entre les Blancs et les peuples à la peau sombre déportés depuis les côtes de Guinée.

Tout ce gâchis de mépris, d'incompréhension et de haine inexpiable n'était que le fruit de la cupidité d'armateurs et de planteurs cyniques. Sans l'ombre d'un remords, en bas de soie, dans l'ombre feutrée de leurs cabinets, ils spéculaient sur ce qu'allait bien pouvoir leur rapporter cette cargaison de Nègres. Peu leur importait la peur des uns, la mort des autres et l'avilissement de tous. J'eus soudain envie de pleurer en songeant à notre propre abaissement, livrés à la peur, enfermés dans nos préjugés. Réfugiés dans la forteresse du gaillard arrière, nous n'étions plus que de pauvres marionnettes ridicules et pathétiques. Mais je sus rester impassible. Il n'eût plus manqué que tous vissent des larmes sur mes joues !

*

Sans tergiverser plus que nécessaire, Duplessis, l'officier en second, prit acte de l'assassinat de Burgelin et s'empara avec autorité du commandement. Sur la dunette, parée à l'usage en cas de révolte de notre cargaison, deux bouches à feu étaient dirigées vers le pont. Une seule salve de ces deux canons chargés à mitraille aurait balayé la masse de ceux qui pensaient avoir pris possession du bateau ; ils n'avaient pas conscience de ce qui risquait de leur arriver. Un combat aurait tout de suite tourné au massacre.

Rétablir l'ordre des choses de cette façon aurait tué beaucoup trop de Nègres. Duplessis n'envisageait ni de gaspiller de la poudre ni de perdre tous ses esclaves à vendre : le ver de Guinée avait déjà coûté trop cher à l'armement Trottignon & Lecourbe.

En passant par les fenêtres de poupe, des matelots avaient eu accès à l'arsenal stocké dans la chambre du capitaine. Nous avions maintenant des armes et de la poudre, ils n'en possédaient pas. Notre nouveau chef fit distribuer des fusils, mais ordonna d'attendre : on ne tirerait que si on était attaqués et en toute dernière extrémité.

— Ils vont aller se servir dans les réserves, il va bien falloir qu'ils mangent, fit Duplessis. On va repérer les meneurs : il n'y a pas de révolte sans chef. Si on peut s'en débarrasser en tirant dessus, on se débrouillera pour faire redescendre les autres.

Le vent n'était toujours pas décidé à nous faire bouger. Le soir tombe vite sous ces latitudes. Nous fûmes bientôt enveloppés par la nuit. Seules les braises des réchauds à charbon de bois éclairaient le pont d'une maigrelette lueur rougeâtre. Les révoltés les avaient allumés pour cuire le repas dont nous les avions privés.

La cloison de séparation avait été en partie abattue et les femmes avaient pu rejoindre les hommes. On restait vigilants, attentifs à tout ce qui pouvait survenir de nouveau. Les Nègres ne savaient rien, ni de la mer, ni du vent, ni de la navigation, ils étaient bien incapables de diriger la *Marie-Amélie* et de s'en retourner chez eux, vers les côtes d'Afrique. Les nerfs à vif, on attendait.

*

Ils mangèrent un peu, mais ce fut surtout de l'eau-de-vie dont ils se régalèrent. Ils avaient mis en perce plusieurs tonnelets de gnôle. La plupart des Nègres ne tardèrent pas à être ivres. Ils riaient beaucoup et s'invectivaient d'un bout à l'autre du pont. La nuit était douce, ils improvisèrent un groupe de tambourineurs en frappant en cadence sur tout ce qu'ils trouvaient. La magie des percussions et des rythmes de l'Afrique prenait possession des Nègres, ils se mirent à chanter des mélopées de chez eux. Bientôt, ils dansèrent avec cette envoûtante frénésie que j'avais connue chez Massin, à Sainte-Croix, ou un peu plus tôt dans le quartier des femmes. Elles dansaient aussi avec les hommes. La sensualité des postures et l'ivresse aidant, peut-être forniquaient-ils ? On devinait plus qu'on ne voyait ce qui se passait, j'écarquillais les yeux dans l'espoir d'apercevoir Maüza, mais il faisait sombre, le ciel était couvert. Sur le pont, la lueur des braseros était trop faible pour y distinguer quoi que ce fût.

— Qu'ils n'aillent pas nous foutre le feu au bateau, s'inquiétait Magoariec, le tonnelier.

Le feu à bord est la hantise de tous les marins. Les Nègres n'avaient pas la prudence des hommes de la mer, ils pouvaient commettre, dans leur ivresse, une imprudence aux conséquences funestes et nous envoyer tous par le fond.

— Si ça tourne mal, on nettoie le pont à la mitraille, annonça Duplessis, qui ne perdait pas son sang-froid.

Il avait bien l'intention de rétablir la situation sans faire un massacre.

Burgelin était un cynique, une brute sans foi ni loi. Son second, infatigable lecteur de bible devenu capitaine, était tout aussi cynique et âpre au gain, même s'il pouvait parfois sembler plus onctueux, plus humain ou amical.

Des Nègres étaient grimpés dans la mâture pour nous observer. Ils étaient méfiants : on était armés. Ajuster ces téméraires avec nos fusils aurait été facile, mais il nous fut interdit de faire feu. On n'allait pas tuer de ces beaux esclaves qu'on pourrait revendre soixante-cinq livres, et même peut-être plus. Sans compter qu'on pourrait raviver une colère qui semblait marquer le pas. Des matelots firent semblant de les viser, ce qui provoqua la débandade des épieurs.

Nous essayâmes de dormir par quarts. Il n'y avait rien d'autre à faire que de tenter de trouver un peu de repos en attendant le jour. Le vacarme du déchaînement des Nègres était aussi infernal qu'inquiétant, la sarabande battait son plein. Les révoltés avaient dû mettre en perce d'autres tonnelets d'eau-de-vie et de vin de palme. Ils se goinfraient de ce qu'ils avaient pillé dans les réserves de vivres.

Heureusement, nos insurgés n'avaient pas accès à la sainte-barbe, sous la dunette, là où étaient stockées la poudre et les armes, ils ne connaissaient pas les entrailles de la *Marie-Amélie* et ils répugnaient à s'y aventurer. Pour beaucoup d'entre eux, le bateau restait un monstre maléfique. Ils n'avaient pas non plus d'outils pour fracasser les épaisses parois de chêne qui isolaient l'arrière du reste de notre brigantin. Nous étions assiégés, mais les Nègres n'étaient pas vraiment maîtres du navire. Malgré la crainte de ce qui pouvait encore advenir, je dus somnoler à plusieurs reprises, en proie aux chimères du demi-sommeil.

Aux premières lueurs de l'aube, la fièvre et l'excitation retombèrent chez les Nègres. Partout des hommes affalés ronflaient dans leur vomi à même les planches du pont. Les femmes s'étaient regroupées au pied du mât de misaine. Un peu de fraîcheur et d'humidité s'étaient abattues sur le pont. Il faisait presque froid, elles se serraient les unes contre les autres, comme effarées par cette nuit de révolte et de folie qui ne débouchait sur rien d'autre que des hommes épuisés d'ivresse, incapables de profiter de leur victoire inattendue. Parmi elles, j'aperçus Maüza. Maintenant que la situation redevenait plus sûre, je la voyais à nouveau, mais je restais en retrait, elle ne savait pas que je la regardais. À nouveau, je fus submergé par l'émotion. Elle aussi sortait vivante de ces longues heures d'épouvante. Je la voyais toujours aussi belle, toujours aussi sereine. J'en étais soulagé.

— Par tribord avant, ordonna Duplessis en nous désignant un grand Nègre solitaire, très calme et digne qui se tenait appuyé au bastingage, contemplant le soleil en train de monter dans le ciel. Le chef ! C'est lui, j'en suis sûr !

Immobile, l'homme regardait la mer parfaitement calme. Il se tenait droit, il n'était pas de ceux qui avaient bu de la gnôle jusqu'à en perdre la raison. Il ne s'était pas non plus livré à l'orgie de cette nuit de désespoir plus que de révolte. Il n'avait pas peur, dans l'instant où il se tourna vers nous, je ressentis avec lui toute la compassion que lui inspiraient ses congénères hébétés et assommés par l'ivresse. Quand son regard croisa le nôtre, il ne cilla pas. On le devinait à la fois fataliste et plein d'orgueil. À n'en pas douter, il était de ceux qu'on écoute et qu'on peut être fier de suivre.

J'aurais voulu lui crier de se coucher, déjà un matelot épaulait pour lui régler son compte. Mais Duplessis hurla :

— Ce fumier de Nègre, je le veux vivant !

*

Reprendre possession pleine et entière de la *Marie-Amélie* fut assez facile.

Les pochards plus ou moins dégrisés se laissèrent à nouveau enchaîner avec docilité et les femmes regagnèrent leur espace réservé sans protester. Les hommes qui auraient pu résister encore prenaient conscience de leur impuissance à diriger la *Marie-Amélie*. Leur soulèvement n'était qu'un violent désordre qui leur échappait. Nos Nègres s'en rendaient compte, ils avaient la tête basse : ils devaient vivre leur impuissance à prendre en main leur destin comme une nouvelle humiliation. Certains pleuraient.

À n'en pas douter, ils avaient aussi très peur des fusils et des pistolets. Les matelots n'auraient pas hésité à faire usage de leurs armes en cas de nouvelle rébellion : Duplessis n'aurait jamais pu contenir et dominer une seconde fois la peur de l'équipage. Mais c'était leur incapacité à profiter de leur victoire qui désespérait les Nègres. Ils avaient fait preuve d'ingéniosité pour se libérer de leurs chaînes, de courage, d'audace, pour se rendre maîtres du pont ; et voilà qu'ils étaient à nouveau vaincus.

Tous furent promptement entravés et contraints de s'asseoir à même le pont. La cargaison était sauvée : Duplessis n'avait pas fait couler le sang de ses esclaves. MM. Trottignon et Lecourbe lui en seraient reconnaissants.

Celui que notre nouveau capitaine avait désigné comme étant le chef de la révolte aurait pu vendre chèrement sa peau, mais il se laissa cueillir sans résistance. Loin de sa terre, loin de ses dieux, on le devinait indifférent au sort qui lui était promis, trop fier aussi pour faire le coup de poing avec ces Blancs qu'il méprisait. Duplessis voulait faire un exemple, sa victime n'avait que le tort d'avoir le port altier et de la dignité à revendre : ce ne pouvait être qu'un mauvais Nègre. Un bon Nègre se devait de n'avoir ni fierté, ni orgueil, ni bravoure. L'instigateur désigné de la révolte fut attaché, suspendu par les bras, au pied du mât de misaine.

Les Nègres étaient assis, à nouveau enchaînés deux par deux, entassés et serrés à ne plus pouvoir bouger. Ceux qu'on n'avait pas pu caser sur le pont avaient été à nouveau entravés dans l'entrepont. Les marins de la *Marie-Amélie* avaient le fouet à la main tandis que d'autres matelots armés surveillaient cet entassement d'hommes humiliés depuis les vergues de huniers. Les bouches à feu sur la dunette prenaient le pont en enfilade. La moindre velléité de révolte aurait été un abominable bain de sang.

Le vent faisait toujours défaut, le bateau était parfaitement immobile depuis trois jours, maintenant. C'était exaspérant de ressentir toute cette haine accumulée et de savoir qu'on resterait encore des heures sans bouger au milieu de la mer, sans espoir de pouvoir y échapper un seul instant.

*

On ne retrouva pas le corps de Burgelin. Les révoltés l'avaient sans doute passé par-dessus bord durant la nuit. Par contre, on remonta de l'entrepont les cadavres du maître d'équipage Le Scamf, de l'officier subalterne et des matelots qui les avaient accompagnés pour faire cesser ce qu'on pensait n'être qu'un chahut de Nègres affamés. S'y ajoutaient les deux hommes de garde en haut des échelles : ils avaient dû être les premières victimes du soulèvement des esclaves. Je n'avais pas une très grande estime pour ces hommes grossiers et violents : la cruauté ne les rebutait jamais et ils oubliaient leur médiocrité dans l'eau-de-vie ou dans la domination brutale des Nègres et des Négresses, mais de les voir cousus dans leur linceul de vieille toile à voile me serrait le cœur. Je les connaissais tous, je les avais soignés. Depuis notre départ de Nantes, ils étaient mes compagnons à bord, pour le meilleur comme pour le pire.

Nous étions passés tout près d'une abominable catastrophe, nous aurions pu tous périr sous les coups des révoltés ou dans l'incendie de la *Marie-Amélie* si par maladresse – ou par désespoir – ils y avaient mis le feu. La stupéfaction et la peur continuaient de me faire frissonner malgré la chaleur qui écrasait le pont.

L'un après l'autre, nos défunts eurent droit à une prière et à un verset de l'Évangile avant de basculer dans les profondeurs de l'océan.

Le nouveau capitaine se fendit aussi d'un court passage de l'Ecclésiaste à l'endroit de notre ancien commandant, qui avait régalé les requins faute de lest pour l'entraîner au fond de la mer :

> « *Oui, j'ai appliqué mon cœur à tout cela, j'ai fait de tout cela l'objet de mon examen,*
> *et j'ai vu que les justes et les sages, et leurs travaux, sont dans la main de Dieu,*
> *et l'amour aussi bien que la haine ;*
> *les hommes ne savent rien : tout est devant eux.*
> *Tout arrive également à tous [...]* »

On tira trois coups de canon, autant pour impressionner les Nègres que pour saluer la mémoire du défunt. Burgelin était catholique, mais personne ne vint ergoter sur le choix du texte consacrant le décès de feu notre capitaine. Ç'avait été dégoisé d'une voix ferme. Grand lecteur des écritures, notre parpaillot de commandant ne doutait jamais, il croyait en lui comme il croyait aux vertus régénératrices du texte biblique lu et relu jusqu'à l'épuisement des mots et de leur sens. Bien sûr, il était convaincu de la supériorité de l'homme blanc sur l'homme noir. Selon Duplessis, l'ordre de la création voulu par le Tout-Puissant était ainsi et il n'y avait pas à y revenir.

Les esclaves mâles assistèrent sans broncher à ce bref et expéditif cérémonial auquel ils ne comprenaient rien du tout. L'immersion et les prières pour nos morts n'étaient que le prélude au spectacle qui allait suivre. Duplessis allait y donner toute sa mesure. Les morts dûment expédiés et immergés, on passa à autre chose.

Afin d'être bien compris de tous – à moins qu'il y prît secrètement plaisir –, le nouveau capitaine administra lui-même la sentence qu'il avait arrêtée. Pour avoir fomenté une révolte négrière, le peut-être chef de l'émeute fut condamné à recevoir cinquante coups de fouet. Faute d'interprète, le prévenu ne fut pas même interrogé, sa culpabilité fut décidée et le jugement arrêté. Duplessis avait bien l'intention de montrer aux autres Nègres ce qui leur en coûterait si l'envie leur venait de nous terroriser une nouvelle fois. La veille, j'avais vu l'effet que provoquaient quinze coups de fouet sur le corps d'un marin, je ne doutai pas que cinquante coups de lanière équivalaient à une mise à mort. Le châtiment était sans doute à la hauteur de notre peur. J'aurais dû prendre, devant tout l'équipage, la défense de cet homme. Je n'en fis rien. Ça n'aurait rien changé, mais ma conscience en serait peut-être aujourd'hui un peu apaisée.

Je ne voulais pas voir ça : je me réfugiai sur le gaillard arrière et tournai le dos à cette scène atroce. Je contemplai la mer.

L'homme ne lâcha pas une plainte, ce qui décupla la colère de Duplessis, dont les coups redoublèrent de force et de rage. Quand enfin le courage me vint d'assister à cette exécution, on déliait le Nègre. Il s'effondra. Son corps n'était qu'une plaie sanglante, peut-être était-il déjà mort. Je l'espère, car le capitaine commanda qu'on lui coupe les deux mains d'un coup de hache, et pour qu'il fût bien clair que la révolte était pour nous un crime impardonnable, il fut suspendu par les pieds à une vergue de hunier où on le laissa cuire au soleil ardent des tropiques.

Ce Nègre m'avait à ce point impressionné que relatant sa mort sur mon registre de santé, je décidai de l'appeler « le Prince ».

*

À compter de ce jour, chanter ou danser fut interdit à bord de la *Marie-Amélie*. La moindre amorce de mélopée, le plus discret balancement de hanches d'une femme pouvait être réprimé à coups de fouet.

La mutinerie des esclaves n'avait coûté à MM. Trottignon et Lecourbe qu'une dizaine d'unités.

Deux Noirs étaient morts lors de l'échauffourée dans l'entrepont, deux autres avaient été abattus quand nous nous étions repliés sur la forteresse du gaillard arrière, deux autres encore étaient passés par-dessus bord au plus fort de l'émeute et trois hommes, dans leur ivresse, avaient fait des chutes mortelles depuis les hauts du gréement où ils s'étaient imprudemment aventurés. Et puis il y avait eu l'exécution du « Prince ». Nos armateurs s'en sortaient bien. Par le passé, certaines révoltes d'esclaves s'étaient terminées en massacre et même, bien pire, par un naufrage. Bateaux, esclaves et équipages avaient été irrémédiablement perdus. On peut imaginer le désespoir des armateurs et de tous ces braves gens de Nantes qui avaient placé leurs économies dans une de ces calamiteuses entreprises du commerce triangulaire. Ces gens criaient à l'escroquerie quand leur parvenait la nouvelle d'un de ces désastres.

Il fallut réparer et rendre à la *Marie-Amélie* son emploi de navire-prison : remettre en état l'entrepont et tout ce qui avait été saccagé, vérifier les fixations des chaînes qui entravaient nos esclaves, faire l'inventaire des vivres dont une partie avait été gaspillée. Le capitaine décida de rationner les Nègres. C'était très ennuyeux, car ils pouvaient beaucoup maigrir et s'en trouver la proie de toutes sortes de maladies : un esclave décavé ou malade perdait beaucoup de sa valeur. Mais nous n'avions pas d'autre choix ! Les vents étant ce qu'ils étaient, le voyage risquait de durer encore plusieurs semaines.

Le soir même, je fis ma tournée chez les femmes et les enfants. L'abattement qui régnait chez elles était inhabituel. Maüza était dans un coin, solitaire, prostrée, immobile, elle pleurait. Je cherchai son regard, mais elle me fuyait. Elle m'en voulait. Pouvait-il en être autrement ?

Je pris le parti de m'asseoir un moment à côté d'elle. J'aurais voulu lui apporter un peu de réconfort et de consolation, qu'elle sache la constance de mon amitié, lui dire aussi ma tendresse. Mais il n'y fallait pas compter : aurais-je pu communiquer avec elle qu'elle ne m'aurait jamais cru. J'avais eu peur, j'étais resté fidèle aux miens. Pour elle, je n'étais qu'un Blanc comme les autres, un de ces marins qui s'étaient délectés de leur impuissance à prendre en main leur destinée, un de ceux qui avaient ricané en enchaînant à nouveau ces hommes pourtant pleins de courage, mais vaincus par l'hostilité de la mer.

Les gestes et la complicité amicale étaient vains, seuls pouvaient compter à ses yeux les actes portés par le courage et la volonté. J'en avais été incapable, je n'avais pensé qu'à moi et à sauver ma peau. Je n'osais pas même dire aux autres Blancs que j'étais l'ami des Nègres, qu'on leur devait respect et bienveillance comme à n'importe quel chrétien.

Quel crédit pouvais-je avoir à ses yeux ? J'avais fait preuve de compassion, mais qu'avais-je entrepris pour combattre l'injustice, pour restaurer la dignité de ces hommes et de ces femmes qu'on enchaînait à fond de cale et qu'on traitait comme des animaux qu'on s'en allait vendre à la foire ? Rien, je n'avais rien fait. J'avais manqué d'audace. C'était ce que disaient ces larmes, ce mutisme obstiné et cette indicible tristesse. Je l'avais déçue.

*

En devenant le seul maître après Dieu à bord de la *Marie-Amélie*, Duplessis avait migré dans la cabine de feu Burgelin. Une cabine non partagée était le privilège de celui qui commandait. Ce fut chez lui que notre nouveau capitaine me convoqua pour me faire valoir le fond de sa pensée :

— Cette révolte est le résultat de vos mesures de salubrité et d'hygiène, monsieur Levrault. Vous semblez l'ignorer, mais les Nègres sont sournois et ne songent qu'à la révolte. L'allongement des temps de promenade et le constant va-et-vient des hommes qui s'en est suivi dans l'entrepont ont suscité des désordres dont ils ont profité jour après jour.

Au lieu d'affirmer avec simplicité que j'avais voulu soulager la misère de ces hommes, je me défendis avec véhémence. Je n'avais pourtant pas à me justifier d'avoir voulu faire preuve d'humanité.

— Il y avait une épidémie à juguler. Ce que j'ai conseillé de faire n'avait d'autre raison que vaincre les effets funestes du ver de Guinée. Je crois avoir agi avec rapidité et compétence pour limiter la mortalité dans notre cargaison.

— Je reconnais l'efficacité de votre travail, m'accorda Duplessis, mais maintenant que le ver de Guinée est vaincu, nous allons revenir aux dispositions anciennes. Pas plus de cinquante Nègres sur le pont en même temps, pas plus d'une heure à prendre le soleil repas compris, et seulement deux toilettes à l'eau de mer par semaine.

— La toilette sur le pont est leur seul moment de distraction et de plaisir…

— Ne perdez jamais de vue que les Nègres sont dangereux, monsieur Levrault !

Il aurait fallu protester, mais une nouvelle fois, je n'ai pas su m'indigner et prendre la défense de nos esclaves. J'avais à nouveau conscience de n'être pas à la hauteur de mon ambition et de manquer du simple courage d'affirmer ce en quoi je croyais.

— N'oubliez jamais non plus que nous sommes des commerçants. Nos armateurs s'en tiennent aux colonnes des chiffres inscrits sur leurs livres de comptes. Ce que nous pensons de la traite, les uns ou les autres, ne les intéresse pas. S'il était plus rentable de transporter à travers l'Atlantique des moutons plutôt que des Nègres, nous transporterions des moutons.

Il me faisait la leçon. Je me le tins pour dit. Duplessis était beaucoup plus malin que Burgelin. Il avait perçu le dégoût et la honte que m'inspiraient la traite négrière et ceux qui s'y livraient en toute bonne conscience. Peut-être avait-il aussi deviné mon attirance pour Maüza ? À ses yeux, une Négresse ne valait guère plus qu'une brebis.

Au milieu de la nuit, en proie à l'insomnie, je perçus que le navire bougeait. Le vent s'était enfin décidé à nous pousser à nouveau vers l'ouest. La *Marie-Amélie* gémissait et craquait de toutes ses membrures, j'entendais le clapot frapper contre la coque et les pieds nus des matelots qui couraient sur le pont. J'en éprouvais un immense soulagement, il y avait maintenant six semaines que nous étions en mer. Le dernier point relevé par Duplessis nous situait à mi-chemin entre l'équateur et le tropique du Cancer, par sept cent cinquante lieues marines à l'ouest du méridien de Paris. Nous étions très loin encore des Indes occidentales.

*

Nous alternions courtes périodes de vent et longues journées désespérantes, immobilisés avec ce sentiment désagréable d'être perdus à tout jamais au milieu de l'immensité de la mer. J'en venais à espérer une tempête pour échapper à la morbidité de ces journées saturées d'ennui sous le ciel plombé et menaçant des parages tropicaux.

J'avais repris le cours de mes tâches quotidiennes. Je « visitais » les esclaves très tôt le matin. Après le coucher du soleil, je retournais dans l'entrepont pour ma ronde du soir. La surveillance de la santé de nos Nègres était ma préoccupation constante : comme tous les chirurgiens, je redoutais la survenue de l'un ou l'autre de ces fléaux épidémiques qui hantaient les navires négriers. La petite vérole est la pire de toutes ces maladies, elle laisse en paix les matelots, mais peut faire d'effrayants ravages dans une cargaison d'Africains. Je m'en méfiais. Mon examen des fiévreux était toujours très minutieux, et même tatillon.

Chaque jour, je remplissais avec beaucoup de scrupules mon registre de santé. C'était un travail fastidieux : tous les cas de maladie devaient y être notés et décrits avec précision. Je notais les traitements administrés, je devais aussi consigner l'évolution des maladies, ou bien vers la guérison, ou bien jusqu'au trépas de mes patients. Je ne rédigeais qu'un seul document, pour l'équipage comme pour nos « passagers ». Si Burgelin s'en fichait, Duplessis était un homme de principe : il voyait ce mélange de Noirs et de Blancs, dans l'ordre où ils se présentaient, sur une seule et même page d'un très mauvais œil. Un jour qu'une fois de plus, nous étions encalminés sans espoir de bouger pendant de longues heures, il m'entreprit à ce sujet :

— Inscrire les Nègres malades sur le même registre que les hommes de l'équipage, c'est considérer qu'ils sont nos égaux. Or, monsieur Levrault, il tombe sous le sens qu'ils nous sont très inférieurs par la raison. Vous ouvrez la voie à une confusion regrettable en notant sur une même page les maladies des Nègres et celles de nos marins. Vous ne respectez pas la loi naturelle conçue par le maître de nos destinées : Il a créé l'homme blanc à son image. Sans compter que votre manie de leur donner des noms laisse à penser qu'ils sont dotés de singularité, à l'égal des Blancs baptisés.

— Un malade est un malade, qu'il soit noir ou qu'il soit blanc. L'intensité de la souffrance d'un individu n'a rien à voir avec la couleur de sa peau ou sa religion. Pour un même mal, un Nègre ou un matelot éprouve la même souffrance, lui répondis-je avec un rien d'insolence.

— Vous vous faites l'écho d'idées bien dangereuses, me rétorqua-t-il. En suivant votre raisonnement, on en viendrait à interdire la traite négrière et le droit de posséder des esclaves… et peut-être même le commerce avec les îles des Amériques.

Là-dessus, il tourna les talons et s'en alla houspiller les matelots qui somnolaient à l'ombre en attendant que le vent fît preuve d'un peu de bonne volonté. Après cette discussion, je me consacrai tout entier à mon travail. Je soignais les blessures et les maux de l'équipage comme ceux de notre cargaison d'esclaves.

Il me fallait aussi veiller à la propreté de l'entrepont. Chaque jour, je faisais vider les tonneaux qui servaient de tinettes avant qu'ils ne fussent pleins. Je veillais à ce que les planchers et les banquettes fussent lavés à grande eau, que tout ce qui pouvait être passé au vinaigre le fût et que l'air ambiant fût convenablement purifié en brûlant du soufre, qui n'a pas son pareil pour chasser les miasmes délétères.

Quoi que pût en penser Duplessis, je demeurais convaincu que la santé de notre cargaison humaine était intimement liée à l'hygiène et à l'aération régulière de nos esclaves.

Un nouveau souci s'en vint bientôt m'accabler, ou plutôt accabler les Nègres. Bien que les esclaves fussent apparemment en bonne santé, je découvrais chaque matin deux ou trois cadavres dans l'entrepont. L'examen que je faisais des corps de ces hommes ne révélait aucune des causes de ces décès. De quoi étaient-ils morts ? Et pourquoi toujours la nuit ? Duplessis lisait mon registre avec la plus grande attention, ces morts l'intriguaient autant que moi. Chaque Nègre que nous passions par-dessus bord, c'était pour lui des écus qui partaient au fond de l'eau. Nous avions déjà perdu plus de soixante-dix Nègres, ce qui représentait beaucoup d'argent.

Dans le parc aux esclaves du fort de Sainte-Croix, j'avais pu constater que certains hommes qui perdaient courage et vitalité s'accroupissaient, le menton sur les genoux, les bras autour des jambes et mouraient sans faire de bruit. Je reconnaissais cet abandon et ce désespoir qui s'emparaient des esprits et tuaient nos esclaves enchaînés et condamnés à l'ennui tout au long de cette interminable traversée. Dans le même temps, j'eus à déplorer plusieurs suicides de Nègres. Ces hommes ne voyaient pas d'issue à la misère infinie de ce long cheminement vers la servitude et choisissaient de s'en aller : c'était leur ultime et silencieuse protestation.

D'autres refusaient de s'alimenter et de boire. Il fallut à nouveau user de la force pour les gaver comme des oies à l'aide d'un ouvre-bouche et d'un entonnoir. On dut menacer plusieurs jeûneurs volontaires d'être pendus haut et court à titre d'exemple pour éviter que l'envie de mourir par inanition ne se répandît largement dans l'entrepont.

L'échec de la révolte provoquait une vague de mélancolie douloureuse presque aussi meurtrière que le ver de Guinée. Des hommes de belle stature, que j'avais choisis au marché de Sainte-Croix pour leur robustesse et leur force, perdaient le goût de vivre et se laissaient emporter par la mort. Aucun remède ne semblait capable d'endiguer cet effondrement du caractère et de la volonté.

En vérité, j'étais en train de faire connaissance avec la plus terrible des maladies qui affecte les esclaves nègres, qu'ils soient enchaînés dans les cales des navires négriers ou qu'ils soient asservis sur les plantations de canne à sucre des Indes occidentales : l'abattement mélancolique. Les symptômes de ce dérèglement de l'âme sont connus, ils ont été décrits avec beaucoup d'acuité par les médecins et les chirurgiens de la traite. On ne sait pas soigner cette tristesse qui mine nos esclaves et anéantit leur appétit de vivre. On a beau les secouer de toutes sortes de manières, ils se laissent emporter par le découragement sans même réagir.

Comme toujours, les femmes résistaient mieux que les hommes à ce désespoir insidieux. Peut-être parce que, leur esprit étant plus solide et mieux trempé, elles parvenaient à surmonter la tristesse qui travaillait le cœur des Nègres. Cependant, je notai dans mon registre que, jouissant d'un peu plus de liberté d'aller et de venir, les femmes étaient en bien meilleure santé que leurs compagnons d'infortune. Elles étaient moins sujettes à cette maladie qui tourmentait l'esprit de notre cargaison d'esclaves mâles. L'obligation de préparer à manger pour tous les « passagers » pouvait aussi les distraire de l'ennui sans issue qui minait les enchaînés de l'entrepont.

— Encore vos fichus principes, me fit remarquer Duplessis, un soir qu'il contresignait mon registre. Cette traversée n'en finit pas. C'est l'absence de vent qui tue nos Nègres, pas je ne sais quelle espèce de mélancolie morbide. Je les connais, à peine débarqués ils retrouveront leur joie de vivre. Ce sont de grands enfants, ils s'amusent d'un rien.

— Le mal dont ils souffrent est profond. On les a arrachés de force à leur monde, on les a privés de leurs dieux, de leurs coutumes, de leurs ancêtres, ils sont perdus sur la mer dont ils ne soupçonnaient pas même l'existence il y a quelques mois. Nous leur avons ôté leur passé et nous leur refusons toute espérance, il y a bien de quoi perdre le goût de vivre. Qui donc, soumis à pareil traitement, ne sombrerait pas dans le désespoir ?

— Vous prêtez aux Africains des sentiments qu'ils sont bien incapables d'éprouver. Ils sont très frustes, ils commencent à trouver le temps un peu long, voilà tout. Nous aussi nous avons hâte d'arriver et de toucher enfin la terre. Ce calme et cette chaleur des parages entre équateur et tropique finissent par devenir insupportables.

— Oui, peut-être avez-vous raison, nous avons tous hâte d'arriver, fis-je par politesse.

Il n'y avait, entre le capitaine de la *Marie-Amélie* et moi, aucune espèce de discussion ou d'entente possible. Il me l'avait dit, il n'avait pas plus de considération pour nos Nègres qu'il en aurait eu pour des animaux. Duplessis s'efforçait de bien faire son travail, il était consciencieux et efficace, il faisait en sorte que messieurs les armateurs fussent contents de lui. Cet homme de devoir à la piété rigoriste demeurait inaccessible à toute forme d'apitoiement envers les Nègres.

Il me revint en cet instant le souvenir des deux garçons de Burgelin, notre précédent chef : ils jouaient avec un chaton le jour où j'étais allé me présenter à lui avant d'embarquer. Cette brute épaisse était dénuée de toute forme de pitié ou de mansuétude pour « ses » esclaves. Il n'est cependant pas impossible qu'il ait aimé ses enfants avec sincérité. Peut-être faisait-il preuve, avec eux, de la plus grande bonté et d'une délicate affabilité ?

Duplessis était du même bois. Sa tranquillité d'âme était effrayante. Cet homme ordinaire, censé être de bon aloi et intelligent, avait pu s'engager dans la traite, y survivre et même s'y épanouir. Sans doute avait-il pris garde à ne point trop réfléchir comme à se murer dans tous ses préjugés pour s'y sentir à l'aise. À voir notre capitaine plongé dans la lecture de sa bible dès qu'il avait un instant de loisir, nul ne pouvait nier que sa foi était ardente et pleine de vigueur. Notre parpaillot de capitaine n'avait pas même besoin de séparer ce qui relevait de ses tâches de marin et de commerçant d'avec sa vie spirituelle. Peut-être était-il lui aussi un très bon père de famille ?

Je récupérai mon registre et présentai mes respects à Duplessis. J'avais à faire dans mon infirmerie, où s'entassaient les plus épouvantables souffrances liées à cet interminable voyage au bout de l'horreur.

*

L'équipage me boudait. J'en souffrais. C'était injuste. Mais la justice avait bien peu de place dans le monde de la traite négrière.

On ne peut rien garder secret dans l'espace confiné d'un brigantin navigant au milieu de l'océan de longues semaines durant. Tous savaient que Duplessis m'avait mis en cause à propos des événements qui avaient secoué la *Marie-Amélie*. La révolte des Nègres n'avait rien de fortuit, même si elle relevait d'un malheureux concours de circonstances, mais il fallait un responsable à ces hommes durs et grossiers.

Comment ne pas deviner que le traitement inhumain infligé, jour après jour, à nos esclaves engendrerait la haine et la révolte ? Cette toute simple évidence ne les effleurait pas : les matelots étaient inconscients et prompts à céder à la colère. À leurs yeux, j'étais l'ami des Nègres, le complice de ceux qu'ils considéraient comme de dangereux fauves guettant l'instant propice de l'insurrection. Sans jamais le dire, ils me considéraient comme coupable d'avoir provoqué la tourmente qui avait failli tous nous emporter. Ils me le faisaient payer.

Je devinais aussi une sourde hostilité quand je traversais l'allée centrale de l'entrepont où étaient enchaînés les hommes. Quoi que je fisse pour eux et malgré les attentions dont je pouvais faire preuve à leur endroit, je n'étais qu'un de ces geôliers qui les entravaient et les tenaient enfermés dans cette prison obscure, malsaine et puante. Ma compassion n'y changeait rien, j'étais complice. J'étais du côté des manieurs de fouets, j'étais de ceux qui s'étaient retranchés sur le gaillard arrière durant la nuit de la révolte. Ils n'avaient que faire de ma bienveillance, j'étais du côté des brutes ricanantes qui avaient repris le pouvoir au matin. Parce que je n'avais rien dit ni rien fait, ils me rangeaient parmi ceux qui avaient assassiné, devant eux, « le Prince ». Je n'étais qu'un Blanc parmi les autres Blancs.

Quand je faisais ma ronde le matin ou le soir dans l'espace réservé aux femmes, elles aussi se détournaient. Les rares sourires n'étaient plus de mise, les visages étaient fermés. Le peu de confiance qui s'était établi entre elles et moi quelque temps auparavant, au temps du ver de Guinée, s'était dissipé. Seule une très jeune femme – elle ne devait pas avoir plus de quatorze ou quinze ans –, dont je n'avais pas détecté à Sainte-Croix les prémices de l'enfantement, était venue vers moi pour que je soulage un peu la pesanteur de sa gestation. Il me revint qu'après ma première rencontre avec Maüza, j'étais tant troublé que mon examen du ventre des femmes avait été, par la suite, des plus sommaires. Cette grossesse pourtant bien avancée m'avait échappé.

Par jeu, ou peut-être était-ce par nostalgie, je l'appelais « Laurette », nom qu'elle s'amusa à répéter et qu'elle adopta sans plus de façon en le transformant en un « Lauwette » à la sonorité chantante. Je lui préparais des décoctions d'écorce de saule et des tisanes calmantes à base de sauge, de mélisse et d'autres extraits de plantes que j'avais emportés depuis Nantes. Mes remèdes lui permettaient de trouver un peu de repos et d'oublier la tristesse des jours de ce trop long voyage. Avec beaucoup de précautions pour ne pas provoquer son effroi et son refus, je lui palpais l'intimité. Elle fut très amusée quand je posai un cornet acoustique sur son ventre pour écouter battre le cœur de l'enfant en devenir. Elle était bien la seule que je parvenais à faire rire sur ce maudit navire.

Les enfants venaient encore vers moi en riant quand j'arrivais dans leur secteur réservé. Les négrillons supportaient avec bonne humeur leur condition, ils faisaient preuve d'une étonnante vitalité et trouvaient l'énergie de s'amuser et d'être joyeux dans ce monde infernal où nous les tenions enfermés.

Maüza, surtout, s'était éloignée de moi. C'était difficile à admettre. Depuis l'échec dérisoire de la révolte des esclaves, elle n'avait pas retrouvé cette sérénité un peu altière qui m'avait séduit aux premiers jours de notre rencontre. Elle m'avait affronté, elle avait tout de suite deviné le pouvoir qu'elle avait sur moi, j'étais entré dans son jeu. Désormais, elle m'évitait. Elle refusait de renouer ce lien étrange et silencieux qui nous avait unis au chevet d'un petit négrillon que je tentais d'arracher à la mort.

Elle me fuyait. Je ne parvenais plus à croiser l'éclat fascinant de ses yeux sombres, elle s'éloignait, elle se dérobait dans l'ombre quand j'arrivais dans le quartier des femmes.

J'en ressentais une forme de désespoir. Il nous était impossible de communiquer par la parole, nous n'usions pas de la même langue ; il m'était impossible de tenter de lui parler, de me justifier ou de lui faire valoir que si j'avais été maladroit et même couard, mes intentions avaient toujours été nobles. J'enrageais de ne pouvoir la convaincre de me croire, de me donner ma chance de n'être pas confondu avec les autres marins de l'équipage. J'en étais réduit à fureter d'un bord à l'autre de l'espace dévolu aux femmes dans l'espoir de l'apercevoir et de retrouver, pour un instant, l'ancienne connivence d'avant la révolte. Quand il arrivait que nous nous croisions, elle tournait ostensiblement la tête.

Les autres femmes devinaient mon désarroi. Il me semblait parfois que Maüza s'en moquait aussi, c'était humiliant. J'en étais mortifié.

Plein d'amertume, je remontais sur le pont. J'étais désespérément seul, sans personne à qui confier mes peines, mes joies ou mes désirs, en proie à la sourde hostilité des Blancs autant qu'à l'indifférence méprisante des Noirs. Les nuits de grand calme et de chaleur étouffante, il m'était difficile de rester enfermé dans la minuscule chambre sous la dunette à essayer de trouver le sommeil. Recroquevillé sur ma couchette malcommode, j'écoutais geindre le bateau. La peur et la méfiance s'étaient insinuées partout, c'étaient elles maintenant qui régissaient la vie à bord. Dans le silence de la nuit, on entendait le raclement des chaînes des esclaves sur les planchers et les banquettes où ils étaient allongés et entravés. Nos matelots étaient sur leurs gardes, ils veillaient armés jusqu'aux dents. Les marins ne se laisseraient plus surprendre.

Je m'installais sur le gaillard arrière pour essayer de trouver un peu de fraîcheur. L'océan était d'un calme presque parfait : notre immobilité faisait naître une sourde angoisse. Je m'évadais dans des rêves inconsistants. Je n'en finissais pas de maudire ce « Grand Voyage » qui n'était, depuis des mois, qu'une suite ininterrompue d'humiliations.

Hiver 1760 – À l'hôpital Saint-Jean de Crécy-Couvé

Me voilà debout. Je n'écris plus sur mon écritoire calé par des oreillers dans mon lit, mais assis à ma table de travail. J'ai barboté une heure dans une baignoire d'eau très chaude, pour me « réchoupiller », comme disent nos paysans d'ici. Et puis, j'ai avalé un petit verre d'eau-de-vie de prune. C'est un remède qui n'a pas prétention à soigner, mais il en vaut bien d'autres qui ne servent à rien non plus. Je me sens maintenant presque bien. Je suis rasé de près, habillé de propre et poudré comme un de ces foutriquets de nobliaux qui papillonnent et grappillent quelques miettes de notoriété en virevoltant autour de monseigneur le duc de Penthièvre.

J'ai dit à Jacquet que j'étais toujours mal en point et que je ne souhaitais voir personne : il sait faire preuve d'insolence quand c'est nécessaire, il saura écarter de chez moi les importuns et les fâcheux. Je veux demeurer enfermé toute cette journée à écrire sans être distrait de ma tâche. Il me reste bien des événements à raconter. Je suis encore loin de l'île de Saint-Domingue et plus loin encore de mon retour à Nantes et du périple qui m'a ramené ici, sur les lieux de mon enfance.

— Maintenant que vous voilà présentable, vous allez pouvoir sortir de votre chambre, prendre l'air et me laisser faire un peu de ménage chez vous !

Jacquet, mon adorable et si dévoué petit valet, est encore entré chez moi sans frapper. Je trouve ça très désagréable. Toc, toc, ce n'est pas demander l'impossible ! Je devrais le réprimander, mais je n'ai plus le cœur à le gronder. D'ailleurs, il a pris l'habitude de faire bien peu de cas de mes remarques. C'est un jeune impertinent, mais il n'existe nulle part ailleurs un autre domestique aussi capable de bon sens et de drôlerie. Les domestiques ordinaires sont pleins de ressentiments ou de jalousie à l'endroit de leur maître. Jacquet n'est pas un domestique ordinaire… Il est Jacquet, voilà tout.

— Comme je vous envie, Monsieur ! Vous ne me l'aviez pas interdit, alors j'ai lu les pages du début de votre voyage sur la mer depuis la ville de Nantes pendant que vous étiez à votre toilette. Vous racontez bien, Monsieur.

— C'est bien le moins que d'éveiller l'intérêt de son lecteur pour celui qui écrit. Je suis content de ne point t'avoir ennuyé avec mon récit…

— M'autoriserez-vous à lire les autres feuilles que vous ne pouvez vous empêcher d'écrire, même au milieu de la nuit et au péril de votre santé ?

— Ce que je rapporte de ma vie doit être bien écrit, même si je m'y peins comme un misérable et que ton estime pour moi va décroître au fil des pages de ta lecture. Quand tu arriveras à la fin de ce récit, tu seras dégoûté de moi et tu ne voudras plus me servir !

Notre discussion pourrait s'en tenir là, mais je sens que mon jeune domestique a envie de me dire quelque chose. Alors je me garde bien de le congédier, même si je le soupçonne de se préparer à me régaler d'une remarque désobligeante. Décidément, je passe tout à ce garçon, il me rappelle parfois celui que j'étais il y a bien des années de cela, au temps de ma jeunesse et de mes espérances les plus folles.

— Avez-vous fini de vous traîner plus bas que terre ? Je me demande, parfois, si ce n'est pas, de votre part, une sorte de coquetterie.

Il s'appuie sur le manche de son balai. Il est bien résolu à ne pas reprendre son travail sans m'avoir dit ce qu'il avait à me faire savoir.

— Puis-je vous dire ce que je comprends de toutes ces pages que vous écrivez ?

— Va toujours, mon garçon. Je te promets de supporter ta prochaine impertinence sans me fâcher.

— Vous n'êtes jamais content, Monsieur, vous ne cessez jamais de vous plaindre, alors que vous avez eu le privilège de connaître le monde. Tant de gens confinés dans leur petite vie auraient aimé courir l'aventure comme vous l'avez fait !

— Sot que tu es, de toute cette vie aventureuse je n'ai ramené que cette fièvre qui me consume à petit feu et le dégoût de moi-même. J'aurais mieux fait de rester ici et d'essayer d'y être heureux sans rien connaître de toutes les ignominies qui salissent le monde !

— Si vous étiez resté ici toute votre vie, vous n'en auriez rien su, mais les ignominies n'en auraient pas moins sali le monde. Vous n'auriez été qu'un ignorant de plus dans la multitude des ignorants et des aveugles.

— Tu m'ennuies, avec tes raisonnements de philosophe. Dépêche-toi plutôt de m'amener un pot de vin chaud et de ces petits gâteaux au miel que j'aime y tremper…

— J'y vais, Monsieur !

Bien sûr, il me dit ça sans bouger d'un pouce. Il se pourrait qu'il me destine encore une ou deux effronteries de sa façon, qu'il a mûries en son for intérieur. Qu'il en profite, je suis disposé à tout entendre aujourd'hui.

— Sauf le respect que je vous dois, je vous trouve bien amer à toujours vous voir comme le plus malheureux des hommes alors que la vie vous a donné beaucoup plus qu'à d'autres.

— Voilà qui est singulier : le jeune valet Jacquet fait la leçon à son maître ! Je devrais me fâcher, te punir sans doute, pour ton outrecuidance, mais je n'en ai plus le courage ni la volonté… Et puis, il se peut bien que tu aies raison, la vie a été fort généreuse avec moi, mais je n'ai pas été capable de me saisir de ce qu'elle m'offrait !

— Encore des lamentations ! Ne comptez pas sur moi pour compatir et vous plaindre !

— Tu as raison, quand sur un navire il faut prendre la hauteur du soleil avec un octant et que le ciel est couvert, il ne sert à rien de se plaindre des nuages ! Ce qui vous tire d'affaire au milieu de l'océan, c'est la connaissance de la navigation, de l'astronomie et le sens marin, pas les jérémiades ou l'apitoiement sur soi-même.

— Je ne connais rien à la mer ni à la marche des navires au milieu de l'océan, mais comme tous les domestiques, je sais comment on doit avancer dans la vie et je suis bien d'accord avec vous, se plaindre ou se juger misérable comme vous le faites sans arrêt ne sert à rien.

— Je ne veux pas discuter avec toi de ce qu'il convient de faire ou de ne pas faire pour avancer dans la vie. Maintenant, dépêche-toi donc d'aller me chercher ce vin chaud et ces gâteaux au miel, s'il te plaît. Ils m'aideront à naviguer sur l'océan tourmenté de mes souvenirs.

IX – Décembre 1742

Le souffle des alizés

La grande traversée de l'océan Atlantique était surtout une course contre la mort. Le ver de Guinée, la révolte des esclaves et l'abattement mélancolique avaient fait fondre l'effectif de nos Nègres embarqués à Sainte-Croix. À tous ces Nègres jetés aux requins, il convenait d'ajouter la douzaine de matelots et d'officiers, dont le capitaine Burgelin, morts et rayés du rôle de l'équipage. Duplessis estimait « habituelles » nos pertes en esclaves et en marins. Nous étions encore loin de notre but, mais à s'en tenir aux chiffres, c'était une longue navigation sans histoire. Certaines expéditions négrières étaient beaucoup plus mortifères. Celles qui duraient trop longtemps se soldaient toujours par d'horribles catastrophes, la cargaison était décimée et l'équipage réduit à presque rien. Trop de jours de calme plat avaient toujours de funestes conséquences. On rapporte qu'après avoir dérivé trois semaines privé de vent dans les parages équatoriaux, un capitaine anglais, en raison de la pénurie d'eau douce, avait fait jeter à la mer tous les malades en même temps que ceux qu'il jugeait être en mauvaise santé et incapables d'arriver vivants jusqu'aux Indes occidentales. Cet officier préoccupé de rentabiliser l'investissement de ses armateurs fut jugé à Londres. On se contenta de lui retirer son brevet de capitaine de navire de commerce au long cours puisque, après tout, la traite négrière n'était qu'un commerce comme un autre.

Dieu merci, nous n'eûmes pas à affronter pareille extrémité. L'eau ne nous fit pas défaut même si, par précaution, nous limitâmes à deux pintes d'eau la ration quotidienne de nos Nègres.

*

Heureusement, depuis trois journées pleines nous étions enfin poussés par l'alizé qui soufflait sans excès, mais avec une belle régularité. Après qu'il eut reporté la hauteur du soleil sur son livre de loch, Duplessis nous annonça que nous avions dépassé les parages des calmes plats et que notre « Grand Voyage » trouverait bientôt sa fin dans la baie du Cap-Français, au nord de la grande île de Saint-Domingue, comme on appelait Hispaniola depuis plusieurs années.

Nous ne tardâmes pas à attraper le courant nord-équatorial. Sa poigne invisible, mais constante, se conjugua au souffle océanique pour nous porter toujours plus vers l'ouest. Tous nos matelots conçurent un grand soulagement d'être obligés de courir, à nouveau, dans le gréement afin d'y établir ce qu'il fallait de toile pour tirer le meilleur parti du vent. Sentir enfin le bateau bouger, monter à la houle et craquer de toutes ses membrures avait aussi redonné un peu d'optimisme à nos Nègres. Leur confinement, enchaînés dans la cale de la *Marie-Amélie*, allait bientôt prendre fin, ils le devinaient.

Si « l'abattement mélancolique » était toujours embusqué dans notre cargaison, au moins cessa-t-il pour un temps de faire mourir nos esclaves. Ils ignoraient tout du sort qui les attendait sur l'île de Saint-Domingue. Cette ignorance les préservait de l'angoisse d'arriver et d'affronter bientôt leur condition de travailleurs asservis menés au fouet et soumis à la loi impitoyable de leurs nouveaux maîtres et propriétaires. Nos esclaves découvriraient bien assez tôt l'enfer des plantations : ils ne pouvaient pas non plus deviner que planait au-dessus de leurs têtes la férocité des articles du Code noir promulgués depuis des dizaines d'années. Par-delà l'océan, le Roi Très-Chrétien imposait la dure loi de l'esclavage à ces hommes et à ces femmes arrachés à l'Afrique et soumis jusqu'à la mort à la culture de la canne. Il fallait bien produire, sur les îles des tropiques, le sucre et le rhum dont le monde civilisé était devenu si friand.

Après toutes ces journées angoissantes de calme plat, nous tracions désormais un beau sillage bien droit et bien formé à la surface de l'océan. Chaque jour nous rapprochait un peu plus du terme du voyage. Il était temps, il y avait maintenant près de deux mois et demi que nous voguions vers l'ouest et je commençais à être sollicité par les attaques insidieuses du scorbut. Nous n'en étions encore qu'aux affections mineures, j'administrais du jus d'oignon à tous ceux qui se plaignaient de douleurs dans les articulations et je frictionnais à longueur de journée des gencives enflées et douloureuses avec le jus des citrons emportés et conservés à cet effet depuis la Guinée. À ceux qui étaient plus sérieusement atteints, je faisais boire le jus des poissons que les matelots pêchaient et que je passais au pressoir dans mon infirmerie. Le remède n'était guère appétissant, mais il avait un certain effet, il était censé contenir cette maladie des trop longs séjours en mer.

Les matelots qui avaient déjà accompli plusieurs périples d'Afrique vers l'Amérique avaient tous été plus ou moins confrontés à ce mal. Beaucoup de nos marins étaient affreusement édentés. Bien que la maladie ne les infectât pas tous, je pus constater, plus tard, à Saint-Domingue, que peu de Nègres étaient vendus avec toutes leurs dents sur les marchés aux esclaves.

— Encore votre fichue manie de ne pas distinguer les marins et les Nègres ! Ne soyez pas étonné de les voir réclamer un jour d'être traités à l'égal des Blancs. Si on vous laissait faire, vous pourriez devenir un homme dangereux, Levrault.

Sans tenir compte de ce que le capitaine Duplessis pouvait en penser, je m'occupais des scorbutiques sur le pont, à l'ombre des huniers gonflés par le souffle de la brise de nord-est. Je dispensais mes attentions à ceux qui en avaient besoin, aux matelots comme aux Nègres sans établir de priorité entre les uns et les autres. Ce fut pendant une de ces séances de soin que je m'entendis héler par une voix féminine à la fois impérieuse et pleine d'effroi :

— Missié Siman ! Missié Siman !

C'était Maüza.

Juchée sur la palissade qui empêchait les hommes et les femmes de se rencontrer quand ils étaient sur le pont, elle m'apostrophait : c'était ainsi que Nègres et Négresses m'appelaient depuis que j'avais commencé de les soigner à Sainte-Croix. Avec de grands gestes, elle me faisait signe d'approcher. Elle semblait inquiète et même effrayée. De toute évidence, elle avait décidé de ne plus me battre froid et m'appelait au secours. Quand je fus près d'elle, par signes, elle me fit comprendre que celle de ses compagnes que j'avais nommée « Laurette » avait besoin de moi. Il n'était guère besoin d'être le chirurgien du bord pour deviner que l'heure de sa délivrance était arrivée. Il devait se passer quelque chose de grave pour que ces femmes s'en remissent au minable sorcier blanc que j'étais à leurs yeux, dépourvu de gri-gri propitiatoire et incapable de communiquer avec les puissances invisibles qui présidaient à la venue des enfantelets dans notre monde. Je laissai tomber mes scorbutiques pour me rendre sans délai dans la partie de l'entrepont réservée aux Négresses.

« Laurette » était accroupie dans la position qu'adoptaient les femmes de sa tribu pour enfanter. J'avais déjà compris que c'était la première fois qu'elle donnait naissance à un enfant. Loin des traditions et du monde familier où elle avait grandi, l'épreuve la terrifiait. Les autres femmes faisaient cercle autour d'elle, désemparées par cette naissance sans nègreries, sans fumigation, sans rituel magique et sans la main protectrice du vodou. Toutes leurs habitudes ancestrales de maternité en étaient bouleversées.

Le travail était déjà bien avancé, la jeune femme transpirait à grosses gouttes. Elle souffrait depuis des heures. Le bébé était rétif à sortir, c'était une naissance compliquée. Le désarroi des Négresses les rendait incapables d'assister avec une quelconque efficacité cette venue au monde d'un petit enfant. Maüza m'avait appelé comme un ultime recours, j'en étais bouleversé.

Les ondes violentes de l'enfantement montaient depuis le ventre de « Laurette », lui déchirant les entrailles, lui arrachant aussi des grimaces de douleur et des plaintes qu'elle essayait d'étouffer en mordant un bâton passé en travers de sa bouche. Je parvins à la faire allonger sur le dos afin de lui palper l'abdomen et explorer son intimité après m'être soigneusement lavé les mains avec de l'eau-de-vie. J'eus tôt fait de me faire une idée précise de l'avancement de la gésine. La situation était claire, mais délicate : le bébé se présentait par le siège.

J'avais déjà assisté des femmes lors de ce type d'accouchement. Le plus grand risque était surtout pour l'enfant à naître, dont la tête sortait en dernier. Souvent, le bébé n'y survivait pas et mourait asphyxié. Je dus me fâcher pour soustraire « Laurette » au piaillement et à l'affolement de toutes ces femmes. Je parvins à n'en garder que deux pour m'assister, Maüza bien sûr, et une autre Négresse plus âgée. La placidité de cette femme m'inspira confiance ; sans doute avait-elle eu plusieurs enfants et devait-elle savoir ce qu'il en était de mettre au monde un petit d'homme. Je pus isoler la parturiente et l'installer du mieux que je pus pour l'aider à accoucher.

Bientôt, elle perdit les eaux et le travail s'accéléra. Dans cette posture étrangère aux femmes africaines, il me fut possible de l'encourager à pousser au bon moment pour accompagner la venue de l'enfant. J'étais si attentif au grand travail de la naissance que je perdis bientôt conscience du défilement du temps. Je communiquais en utilisant le moins possible de mots, Maüza parlait dans sa langue à l'oreille de « Laurette ». Par instants, j'avais l'illusion qu'elle me comprenait et qu'elle traduisait mes paroles. Je sentais renaître entre elle et moi cette complicité mystérieuse qui nous avait unis, quelques semaines plus tôt, au chevet de ce petit garçon victime du ver de Guinée et que je n'avais pas pu sauver.

L'élan irrépressible de la nature était à l'œuvre. Les fesses du bébé se présentèrent, j'eus la chance de me saisir de ses petites jambes et de parvenir à le tirer avec délicatesse dans le temps où sa mère poussait pour l'expulser de son ventre. Ma manœuvre fut efficace, je pus avec rapidité dégager la tête de l'enfant et lui éviter de périr étouffé. C'était sans doute un « trop tôt venu », un peu frêle de complexion, qui ne fit plus d'histoires pour quitter le giron maternel et débarquer dans notre bien triste monde. Bientôt, je le tins par les pieds au-dessus du ventre de sa mère. Je la tins, devrais-je plutôt dire, car c'était une fille, qui braillait de toute la force de son petit gosier. Épuisée, « Laurette » souriait. Maüza et l'autre femme qui m'avaient assisté étaient aussi emplies de cette joie étrange et mystérieuse qui accompagne la naissance d'un petit d'homme, même si elle a lieu dans l'entrepont sordide d'un navire négrier.

La petite fille était encore toute claire de peau, car au jour de leur naissance, les Blancs et les Noirs ne sont que de petits êtres tous semblables dans leur innocence et leur inconsciente fragilité.

Sur mon registre de santé, je la prénommai Alphonsine en souvenir de celle qui m'avait mis au monde bien des années auparavant. J'imposai aussi aux femmes de l'entrepont de l'appeler ainsi et de renoncer à lui donner un patronyme africain. Je pris en outre la responsabilité de l'ondoyer et de la faire chrétienne au cas où elle viendrait à s'éteindre à bord de la *Marie-Amélie*, victime du dénuement imposé à sa mère comme à tous les siens. On ne la balancerait pas par-dessus bord comme une bête crevée, elle aurait droit, si elle décidait de ne point vivre, à la dignité d'un adieu et à une prière.

*

Bien peu d'enfants nés en mer ou de nourrissons survivaient à l'âpreté et aux difficultés des voyages négriers. De plus, un enfantelet réclamait des soins attentifs et prenait autant de place qu'un adulte. Alphonsine était une belle exception. C'était un bébé menu, mais résistant et d'une vigueur sans pareille, elle voulait vivre de toutes ses minuscules forces. La fière Maüza veillait sur la mère et la fille avec la plus grande vigilance. J'étais très occupé avec mes scorbutiques, mais je rendais visite plusieurs fois par jour aux femmes. Toute jeune qu'elle était, « Laurette » était de constitution solide, le lait ne lui faisait pas défaut, et depuis que l'alizé voulait bien nous emmener vers la fin de notre trop long périple à travers l'océan, la chaleur était moins insupportable. J'avais confiance dans la vitalité de la petite et la santé florissante de sa mère.

Je savais qu'enfant d'esclave, Alphonsine n'avait d'autre avenir que d'être esclave elle aussi, propriété d'un maître qui, peut-être un jour, la vendrait pour payer une dette de jeu ou abuserait de son innocence d'une manière ou d'une autre. Quand, un peu plus tard, je vis de mes propres yeux ce qu'il en était de la condition des esclaves sur les plantations de canne à sucre, je me pris à repenser à la petite Alphonsine si pleine de vitalité s'abreuvant au sein de sa mère : sans doute eût-il mieux valu qu'elle ne vécût point.

C'est au chevet de cette mère et de son enfant que j'ai connu les heures les plus belles de ma vie. Maüza et moi étions à nouveau à l'unisson, réconciliés par le miracle de cette maternité providentielle. Parfois, au-dessus du sommeil paisible de la petite, nos mains pouvaient se joindre et s'étreindre tandis que je me perdais dans la profondeur sombre de son regard. Par la force des choses, notre conversation était limitée : quelques mots, presque rien, mais ce qui nous portait l'un vers l'autre se passait du langage. J'étais comme envoûté. Nous étions dans l'instant magique et très pur de l'amour, je refusais d'envisager ce qui nous attendait à Saint-Domingue.

Pourtant, nous approchions du but. Les hommes de l'équipage saluèrent comme une bénédiction l'apparition des premiers oiseaux de mer et des bancs d'algues dérivant au gré des courants et du vent depuis la mer des Sargasses.

Un soir, après ma visite dans le quartier des femmes, alors que je m'apprêtais à regagner le pont, sans que nous ayons échangé un mot, Maüza vint se blottir contre moi. Une veilleuse suspendue au plafond dispensait un semblant de clarté, tout le monde devait dormir. Nous nous assîmes tout près de « Laurette » et d'Alphonsine, à même le plancher. Je l'enlaçai tendrement, la chaleur de son corps tassé contre moi m'emplissait d'un sentiment de plénitude que je n'avais jamais connu jusqu'alors. Je n'osai plus bouger, elle n'était plus qu'une fillette égarée dans la cruauté du monde et éperdue de tendresse. Chez les peuples nègres du golfe de Guinée, l'élan de l'affection amoureuse ne se traduit pas comme chez nous, par la fougue d'un baiser. Maüza me marqua sa confiance en s'endormant dans mes bras. J'étais heureux.

Moi aussi, je finis par m'endormir. Le vent avait fraîchi, le bateau roulait et tanguait, mais toutes les tempêtes du monde pouvaient bien se mettre à souffler ensemble sur la *Marie-Amélie*, elles n'auraient pu, en ces instants, nous séparer.

*

La traversée s'achevait. Des îles apparaissaient dans le lointain que nos marins nommaient de noms étranges, inconnus des cartes marines. Nous pénétrâmes dans la mer des Caraïbes en franchissant le détroit qui sépare l'île anglaise de la Dominique et celle de la Martinique. Le vent de nord-est nous obligeait à d'incessants virements de bord pour remonter vers la grande île de Saint-Domingue. Le roi de France travaillait en sous-main pour y établir son autorité aux dépens de son cousin le roi d'Espagne. Nous lui amenions, pour sa plus grande gloire et la prospérité des planteurs, des esclaves qui par leur travail alimenteraient le florissant commerce colonial français du sucre, du rhum, du café, du tabac et de l'indigo.

Revigorés par l'envie d'en finir au plus vite, les hommes d'équipage se prêtaient avec enthousiasme à la manœuvre des lourdes voiles de lin. À la longue-vue, on distinguait des rivages de sable blanc et des palmiers qui ondulaient dans la brise fraîche des alizés. Sous le vent, l'air restait doux, le soleil ne frappait pas avec la même démesure que sur la côte guinéenne. La vue de ces rivages hospitaliers provoquait une douce euphorie chez les matelots. Ceux des marins qui avaient déjà plusieurs voyages négriers derrière eux décrivaient les îles des Indes occidentales comme une sorte de lieu édénique où il ferait bon rester sa vie durant. Après ces longues semaines de mer, ils rêvaient de rhum, de tavernes, de filles à la peau plus ou moins brune, mais toutes jolies et faciles, ils aspiraient au repos, à un peu d'amour, à l'oubli du danger et de toute cette vie sordide d'une impitoyable dureté sur un navire négrier.

Le travail du bord ne me laissait aucun répit. S'occuper des esclaves, les soigner, prendre garde à ce qu'ils se nourrissent et surveiller l'état de leur santé me mobilisait à plein-temps. Les matelots aussi se démenaient sans cesse pour essayer de satisfaire leur capitaine : il fallait entretenir le gréement, laver, frotter, récurer, repeindre, faire briller et reluire la *Marie-Amélie*. C'étaient des tâches harassantes et souvent dangereuses. Il fallait que notre bateau fît bonne impression en jetant l'ancre. « À beau navire, belle cargaison », a-t-on toujours coutume de dire quand un bateau négrier entre au port. Une coque sale et mal entretenue laissait présager un chargement de Nègres mal soignés et malades. Les enchères risquaient d'en être tirées vers le bas.

*

Nous étions à la fin du mois de novembre. Dix mois déjà que nous avions quitté Nantes. Il pleuvait souvent, mais les averses pourtant drues qui s'abattaient sur la mer ne faisaient pas lever cette sourde angoisse que provoquaient les trombes d'eau qui, pendant des semaines, dévastaient le bourg et le territoire de Sainte-Croix à la saison des pluies. Le vent chassait les nuages, très vite le soleil revenait. Cette eau venue du ciel s'accumulait dans des bassines de toile disposées sur le pont, elle était beaucoup plus saine que celle des barriques que nous transportions depuis notre départ d'Afrique. C'était un soulagement pour tous de boire à notre soif, sans redouter les maladies sournoises qui pouvaient encore infecter en secret notre boisson.

En relevant la position des premières îles antillaises, Duplessis avait dû pousser un soupir de soulagement. Il connaissait désormais avec exactitude le nombre de jours de mer qu'il nous restait à courir pour jeter l'ancre dans la baie de Cap-Français. Là se tenait le plus gros marché aux esclaves d'Hispaniola-Saint-Domingue. Malgré les gaspillages qui avaient suivi la révolte, il nous restait encore assez de provisions à partager entre les esclaves survivants. Les instructions de MM. Trottignon et Lecourbe étaient très claires sur ce point : il fallait choyer les Nègres dans la dernière partie du « Grand Voyage ».

— Plus on approche de la fin, plus on doit traiter les Nègres avec douceur, me fit valoir Duplessis alors que nous doublions une autre île des Petites Antilles. Il ne faut pas qu'ils se doutent du sort qui leur est promis, ça leur ôterait le sourire. Un Nègre souriant trouve toujours preneur.

Duplessis était de bonne humeur. Il avait tout lieu d'être content. Cette expédition qui aurait pu tourner à la catastrophe se terminait bien. Il lui restait à suffisance de Nègres et de Négresses à mettre aux enchères. Il en tirerait un bon prix et la fin tragique de son capitaine lui avait octroyé du galon : s'il savait faire preuve d'habileté, il pourrait en tirer de gros avantages à son retour à Nantes.

— Certains sont trop maigres, on doit les nourrir comme il faut, poursuivit-il, pour qu'ils aient bonne mine au moment de la vente. Les acheteurs veulent des Nègres de bel aspect et qu'ils jugent capables de travailler dur, ils n'achètent pas ceux qui n'ont que la peau sur les os.

— Nos Nègres ont bien de la chance, fis-je remarquer à mon capitaine.

Il haussa les épaules et me tourna le dos en calant sa bible sous son bras. Je n'en fus aucunement vexé : il ne m'aimait pas et je le lui rendais bien. Et puis, je savais qu'il ne goûtait guère l'ironie.

Il ne servait à rien de débarquer les provisions dont nous avions su être économes suite à la révolte. On se mit à régaler nos passagers nègres avec deux repas par jour, qu'on agrémenta d'un petit verre d'eau-de-vie à la fin de la promenade quotidienne sur le pont. Rien de tel pour mettre nos Africains de bonne humeur. Les chroniques du trafic négrier ne rapportent pas de révolte d'esclaves sur la fin du parcours dans la mer des Caraïbes. Du capitaine le plus cynique au dernier des esclaves enchaînés dans l'entrepont, tout le monde est pressé d'en finir avec le confinement et l'entassement sur ces arches du malheur que sont les navires de la traite.

On commença à préparer notre cargaison, à rendre nos esclaves désirables aux yeux des planteurs en recherche de minerai noir, de main-d'œuvre corvéable à merci. Il y avait tout un protocole à respecter pour « endormir » nos Nègres. Les matelots les rasaient et plaisantaient avec eux : il fallait que nos Noirs eussent l'air joyeux et contents de leur sort sur les estrades de la vente aux enchères. On les lavait à l'eau douce – il nous en restait suffisamment –, on prenait garde à ce que les fers ne les blessent pas. Ceux qui inspiraient le plus confiance obtenaient même le privilège de n'être plus enchaînés. Reprenant les pratiques des marchands qui nous les avaient vendus, on commença nous aussi à frictionner nos Noirs à l'huile de palme pour que leur peau prît un bel aspect brillant et que leurs muscles fussent bien mis en valeur. Au moment de débarquer, on donnerait un pagne aux hommes et une tunique neuve en toile de coton aux femmes. Les planteurs insistaient pour voir les esclaves entièrement nus afin qu'aucun défaut ne leur fût caché, mais on savait les jésuites présents à Cap-Français, tatillons en matière de pudeur et de bonnes mœurs. Les négriers faisaient mine d'obtempérer, jusqu'au jour de la vente : il ne fallait pas trop fâcher les bons pères.

Cette navigation en apparence indolente au large des îles des Petites Antilles n'était qu'une illusion. La méfiance n'avait pas disparu, une sourde hostilité demeurait entre l'équipage et les esclaves. Nos Nègres n'étaient pas dupes : ils n'en laissaient rien paraître, mais derrière cette bienveillance des hommes de l'équipage, ils devinaient un nouveau traquenard.

*

Maüza serait vendue, je le savais. Je l'avais toujours su. Chaque heure qui nous rapprochait de la grande île m'enfonçait un peu plus dans la tristesse. Cette affection amoureuse que nous entretenions depuis des mois allait bientôt prendre fin. J'y étais résigné. Le destin de ma belle Africaine était scellé depuis longtemps. Malgré toute la tendresse qu'elle m'inspirait, elle n'y échapperait pas. Maudire la cruauté du commerce des esclaves n'y changeait rien. Briser ou renverser l'enchaînement des événements était hors de ma portée. L'inéluctable séparation était proche, désormais.

Maüza, la beauté à la peau aussi noire que le bois des ébéniers de Guinée, avait illuminé mes jours depuis cet instant où pour la première fois, sur la côte des esclaves, ses yeux pleins de hardiesse et de courage s'étaient plantés dans les miens. Elle me bouleversait, ma vie en était sens dessus dessous. Maintenant que nous approchions du terme de ce voyage, elle n'était plus qu'une petite Négresse déracinée et fragile, enlevée de force à sa tribu, à sa famille, à sa terre et à ses coutumes. L'angoisse me torturait, que pouvais-je faire pour la protéger ?

Je cherchais à me rassurer. Dans la confusion de mes réflexions, je bâtissais une chimère : j'imaginais qu'elle pourrait rencontrer, à Saint-Domingue, un bon maître, un homme de cœur qui saurait lui épargner la violence impérieuse de son désir ou la cruauté du travail forcé. J'essayais de me convaincre que de pareils seigneurs de la canne, pleins de sagesse et de bonté, existaient sur la grande île esclavagiste. J'apaisais ma conscience à bon compte en me berçant de songes creux. Je n'avais pas encore mesuré l'avidité des planteurs marchands de sucre et de rhum.

*

Peut-être aurais-je pu la réclamer, l'acheter, l'affranchir et la ramener jusqu'à Nantes ? J'y avais songé, mais il n'y fallait pas compter. Les règles du débarquement et de la mise à l'encan des esclaves étaient très rigoureuses. Les chirurgiens et les médecins de la traite étaient censés avoir partie liée avec leur capitaine, il leur était interdit de participer aux enchères et d'émettre un avis sur la qualité de « leurs » Nègres au moment de la vente. Les nervis du gouverneur y veillaient. C'était aussi stipulé sur le contrat que j'avais signé avec les commanditaires de la *Marie-Amélie*. Pour ne pas se faire rouler par les trafiquants, les planteurs arrivaient au marché avec leurs propres barbiers capables de juger de la qualité d'une bête de somme et rompus à tous les stratagèmes de la traite.

Et puis, Maüza était la propriété exclusive de MM. Trottignon et Lecourbe. Je n'avais pas un sou vaillant pour enchérir. Un acompte me serait alloué par Duplessis pour vivre décemment le temps de mon séjour à Saint-Domingue, mais le solde de mes émoluments me serait versé par nos armateurs à notre retour à Nantes. Jamais mon capitaine ne m'aurait accordé un crédit sur mon traitement : ce n'était pas dans les usages de la marine de commerce, et depuis la révolte, mon capitaine me détestait.

Sans compter que la beauté de Maüza n'avait échappé à personne. Notre capitaine avait l'œil aiguisé du maquignon quand, depuis la dunette, il jaugeait de la valeur de son troupeau. Il savait que pour elle, pour sa jeunesse autant que pour la noblesse de son allure ou la douceur de son visage, les enchères monteraient très haut. Il n'était pas homme à laisser filer pareille aubaine. Je tenais, des conversations des hommes de l'équipage, que certains planteurs de Saint-Domingue achetaient des femmes pour en jouir à leur guise sur leurs plantations. Ils ne les contraignaient au travail qu'une fois la lassitude venue. Elle finissait toujours par arriver, avec la multitude de petits bâtards que les maîtres engendraient, mais ne voulaient surtout pas voir. Les planteurs renouvelaient sans cesse leurs concubines, c'était la marque de leur réussite et de leur puissance virile. Ils surveillaient l'arrivée des navires négriers, ils venaient à cheval depuis leurs domaines de l'intérieur de l'île enchérir au marché aux esclaves de Cap-Français. Ils n'y achetaient pas que des bêtes de somme, ils s'y arrachaient aussi les Négresses les plus désirables.

On ne sait jamais ce qu'il adviendra, ni de nous ni de ceux à qui on veut du bien ou du mal. Depuis ces jours funestes de notre navigation sur la mer des Caraïbes, mon esprit est encombré et souffre de bien des regrets. Peut-être aurais-je mieux agi, quelques mois plus tôt, en laissant Maüza sur la côte de Guinée parmi les siens. Elle aurait vécu la dure destinée des femmes africaines soumises aux impérieuses et cruelles coutumes de sa tribu. Ou peut-être, elle aurait été vendue, un peu plus tard, par un sbire du roi Babileke à un autre capitaine-trafiquant en mal d'esclaves pour constituer sa cargaison. Son voyage vers le Nouveau Monde aurait été plus abominable encore. Ou peut-être pas ! On ne peut jamais savoir comment auraient tourné les choses si elles s'étaient déroulées autrement. Il est trop tard pour avoir des remords, on ne remonte jamais le cours du temps passé. C'est fort dommage !

Comme tous les pauvres Nègres embarqués de force et enchaînés à bord de la *Marie-Amélie*, Maüza n'avait aucune idée du sort qui l'attendait. Dans la succession de tous ces malheureux événements, je m'étais fait complice de la traite. Des armateurs embusqués dans leur bel hôtel de Nantes jusqu'au dernier des petits mousses, j'étais de ces hommes qui avaient fait son malheur.

*

« Très beau choix, vous avez l'œil négrier, cher ami », m'avait dit le père Chabrier un jour où je mettais de côté les spécimens d'hommes à la peau noire les plus enviables pour que, de captifs d'un roi cruel, ils devinssent esclaves, propriété de nos armateurs. Cet ironique compliment n'en finissait pas de me hanter.

Depuis le bourg de Sainte-Croix, j'étais passé sur l'autre versant du monde. La grande traversée m'avait transformé, ma supériorité d'homme blanc plein de savoir et de raison dont je m'étais beaucoup vanté me semblait maintenant bien dérisoire. Je n'y croyais plus guère, ce n'était ni par l'intelligence ni par le savoir que nous dominions les Nègres, mais par l'implacable nécessité du commerce alliée à l'usage de la ruse, de la tromperie et par une cruauté sans retenue.

Ce travail de chirurgien de la traite négrière me faisait désormais horreur. Il me revenait à la mémoire les discussions que nous avions dans la cour de sa petite chapelle misérable avec mon ami le jésuite. À l'heure de l'effroyable chaleur de midi, le prêtre du bout du monde avait semé les graines du doute dans mon esprit. Il avait usé envers moi de fausse naïveté et d'une drôlerie courtoise, se contentant de laisser infuser dans mon esprit quelques-unes des vérités qui accompagnaient chaque heure des journées de son ministère.

Inclinée sur tribord, la *Marie-Amélie* marchait à bonne allure sur une mer couleur saphir. La houle longue nous menait sans effort et le soleil savait nous accompagner sans nous incommoder. L'air était léger. Des dauphins filaient et dansaient devant notre étrave tandis que des hirondelles de mer nous faisaient cortège. Ce spectacle ravissait les matelots autant que les esclaves à l'heure de leur promenade sur le pont. J'aurais dû, moi aussi, me réjouir, profiter de ce moment de paix, mais je demeurais enfermé dans mes sombres réflexions et dans mon amertume.

Depuis la dunette, où je m'étais isolé, j'aperçus Maüza. Elle avait passé sa tunique neuve de toile écrue et ses cheveux étaient parfaitement nattés. Dans le grand dénuement de l'entrepont, elle avait trouvé le moyen de se faire belle. Sans doute voulait-elle faire honneur à cette vie nouvelle qui l'attendait à terre. Nous n'avions jamais échangé que quelques mots, nous nous étions étreint les mains et elle s'était endormie dans mes bras comme un petit oiseau fragile, mais elle avait bouleversé toutes mes certitudes. Ma belle esclave m'avait dessillé les yeux et ouvert l'esprit. Ma vie en était dévastée. Je ne pouvais plus faire semblant de ne pas m'en rendre compte, la traite était une infamie et j'en étais complice. J'avais contracté une dette auprès de ma muse noire, je lui devais beaucoup. Cependant, je m'apprêtais à la trahir et à l'abandonner. Peut-être même à la renier.

*

— Dieu soit loué ! Il nous a aidés à parvenir à bon port, rendons grâce au Seigneur.

Duplessis laissa à chacun le temps d'une courte méditation sur la bonne volonté de la Providence avant de reprendre, d'une voix forte et bien timbrée :

— Qu'Il nous accorde encore Sa grâce et Son soutien jusqu'à notre retour à Nantes, dans nos foyers.

Il se signa.

— *Amen*, fit d'une seule voix le chœur des matelots groupés autour de leur chef et de son second.

Duplessis le parpaillot ne différait en rien des capitaines catholiques de la traite négrière, il voulait à tout prix mettre le bon Dieu de son côté. S'il avait mauvaise conscience, il cachait bien son jeu. Il n'était pas impossible qu'il fût sincère dans sa prière et qu'il estimât que la traite, dans toute son horreur, faisait partie du grand destin voulu par le Tout-Puissant. Il faut toujours se méfier de ceux qui mêlent sans cesse Dieu aux affaires humaines.

Nous avions tiré six coups de canon chargés à poudre en approchant du mouillage. Le fort Picolet nous avait répondu de trois doubles salves de l'artillerie perchée sur son plus haut bastion. Une fois les politesses échangées, les voiles avaient été abattues, l'ancre s'en était allée par sept ou huit brasses d'eau crocher sur le fond rocheux de la baie de Cap-Français. Au loin, la ville toute blanche et le rivage semblaient paisibles, l'eau clapotait doucement contre la coque. C'en était fini du « passage du milieu ».

La chaloupe de la douane s'approchait à force d'avirons maniés en cadence par huit Nègres en vareuse et pantalon blanc : des esclaves, à n'en pas douter. Les hommes de la *Marie-Amélie*, bien alignés à la coupée, vêtus de propre, ainsi que Duplessis, sanglé dans son beau costume de capitaine de la marine de commerce, l'attendaient. Il s'agissait de faire bonne impression. Tout était impeccablement rangé, les câbles et les bouts soigneusement roulés et lovés à leur place, les cuivres astiqués, le pont récuré et poncé à la brique à pont. Tout ce qui avait eu besoin d'un coup de peinture avait été repeint. Même rutilante, la *Marie-Amélie* ne pouvait se départir de son aspect rébarbatif de bateau-prison. L'odeur écœurante de la traite subsistait. Elle ne m'avait pas dérangé pendant toutes ces dernières semaines, mais il m'apparaissait que cette toilette faite à notre bateau la ravivait et lui donnait une nouvelle allure.

Debout à l'arrière de l'embarcation qui venait vers nous se tenait un factotum du gouverneur chargé de l'accueil des navires négriers. Il en arrivait beaucoup dans cette baie bien abritée. La grande île était avide de main-d'œuvre servile, elle n'en était jamais rassasiée. Il mourait beaucoup d'esclaves à Saint-Domingue, il fallait bien les remplacer pour que ne s'interrompît jamais la précieuse rivière de mélasse sucrée qui coulait vers l'Europe. Jour après jour, le cycle de la canne n'en finissait pas d'alimenter en taxes les finances déficientes et toujours chancelantes du si lointain roi de France.

Le bureaucrate de l'administration de la colonie venait s'enquérir de l'état de notre cargaison. Il voulait tout savoir, il prit connaissance de nos lieux et dates de départ depuis les côtes d'Afrique et se fit remettre le registre de santé, tenu depuis notre arrivée à Sainte-Croix jusqu'à notre mouillage à l'abri du plus grand port de l'île. Le commis aux affaires négrières nous invita, Duplessis et moi, à partager le dîner du secrétaire en chef de l'enregistrement des opérations de commerce à Saint-Domingue. Le gouverneur était, ici, un personnage bien trop important pour s'intéresser au trafic ordinaire des « marchandises » transitant par le port de Cap-Français.

Le repas ne fut qu'une formalité vite expédiée. En revanche, il fallut, dans le bureau de l'enregistrement, faire face à un véritable interrogatoire, et toutes nos réponses furent transcrites par un employé zélé et précis dans le registre du commerce pour le territoire de la colonie. Nous dûmes rendre compte du voyage dans ses moindres détails, du régime des vents sur l'Atlantique et de la cause de notre retard ; il fut, évidemment, fait état de la révolte de nos Nègres ainsi que du supplice du « Prince » que Duplessis persista à présenter comme étant le meneur de la mutinerie.

Le fonctionnaire à l'enregistrement était d'une tatillonne curiosité. Il voulut tout savoir de nos difficultés à constituer notre cargaison sur la côte de Guinée et le coût des esclaves à Sainte-Croix. Il fallut détailler le nombre de morts, dire combien de Nègres étaient malades et combien étaient en bonne santé. On me fit savoir que mon registre serait scruté avec le plus grand soin à propos de mes observations sur la manière de soigner les maladies hémorragiques liées au ver de Guinée. Nous fûmes aussi interrogés sur le nombre des matelots et des officiers décédés depuis notre départ de Nantes et instamment priés de faire dire plusieurs messes pour le repos de leur âme dans une des paroisses du port. Les marins morts en mer avaient droit à une messe, les Nègres passés sans cérémonie par-dessus bord n'étaient comptés qu'au passif de l'expédition.

Ce ne fut qu'au terme de cette enquête digne d'un tribunal maritime que purent être lancées les opérations précédant le débarquement. Au cours de cette soirée, on parla de marchandise, de cargaison, de coûts ou d'amortissement. On parla de transbordement, d'acheminement, de transactions, de frais divers et des taxes prélevées sur toutes les formes du commerce aux Indes occidentales. Pas un seul instant, il ne fut question d'un quelconque respect dû aux êtres humains que nous transportions, nos semblables, eux aussi créés à l'image de Dieu. Car, à bien y réfléchir, il n'est écrit nulle part que le fils qu'Il nous a envoyé pour prendre sur lui tous les péchés du monde n'avait pas la peau noire.

*

Tout le temps que nous passâmes à attendre de débarquer, j'évitai de me rendre dans le quartier des femmes et des enfants. Maüza m'y attendait en toute innocence. Il y avait une joie enfantine dans son regard quand elle me voyait et qu'elle venait vers moi. J'essayais de m'endurcir, de ne pas répondre à cette tendresse qu'elle exprimait maintenant sans détour. Trahir cette confiance me déchirait le cœur et l'âme.

Je n'avais encore qu'une très vague idée de ce monde de la grande île dans lequel elle allait vivre désormais. Cependant, la rapacité et la cruauté des hommes de la traite me faisaient craindre le pire : je pouvais aisément imaginer le sort qui lui était promis sous l'impitoyable férule d'un planteur de canne. Je ne me berçais plus d'illusions. J'en frémissais d'angoisse et de dégoût. Maüza, comme toutes les Négresses et les Nègres de notre cargaison, n'avait pas la moindre idée de ce qui les attendait. Ils ne connaissaient pas le sucre, ils n'y avaient même jamais goûté. Toutefois, les Blancs ne leur avaient épargné aucune marque de mépris et de brutalité depuis qu'ils avaient été mis à l'encan et troqués sur le marché de Sainte-Croix. S'ils s'essayaient à l'imaginer, l'avenir ne leur laissait augurer que brutalités et humiliations sans fin.

« Laurette » et sa fille Alphonsine se portaient bien. Née au milieu de la grande traversée de l'océan, la petite ne connaîtrait jamais la nostalgie de la terre africaine qui minait les esclaves sur les plantations et tuait autant que la maladie, les serpents ou les mauvais traitements. La petite fille poussait bien, indifférente à ce monde effrayant et sordide auquel elle était promise. Entre deux tétées, sa mère la portait à l'africaine, sur son dos, drapée dans un linge qu'elle serrait autour de son cou et sur son ventre.

*

On avait préparé les Nègres comme au temps de mon enfance on préparait les bestiaux pour les emmener vendre à la foire de la Saint-Denis, à Dreux. Avec l'accord du fonctionnaire du bureau de l'enregistrement, Duplessis avait fait amener depuis le marché de Cap-Français de grandes quantités de légumes et de fruits ainsi que de la viande fraîche. Les rations des esclaves, qui avaient été doublées depuis notre entrée dans la mer des Caraïbes, gagnèrent beaucoup en qualité et en variété. Fini la viande boucanée accompagnée de bouillies d'avoine ou de brouets de millet. Tous, hommes, femmes ou enfants, mangeaient à satiété des mets appétissants : il fallait arrondir leurs formes et les amadouer. On leur servait du rhum, aussi : pas trop, mais de quoi éveiller leur bonne humeur. On les incitait à danser, à chanter, à laisser éclater leur joie d'être enfin arrivés. Quoi de mieux que le feu violent de l'eau-de-vie pour endormir leur méfiance ?

On voulait des Nègres avenants et contents de leur sort.

Quand notre capitaine jugea sa cargaison présentable et apte à faire bonne figure aux enchères du marché aux esclaves, on commença le débarquement. Nos Nègres étaient emmenés à terre dans la chaloupe et les canots de la *Marie-Amélie*. On les transférait par catégorie, « hommes », « femmes », « négrillons et négrillonnes ».

Les malades que mes soins attentifs n'avaient pu remettre sur pied devraient encore rester à bord un certain temps. Avec la délicatesse fleurie du vocabulaire de la traite négrière, on les appelait « le rebut ». Ils seraient débarqués plus tard et vendus par lots. Il se trouvait toujours de tout petits planteurs blancs, cultivateurs de tabac, survivant au seuil de la misère, pour acheter ces morts-vivants qui n'avaient plus que la peau sur les os, mais qu'on pouvait encore exploiter jusqu'au trépas. On n'allait tout de même pas laisser ces pauvres hères mourir en paix, sans rien faire dans un hôpital, au prix qu'avait coûté à nos armateurs leur transport jusqu'aux Antilles !

Maüza était partie à terre, entassée avec d'autres compagnes d'infortune dans la chaloupe du bord. Je m'étais réfugié dans l'obscurité de mon infirmerie pour ne pas voir ça, pour ne rien entendre non plus. J'ai pleuré. Pour ne pas qu'on perçoive mes gémissements, je mordais un chiffon jusqu'à en avoir des douleurs dans la mâchoire. Je n'ai pas eu le courage de croiser la détresse et l'incompréhension dans son regard. Mes larmes coulaient sans qu'il me fût possible de les contenir. Par impuissance et lâcheté, je m'enfonçais dans le désespoir ; le malheur qui la frappait me confondait. La fatalité de n'être ni blanche ni chrétienne la condamnait à une vie de servitude et de misère perpétuelle, à subir le caprice d'un maître ou le labeur harassant d'une bête de somme.

Et moi, je pleurais !

*

Après plus de trois mois au milieu d'un océan dont ils n'avaient jamais imaginé l'immensité même dans leurs plus abominables cauchemars, nos Nègres aspiraient à gagner cette terre inconnue qui se dressait devant eux. Depuis le pont ils découvraient un autre monde et la ville au loin, toute blanche et pimpante sous le soleil. Ils ne savaient pas encore qu'elle serait l'île sombre de toutes les cruautés, leur nouvelle prison.

Contrairement à l'embarquement sur la côte de Guinée, le transbordement vers les ports des Indes occidentales se passe toujours sans incident et souvent dans une joie toute relative. Nos esclaves avaient hâte de fouler à nouveau la terre ferme, ils ne cherchaient pas à contrarier les marins, ils faisaient preuve de bonne volonté et aidaient à la manœuvre des embarcations qui les emmenaient à terre. Certains, contents de se dérouiller les muscles, demandaient à souquer sur les avirons.

À la veille de Noël, il n'y avait plus un seul esclave sur la *Marie-Amélie*. Tous étaient parqués à terre en attendant d'être vendus, même les bancroches, les scrofuleux et autres malades qui constituaient « le rebut ». Tant bien que mal, on avait pu les caser à part dans un enclos réservé aux esclaves de dernier choix. Il y restait un peu de place. Quelques-uns de ces Nègres étaient si faibles et usés par les maladies contractées pendant la grande traversée qu'ils n'auraient pas le temps d'être vendus avant de trépasser. Les autres patienteraient tant bien que mal en attendant leur tour d'être bradés aux moins exigeants, à tout le moins aux plus offrants d'entre eux.

Les banquettes à esclaves furent démontées ainsi que les palissades de madriers en chêne qui cloisonnaient le bateau et qui nous avaient permis de le défendre pendant la révolte. Tout ce bois de charpente fut envoyé à terre pour être vendu. Il fallait faire de la place. La *Marie-Amélie* redevenait un navire sucrier qu'on allait charger de toutes les denrées coloniales disponibles dans les entrepôts du port de Cap-Français. Notre capitaine composerait bientôt au mieux sa cargaison de fret avec le bon et bel argent du prix des Nègres qu'il aurait vendus.

Les matelots commencèrent le grand nettoyage de la *Marie-Amélie*. Tous furent requis pour ce travail. Ils eurent beau déverser des centaines de seaux d'eau de mer sur les planchers de l'entrepont, les frotter à la brique à pont, y passer et repasser le faubert, y faire brûler du soufre, l'ignominieuse odeur de la traite imprégnait le bateau tout entier. Elle était partout, c'était la marque ineffaçable de sa honte, jamais on ne l'en débarrasserait. Cette odeur de pourriture avancée, je l'avais perçue en posant le pied pour la première fois sur ce navire maudit, elle m'avait levé le cœur. Je croyais m'y être habitué, mais voilà qu'elle revenait, plus puissante, plus violente encore que dans mon souvenir.

C'est qu'on ne chasse jamais cette odeur-là. Elle imprègne le bois des bateaux et la chair des hommes de la traite. Elle est la tache originelle, la marque ineffaçable qui hante, jusqu'à leur dernier souffle, ceux qui ont prêté la main à l'abomination négrière. Après toutes ces années, elle me poursuit. Je peux l'oublier pendant plusieurs semaines et puis tout à coup, sans prévenir, elle se réveille, elle s'impose à moi, sans qu'il me soit possible de la chasser, où que j'aille me réfugier pour tenter d'y échapper.

Hiver 1760 – À l'hôpital Saint-Jean de Crécy-Couvé

Jacquet entre chez moi. Sans frapper, comme il en a l'habitude !

Je n'ose pas lui dire que je trouve ça inconvenant et même désagréable. Il pourrait mal le prendre et me répondre par quelque remarque désobligeante. Je ne veux pas le fâcher, il a l'air de bonne humeur et même joyeux.

— Je vous admire, Monsieur !

— C'est tout ce que tu as trouvé aujourd'hui pour te moquer de moi ? Tu n'es guère charitable, mon petit Jacquet, tu profites de la situation, tu abuses des bontés que j'ai pour toi, ce n'est pas bien !

— Qu'allez-vous chercher là ? Je n'ai jamais été aussi sincère qu'en ce moment.

— Cesse un peu cette comédie, je la trouve… de mauvais goût.

— Vous n'y êtes point du tout, Monsieur. Je vous admire parce que vous n'êtes pas comme les autres. La plupart des gens qui racontent leur vie n'hésitent pas à se donner le beau rôle, à se parer de toutes les vertus et à rejeter toutes les infamies sur ceux qui ne sont pas là pour les contredire. Tandis que vous, Monsieur mon maître, vous n'hésitez pas à prendre à votre compte toute la laideur du monde. C'est très rare de rencontrer un homme qui réclame qu'on le regarde comme un misérable, un lâche et un poltron. Si vous continuez dans cette voie, la corporation des plumitifs vous rejettera. Et vous finirez par aller en prison pour n'être pas comme tout le monde !

— Se mentir à soi-même est sans issue. Il n'y a pas pire conduite dans la vie que de réfuter la réalité et se bercer d'illusions. Et puis que veux-tu, je n'y peux rien, avec l'âge, m'est venu le goût de la vérité…

— Le goût de quoi ?

— De la vérité !

— Mais, Monsieur, ouvrez un peu les yeux ; regardez autour de vous ! Qui se soucie encore de la vérité de nos jours ? Il n'y a plus de vérité nulle part, chacun arrange la vérité comme il lui convient.

— Il se peut, mon petit Jacquet. Mais à moi, la vérité importe désormais plus que tout au monde, car je l'ai trop longtemps négligée.

— C'est pourquoi je vous admire, Monsieur, car vous êtes bien tout seul de votre espèce à des lieues et des lieues à la ronde. Vous êtes un « original », comme on dit.

— Quand tu n'es pas impertinent, tu te gausses de moi. Me voilà devenu « original » ! Qu'y a-t-il d'« original » à raconter l'abominable tragédie à laquelle j'ai participé ? La règle commune ne devrait-elle pas être d'avouer sa faiblesse et de confesser sa lâcheté plutôt que de chercher sans cesse à plaider de son innocence ?

— C'est votre sincérité qui fait de vous un « original ». Vous êtes un homme différent des autres… Vous savez quoi, Monsieur ?

— Non, Jacquet, je ne sais pas. Ta pensée virevolte sans cesse, comment veux-tu que je devine ce que tu vas me dire ?

— Eh bien, Monsieur, même si vous me réveillez en pleine nuit pour des riens, même si vous êtes souvent bougon et malcommode, j'ai plaisir à vous servir et j'aime beaucoup classer et numéroter toutes ces feuilles que vous gribouillez à longueur de jour et de nuit.

— À ce propos, où en es-tu de ta lecture du récit de mon « Grand Voyage » ?

— J'avance moins vite que vous écrivez, Monsieur. Savez-vous que m'occuper de vous jour et nuit dévore la plus grande partie de mon temps ?

— J'en suis désolé, mon garçon. Mais c'est pour être mon domestique que monseigneur notre duc te verse des gages ! Pour me servir et m'assister dans toutes mes tâches ordinaires…

— Cela va sans le dire, Monsieur ! Il est inutile de me le rappeler…

— Je me dois d'ajouter que tu es libre de quitter mon service et de t'en aller voir si l'herbe est plus verte et plus tendre ailleurs.

— Mais que deviendriez-vous, mon pauvre Monsieur, si je n'étais pas tous les jours à vous secouer les puces ?

— Je n'en sais rien, Jacquet. Il est certain que tu me manquerais beaucoup si tu décidais de m'abandonner.

— Aussi, il n'en est pas question ! Je veux connaître la fin de votre « Grand Voyage ». Cependant, tout ce que vous rapportez dans votre récit est si plein d'horreurs, si triste et sinistre que parfois, ça m'ôte le goût d'aller plus avant dans le compte rendu de vos aventures.

— C'est bien pourquoi je dois poursuivre ! Ceux qui ne veulent rien connaître d'une vérité ont bien le droit de regarder ailleurs, mais alors ils sont complices par le mensonge, coupables d'indifférence et de lâcheté…

— Je vous admire, Monsieur.

— Vas-tu enfin cesser de te moquer de moi ? Je n'ai pas toujours le cœur à rire et à te supporter.

— Je ne me moque pas, Monsieur ! Vous êtes souvent mal aimable et parfois insupportable, mais j'ai malgré tout beaucoup d'estime pour vous, je ne veux pas compter parmi ceux que vous désignez coupables d'indifférence et de lâcheté…

— Ah ! Toi aussi, tu optes pour la vérité…

— Ai-je le choix, avec un maître tel que vous ?

— On a toujours le choix !

X – Janvier 1743

Le prix d'une vie

Des affiches avaient été placardées partout dans les bourgs et des tambourineurs avaient battu la campagne pour avertir qu'une belle fournée d'esclaves serait mise aux enchères sur le marché de Cap-Français le 25 janvier, fête de la conversion de saint Paul. On insistait sur la qualité et l'exceptionnelle docilité des Nègres débarqués de la *Marie-Amélie*. Un Nègre à vendre était toujours réputé docile et de belle qualité.

« C'est à saisir, on n'a jamais trop d'esclaves pour ramasser la canne ! » hurlaient à chaque carrefour les messagers.

Les plantations étaient de monstrueuses ogresses, des dévoreuses d'hommes noirs jamais rassasiées. Il mourait tant et tant de Nègres pendant la saison de la coupe sur l'île de Saint-Domingue que les propriétaires se devaient d'être prévoyants s'ils ne voulaient pas se trouver en manque de travailleurs asservis. Par le passé, de belles et prospères plantations s'étaient trouvées ruinées suite à des pénuries de main-d'œuvre pendant la saison de la coupe. La canne avait pourri sur pied. La quête d'esclaves ne s'arrêtait jamais pour les pourvoyeurs de sucre et les marchands de rhum.

Le nombre des hommes, des femmes, des négrillons et des négrillonnes mis à la vente était précisé par les aboyeurs. Ils ne manquaient pas non plus de mentionner les noms des tribus où avaient été razziés les Nègres. C'était important pour les planteurs, qui veillaient à avoir chez eux des esclaves de langues et d'origines différentes. Sur les affiches étaient aussi inscrits le nom du navire, de son capitaine et de ses armateurs nantais. Ces dix dernières années, MM. Trottignon et Lecourbe avaient amené depuis les côtes de l'Afrique plusieurs bateaux remplis de Nègres. On les connaissait à Cap-Français et ailleurs sur l'île, ils avaient la réputation d'être des gens sérieux et dignes de confiance.

C'était beaucoup de chance d'avoir un bateau négrier au nord de l'île en janvier, parce qu'on réclamait des esclaves partout dans les Antilles et même jusqu'à La Nouvelle-Orléans. C'était sûr et certain, il n'y en aurait pas pour tout le monde. On n'était encore qu'au tout début de saison de la récolte sucrière. Les aboyeurs le claironnaient sur tous les tons, les planteurs ne devaient pas laisser passer cette opportunité de compléter leurs escouades de coupeurs de canne. Cette année encore, la campagne de la coupe serait exténuante et bien des esclaves usés par le travail et les maladies ou mordus par les serpents n'en verraient pas le terme.

De loin en loin, la nouvelle s'était propagée, jusqu'aux hameaux perdus et somnolents au cœur de la grande île. Au jour dit, une foule d'acheteurs forts de leur droit de posséder des Nègres, venus à cheval depuis les bourgs les plus reculés de l'intérieur, se pressaient au marché. Ils étaient en quête de bonnes affaires et ardents à défendre leurs intérêts de seigneurs de la canne. À cette heure ignominieuse des enchères, on allait vendre de l'homme noir, de la femme de même couleur et même des enfantelets, filles ou garçons, issus de Nègres.

*

La vie était plutôt agréable pour les plus fortunés des Blancs de Saint-Domingue. Les lourdes pluies de l'hivernage tropical, les chemins et les routes défoncés, le passage d'un cyclone ne parvenaient pas même à entamer l'indolente sérénité des maîtres de l'île. Ils vivaient sur leurs plantations ou dans ces belles habitations coloniales éparpillées sur les collines qui cernaient la ville. Là soufflaient un peu de ces vents de l'été capables de rafraîchir les heures sacrées de leurs pesantes siestes de seigneurs des îles.

L'hiver, tout était calme et douceur sur la place du grand marché de Cap-Français. Les petits palais qui la bordaient étaient d'une rare élégance, avec leur second étage couronné de belles galeries de bois sombre et leurs murs ouvragés blanchis à la chaux. Au centre, un beau bouquet de ficus géants dispensait une ombre légère et bienfaisante. Des oiseaux tropicaux emplissaient la ramure de leurs cris et une multitude de fleurs des tropiques balançait doucement dans la brise, donnant à l'endroit un air de petit paradis terrestre. On aurait pu rester là des heures à flâner et à goûter le simple plaisir de vivre ou de rêver en attendant la pluie aux heures de grande chaleur.

Les jours de vente d'esclaves, toute la société commerçante et aristocratique des Blancs venait se promener et musarder à l'ombre si accueillante des arbres de la place. Il fallait s'assurer que l'ordre du monde était bien toujours le même, que rien n'avait bougé, que du plus riche au plus misérable, ils étaient toujours assis aux places d'honneur dans l'ordre de la création. Venus de France ou d'Espagne, les seigneurs et les marchands pouvaient dormir tranquilles, rien ne changeait jamais sur la grande île, ils y veillaient.

Les planteurs, reconnaissables à leurs grands chapeaux de paille et à leurs bottes de cavaliers, y côtoyaient les bourgeois du cru vêtus de riches pourpoints de soie et coiffés de tricornes galonnés. Des dames de la bonne société, en robes légères conformes aux règles de la pudeur, s'accordaient à la déambulation des hommes. Elles jouaient de l'ombrelle avec un art consommé afin que le soleil ne leur gâtât point le teint, mais que leur coquetterie ne fût point déployée en pure perte. Le tableau était charmant, à la fois léger, pimpant et futile.

Tous ces gens distingués et bien mis faisaient leurs petites ou grandes affaires dans le commerce du sucre, du rhum ou des esclaves. On s'écartait pour les laisser passer, ils étaient les riches et les puissants, on leur devait tous les égards. Ils prenaient bien garde à ne pas se mêler aux pauvres Blancs, de loin les plus nombreux sur l'île ; ceux-là survivaient misérablement en cultivant le tabac ou l'indigo sur leurs lopins minuscules des moins bonnes terres de la grande île. Pourtant, sans que ce fût écrit nulle part, tous étaient liés par ce qu'ils estimaient être leur supériorité d'hommes blancs sur le peuple des Nègres débarqués d'Afrique.

*

D'abord ce fut le tour des hommes. Des plus beaux, des plus forts, de ceux que les planteurs s'arracheraient pour le prix d'un cheval ou d'une paire de bœufs. Les autres, ceux que le voyage avait décatis ou trop esquintés, constitueraient le second choix, ils seraient vendus après les femmes, mais avant le « rebut ». Pour eux, les enchères seraient plus modestes, on descendrait très en dessous du prix d'un cheval, même pour certains, en dessous du prix d'une vieille ânesse de montagne. La mort dans l'âme, notre capitaine si près de ses sous devrait accepter de brader les moins fringants de ses « pensionnaires » achetés de l'autre côté de la mer.

On terminerait par les plus abimés, les fiévreux, les scrofuleux et les diarrhéiques, ceux qu'on devinait bien trop faibles et malingres pour supporter plus de quelques semaines la charge du travail imposée aux esclaves les plus robustes. On s'en débarrasserait à vil prix, à moins que l'une ou l'autre des institutions religieuses plus ou moins charitables installées dans l'île voulût bien les prendre en charge, les baptiser au nom du Christ et puis les entretenir jusqu'à l'heure de leur trépas prochain.

Les Nègres de la meilleure qualité avaient été assis, enchaînés à l'ombre, au centre de la place du marché afin que les acheteurs pussent évaluer de l'œil leur musculature autant que leur endurance et leur capacité à travailler dans les champs de canne à sucre. Les acquéreurs étaient méfiants, les plus riches étaient accompagnés d'un chirurgien-barbier chargé de contrôler le bon état des esclaves guignés par leur maître. Ils venaient palper les corps, contrôler les dentitions, vérifier l'élasticité de la peau et jauger de la qualité des muscles. Ils soulevaient les pagnes et s'assuraient de l'absence de marques de maladies purulentes : tous procédaient comme je l'avais fait à Sainte-Croix quelques mois plus tôt, quand nous avions troqué nos marchandises venues de France contre des Nègres. J'en avais la nausée. Comment avais-je pu accepter de tenir, sans révolte, ce rôle abject de maquignon d'êtres humains ? Comment avais-je pu à ce point faire taire ma conscience et continuer à trier des hommes comme s'il se fût agi d'animaux dépourvus d'âme et de sensibilité ?

Quand un futur enchérisseur repérait un Nègre qui lui convenait, il lui passait un morceau de laine de couleur autour du poignet ou une autre marque distinctive discrète pour le reconnaître au moment où il passerait sur l'estrade des enchères. Il était de bon ton, dans la caste des planteurs, de se vanter d'être incapable de distinguer un Nègre d'un autre Nègre vu qu'ils se ressemblaient tous et qu'eux-mêmes, les maîtres du sucre et du rhum, en possédaient beaucoup.

Il n'y avait pas que des acheteurs fortunés à tourner autour des Noirs mis en vente, il y avait aussi ces Blancs pauvres, ces besogneux, ceux qui n'achèteraient rien avant la mise en vente du « rebut ». Ils se contenteraient d'un esclave pris de faiblesses, mais encore capable de travailler un peu et de les aider. Les Nègres savaient attendre avec placidité la suite des événements. De la même manière, les misérables planteurs de tabac s'armaient de patience en attendant leur heure.

Bien des gens venaient sur la place pour se distraire, ils trouvaient plaisants le spectacle et l'animation de la vente aux enchères. L'avilissement des Nègres leur donnait l'illusion d'être importants et d'avoir été distingués par la Providence. De temps à autre, on faisait se lever un de ces pauvres hommes hébétés par tout ce bruit et cette agitation. D'un ou deux claquements de lanière on l'obligeait sauter ou danser pour s'assurer de sa stature, de sa souplesse et de la force contenue dans ses muscles : tout ça mettait le public en joie.

On avait fait boire les Nègres. Pas trop, mais juste ce qu'il fallait de rhum pour qu'ils fussent exubérants et qu'ils parussent joyeux. Un air abattu ou renfrogné était du plus mauvais effet sur les acheteurs. C'était signe de mauvais caractère ou même d'insolence. Les insolents étaient de piètres travailleurs, qu'il fallait sans cesse harceler à coups de fouet. Un bon Nègre devait être content de son sort.

L'enchérisseur attribuait un numéro à chacun des esclaves mis en vente. Un acolyte de l'aboyeur en chef les marquait au lait de chaux sur leur peau noire. Des sbires, fouet en main, veillaient à ce que des esclaves légèrement ivres n'allassent pas s'en prendre à tout ce public qui les regardait comme des bêtes de foirail, parquées là pour être vendues ou pour amuser les enfants. Mais les Nègres mis à la vente étaient incapables de réagir et de se révolter tant ils étaient assommés par tout ce tohu-bohu invraisemblable de la vente aux enchères.

À l'appel d'un numéro, on venait chercher l'homme en question, on lui ôtait ses chaînes, deux argousins le faisaient grimper sur l'estrade dressée sur la place et les enchères débutaient. Un enchérisseur-bonimenteur faisait l'article à côté du Nègre mis à l'encan, il vantait son physique, sa force ou sa race. Chargé de la vente, l'aboyeur était commissionné : plus un Nègre était vendu cher, plus il gagnait d'argent. Il ne ménageait pas sa peine, il mentait effrontément et gesticulait tant qu'il pouvait pour faire grimper les prix. Pour les spécimens les plus beaux, les acquéreurs s'enflammaient comme j'avais vu, étant enfant, les maquignons sur le marché aux bestiaux, prêts à se battre pour un taurillon qu'on devinait plein de force et de vitalité ou pour un cheval de grande et belle allure.

Duplessis, un peu en retrait, faisait ses comptes sur un petit carnet. Il prenait bonne note du prix chaque fois qu'un homme était adjugé. Tel que je devinais son âpreté comptable, il devait déjà convertir le produit de la vente en tonneaux de sucre et en barils de rhum. Il savait rester parfaitement stoïque, qu'une enchère s'envolât ou bien au contraire qu'elle restât bien en deçà de ses espérances. Notre capitaine se savait épié et scruté par les acheteurs : un bon vendeur d'esclaves ne devait laisser paraître ni son enthousiasme ni son dépit. L'un ou l'autre pouvait pousser les enchères vers le haut, mais tout aussi bien les laisser stagner ou pire, les tirer vers le bas. Duplessis savait y faire, il connaissait bien les us et coutumes de la vente d'une cargaison d'esclaves.

*

Cap-Français n'est pas encore une vraie ville, ce n'est qu'un gros bourg prospère qui regarde vers le nord. L'air y est plus léger qu'ailleurs sur la grande île, la chaleur n'y est jamais écrasante et on peut y regarder l'océan à midi sans être aveuglé par les reflets ardents du soleil. Il arrive même qu'on y frissonne, à l'ombre, en hiver, si le vent de mer souffle trop fort.

Par souci de discrétion, je m'étais tenu loin des esclaves mis à l'encan. Réfugié dans une encoignure de porte un peu en retrait de la meute des curieux, j'assistais avec effarement à cette foire d'empoigne. Devant moi, sans la moindre vergogne, on se disputait des hommes réduits à la seule valeur marchande de leur force de travail.

Le ciel était bien dégagé, le soleil aurait même pu donner à tout ça un petit air agréable de fête champêtre. Mais j'avais froid, mon cœur était glacé et ma tête vide. Peut-être que je subissais déjà les premières attaques de cette fièvre qui me consume de loin en loin depuis mon retour. J'avais du mal à me tenir debout, je ne parvenais pas à m'arracher à ce spectacle, j'étais incapable de la moindre réaction.

Environ cent cinquante hommes partirent ainsi, entravés par de nouveaux colliers de force, reliés les uns aux autres par une nouvelle chaîne, propriété de nouveaux maîtres qui disposeraient d'eux comme des meubles de leurs belles demeures ou des animaux enfermés dans leurs étables. Pour eux, ces Nègres n'étaient plus que de nouvelles bêtes de somme promises à un travail effarant qui très vite épuiserait leurs forces et viendrait à les tuer. La durée de vie, à compter de sa mise au travail forcé, pour un esclave mâle sur l'île de Saint-Domingue n'excédait pas les dix années, mais la plupart d'entre eux mouraient dans les cinq ans qui suivaient leur débarquement depuis les côtes d'Afrique. Tant de Nègres arrivaient aux îles qu'il était plus rentable d'en acheter de nouveaux que de faire durer les plus anciens. Les négrillonnes et les négrillons nés d'esclaves asservis sur les plantations ne valaient pas grand-chose non plus : les élever et les nourrir jusqu'à ce qu'ils fussent en âge de travailler coûtait bien trop cher. Mieux valait faire de nouvelles emplettes sur les marchés aux esclaves à Cap-Français ou ailleurs, dans un autre des nombreux ports de la côte qui accueillaient des navires négriers. À ce train-là, la traite négrière avait encore de beaux jours devant elle.

*

Puis vint le tour des femmes et des enfants. Pour les planteurs, c'était une sorte de récréation après l'empoignade des enchères pour les plus beaux esclaves. Cependant, certains acheteurs de femmes ou d'enfants ne venaient que pour ça, pour satisfaire à bon compte leurs vices en s'achetant une ou plusieurs jolies Négresses – ou quelques enfants – à emmener au plus profond des campagnes où tout était permis – même la cruauté la plus gratuite – aux puissants et aux riches : ceux-là n'avaient de comptes à rendre qu'à leur conscience ou à leur banquier.

Quant au petit peuple des badauds, trop pauvre pour participer aux enchères, il se régalait du spectacle.

Malgré les observations courroucées des jésuites et les ordonnances du représentant de l'autorité royale qui commandaient de ménager leur pudeur, les bonimenteurs relevaient les tuniques des femmes pour que le public pût se faire une idée de leurs appas et constater qu'elles étaient sans défaut. Pour la plus grande satisfaction de l'assemblée, l'enchérisseur défiait les autorités. À Saint-Domingue comme dans les autres îles des Antilles, le commerce des esclaves et de tous les produits des îles était devenu, au fil des années, tellement prospère et puissant que les autorités religieuses et civiles n'osaient plus affronter les trafiquants et leurs affidés. Les planteurs et les marchands étaient les vrais maîtres de l'île : l'appétit démesuré de la richesse avait pris le pouvoir, pour le plus grand malheur des Nègres.

Sur le marché aux esclaves de Cap-Français, on était femme à douze ans. Imagine-t-on ce que c'est que d'être troussée, pour une enfant de douze ans, devant une foule excitée et goguenarde hurlant des insultes et lui adressant des gestes obscènes ? C'était pourtant pour la vente des femmes que j'étais venu jusqu'au marché où on vendait notre cargaison, pour l'apercevoir une dernière fois, pour souffrir encore de cet adieu silencieux et lâche que je lui adressais, depuis des jours, dans le secret de ma conscience. Mon regard était brouillé de larmes.

L'exhibition commença. L'aboyeur usait avec mépris du manche de son fouet pour relever les vêtements des femmes et violer leur pudeur. Le public des enchères trépignait d'enthousiasme, acclamait ou huait l'intimité des Négresses qu'on offrait à sa concupiscence. J'avais été un maillon dans l'effroyable chaîne des catastrophes qui avait précipité ces femmes dans le malheur. J'avais conscience de ma part de responsabilité dans ce spectacle dégradant où elles étaient humiliées avant d'être vendues.

— Une Négresse à lait, hurlait l'enchérisseur. En état d'être nourrice, et sa négrillonne, en parfaite santé toutes les deux. Regardez-moi ces mamelles propres à nourrir toute une ribambelle de marmots, gueulait-il en exhibant un sein. Une très belle affaire, je propose cent cinquante livres…

C'était « Laurette » et la petite Alphonsine qu'on vendait, comme une bête et sa petite génisse encore au pis, affolées d'être sur cette estrade. La petite pleurait et criait de terreur, ce qui agaçait beaucoup le bonimenteur. Il bâcla son affaire pour avoir la paix. Pourtant, les nourrices étaient très recherchées par la bonne société blanche, car – c'était reconnu par tous les Blancs de Saint-Domingue – la couleur noire de la peau n'altérait en rien la qualité du lait des Négresses. La mère et la fille partirent pour cent soixante-dix livres dans une famille de commerçants installée à Cap-Français. Alphonsine devrait dorénavant partager le lait de sa mère avec un petit blanchonnet ou une petite blanchonnette.

Puis on passa au numéro vingt-deux, une mère encore en état d'enfanter avec ses deux enfants :

— À prendre ou à laisser, hurlait l'enchérisseur, le tout mis à prix cent cinquante livres.

Cette fois, ne montèrent du public que des ricanements et des obscénités. Personne ne se hasarda à enchérir.

— Cent cinquante livres, messieurs, tenta encore le bonimenteur. Qui dit mieux ? Un lot exceptionnel ! Allons, messieurs, qui se lance le premier ?

Silence obstiné de la foule. Le lot exceptionnel était surévalué. Les enchères refusèrent obstinément de partir.

Il fallut se résoudre à baisser le prix, puis à le baisser encore plusieurs fois. Le lot partit pour moins de cent vingt livres. C'était une très bonne affaire, pour l'acheteur évidemment. Le travail des enfants rapportait moins que celui des Nègres mâles ou des Négresses en pleine force de l'âge. Sans compter que les négrillons et les négrillonnes en petite enfance coûteraient cher à nourrir à ne rien faire d'autre que s'amuser à l'ombre des cases-paillotes. Il ne faudrait tout de même pas attendre trop longtemps pour qu'ils fussent rentables. Sur les plantations d'Amérique et des Antilles, les enfants travaillaient, du lever au coucher du soleil, dès l'âge de six ans. La coutume voulait que sur les plantations, on n'usât point du fouet avec les plus jeunes.

Défilèrent d'autres femmes qu'on humiliait sans vergogne avant que de les livrer au jeu sordide des enchères. Les planteurs s'enflammaient ou faisaient la fine bouche. Ce n'était pour eux qu'une sorte de jeu de forfanterie où chacun pariait à la hausse ou à la baisse pour montrer sa capacité à agir sur la valeur marchande des esclaves.

*

Les femmes furent mises à prix, une par une ou groupées par lots avec ou sans enfants, réputées vierges ou bonnes pondeuses de négrillons. L'aboyeur gueulait son boniment à plein gosier et lançait les enchères. Aux sommes criées par les acheteurs se mêlaient les quolibets anonymes et graveleux venus de la masse informe du public. L'assemblée tout entière s'en esclaffait bruyamment. Affolées par le tumulte, les femmes sur l'estrade roulaient des yeux désespérés, elles tentaient comme elles pouvaient de sauvegarder un peu de pudeur et de dignité. Elles étaient en larmes. Ces pleurs, loin d'éveiller la compassion, ne faisaient qu'exciter un peu plus la foule. Ce spectacle en était encore plus dégradant et honteux.

Enfin, ce fut son tour.

— Le numéro vingt-huit : une très belle jeune fille noire. On l'appelle Maüza, on me dit que c'est une Ashawa de la grande forêt de l'intérieur de la Guinée. Entre quatorze et dix-sept ans, pour l'âge ! On n'est jamais vraiment sûr, avec les Négresses. Mais celle-là, son physique parle pour elle ! Soulevez sa tunique : n'est-ce pas qu'elle est parfaite de tournure ? Et notez-le bien, messieurs, absolument vierge, ce qui est très rare pour une Négresse de son âge. Elle était, à n'en pas douter, une fille de roi en Afrique ! À qui la fille du roi nègre ?

— Cent cinquante livres, hurla un acheteur.

— Vous plaisantez ! Une princesse à ce prix-là, rétorqua l'enchérisseur. Je propose cent quatre-vingts livres pour démarrer… pas moins !

— Cent quatre-vingt-dix, cria un homme dans la foule.

— Cent quatre-vingt-quinze, aboya un planteur bouffi de suffisance et sûr de lui.

— Deux cents, fit un autre.

Une rumeur de stupéfaction monta de l'assemblée. Une Négresse, même très belle, ne dépassait jamais les cent quatre-vingts livres.

On allait en rester là, quand soudain, une voix venue des derniers rangs des planteurs lança un « deux cent dix » qui fit repartir les enchères.

— Qui dit mieux pour cette Négresse magnifique ? hurla à nouveau le bateleur d'estrade, que l'envolée du prix rendait fou.

— Deux cent vingt, fit encore l'homme qui avait renchéri à deux cents.

Mais l'autre lança un « deux cent quarante » plein d'autorité. L'assistance en fut assommée.

Malgré les efforts du vendeur pour relancer la fièvre de l'achat, personne n'osa plus enchérir.

Anéantie de détresse, le vêtement tenu remonté jusqu'aux hanches par le manche du fouet de l'enchérisseur, Maüza se cachait le visage dans les mains. Comme toutes ses sœurs, elle crevait de honte et pleurait en silence.

— Vendue…

Je dus perdre brièvement connaissance. On m'aida à me relever, on pensa à un malaise ordinaire dû à la chaleur ou peut-être à un embarras digestif, c'était fréquent chez les marins récemment débarqués. Je devais être très pâle et décavé. Personne ne fit le lien entre mon évanouissement et cette scène ignoble à laquelle, tous, nous venions d'assister. Ici, c'était banal, la vente des Négresses était un moment de réjouissance égrillarde et il ne venait à l'idée de personne d'imaginer qu'il pouvait me faire horreur au point de le fuir dans la pâmoison.

Quand j'eus recouvré mes esprits et que je regardai à nouveau le triste cortège de toutes ces femmes vendues au plus offrant, Maüza avait été emmenée. D'autres femmes avaient défilé sur l'estrade. La vente n'était pas finie, pour l'enchérisseur il n'était pas l'heure de perdre son temps.

*

Au début, épouvantés par ce chambardement auquel ils ne comprenaient rien, des enfants pleuraient ou reniflaient en silence en attendant leur tour de grimper sur l'estrade. Les meilleurs des Nègres mis aux enchères étant partis, tous devaient être vendus. Après un bref conciliabule entre l'enchérisseur et Duplessis, on procéda à la recomposition des lots mis à la vente. On enleva des négrillons à leurs mères pour satisfaire les caprices de plusieurs belles dames qui souhaitaient avoir de petits serviteurs noirs habillés en Turcs ; ils font si bel effet dans les soirées où l'on danse sous les lustres de cristal des belles maisons de Cap-Français ! On sépara les fratries sans souci des hurlements des enfants, qui s'accrochaient les uns aux autres avec l'énergie du désespoir. Des mères se traînaient à genoux en suppliant, dans leurs langues africaines que personne ne ferait jamais l'effort de comprendre, qu'on leur laissât leurs enfants. Elles furent brutalement repoussées à coups de pied. Les nervis à la solde de l'enchérisseur ne se laissaient pas attendrir, ils en avaient vu d'autres. C'était peine perdue.

Les mises à prix allaient decrescendo. Les femmes les plus âgées ou celles qui donnaient l'impression d'être moins robustes, ternes, fatiguées ou trop vite vieillies par le « Grand Voyage » partirent pour moins de quarante livres l'unité : à ce tarif-là, la vente ne remboursait plus le prix de la traversée. Duplessis devait en être mortifié. Heureusement, les plus belles pièces mises à prix avaient tenu toutes leurs promesses.

C'était tout de même plus cher que le « rebut » dont on se débarrasserait pour presque rien à la fin du marché.

On allait bientôt passer à la vente du second choix, je n'eus pas le cœur d'assister à cette suite d'humiliations infligées à ces pauvres Nègres. Ces hommes, moins fringants que ceux mis à l'encan en début de marché, seraient vendus par lots, des plus alléchants aux plus pitoyables, mais j'en avais déjà vu beaucoup plus que je me sentais capable de supporter. Je quittai l'encoignure de porte d'où j'avais assisté à la vente et, titubant encore d'émotion, de chagrin et de honte, je me mis en quête de Maüza – ou à tout le moins de son nouveau propriétaire, puisqu'elle n'était plus rien d'autre que la propriété de son nouveau maître.

Je n'avais pas la moindre idée de ce que j'allais entreprendre pour la retrouver, mais la voir disparaître ainsi de l'horizon de ma vie m'était devenu insupportable.

Hiver 1760 – À l'hôpital Saint-Jean de Crécy-Couvé

— À la bonne heure, Monsieur ! Vous avez presque bonne mine, vous êtes enfin sorti de votre canfouine et vous êtes allé prendre l'air !

Croyez-vous qu'il aurait frappé avant d'entrer ? Cette manie d'entrer chez moi comme dans un moulin m'énerve au plus haut point. Il va falloir que nous ayons une explication à ce sujet et qu'il se comporte enfin comme un valet. Il est le valet, nom de nom, et je suis le maître ! Il serait temps qu'il le comprenne.

— Il le fallait, Jacquet. Tout ce passé que je remue depuis des jours et des jours m'est insupportable. Le chagrin et la peine me submergeaient : c'était si violent qu'il m'a été impossible de continuer. J'ai posé ma plume et je suis allé marcher un peu. J'ai bien réfléchi, je vais retourner auprès des malades de l'hôpital. Je crois que c'est sagesse de laisser tomber ce récit qui m'accable et me fait tant souffrir. Continuer est au-dessus de mes forces.

— Vous arrêter maintenant ! Mais c'est impossible, Monsieur. Il ne fallait pas commencer. Vous soulevez le voile sur toutes ces horreurs que vous avez vécues, et parce que ça vous rend malheureux vous voulez tout abandonner ! Vous n'avez pas le droit, ce serait…

— Ce serait quoi ?

— Ce serait indigne, Monsieur. Ce serait une lâcheté. Si vous abandonniez maintenant, que penserait de vous ce père jésuite que vous avez connu en Afrique et que vous admirez tant ?

— Le père Chabrier ! Il doit être mort depuis longtemps. Les morts ne pensent plus à rien ni à personne. Le mieux qu'ils puissent faire, c'est de laisser les vivants en paix. C'était un projet insensé de vouloir raconter toute cette histoire monstrueuse.

— Pas du tout. Au contraire, c'était très sensé. Cette nuit, j'ai numéroté et classé toutes ces feuilles que vous avez écrites ces jours derniers. Je ne vais pas vite parce que je ne peux m'empêcher de lire ce que vous écrivez à longueur de temps. Et vous savez quoi ?

— Non, Jacquet, parce que tu dis aujourd'hui, avec la même sincérité, le contraire de ce que tu disais hier en me regardant écrire. J'ignore ce qui peut bien te passer par la cervelle.

— J'ai changé d'avis, voilà tout ! J'ai envie de connaître la fin de toute cette horrible histoire…

— Et moi, j'ai perdu le goût de la raconter. Il vaut mieux en rester là, dans cette incertitude du récit. Là où j'en suis rendu, tu peux imaginer que cette aventure va connaître une fin heureuse ou, au contraire, une issue tragique. Tout dépendra de ton humeur. Laisse ton imagination t'emmener où bon lui semble… Ce n'est plus mon affaire.

— Vous voilà encore en train de geindre et de vous plaindre. Vous feriez bien mieux de finir ce récit de vos aventures au pays des Nègres et du sucre. Remuez-vous, Monsieur, j'attends la suite !

— Non, c'est trop difficile, je n'y arriverai pas. Je n'ai plus envie. Plus le courage non plus… Et puis, à quoi bon ?

— Vous disiez que c'était pour mettre de l'ordre dans vos idées que vous écriviez, que vous cherchiez l'apaisement de votre conscience, que c'était une nécessité absolue qui ne pouvait pas attendre… Vous en perdiez le boire et le manger. Seriez-vous à ce point girouette ? N'avez-vous plus aucune suite dans les idées ? Voulez-vous que je vous dise ce que je pense de votre attitude ?

— Je me fiche de ce que tu penses, je ne veux pas le savoir.

Jacquet cesse de parler. Il a l'air très mécontent, je ne l'ai jamais vu fâché à ce point. Il va jusqu'à ma table de travail et sort des feuilles vierges de toute écriture et les dispose là où je m'assieds ordinairement. Il vérifie qu'il y a bien de l'encre dans mon encrier et que mes plumes à écrire sont bien taillées. Puis il avance ma chaise et m'invite à prendre place.

— Allez, Monsieur ! Au travail. Et que je n'entende plus parler de suspendre ce récit !

Je n'ose pas désobéir ! J'ai même la faiblesse d'obéir à mon valet. Je prends la plume qu'il me tend. Me voilà attablé, prêt à reprendre le fil de la narration de mon « Grand Voyage » que j'étais résolu à abandonner.

— C'est donc toi le maître maintenant, c'est toi qui donnes les ordres et diriges notre attelage.

— Maître, valet ! Valet, maître ! Vous conviendrez avec moi qu'il y a des maîtres qui ne peuvent plus se passer de leur valet, alors admettez, Monsieur, qu'il existe des valets qui ne peuvent plus se passer de leur maître.

— J'admets !

— Il y a aussi des valets qui veulent être fiers du maître dont ils ne peuvent plus se passer.

— J'admets, monsieur Jacquet, j'admets…

XI – Février 1743

Là où tu iras, j'irai…

— Trente louis, monseigneur ! Pas moins ! C'est le prix pour vous laisser tourner les pages de ce registre de commerce où vous n'avez aucune raison d'aller fourrer votre vilain nez.

Il n'était pas question de marchander. Comme tous les plumitifs qui travaillaient à faire respecter l'autorité royale sur la grande île, le gardien des enchères du marché aux esclaves était corruptible. Il s'en alla s'éclaircir la gorge dans un cabaret voisin en oubliant de fermer à clef la guérite où il avait charge de tenir à jour tout ce qui concernait la vente et l'achat d'esclaves sur le marché de Cap-Français. J'eus tout le temps qu'il me fallait pour tourner les pages de « son » grand livre de la honte.

Dix jours étaient passés depuis la vente de nos esclaves. Sans perdre de temps, l'équipage procédait au carénage et à la transformation de la *Marie-Amélie* en paisible navire de commerce. Une autre négociation débutait pour Duplessis, il devait maintenant remplir, au meilleur prix, ses cales et son entrepont de sucre brut, de rhum et de toutes les autres denrées coloniales qu'on s'arrachait sur les quais de Nantes. Je n'étais d'aucune utilité pour tous ces travaux de radoub, de commerce et de chargement. L'équipage pouvait se passer de mes services jusqu'à notre appareillage. On ne mettrait à la voile que dans les premiers jours du mois de mai. Je ne voulais pas perdre de temps.

Sans en demander la permission à mon capitaine, je quittai le bord. Il me tardait d'entreprendre ma quête. Elle commençait par les pages de ce registre où étaient consignés la date des marchés, le nom des vendeurs, les numéros des « lots » vendus, le nom des acheteurs et, bien sûr, le montant des transactions.

Ma consultation ne prit guère de temps, la comptabilité de la traite était tenue avec le plus grand soin. Maüza appartenait désormais au sieur de Kerouaz, propriétaire de « l'habitation » du même nom sur la commune de San-Raphaël, qui relevait de l'autorité du sous-intendant de Cap-Français.

*

L'île de Saint-Domingue est vaste, en grande partie occupée par des montagnes escarpées. On n'y circule qu'avec difficulté : les routes pavées y sont rares et les pistes en mauvais état, ravinées par les pluies, sans cesse soulevées par la puissance des racines des arbres des contrées tropicales. À peine ouverts, les chemins sont mangés par la végétation exubérante qui prolifère partout. Les cartographes de la marine du roi n'ont pas établi de cartes fiables de l'intérieur de la colonie permettant de se diriger dans ce paysage démesuré. Sans compter que la chaleur et l'humidité font de cette île un paradis pour toutes les variétés d'insectes piquants, mordants et urticants qui peuplent la création. Sous le couvert épais des forêts, m'avait-on averti, s'agitaient et se trémoussaient toutes sortes de serpents venimeux et d'animaux hostiles ; des bestioles acharnées à vous rendre la vie impossible, à vous sucer le sang ou à vous darder leur venin souvent mortel.

Depuis les vallées fertiles où ont prospéré les plus belles plantations de canne, le sucre brut et les tonnelets de rhum rejoignent la côte à dos d'ânes ou de mules rassemblés en longs convois conduits par des âniers mulâtres ou des Nègres affranchis. Sur ces mêmes routes incertaines, les colonnes d'esclaves enchaînés remontaient depuis les marchés de la côte où ils avaient été achetés pour aller suer sang et eau sur les terres des riches planteurs.

Au moins, le climat des îles était-il beaucoup plus sain que celui de la côte du golfe de Guinée. Grâce au vent de mer qui la balayait et la rafraîchissait sans cesse, on ne risquait pas de contracter une fièvre mortelle à tout bout de champ. L'eau n'y était pas non plus dangereuse à boire. Saint-Domingue n'était pas non plus peuplée de tribus hostiles et vindicatives. S'enfoncer dans l'intérieur du pays ne relevait pas du voyage sans retour.

Cependant, j'admis très vite que rejoindre le lieu de réclusion de ma belle Africaine n'aurait rien d'une promenade de santé, mais relèverait d'une véritable expédition impossible à mener en solitaire. Très vite, je sus que je pouvais compter sur Joséphine. Je l'avais achetée à un marchand de Cap-Français.

— Vous verrez, m'avait dit le maquignon, cette bête-là ne vous manquera jamais, elle vous portera et vous sera fidèle où que vous alliez…

Je me savais piètre chevaucheur, et la placide tranquillité d'une mule m'avait paru de loin préférable à la nervosité des chevaux, que le harcèlement continu des insectes piqueurs rendait imprévisibles. J'eus tout de suite pour Joséphine une réelle tendresse. L'affection tranquille et sans malice qu'elle me manifesta d'emblée me rassura et me consola un peu de toutes les avanies subies ces derniers mois dans la compagnie des hommes.

— Vous ne trouverez jamais votre chemin tout seul pour aller à San-Raphaël et jusqu'à « l'habitation » Kerouaz. Vous allez tourner en rond. Emmenez donc un ânier avec vous, me conseilla encore le marchand d'ânes et de mules, ces gars-là ont parcouru toutes les pistes et tous les chemins depuis Cap-Français jusqu'au cœur de l'île. Ils conduisent le sucre jusqu'aux ports. Ils ne sont pas loin d'avoir fréquenté toutes les plantations et tous les planteurs de Saint-Domingue…

C'est ainsi que je fis la connaissance du Nègre Auguste. Il n'était pas certain qu'il fût vieux, il n'avait plus d'âge. Il était noueux et rugueux comme un vieil arbre, il ne lui restait que quelques dents, ses cheveux étaient blancs, une broussaille de barbe lui mangeait le bas du visage, mais ses yeux restaient d'une incroyable vivacité. Son français était maladroit et emprunté, comme la plupart des Nègres de Saint-Domingue il s'exprimait surtout dans cette langue curieuse appelée créole. C'était une invention des esclaves pour communiquer entre eux sans être compris par les Blancs : il s'y mêlait des tournures françaises en apparence, mais pimentées d'une curieuse manière de bousculer la syntaxe en y mêlant des mots puisés dans les innombrables dialectes de l'Afrique. Il me fallait faire un gros effort d'attention pour comprendre un peu ce parler des Noirs et des mulâtres. Ils en usaient, quel que fût le peuple ou la tribu dont ils étaient issus : c'était leur nouvelle langue, celle qu'ils avaient inventée. En quelques années elle s'était imposée à tous, elle était devenue la langue maternelle des négrillons nés sur la grande île de Saint-Domingue.

Auguste était un affranchi. Son ancien maître, au moment de mourir, l'avait, devant notaire, libéré de son lien de servitude. Depuis qu'il était « libre », il crevait de faim en faisant l'ânier sur les chemins du sucre, du rhum et des esclaves à travers la grande île.

— *Jesuit yo te rele m 'Auguste, men non reyèl mwen se Nilanja.* (Les jésuites m'ont appelé Auguste, mais mon vrai nom est Nilanja.)

Je dus faire répéter. Sans être bien sûr d'avoir compris, je lui signifiai que je m'appelais Simon Levrault et que je voulais me rendre sur la commune de San-Raphaël, à « l'habitation » Kerouaz, pour y retrouver une jeune dame.

— *Pa gen okenn dam nan « l'habitation » Kerouaz. Gen sèlman plantè de kontremèt ak esklav... yon anpil nan esklav !* (Il n'y a pas de dame à « l'habitation » Kerouaz. Il n'y a que le planteur, deux contremaîtres et des esclaves... beaucoup d'esclaves !)

En disant cela, Auguste-Nilanja éclata de rire. Mon guide comprenait le français des Blancs beaucoup mieux que je ne percevais le créole des Noirs. Avec un peu de bonne volonté, on allait finir par très bien s'entendre, tous les deux.

— *Si ou vle wè yon dam la, li se yon esklav !* (Si tu veux voir une dame là-bas, c'est une esclave.)

L'idée de se lancer dans une aventure aussi pénible et incertaine pour rendre visite à une esclave le mit à nouveau en joie. Pour lui, c'était de la folie. Il m'avait deviné sans que j'aie besoin de lui faire confidence de mon secret. À ses yeux, les Blancs n'étaient jamais que des êtres irrationnels et pervers sans cesse agités par des projets insensés qui ne rimaient à rien. Il n'empêche que Joséphine et Auguste-Nilanja, chacun à leur manière, me distrayaient un peu de mes pensées les plus sombres et de l'image obsédante de Maüza, humiliée et vendue au plus offrant sur l'estrade du marché aux esclaves.

L'achat d'une mule et le prix d'un guide avaient presque complètement asséché ma bourse. Le chemin serait long jusqu'à « l'habitation » Kerouaz, j'épuisai les derniers liards de l'acompte que j'avais perçu en touchant la terre de Saint-Domingue à acheter quelques provisions de bouche pour les jours de cette bien hasardeuse expédition.

Auguste-Nilanja, Joséphine et moi, nous nous mîmes en route, à l'aube, le lendemain de notre rencontre.

Il pleuvait ; en attendant que le soleil monte dans le ciel, il faisait frisquet. J'étais loin d'avoir l'air fringant et conquérant : j'allais à dos de mule, emmitouflé dans le vieux manteau que je traînais depuis longtemps avant mon arrivée à Nantes, mes souliers étaient percés et mon chapeau n'avait plus de forme. Mon maigre bagage et nos provisions étaient sanglés à l'arrière de ma selle. Il y avait quelque chose de désespéré dans l'entreprise de ce périple au cœur de l'île : je n'avais pas la moindre idée des difficultés qu'il allait me falloir surmonter pour ramener Maüza avec moi. Je savais encore moins ce que je ferais ensuite si je parvenais à la subtiliser à son maître.

Mon guide marchait devant, pieds nus, vêtu d'une tunique de grosse toile sans manches, d'un pagne à l'africaine. Il allait du pas rapide et décidé de ceux qui savent où ils vont, sans peur ni des serpents ni des insectes. Nous longions des champs où la canne n'avait pas encore été coupée. Perché sur ma mule, j'étais loin encore d'atteindre le haut des tiges géantes du « roseau qui donne le miel » tant prisé par les riches bourgeois de chez nous qui avaient pris l'habitude de se gaver de sucre et de rhum.

*

— *Èske ou nan renmen ak yon esklav ?* (Tu es amoureux d'une esclave ?) C'est défendu Missié. Les Noirs avec les Noires. Les Blancs avec des Blanches ! *Defandu melanj la, men gen toujou milat.* (Défendu le mélange, mais il y a quand même des mulâtres.)

Une nouvelle fois, sa propre réflexion, moitié en créole moitié en français, provoqua chez Auguste-Nilanja un accès d'hilarité. Sa bonne humeur était communicative. Je me mis à rire moi aussi.

— Occupe-toi de me conduire où je veux aller, lui fis-je sur le même ton, ce que j'ai à faire à « l'habitation » Kerouaz ne te regarde pas.

— *Fè atansyon, gen chen la !* (Fais attention, là-bas il y a des chiens !) Jamais un Nègre s'est échappé de « l'habitation » Kerouaz. Les chiens rattrapent les esclaves toujours.

— Et quand ils les ont rattrapés ? Que se passe-t-il ?

— Chiens dressés par maître pour tuer Nègres en fuite ! Plus personne s'enfuir de « l'habitation », maintenant…

Auguste-Nilanja ne rigolait plus. Peut-être avait-il peur ou avait-il été témoin de quelque horreur dont je n'avais pas encore idée ?

Le soir tombe vite sous les tropiques, nous avions marché au pas de Joséphine toute la journée. Après avoir parcouru sept ou huit lieues, nous nous apprêtions à bivouaquer sous un énorme figuier étrangleur. Sa ramure me semblait si dense qu'elle pourrait peut-être nous protéger s'il venait à pleuvoir.

En fait, la pluie était beaucoup moins dérangeante que les insectes et les bestioles de la nuit. Il faut être dans un état de grande fatigue pour parvenir à s'endormir à la belle étoile à Saint-Domingue. Ma nuit fut épouvantable !

J'avais partagé avec mon guide mes maigres provisions. Qu'un Blanc fît preuve d'une pareille générosité était pour lui au-delà de l'imaginable, Auguste-Nilanja n'en croyait pas ses yeux. En échange de mes bontés pour lui, il me mettait en garde. J'étais prévenu, j'allais arriver chez un maître planteur de canne qui n'avait pas l'air commode.

Je dois reconnaître que sans Auguste-Nilanja j'aurais été incapable de trouver mon chemin dans la confusion de ce monde végétal aussi exubérant qu'étrange et inquiétant. Il nous fallut encore cheminer une journée pleine et toute une matinée sur des pistes défoncées et ravinées au milieu d'arbres inconnus et de halliers inquiétants avant de déboucher, à l'heure de midi, en surplomb sur une sorte de balcon naturel qui dominait tout le val où était bâtie « l'habitation » Kerouaz. À perte de vue, soigneusement délimités et cultivés s'étendaient les champs de canne. La brise secouait doucement les tiges géantes et donnait à toute cette plaine une ondulation qui n'était pas sans rappeler la mer. Vu de loin et de haut, ce spectacle agreste donnait une impression de calme tranquillité autant que d'harmonie paisible.

« L'habitation » proprement dite, la demeure du maître, était une belle bâtisse plutôt massive de deux étages, couverte de pierres maçonnées et qui en imposait. D'autres bâtiments entouraient le manoir du planteur. Auguste-Nilanja connaissait les lieux : un peu en contrebas, il me montra le grand atelier de transformation de la bagasse où devaient se trouver les fourneaux et les étuves. Sur l'esplanade à gauche de la sucrerie, des attelages de bœufs faisaient tourner les moulins où était concassée et broyée la canne. Il y avait aussi un autre bâtiment en retrait, peut-être un entrepôt ou la distillerie pour le rhum.

De loin, il était bien difficile d'évaluer précisément le nombre de Nègres qui s'activaient autour des installations sucrières, mais à n'en pas douter, ils étaient nombreux, aussi nombreux que ceux qu'on devinait occupés dans les champs à couper les cannes et à les mettre en bottes. D'autres esclaves chargeaient cette précieuse récolte sur des charrettes tirées par des couples de bœufs et la ramenaient jusqu'aux moulins. Il sautait aux yeux que « l'habitation » Kerouaz respirait la prospérité et que sa richesse insolente reposait tout entière sur le travail d'esclaves nombreux et dirigés avec rigueur et autorité.

Un peu à l'écart, mais sous le regard de la grande maison du maître, il y avait l'enclos aux esclaves. Derrière une solide palissade, on avait construit des cabanes-paillotes sommaires où logeaient les Nègres. En regardant avec un peu plus d'attention, on découvrait le grand chenil où étaient enfermés les chiens chargés de s'occuper des Nègres qui auraient eu l'idée saugrenue de vouloir fuir ce petit paradis. Peut-être avaient-ils déjà perçu notre présence, on les entendait aboyer comme des furieux.

— *Ti v'là rendu ! Ou pa bezwen pè chen, yo resevwa fòmasyon pou lachas pou nèg !* (Te voilà arrivé ! Toi, tu n'as pas à avoir peur des chiens, ils sont dressés pour la chasse aux Nègres !)

Une fois de plus, Auguste-Nilanja partit d'un grand éclat de rire. Il n'y avait pourtant pas de quoi. Malgré sa vie difficile et les épreuves qu'il avait dû traverser au cours de son existence, mon Auguste semblait avoir un caractère inaltérable.

— Chez Yorubas, en Afrique, Nilanja, ça veut dire « apporte la joie », m'annonça-t-il quand il eut retrouvé son sérieux. Pour jésuites, Nilanja rire tout le temps, mais pas beau nom, nom de Nègre, Auguste mieux, beaucoup mieux ! Nom chrétien !

— Mais toi, lui demandai-je, tu préfères Auguste ou Nilanja ?

Ma question ne fit que déclencher chez lui un inextinguible fou rire qui ne tarda pas à me gagner à mon tour.

— *Se yon kesyon de blan. Pa gen okenn repons...* (C'est une question de Blanc. Il n'y a pas de réponse…), finit par me dire mon guide en tirant Joséphine par la bride pour l'engager sur le chemin qui descendait vers « l'habitation » Kerouaz.

*

— Vous visitez Saint-Domingue ? Drôle d'idée. Les marins ne s'aventurent jamais à l'intérieur des terres. Ils n'ont pas le temps, ils préfèrent rester sur la côte, là où la vie est agréable. L'intérieur de l'île leur fait peur. Les capitaines de la traite remplissent les cales de leurs navires et se dépêchent de s'en retourner à Nantes ou ailleurs pour empocher les bénéfices de la revente du sucre et du rhum.

— C'est que je ne suis pas vraiment marin, je suis médecin-chirurgien. J'ai accompagné un chargement de Nègres depuis les côtes de Guinée jusqu'au Cap-Français. Avant de repartir sur la mer, j'ai eu envie de découvrir un peu ce côté-ci de l'île. Le goût des sciences et de la nature m'a rendu curieux, j'aurais été malheureux de m'en aller sans avoir pris la mesure de vos montagnes et de vos forêts…

Contre toute attente, M. de Kerouaz était plutôt courtois. D'âge mûr, il avait gardé la minceur, les traits émaciés et l'air énergique d'un homme bien plus jeune, ses cheveux naturels étaient noués à l'arrière de la tête par un ruban comme le commandait la mode en vigueur dans les villes de la côte. Il était vêtu avec élégance et décontraction, il n'avait rien de la brute épaisse que je m'attendais à rencontrer quand j'avais frappé à la porte de sa demeure.

— Pour les Français de France, Saint-Domingue n'est qu'un foutoir à Nègres tout juste bon à leur fournir du sucre à bas prix, ainsi que du rhum et tout un tas d'autres denrées coloniales. Mais pour moi et ma famille, l'île est beaucoup plus que cela… elle nous a faits riches !

Avec autant de style que de discrétion, un Nègre portant chaussures fermées, culotte de ville et chemise de cotonnade vint poser entre nous deux une carafe de citronnade et deux verres. La maison était ombreuse et parcourue de courants d'air. Il faisait bon s'y reposer aux heures de trop grande chaleur. Dehors, le soleil cognait de toute sa force tropicale, il n'était point l'heure encore de lamper quelques rasades du rhum produit sur « l'habitation ».

Le travail sur la plantation et la sucrerie commençait avec le jour et ne s'interrompait qu'à la nuit. Tandis que M. de Kerouaz et moi échangions des amabilités, les Nègres s'éreintaient à la tâche sous la surveillance pointilleuse des commandeurs prompts à l'insulte et habiles à manier le fouet. De temps en temps l'aboiement furibond des molosses enfermés dans le chenil venait troubler la sérénité de ce bel après-midi.

— Votre plantation est immense, monsieur de Kerouaz, et elle donne l'impression d'une grande prospérité. Combien d'esclaves possédez-vous pour la cultiver et y produire du sucre et du rhum à suffisance ?

— Il en faut beaucoup ! Les planteurs ont coutume de dire que c'est l'odeur du Nègre qui fait pousser la canne.

Sa très fine plaisanterie le fit beaucoup rire et je souris par politesse. Je jouais au garçon naïf d'une curiosité sans malice. Si j'étais dans la place, je n'avais toujours pas la moindre idée de la manière dont j'allais m'y prendre pour rencontrer Maüza. M. de Kerouaz prit le temps de compter mentalement combien il pouvait avoir de Nègres à sa disposition pour le rendre si riche et si content de lui-même.

— Cent soixante-sept, sans compter les enfants qui n'ont pas encore l'âge de travailler…

— Et les vieillards, crus-je malin de compléter.

— Il n'y a pas chez moi de vieux Nègres, me rétorqua M. de Kerouaz, qui tout à coup avait l'air beaucoup moins aimable qu'au début de notre entretien. Si par hasard un Nègre parvient à vieillir chez moi, je l'émancipe. Il devient un homme libre et je n'ai plus à le nourrir. Les jésuites et l'ordre charitable des franciscains s'occupent de tous ces vieux Nègres qui sont incapables de vivre en affranchis.

Certes, M. de Kerouaz était courtois et plutôt bel homme, il n'en était pas moins une fieffée ordure.

*

Ils n'étaient que deux Blancs, le planteur et son contremaître. Pourtant, ils régnaient avec une autorité féroce sur tout le peuple noir. Tous les deux ordonnaient les travaux du jour. Il y avait, selon la saison, les parcelles à couper, à entretenir ou à replanter. Les maîtres blancs décidaient aussi de ce qu'il y aurait à faire au moulin, à la sucrerie ou à la rhumerie ; la moindre désobéissance était corrigée à coups de lanière. Compte tenu de leur prix d'achat, la pendaison n'était plus réservée qu'aux cas les plus graves de rébellion d'un ou de plusieurs esclaves. En principe, les planteurs n'avaient plus le droit de vie ou de mort sur leurs esclaves depuis plus de cinquante ans, mais ils ne tenaient aucun compte du Code noir, ils agissaient toujours au mieux de leurs intérêts. Les autorités de la colonie se gardaient bien d'aller se mêler des « affaires privées » des maîtres de la canne sur leur domaine.

La conduite de toutes les tâches sur la plantation était confiée aux commandeurs : des Nègres choisis pour leur caractère conciliant et respectueux des Blancs. Dignes de confiance, ils étaient chargés par le contremaître de faire travailler et de surveiller les autres esclaves. L'astuce était, par exemple, de désigner un commandeur ashanti pour faire travailler des Yorubas ou bien le contraire : ils ne parlaient pas la même langue et leurs deux peuples se détestaient, ils se faisaient la guerre depuis la nuit des temps. La peur autant que la haine du commandeur faisaient le reste : on pouvait être certain que le fouet ne resterait pas sagement enroulé sous le bras de celui qui était chargé de faire avancer les tâches ordonnées par le maître.

M. de Kerouaz me fit confidence d'avoir toujours pris le plus grand soin à composer son « cheptel » de travailleurs nègres. Il se vantait de maîtriser comme personne l'art de mélanger les tribus d'origine et les langues parlées par « ses » esclaves. Il avait le souci de limiter les conversations entre eux et, si possible, d'entretenir les vieilles animosités tribales du temps de l'Afrique.

— Il ne faut pas laisser se développer les amitiés entre les Nègres, me fit doctement remarquer de Kerouaz. Ils sont faux et menteurs, si on n'y prenait pas garde, ils comploteraient. Pour éviter les ennuis, il faut les isoler et les tenir serrés.

— Nous avons eu à faire face à une révolte, en mer, lui répondis-je avec candeur. Sans doute avions-nous fait preuve de négligence.

J'abondais dans son sens. Il était important d'endormir sa méfiance et de lui laisser à penser que j'approuvais sans réserve ses méthodes de butor.

Dans les cabanes-paillotes, il imposait que logeassent ensemble des familles n'usant pas du même langage, ne croyant pas aux mêmes esprits et n'ayant pas les mêmes coutumes. Il me raconta aussi n'acheter jamais des Nègres du peuple ibos venus des tribus de l'Afrique de l'ouest, car ces Nègres-là avaient une fâcheuse tendance à sombrer dans les affres de la mélancolie et à fuir leur existence misérable dans le suicide. Pire même, des femmes ibos tuaient les enfants qu'elles mettaient au monde pour leur épargner d'avoir à connaître la condition d'esclave.

— Y a-t-il plus grand péché que l'infanticide, monsieur Levrault ? Ces Nègres ne respectent pas les sentiments sacrés que suscite la maternité.

— Certes, c'est un très grand péché, fis-je en me gardant bien de lui cracher à la figure ce que m'inspiraient tous ceux qui, comme lui, bâtissaient des fortunes grâce à la traite négrière et à la pratique de l'esclavage.

À Sainte-Croix, l'année précédente, lors de ma première visite du parc où étaient enfermés les Nègres, le gros Massin m'avait servi le même genre d'arguments stupides et cyniques à propos des hommes qui tentaient de fuir dans la mort l'enfer qui s'ouvrait devant eux.

J'eus aussi une pensée émue, pleine de tristesse, pour la petite Alphonsine que j'avais aidée à venir au monde. Quel avenir serait le sien sur cette île de toutes les cruautés ? N'eût-il pas mieux valu, pour elle, ne point vivre que d'être promise sa vie durant à la servitude, à toutes les cruautés et au malheur de l'esclavage ?

Le jour était sur le déclin, le soleil étant moins ardent. M. de Kerouaz me faisait visiter « l'habitation » dont il était si fier.

Dans le soubassement, à l'arrière de la maison, une douzaine de minuscules cellules – ou plutôt de niches – étaient fermées par de lourds barreaux de fer. L'espace était à ce point réduit qu'un homme ne pouvait ni s'y tenir debout ni s'y allonger. Trois de ces cachots étaient occupés par des Nègres hagards qui s'y tenaient accroupis et enchaînés.

— On met là les Nègres au tempérament trop vindicatif, m'indiqua le planteur. Deux ou trois jours enfermés là-dedans assouplissent et rendent dociles les plus mauvais caractères.

— Et ceux-là, qu'ont-ils fait ? lui demandai-je à propos des trois Nègres enfermés.

— Ils ont refusé d'obéir et de se remettre au travail aux ordres de leur commandeur, ils sont punis. Le Nègre doit toujours être dans la crainte, sinon il se laisse aller à sa paresse naturelle !

— On peut comprendre que le cachot les terrorise, fis-je, dubitatif quant à la paresse des coupeurs de canne : ces hommes trimaient sous le soleil onze à douze heures tous les jours – sauf le dimanche – pour le plus grand profit de M. de Kerouaz.

— Je ne veux jamais plus de trois ou quatre Nègres punis à la fois. Les autres savent qu'il reste de la place pour eux s'ils ne filent pas droit. Parce que, il faut le savoir, les Nègres sont plus peureux encore que paresseux !

Là-dessus, plein de contentement de soi, il s'esclaffa bruyamment.

L'air que nous respirions était saturé de l'odeur du rhum, de celles des fermentations de la bagasse et du jus de canne, de celle aussi du roussi dans les énormes marmites en fonte où cristallisait le sucre. En circulant autour des bâtiments, mon hôte me livrait quelques-unes des méthodes les plus éprouvées qu'il employait pour imposer sa loi à une quantité de Nègres qui, s'ils s'étaient révoltés, n'auraient fait qu'une bouchée du planteur, de son contremaître, de ses commandeurs manieurs de fouet et de ses chiens féroces dressés à rattraper et à tuer les Nègres fuyards.

La nuit était tombée très vite. L'enclos des cabanes-paillotes avait été bouclé, les esclaves y étaient enfermés pour la nuit. Une bonne douzaine de molosses tueurs de Nègres, libérés de leur chenil, montaient la garde. Je devinais la menace mortelle de leur divagation hargneuse sur l'esplanade et entre les bâtiments de la plantation. De temps en temps, on les entendait rôder et aboyer autour de la maison. Hormis le maître de « l'habitation » qui avait dressé ces chiens, il aurait été dangereux de s'aventurer dehors.

De Kerouaz m'avait invité à dîner et à passer la nuit dans sa grande maison de pierres de maître planteur de canne. Je n'avais guère avancé : j'avais croisé beaucoup de Nègres, de Négresses et de négrillons, mais je n'avais pas relevé la moindre trace de Maüza. Pourtant, je la sentais toute proche.

*

— Je vis seul ici. Ma femme ne supportait plus la vie sur la plantation, elle s'en est allée habiter avec nos enfants dans notre maison de Cap-Français. Elle avait peur. Il y a eu des révoltes, ces dernières années. Des familles de planteurs ont été massacrées par leurs esclaves révoltés.

— C'est arrivé souvent ?

— C'est assez rare. Les révoltes ont toujours eu lieu chez des planteurs qui font preuve de faiblesse ou de trop de bonté avec leurs esclaves. Vous savez ce que c'est, une bonté en appelle une autre et à la fin du compte, de faiblesse en faiblesse, vous perdez tout ce qui constitue votre autorité naturelle de Blanc… de maître de la culture de la canne.

— Je ne suis pas inquiet, lui répondis-je, il ne me semble pas que l'autorité vous fasse défaut pour conduire votre plantation !

— Les Nègres ne connaissent que la force, fit-il encore avec orgueil. Les miens me craignent, ils savent que je ne fais jamais preuve de la moindre faiblesse !

Nous dînions, dans une pièce du rez-de-chaussée de la grande maison. Le domestique qui nous avait apporté des rafraîchissements l'après-midi assurait le service avec la même discrétion efficace. De Kerouaz parlait librement devant lui, comme s'il se fût agi d'un meuble. Ce n'était qu'un Nègre…

— Je connais les Nègres, ils sont couards. Je suis leur maître, ils me connaissent, ils m'appartiennent tous autant qu'ils sont, avec leurs femmes et leurs enfants, au même titre que mes bœufs ou mon plus beau cheval de race arabe. Ils ne sont rien sans moi. Je suis le seigneur de ces lieux, je peux prendre, pour une nuit ou pour autant de nuits que je veux, leurs femmes ou leurs filles pour mon seul plaisir…

Je m'étais brutalement redressé, comme sous l'effet d'un coup de fouet. Tant de cynisme m'épouvantait. Maüza était dans les griffes de ce monstre d'orgueil et de cruauté. Je devais aussi être très pâle. Mon trouble semblait ravir mon hôte.

— Vous n'oseriez tout de même pas…

— Et qui m'en empêcherait ? Un jeune chirurgien négrier parti sur les traces d'une trop belle esclave qui lui a fait battre le cœur avant de lui tourner la tête ?

J'aurais aimé faire preuve de panache dans ma réponse, mais je n'émis qu'un bredouillis de mots sans suite et sans consistance. Un autre, peut-être, se serait levé et l'aurait giflé.

— Monsieur Levrault, reprit de Kerouaz, vous êtes bien sot. Je vous ai deviné à l'instant où je vous ai ouvert ma porte. Vous ne vous êtes pas méfié quand vous avez consulté le livre des enchères du marché de Cap-Français, mais vous étiez épié. L'employé que vous avez acheté a facilement repéré ce que vous cherchiez dans son registre, il m'a fait prévenir, ce qui lui a d'ailleurs valu une belle récompense. Je n'avais plus qu'à vous attendre. Je ne risquais pas de me tromper : bien peu de gens prennent la peine de venir jusqu'ici. Je vous attendais plus tard : votre guide ne vous a pas laissé le temps de flâner en route.

J'étais à la fois déconfit d'avoir été si facilement démasqué et ridicule d'être assis en face de cet homme plein de suffisance qui se payait ma tête. J'en restais coi, mais mon cœur bondissait dans ma poitrine, j'avais enfin la certitude d'être tout près de Maüza. Le cynique de Kerouaz savait faire preuve de civilité, il emplit à nouveau nos verres de vrai vin venu de France. J'étais plein de haine envers cet homme, mais je ne savais plus ni quoi dire ni quoi faire. À ma grande honte, je le laissais pérorer et dérouler jusqu'à la nausée son incommensurable fatuité.

— Je partage avec vous le goût des belles Négresses, poursuivit-il, et je vous l'accorde, celle-ci est magnifique. Une des plus belles qu'il m'ait été donné de rencontrer. Elle méritait bien qu'on fît pour elle quelques folies : moi en l'achetant très cher, et vous, qui n'avez pas d'argent, en venant la retrouver jusqu'ici, au fin fond de cette campagne perdue.

— Je suis venu la chercher… Je vais repartir avec elle, que ça vous plaise ou non !

Mon audace ne le désarçonna pas le moins du monde, il se sentait fort. De Kerouaz avait l'habitude de plier les autres à la mesure de sa volonté, qu'ils fussent blancs ou noirs, puissants ou misérables.

— C'est une furie, j'ai dû la mater. Je dois avouer que j'y ai pris beaucoup de plaisir : j'ai l'habitude des bêtes rétives. Elle a résisté, mais je lui ai imposé ma volonté. Je dois avouer que j'ai éprouvé une grande délectation à la soumettre à mon désir. Désormais, elle me mange dans la main, monsieur Levrault. Elle est à moi, je l'ai achetée et domptée. Demain, vous repartirez sans elle sur la piste de Cap-Français.

— Vous avez usé de la force pour parvenir à vos fins… C'est indigne d'un gentilhomme. Vous êtes odieux !

— Je suis ce que vous voulez, monsieur Levrault, mais vous n'êtes pas en position de me dicter ma conduite.

Il aurait fallu que je me révolte, que je tente de prendre l'ascendant sur lui, mais j'en étais incapable. Il était trop fort. Cette morgue et ce mépris qu'il me jetait à la face m'ôtaient toute capacité de réagir. Il me dominait.

— La vie est ainsi faite, reprit-il. Il y a les forts et il y a les faibles : vous ne faites pas même illusion, vous êtes un faible, monsieur Levrault, vous manquez de caractère ! Vous manquez aussi de courage !

J'étais mortifié. De Kerouaz voulait m'humilier, me traîner plus bas que terre. Il agita la sonnette de table pour qu'on apportât la suite du dîner que nous étions en train de partager.

La porte s'ouvrit à deux battants.

Maüza, vêtue d'une longue toge de couleur vive drapée à l'africaine, s'avança tenant à deux mains un grand plat sur lequel on avait dressé avec soin une pyramide de fruits tropicaux pelés et prêts à être dégustés.

J'étais paralysé, incapable de prononcer le moindre mot. Elle était effarée, elle ne s'attendait pas à me voir en compagnie de son bourreau. La stupéfaction la figeait sur place.

Mon commensal souriait, satisfait de nous faire sentir sa toute-puissance à travers ce petit effet qu'il nous avait ménagé. C'était son triomphe, il s'en délectait. Je connaissais suffisamment Maüza pour deviner l'incompréhension et le désarroi qui la submergeaient.

Que pouvait-elle saisir des raisons de ma présence chez de Kerouaz ? Il n'y avait plus trace de fierté dans son regard, plus de cette arrogance bienveillante que j'avais tant aimée. Elle semblait absente, le monstre l'avait brisée.

Elle fit un pas hésitant en direction de la table. Elle tremblait. Soudain, sans que rien ne le laissât prévoir, elle lâcha le plat, qui tomba à terre dans un fracas assourdissant. Elle s'enfuit de la pièce en courant, hurlant sa détresse et son malheur. Ni de Kerouaz ni moi ne nous attendions à une pareille réaction. Je sentis la colère et la haine m'envahir et me dépasser. Mû par une force que je ne me connaissais pas, je bondis sur lui sans qu'il eût le temps de réagir. Surpris par mon attaque, il tomba à terre et je le rouai de coups de poing et de pied, n'épargnant pas même son visage. Il se débattait comme il pouvait et tentait d'échapper à ma fureur, mais je le saisis à la gorge : je l'aurais étranglé si dans mon délire meurtrier, je n'avais entendu la porte d'entrée se refermer avec fracas.

Les chiens ! La vision des bêtes féroces furetant autour de la maison me traversa l'esprit à la manière d'un éclair. Mes mains relâchèrent instantanément le col du maître de « l'habitation », que je serrais de toutes mes forces. De Kerouaz suffoquait. La terreur me submergea.

— Non ! Ne fais pas ça, hurlai-je en m'élançant à sa poursuite.

Déjà on entendait la sarabande infernale des chiens tueurs de Nègres lâchés autour de la grande maison de pierres, acharnés à poursuivre dans la nuit et à dévorer une proie inespérée.

C'était folie que de quitter la protection des murs épais du logis du maître planteur. C'était folie, ou plutôt volonté d'en finir avec toute l'absurdité de cette existence soumise à la barbarie.

La lune était montante, des nuages bas masquaient les étoiles, mais par instants, il faisait assez clair pour se diriger. Je percevais la furia des aboiements et des grognements féroces des molosses meurtriers se disputant à coups de crocs la préséance pour mordre et déchiqueter ce corps offert à leur instinct sanguinaire de chasseurs. Je ne parcourus guère plus d'une trentaine de toises pour arriver jusqu'à la sucrerie et à un gros tas de déchets de canne destiné à alimenter les feux sous les grandes marmites à sucre : c'était le lieu du massacre.

Là m'attendait l'horreur. À peine visible sous la confusion des bêtes ivres de meurtre, Maïza gisait à terre. La meute furieuse des chiens aux mufles sanglants finissait de la démembrer, sans doute était-elle déjà morte quand je la retrouvai.

*

Les chiens-monstres n'avaient pas leur content de meurtre et de sang. Malgré la terreur qu'ils m'inspiraient, il me fallait faire face. Je parvins à me saisir d'une fourche oubliée sur le monticule des résidus de canne. Adossé au mur de la sucrerie, je livrai un combat désespéré contre une partie de ces fauves rendus fous par le goût et l'odeur du sang. Les molosses avaient abandonné le corps de Maüza. Je n'étais pas de taille à résister bien longtemps, mais je luttais avec l'énergie du désespoir. Je parvins à planter ma fourche dans le poitrail du chien le plus téméraire, tandis qu'un autre me mordait cruellement à la cuisse et qu'un autre encore s'était saisi d'un de mes poignets. J'allais sombrer, je saignais abondamment, je savais que le prochain assaut des molosses me précipiterait à terre et que c'en serait terminé. Comme Maüza, j'allais mourir déchiré par les crocs de ces bêtes ensauvagées, féroces et avides de massacre.

Mais il n'y eut pas d'assaut, les bêtes refluèrent. M. de Kerouaz, fouet en main, se tenait là devant moi, visage tuméfié et ensanglanté, en train de calmer la folie de ses chiens-tueurs.

Pourquoi avait-il décidé de m'épargner ? Fut-il brièvement la proie du remords d'avoir provoqué la mort de Maüza ? Ou bien eut-il peur de devoir répondre de l'assassinat d'un Blanc ayant rang d'officier dans la marine de commerce ? Je n'en sais rien. Toujours est-il qu'il parvint à retenir ses fauves : malgré leur fureur exacerbée, ils ne me mirent pas en pièces.

Avec lui il y avait Auguste-Nilanja, mon Auguste, celui qui, armé de son seul rire, m'avait guidé jusqu'à cette terre de malheur. Ce que j'avais connu et vécu de plus beau, de plus élevé depuis que j'avais vu le jour venait de disparaître dans l'accès de folie furieuse d'une meute de chiens dressés pour tuer. Je ne devais la vie qu'au maître-bourreau ordonnateur de cette immonde tragédie.

Avec Auguste-Nilanja et M. de Kerouaz était arrivé aussi ce domestique nègre si discret et si prompt à satisfaire le moindre des désirs de son maître. Ce fut lui qui transporta à l'intérieur de la maison la dépouille déchiquetée et sanglante de Maüza. Toute démantelée et inerte qu'elle était, il la serrait contre lui avec ce qui ressemblait à de la tendresse.

Dévasté de chagrin, je suivis Maüza appuyé sur Auguste-Nilanja. Pour une fois, mon guide ne riait pas. Il aurait pu, je ne lui en aurais pas voulu. Le rire était sa façon de répondre à l'incohérence du monde et de sa propre existence. La vie mérite bien parfois qu'on se moque d'elle et qu'on oppose à ses grimaces les plus sordides d'irrésistibles éclats de rire.

De Kerouaz fermait la marche de notre sinistre cortège. Prudent, il marchait à reculons et surveillait ses bêtes, qu'il avait su rendre sauvages. Elles avaient très bien rempli leur office, mais il ne semblait plus très sûr de les dominer.

Dans la nuit, l'abri de la demeure du maître esclavagiste brillait de ses fenêtres éclairées. Mes blessures saignaient abondamment, je n'avais plus la force d'être en colère, peut-être même plus celle de me soigner. En traversant le hall de « l'habitation », Maüza et moi laissions derrière nous une traînée de sang : c'était comme une protestation, un cri de rage et de désespoir à la face de ce monde du mépris et de la honte qui nous avaient séparés à tout jamais.

J'étais vivant. Maüza était morte, et moi j'étais vivant.

Hiver 1760 – À l'hôpital Saint-Jean de Crécy-Couvé

— Monsieur, Monsieur ! Vous allez devoir sortir de votre armoire votre plus bel habit et je vais me dépêcher de cirer vos chaussures.

— Ne vois-tu pas que tu me déranges ? Je suis en train de raconter par écrit des événements très intimes et infiniment douloureux de ma vie, et voilà que tu entres chez moi en criant à tue-tête !

— Pardonnez-moi, Monsieur. C'est que ce soir, vous êtes invité par monsieur le duc en personne ! C'est un grand événement.

Jacquet jubile. Moi, je suis très ennuyé : je n'ai pas envie de faire des ronds de jambe devant notre duc et de perdre mon temps en vaines mondanités. Mais, d'un autre côté, je ne peux pas me permettre de bouder l'invitation de celui qui m'assure le gîte et le couvert.

— Monsieur le duc a fait venir une troupe de comédiens depuis Paris. Ils vont donner leur spectacle sur la scène du petit théâtre du château. Ils sont là, je les ai vus. Ils ont déjà fait une répétition, j'y ai assisté depuis la coulisse et je suis sûr que vous ne devinerez jamais le titre de la pièce.

— Je n'en ai pas la moindre idée, et je m'en contrefiche.

— Vous avez tort ! C'est M. de Marivaux qui l'a écrite il y a plus de vingt années de ça, elle a pour titre *L'Île des esclaves*.

— Encore un de ces divertissements pour la bande de foutriquets qui vivent aux crochets du duc. Ils ne s'intéressent qu'à ce qui se passe autour de leur nombril. Que peuvent bien leur importer l'esclavage et les esclaves ?

Ces gens-là m'agacent et m'ennuient. Il me coûte beaucoup de gâcher cette soirée en leur compagnie. Je pourrais consacrer tout ce temps à avancer le travail de l'écriture du récit de ma vie.

— Ne vous faites pas plus ours mal léché que vous êtes. Monsieur le duc prend beaucoup d'intérêt à ce qui se joue sur les théâtres. Le théâtre ne raconte pas la vraie vie vécue comme vous le faites, il invite à réfléchir, à mettre de l'ordre dans le désordre des idées…

— Tudieu ! D'où sors-tu tout ce dont tu es en train de m'étourdir ?

— De ce que vous écrivez, Monsieur, que je lis avec le plus grand soin, et aussi de cette pièce dont je suis les répétitions depuis la coulisse quand vous m'en laissez le temps. Je la trouve fort instructive quant à la frivolité de certains maîtres et au mépris qu'ils réservent à leurs domestiques. Vous allez vous régaler, Monsieur, parce que la pièce dit mille choses intelligentes qui vous tiennent à cœur et parce que la jeune actrice qui joue Euphrosine est à ravir. Rien qu'à la regarder, un homme de votre condition peut se sentir heureux.

Jacquet n'a toujours pas compris que ce qu'on appelle communément « le bonheur » ne m'intéresse plus depuis longtemps. Quoi qu'il en soit, je n'ai pas le choix, il va me falloir passer une chemise propre et le pourpoint que je ne sors que pour les grandes occasions. Je m'en vais aller faire des ronds de jambe devant tous ces messieurs de la petite cour du duc, leur faire des sourires et leur débiter de ces amabilités insipides qui sont le fond de leur conversation.

— Il ne faut pas que cette pièce de théâtre soit trop subtile, la cour de monsieur le duc risquerait de passer à côté et de n'y rien comprendre ou, pire encore, de la comprendre de travers.

— Monsieur, après la pièce on donnera à souper : je vous en prie, essayez d'être courtois, n'allez pas vous attirer des ennuis par une trop grande franchise vis-à-vis des autres invités.

— C'est promis, monsieur mon valet, je serai futile et inconséquent à souhait comme un véritable aristocrate.

— J'oubliais le plus important ! Il faut que vous ayez connaissance de ce qui se murmure partout au château, depuis les cuisines en passant par les antichambres et jusqu'au plus profond des écuries : en vérité, la belle Euphrosine qui fait tourner la tête de tous les hommes serait la maîtresse de monsieur le duc. Ce ne serait que pour cette raison qu'il a fait venir cette troupe de comédiens depuis Paris jusqu'à sa campagne de Crécy.

— Et que veux-tu que ça me fasse, que monsieur le duc trompe sa duchesse de femme, qu'il ait ou non une maîtresse et qu'il l'emmène ici, au château où il est chez lui, pour goûter le plaisir de passer quelques jours avec elle ?

— Ne vous fâchez pas, Monsieur. Je voulais juste vous distraire d'une futilité qui amuse tout le monde. C'est d'autant plus drôle que monsieur le duc va supporter d'entendre Arlequin et Trivelin moquer les aristocrates sur le théâtre pour avoir près de lui sa jolie maîtresse. En d'autres temps, il les aurait fait bastonner pour leur insolence !

— Je ne suis pas d'humeur à goûter ce genre de drôlerie. Je suis sans cesse interrompu dans mon travail : quand ce n'est pas les fièvres ramenées d'Afrique, ce sont des mondanités dont je n'ai que faire qui brisent mon élan.

— Vous êtes le plus bougon des maîtres bougons ! Il n'est pas agréable tous les jours d'être votre domestique.

— Tu n'es pas un domestique : tu es Jacquet, tu as un nom, et même quand tu dis des choses sans intérêt, je t'écoute et parfois je te réponds. Il arrive même que nous nous disputions et que nous nous quittions fâchés l'un de l'autre. Un domestique n'a pas de nom, tout juste un sobriquet, son maître ne lui prête pas plus d'attention qu'au fauteuil sur lequel il pose son gros derrière en s'entretenant de choses intimes ou indiscrètes avec ses pairs !

— Monsieur, vous me le cachez, mais je jurerais que vous connaissez déjà *L'Île des esclaves*, la pièce de M. de Marivaux !

— Non, Jacquet, je puis t'assurer que je ne l'ai jamais vue jouer ni même lue. Je n'ai d'ailleurs jamais rien lu de ce qu'écrit ce monsieur.

Jacquet sort de ma chambre ; il a emporté mes meilleurs souliers pour les cirer. Il veut que je sois présentable ce soir.

En attendant de passer mon vêtement de courtisan, je reprends le fil interrompu du récit de mon « Grand Voyage ».

XII – Février 1743 – mars 1744

Partir, revenir et tenter d'oublier

Les chiens-fauves restèrent dans leur fureur. En cette nuit funeste, ils furent privés d'un second meurtre. On ne me jeta pas dehors. Après tout, c'eût été de bonne guerre. M. de Kerouaz avait, chez lui, tous les droits, même celui de me faire dévorer par ses cerbères.

J'ai survécu à cette nuit d'épouvante. Pourquoi ne me suis-je pas laissé aller dans le néant de la mort aux côtés de Maüza ? Pourquoi un mystérieux sursaut d'énergie vitale me commanda-t-il d'arrêter le flux de sang qui s'écoulait des morsures qui m'avaient déchiré ? Pourquoi ai-je commandé avec autorité qu'on nettoyât mes plaies avec du rhum ? Pourquoi de Kerouaz lui-même m'obéit-il quand je lui ordonnai de déchirer des draps et faire de la charpie pour étancher mes blessures ? Par quel miracle insensé Auguste-Nilanja parvint-il, assisté de mon conseil, à suturer avec du fil et une aiguille les plus béantes de mes plaies ? Et pour quelles raisons l'infection, si prompte à gâter, à nécroser toutes les chairs à vif sous ces climats, ne triompha pas de ma carcasse malmenée et percluse de souffrance ? Je n'en sais rien. C'est un mystère que je n'ai jamais éclairci. Il était sans doute écrit quelque part que l'heure n'était pas venue, pour moi, de quitter ce monde.

Après qu'on eut disposé et serré très fort des pansements sur mes plaies pour en contenir les saignements, je lâchai prise et cessai de lutter. Les douleurs qui vrillaient mes membres blessés étaient au-delà de l'imaginable. Je sombrai dans un sommeil halluciné, en proie à la terreur des cauchemars et à tous les monstres de la nuit réveillés par la fièvre qui me terrassait. Je restai ainsi, suspendu entre le monde des vivants et celui vertigineux de la mort, oscillant tantôt vers l'un, tantôt vers l'autre, incapable de reprendre possession d'un peu de lucidité et de volonté.

On m'avait transporté dans une chambre reculée de la grande maison de pierres. Là, je pouvais geindre de mes douleurs et attendre le trépas sans déranger personne. Tout le temps que dura mon errance aux frontières de la vie, Auguste-Nilanja, le Nègre-éclat-de-rire, veilla sur moi avec l'attention d'une mère soutenant de son amour son enfant malade pour qu'il vive. Sans doute lui dois-je d'avoir survécu à toute cette monstruosité.

Je restai en proie au délire durant près d'une semaine, puis, lentement, le cours tragique des événements récents revint occuper ma conscience. Sans arrêt, je venais buter sur la mort de Maüza. Je la revoyais déchirée par les crocs des chiens, son jeune corps si frêle et délicat se vidant de son sang par toutes les plaies vives ouvertes dans sa chair.

La haine que m'inspirait de Kerouaz me tenait éveillé. J'étais épuisé et dans un état de faiblesse que je n'avais jamais connu. La fièvre m'assiégeait encore, mais elle se faisait moins virulente. Parler m'était toujours difficile, mais je ne pouvais, malgré moi, empêcher mes yeux de verser des torrents de larmes.

*

Bientôt, je pus faire quelques pas, appuyé sur le bras noueux et solide d'Auguste-Nilanja. Je chancelais, j'étais hagard et décharné, mais il était hors de question, pour moi, d'attendre ma guérison complète chez M. de Kerouaz. J'étouffais de honte et de colère. J'avais hâte de quitter ces lieux de toutes les malédictions : rester l'hôte de cette maison me faisait horreur. Après tous ces jours de fièvre hallucinée, ma colère ressurgissait intacte. Intacte, mais impuissante. Il fallait partir.

Mes plaies en train de cicatriser me faisaient cruellement souffrir. À chacun de mes mouvements, je ressentais de terribles élancements de douleur qui irradiaient par tout mon être et m'arrachaient plaintes et grimaces. Ce fut sans doute à ce prix qu'il me fut possible de surmonter le chagrin causé par le supplice et la mort épouvantable de Maüza. Ma fascinante Africaine, si fière de regard, si troublante de beauté, occupait encore toute ma conscience. Il m'était impossible de penser à autre chose et d'en distraire mon esprit.

— Monsieur Simon, plus fragile qu'un vieillard ! Pas prêt s'asseoir sur dos de mule Joséphine.

Sa réflexion tira à Auguste-Nilanja un bon gros éclat de rire qui valait bien toutes les médecines et les drogues que, de toute façon, je n'avais pas sous la main pour endormir mes maux et les rendre supportables. Je parvins à adresser un timide sourire à mon guide. Je voulais qu'il sache combien je lui étais reconnaissant de s'occuper de moi avec tant de sollicitude.

— Je n'ai plus rien à faire dans cette maison, Auguste. D'ailleurs, je n'aurais jamais dû venir jusqu'ici ! Il va bien falloir que je tienne assis sur le dos de ma mule, même si c'est difficile : je veux retourner à Cap-Français, m'embarquer pour m'en retourner chez moi, à Nantes.

— *Pa retounen kote nou soti ! Pa gen moun ki ap tann pou nou la...* (Il ne faut pas retourner d'où on vient ! Plus personne ne nous attend là-bas...)

— Au moins, je n'y serai pas entouré de fous furieux qui donnent à manger du Nègre à leurs chiens.

— *Rete isit la, lavi se dous pou blan yo nan Santo Domingo.* (Reste ici, la vie est douce pour les Blancs à Saint-Domingue.) Le Bondieu aucune pitié pour les Nègres. Bondieu des Blancs mettre malheur des Nègres dans l'envers bonheur des Blancs.

Auguste-Nilanja ne disposait que peu de mots et sa manière de tourner les phrases était maladroite et enfantine, mais sa parole n'en était pas moins forte et toujours juste. Il me répugnait de rester ici, dans « l'envers du malheur des Noirs ».

— Mon passage sur l'île de Saint-Domingue m'a rendu plus malheureux encore que mon séjour sur la côte de Guinée. Je suis pressé de m'en aller et d'oublier tout ce « Grand Voyage ».

— *Ou pap janm bliye anyen.* (Tu n'oublieras jamais rien.)

— Il faudra bien oublier. Je ne pourrai jamais vivre en continuant à porter le poids de tous ces souvenirs…

C'était une habitude, Auguste-Nilanja mit un terme à cet échange en partant d'un tonitruant éclat de rire. Comme chaque fois qu'il s'esclaffait, j'hésitai à le suivre et à rire ou même à sourire avec lui. Je me suis souvent demandé si quelque sorcier d'Afrique ne lui avait pas, jadis, enseigné l'art de lire dans la pensée d'autrui, et dans la mienne en particulier. Peut-être avait-il déjà deviné ce que serait la suite de ma vie ?

*

— Ainsi, vous vouliez me quitter sans même me saluer. Vous manquez gravement aux usages, monsieur le médecin Levrault !

— N'attendez pas que je vous remercie de m'avoir hébergé. Vous ne méritez pas mon au revoir, vous êtes un abominable criminel, monsieur.

— Comme vous y allez ! J'aurais pu vous livrer en pâture à mes chiens, mais il ne convient pas qu'un Blanc renégat partage le même sort qu'un Nègre fuyard.

Auguste-Nilanja m'avait aidé à m'asseoir sur le dos de ma Joséphine. Malgré la chaleur de cette fin de matinée, je grelottais. Patiente et sans malice, ma mule attendait, tenue à la bride par mon guide fidèle, au pied du perron de la grande maison de pierres. De Kerouaz, tout en arrogance aristocratique et en fierté vénéneuse, fouet roulé en boucle sous le bras, me crachait une dernière fois son mépris en pleine figure.

— Qui de nous deux a le plus de crimes sur la conscience ? Moi qui fais respecter l'ordre et la loi sur mes terres, ou vous qui avez accompagné jusqu'à Saint-Domingue le transport de tous ces Nègres arrachés par la force à leurs tribus depuis l'autre côté de la mer ?

Je n'avais pas l'intention de répondre, mais il savait qu'il me touchait au plus sensible.

— Ne vous croyez pas meilleur que vous êtes, reprit le bourreau de Maüza, vous ne valez pas plus cher que moi, monsieur Levrault. Vous n'êtes qu'un négrier honteux.

Pour parachever sa diatribe et bien me l'enfoncer dans le crâne, il fit violemment claquer son fouet aux oreilles de ma Joséphine. La pauvre bête, apeurée, réagit brutalement, elle fit un écart et partit au triple galop. J'étais pris de faiblesse et incapable de la maîtriser. Auguste-Nilanja eut toutes les peines du monde à nous rattraper avant la sortie du val et à calmer ma monture emballée. Dans l'état de décrépitude et de souffrance où j'étais, cette cavalcade désordonnée fut une vraie torture. De toutes ses blessures, mon corps démantelé implorait grâce.

Quand Joséphine eut dépassé sa peur et retrouvé sa placidité naturelle, je me laissai aller à somnoler un peu, effondré sur son encolure. Mon fidèle Nègre-éclat-de-rire la menait par la bride. Il allait d'un bon pas, pieds nus, sans souci du soleil impitoyable et de toutes les bestioles qui infestaient les chemins sur lesquels nous avancions. La fièvre à nouveau me houspillait.

Ce retour vers Cap-Français, dans l'état où je me trouvais, était une vraie folie, jamais je n'aurais dû m'engager sur les calamiteux chemins de Saint-Domingue. J'étais en proie à des hallucinations : il me semblait percevoir les aboiements et la traque des chiens lâchés pour la chasse aux Nègres. Les molosses assoiffés de sang et de meurtres nous poursuivaient. J'entendais les claquements des fouets et les appels des chasseurs à nos trousses, mais ce n'étaient qu'illusions morbides. Mon imagination surchauffée de fièvre réveillait les terreurs de la nuit maudite de la mort de Maüza. Mon départ de « l'habitation » Kerouaz avait été si brutal que je n'avais pas même eu le temps d'aller me recueillir un moment sur sa tombe.

Ma petite Africaine avait été enterrée en toute discrétion dans le cimetière des esclaves derrière la rhumerie, loin de la grande maison du maître.

— Nous, faire trou bien profond. Bêtes sauvages et chiens pas sortir elle de la terre, m'avait dit Auguste. *Li ka kòmanse gwo vwayaj li tounen nan Afrik-Gine avèk lespri zansèt yo.* (Elle pourra commencer son grand voyage de retour vers l'Afrique-Guinée accompagnée par les esprits des ancêtres.)

Bien sûr, il avait ponctué son propos d'un éclat de rire. Un rire triste et désabusé. Un rire qui n'était pour lui qu'une des mille et une manières de dire le chagrin.

Ensuite, je ne sais plus. Je me suis réveillé dans une case-paillote, seul, recroquevillé sur un lit d'herbes sèches. Des enfants jouaient dehors, des hommes et des femmes parlaient fort et riaient. J'étais si faible que je ne parvins pas à m'asseoir ni à appeler. J'étais dévoré de soif. Il faisait jour, le soleil filtrait à travers les entrelacs de branchages du semblant de murs de la cabane, il projetait sur le sol des ombres inquiétantes. Une cruche d'eau et une louche étaient posées par terre non loin de moi. De gros lézards verts couraient sur les murs et au plafond. Ma chemise n'était plus que guenilles, mes culottes étaient souillées, une barbe drue me mangeait le visage. Au prix d'un effort démesuré, je parvins à m'approcher et à boire à longs traits avant de retomber dans cette léthargie pâteuse d'où je ne parvenais pas à m'extraire. Je m'enfonçai à nouveau dans un sommeil plein d'angoisses et de cauchemars.

Il faisait encore jour quand je m'éveillais à nouveau, mais le soleil ne jouait plus à m'effrayer en dessinant des monstres fantastiques par terre. On devait être le soir. J'allais mieux, je parvenais à peu près à rassembler mes idées. Assis sur ses talons, Auguste-Nilanja me regardait. Il mangeait avec lenteur. Comme les esclaves sur la *Marie-Amélie*, il triturait une boulette de nourriture au fond de son écuelle avant de la porter à sa bouche. J'étais chez lui.

— Fièvre d'Afrique ! Toi devrais être mort depuis longtemps, mais toi encore vivant, finit-il par me dire en hochant la tête.

Pareille constatation ne pouvait mettre qu'en joie mon guide. Il me tendit son écuelle sans plus de façon.

— *Ou dwe manje pou jwenn kèk fòs.* (Il faut que tu manges pour reprendre des forces.)

Je tentai donc de modeler une boulette de purée d'igname mélangée de gruau d'avoine au fond de l'écuelle, mais j'avais jusque-là toujours usé de couverts pour manger. Je manquai d'habileté et je ne parvins à porter à ma bouche que des bribes de nourriture. Il n'en fallait pas tant pour provoquer l'hilarité de mon guide.

— *Ou se sèlman yon blan, san yo pa nèg la ou pa ta menm jere yo manje pou kont li !* (Tu n'es qu'un Blanc, sans les Nègres tu n'arriverais même pas à manger tout seul !)

Je ris. J'avais faim, je mangeais avec appétit les boulettes qu'il me modelait avec grande application. J'étais resté des jours entiers sans me nourrir, mes muscles avaient fondu, je ne me sentais plus que faiblesse. Le repas était frugal, mais mon joyeux sauveur le partagea avec moi. Je ne fus pas sans remarquer qu'il prenait soin de pousser vers moi les plus grosses bouchées qu'il modelait et qu'il gardait pour lui les plus petites.

Ensuite, usant du créole et de son français si particulier, mon guide me raconta l'épopée de notre retour à Cap-Français. J'avais commencé à être pris de terribles tremblements de fièvre, perché sur le dos de ma mule Joséphine, et à délirer. Pour ne pas que je chute de ma monture, Auguste-Nilanja avait pris le parti de me coucher en travers de la selle et de m'y attacher. Puis, à marche forcée, sans rien manger, il m'avait ramené jusqu'à cette case-paillote de Cap-Français, dans le quartier où étaient confinés toute la misère et le dénuement des Nègres affranchis et des mulâtres nés libres.

D'après ce qu'il m'en décrivait, j'étais, à mon tour, atteint de cette fièvre féroce qui avait tué plusieurs marins de la *Marie-Amélie*. La maladie moissonnait régulièrement les Blancs sur les côtes de Guinée ou sur les bateaux durant les grandes traversées, et même longtemps après le retour en France de ceux qui en étaient les victimes. C'était la première fois que je subissais une attaque de cette fichue maladie. J'allais en connaître beaucoup d'autres. Ce n'est pas faute d'avoir essayé depuis cette première crise, mais elle n'a pas encore réussi à me tuer.

J'appris aussi que le vodou avait traversé la mer en passager clandestin. Les Nègres de Guinée l'avaient emporté sur les navires où ils étaient enchaînés. Ils l'avaient transporté caché au fond de leur mémoire, puis replanté et cultivé avec amour sur sa nouvelle terre des Antilles. Les jésuites en étaient ulcérés. À Saint-Domingue, le vieux culte venu des forêts profondes de l'Afrique avait rajeuni et repris toute sa place dans le cœur et l'âme des esclaves. Les dieux nègres étaient moins jaloux que le nôtre, ils faisaient maintenant bon ménage avec la divine trinité et le panthéon de tous les saints honorés par les chrétiens. Une prêtresse de nègrerie, toute vieille et ridée, avait amené jusqu'à moi Sakpata, le dieu fameux qui décide de la vie ou de la mort et règne sur la santé des hommes. Elle avait aussi demandé à notre Balthazar, le roi mage nègre, de venir me visiter. Lui aussi avait très bonne réputation pour lutter contre les fièvres ramenées d'Afrique. Je dois peut-être à cette étrange conjonction de sorcellerie et de prières d'être encore en vie.

Ce défilé de gens importants, mais invisibles, dans sa case misérable avait beaucoup plu à l'ami Auguste. Lui croyait à la compétence et à la puissance des esprits, il n'avait jamais douté que la prêtresse me tirerait d'affaire avec ses prières, sa magie, ses fumigations et ses remèdes de bonne femme édentée.

— *Si lanmò pa t 'vle ou, li nan paske ou toujou gen bagay sa yo fè nan kay la.* (Si la mort n'a pas voulu de toi, c'est que tu as encore des choses à faire chez les vivants.)

— Bien sûr, mon ami ! Il faut que je retrouve mon bateau pour retourner jusqu'en France. Je te l'ai déjà dit, je veux oublier, chasser tous ces cauchemars, reprendre ma vie d'avant cette idiotie d'aller m'embarquer pour l'Afrique.

Le fait vaut d'être noté, mon Nègre-éclat-de-rire ne rit pas. Il prit même un air très sérieux pour me poser cette question en créole :

— *Ou pa konnen siyifikasyon Maüza prénon nan lang Ashawas la ?* (Tu ne connais pas la signification du prénom Maüza dans la langue des Ashawas ?)

— Je n'en sais rien. Je n'ai jamais parlé la langue des Ashawas, ni celle des Amangos ni aucune des autres langues d'Afrique.

— Maüza, ça veut dire « source-de-la-vie »…

*

C'était comme si le destin avait pris un malin plaisir à se moquer de moi. « Source-de-la-vie » était anéantie, effacée du monde des vivants. À moins qu'elle ne fût encore bien présente à la vie, mais transformée en une inépuisable « source-du-chagrin ». Chez les peuples de Guinée, la séparation entre le monde des vivants et celui des morts est beaucoup moins tranchée que chez nous. Les esprits des défunts se mêlent sans cesse d'intervenir dans la suite des jours des hommes et des femmes de la tribu. Pour eux, « source-de-la-vie » pouvait continuer de ruisseler parmi nous, bien qu'elle fût enfouie sous la terre de tous les malheurs de « l'habitation » Kerouaz.

Il faisait nuit, Auguste-Nilanja avait allumé une petite lampe à huile en terre cuite, je le distinguais à peine dans l'ombre. Assis à même le sol devant sa case, il fumait du tabac dans une courte pipe en terre. Peut-être rêvait-il de cette autre vie qu'il avait connue en Afrique-Guinée ? Ni lui ni moi n'avions plus envie de parler.

Je m'allongeais sur le lit d'herbes sèches où, des jours durant, j'avais lutté contre la fièvre. Plus tard, mon hôte vint se recroqueviller par terre. Il s'endormit très vite, la tête posée sur son bras replié. Les autres cases aussi semblaient s'être endormies. Je gardais les yeux grands ouverts sur la nuit de mon âme. J'étais seul en ce monde avec le fantôme de Maüza-source-de-la-vie. Je n'aurais pas été étonné de la voir entrer, sans un mot venir s'allonger à côté de moi et me commander de l'aimer enfin.

Le sommeil me fuyait. Je me levai, en prenant garde de ne pas réveiller mon hôte. On y voyait suffisamment pour déambuler entre les cases-paillotes du village misérable. De temps à autre, un chien aboyait, un enfant pleurait et des soupirs d'amour troublaient le silence de la nuit caraïbe. J'arrivai devant une case où brillait une lampe à huile.

— *Vini non, mwen ap tann pou ou. Ou te long nan ap vini an.* (Entre, je t'attends. Tu as été long à venir.)

J'entrai. Je ne l'avais jamais vue, mais je sus que c'était elle. Tout édentée, avec sa face de vieille pomme ridée, la prêtresse des nègreries était assise à même le sol. Un petit brasero de terre cuite rougeoyait devant elle. Des gris-gris et des fétiches de toutes sortes étaient accrochés sur les parois de branches entrelacées de la case. La lampe qui avait attiré mon attention était posée sur un autel minuscule où trônait une statuette de la Vierge entourée d'une dizaine de masques symboliques représentant les divinités du vodou.

— *Chita.* (Assieds-toi.)

J'obéis. Nous restâmes longtemps assis l'un en face de l'autre sans rien nous dire. Les Nègres savent attendre. Au contraire de nous autres Blancs, ils sont capables de dominer leur impatience : le temps qui passe est très important dans le culte vodou, le bousculer pour une raison ou pour une autre est une faute grave. Les ancêtres et les divinités risqueraient d'en être dérangés, ce sont des puissances occultes qu'il faut toujours bien prendre garde à ne pas fâcher. C'est une forme de sagesse qui nous est étrangère, les Nègres savent que le temps ne nous appartient pas : il est indomptable, il doit suivre son cours et couler sans entrave.

Enfin, « vieille pomme ridée » jeta le contenu d'un petit sachet d'herbes et de feuilles séchées sur le brasero. Une fumée à l'odeur un peu âcre envahit la case. Je fus secoué par une quinte de toux.

— Pas pouvoir lire ton avenir, me dit-elle avec une pointe de tristesse dans la voix. *Lespri ou twò konplike. Ak zansèt ou yo bèbè.* (Ton esprit est bien trop compliqué. Et tes ancêtres sont muets.)

Pour la prêtresse, la mort pouvait bien faire son intéressante, elle n'empêchait jamais la vie d'aller de l'un à l'autre avec tout son pouvoir et toute sa force.

La vieille femme connaissait le cheminement compliqué des âmes dans le monde des défunts. J'ai toujours pensé que la divination n'était qu'une vaste blague, mais je percevais chez la maîtresse des nègreries un réel chagrin à ne pas pouvoir m'aider. Aussi, quand elle me fit agenouiller devant elle et qu'elle posa avec douceur ses deux mains sur mon crâne en marmonnant une vieille mélopée venue du fond des âges obscurs de l'Afrique, je fermai les yeux, convaincu qu'un peu de la magie et des esprits du monde nègre passaient en moi.

*

Mes vêtements étaient dans un tel état que je me résolus à enfiler une tunique et un pantalon de Nègre tenu à la taille par une tresse de lianes. Je m'étais coiffé d'un chapeau de paille de coupeur de canne, j'avais dit adieu à Joséphine, ma douce mule, ainsi qu'à l'ami Auguste. Nous étions tombés dans les bras l'un de l'autre, j'avais les larmes aux yeux de le quitter avec la certitude de ne jamais le revoir. Lui riait de bon cœur, il préférait ne rien dire, mais je devinais qu'il était aussi très ému. Je partais. Jamais je ne reviendrai à Saint-Domingue.

Comme le père Chabrier que j'avais laissé en Guinée, je savais que mon sauveur, le Nègre-éclat-de-rire, prendrait une place particulière dans mon souvenir pour toute la suite des jours qu'il me restait à vivre. Auguste-Nilanja avait raison, il valait mieux rire et rire encore que de sombrer dans le pathétique.

J'étais content de quitter les rues cases-nègres et Saint-Domingue, mais dans le même temps, mon cœur et mon âme débordaient de tristesse. Je laissais Maüza derrière moi. J'emporterais jusqu'à Nantes ma peine et toute ma nostalgie de cet amour anéanti avant d'avoir fleuri. Par moments, le regret en était si douloureux que je devais me cacher pour pleurer et tenter d'apaiser mon chagrin.

Il ne servait à rien de prolonger ces adieux, il était plus que temps de m'en aller. À grands pas, sans me retourner, j'étais parti vers le port retrouver la *Marie-Amélie*, son capitaine et son équipage. Je rentrais chez moi bien que l'idée de ce chez-moi fût plutôt vague et inconsistante. Je voulais surtout en finir une bonne fois pour toutes avec le monde sordide de la traite négrière et avec la férocité inouïe de l'esclavage.

Mais sur le quai, je dus faire face à une terrible déconvenue. Une catastrophe que je n'avais pas même imaginée.

J'avais beau écarquiller les yeux, interroger la mer et chercher de tous les côtés, la *Marie-Amélie* n'était ni à quai, ni dans l'avant-port à tirer sur son ancre, ni sur le chantier de radoub où je l'avais vue pour la dernière fois, couchée sur le flanc pour son grand carénage. C'était… Je ne savais plus quand, mais avant de partir à la recherche de « Maüza-source-de-la-vie ». Je me précipitai au bureau de la douane où nous avions été reçus avec Duplessis lors de notre arrivée à Cap-Français.

— La *Marie-Amélie* fait route vers Nantes depuis une semaine, me répondit-on. Deux autres matelots de l'équipage ne se sont pas présentés au jour et à l'heure de l'appareillage.

— C'est impossible ! Je suis le chirurgien du bord, ils n'ont pas pu partir sans moi ! Ils n'ont pas pu m'abandonner ici… Ils n'avaient pas le droit…

— Votre capitaine a annoncé son départ deux jours pleins avant de lever l'ancre comme il en a l'obligation, me répondit le bureaucrate. Vous n'étiez pas présent à l'heure du départ, tant pis pour vous ! Vos deux malles ont été débarquées. Elles vous attendent au bureau de l'octroi.

Le ciel me tombait sur la tête. Jamais je n'avais pensé qu'on pût m'abandonner, qu'on pût partir et me laisser sur cette île, au cœur du malheur.

— Le capitaine Duplessis n'a rien laissé pour moi, un courrier, de l'argent ? L'armement Trottignon & Lecourbe me doit plus d'une année de salaire…

— Vous réglerez ça à votre retour à Nantes avec vos armateurs, me répondit l'employé de la douane. S'il fallait que nous prenions en charge tous les marins qui oublient de rentrer chez eux, on n'en aurait pas fini…

— Mais comment voulez-vous que je rentre à Nantes ?

— Comme vous pourrez ! Les bateaux qui repartent en France ont tous besoin de compléter leur équipage. Ils sont toujours à la recherche de matelots qui connaissent bien le métier. Mais sur la route du retour, les médecins et les chirurgiens ne servent plus à rien… et tel que je vous vois, vous n'avez plus l'âge de faire le mousse.

J'étais abattu. Pas un instant, je n'avais envisagé pareille épreuve. Duplessis devait être assez content de s'être débarrassé de moi, et l'équipage ne devait pas me regretter non plus. Pour eux tous, j'étais « l'ami des Nègres », je pouvais bien rester à pourrir sur pied avec eux sur cette île de malheur.

J'étais parti, mais voilà que je revenais. Je fis déposer mes deux malles dans la case-paillote de mon ami Auguste-Nilanja. Mon retour chez lui le plongea dans une crise d'hilarité dont il semblait incapable de sortir. Les enfants et tout le voisinage passaient la tête à l'intérieur de la case, tout le monde voulait savoir pourquoi le Nègre Auguste riait si fort et si longtemps.

*

Quand je n'étais pas à la recherche d'une solution pour quitter Saint-Domingue, je traînais mon inutilité dans les ruelles cases-nègres de Cap-Français. Je me rendais utile aux uns et aux autres sur les parcelles concédées aux Nègres et aux mulâtres libres. Ils y cultivaient des ignames, des gombos, des patates douces et beaucoup d'autres légumes pour nourrir tous ces Blancs qui les méprisaient. Ma présence n'étonnait pas plus que ça. D'autres Blancs misérables partageaient la vie des affranchis, certains y vivaient en concubinage avec des Négresses ou des mulâtresses. C'était désobéir aux prêches des curés. Ils avaient coutume d'asséner à leurs ouailles que c'était gravement pécher de forniquer avec une Négresse et une inexpiable abomination pour une Blanche que de copuler avec un Nègre.

— *Prèt yo ka di sa yo vle ! Lanmou se lanmou !* (Les curés peuvent raconter ce qu'ils veulent ! L'amour, c'est l'amour !)

Les habitants des ruelles avaient peu ou prou reproduit un village africain pareil à celui que j'avais connu à Sainte-Croix, sur la côte des esclaves. C'était le même désordre apparent de paillotes, mais les cloisons de branchages tressés avaient remplacé les murs de pisé. Les poules et les chèvres allaient, comme là-bas, en liberté entre les cases, à la recherche de leur pitance. Les enfants s'amusaient et couraient partout, parvenant à donner à ce capharnaüm de misère et d'ennui un air de gaieté joyeuse. On s'interpellait d'une famille à l'autre, les femmes s'activaient à nourrir les marmailles tandis que les hommes riaient ou palabraient à l'infini. Fatalistes, ils attendaient : ils n'auraient su dire quoi, mais comme en Afrique, ils attendaient. C'est un art, d'attendre ; moi, le Blanc de la race des Blancs-seigneurs de l'île, je bouillonnais de colère et d'impatience.

Dans mes malles, j'avais trouvé de quoi me vêtir à la française. J'étais rasé de frais chaque matin. Quand mes cheveux étaient peignés avec soin, je pouvais partir courir les quais à la recherche d'un embarquement pour fuir ce monde clos du malheur. J'allais aussi du bureau de la douane à celui de l'intendant de la colonie, plaidant ma cause et suppliant qu'on m'aidât à retourner en France. Mais rien n'y fit, je me heurtais partout à un mur d'incompréhension et d'indifférence.

Il m'apparut bien vite qu'aucun capitaine ne m'enrôlerait. On se méfiait de moi. Cap-Français n'était qu'une grosse bourgade, il avait été facile à Duplessis de faire courir sur mon compte le pire des ragots : « Le chirurgien Levrault est l'ami des Nègres ! » C'était une sorte de condamnation. À Saint-Domingue, un « ami des Nègres » était un pestiféré. Personne – pas un Blanc – ne m'accorderait le moindre secours.

Un capitaine voulait bien me prendre comme passager, mais il me réclamait de payer mon passage. Je n'avais plus le moindre sou en poche depuis longtemps. Je ne mourais pas de faim parce que dans les ruelles cases-nègres, si on mangeait peu et mal, on ne laissait personne mourir de faim, même un Blanc au passé douteux de trieur de Nègres.

Hormis la pratique de la chirurgie et de la médecine, je ne savais à peu près rien faire de mes dix doigts. Je cherchais à m'employer pendant des jours entiers, mais nulle part on n'avait besoin de mes compétences à soigner ou à rafistoler les corps abîmés ou blessés. Fatigué de toutes ces portes qui me claquaient au nez, je n'eus d'autre recours que de devenir accompagnateur de maîtres-planteurs les jours de marché aux esclaves.

L'aveu de cette ignominie me coûte beaucoup.

Quand une vente était annoncée, je proposais mes services à l'un ou l'autre des planteurs venus en ville acheter des esclaves. Le tri des Nègres, c'était mon affaire, je connaissais toutes les combines du métier, je pouvais éviter à un maître-seigneur-blanc de France de se faire avoir. Je tâtais les muscles, j'examinais les dents, je scrutais le blanc des yeux. Je frottais les torses passés à l'huile avec de la poussière pour juger de la qualité des muscles et de l'élasticité de la peau. Je palpais les abdomens, je soulevais les pagnes pour m'assurer que membres et génitoires ne portaient pas la marque de maladies purulentes. Le père Chabrier me l'avait dit à Sainte-Croix : j'avais l'œil négrier. Il avait raison. J'étais difficile à berner. Je savais évaluer un esclave, on pouvait me faire confiance.

Parfois, pour être sûr d'être en présence d'un très beau spécimen de Nègre, je le faisais lever, je le faisais courir sur place en levant très haut les genoux ou bien je le faisais danser. Les planteurs appréciaient ces pantomimes qui ridiculisaient un homme et qui ne servaient à rien. Le public en redemandait. Parfois, j'obtenais une notable gratification pour ces gesticulations burlesques. Il pouvait y avoir plusieurs ventes d'esclaves par semaine à Cap-Français, je m'imposais parmi les barbiers et les chirurgiens du cru. Je fus rapidement reconnu comme le meilleur trieur de Nègres de la place.

Les soirs de marchés aux esclaves, je me saoulais comme le malpropre infernal que j'étais devenu. La plus grosse partie de l'argent que j'avais gagné dans la journée était gaspillée en beuveries ou avec des prostituées qui me grugeaient sans vergogne. J'avais beau me dire que si je n'avais pas accompli ce travail dégradant du choix pour les planteurs de l'île, un autre l'aurait fait à ma place, ça ne changeait rien pour les Nègres vendus et achetés. J'en étais malade, il m'arrivait de vomir tripes et boyaux à la fin d'une vente aux enchères. On ne se vautre pas impunément dans la fange, je ne pouvais plus me supporter.

Une fois, j'aperçus de Kerouaz qui venait faire son marché à Cap-Français. Peut-être cherchait-il une fille très jeune et belle comme Maüza, pour satisfaire son goût de la luxure et de la domination ? Je pris le plus grand soin à l'éviter. Je redoutais le déluge de sarcasmes dont il n'aurait pas manqué de m'agonir s'il m'avait vu occupé à trier les Nègres comme j'aurais trié des cochons si j'avais été un marchand de cochons.

Qu'aurait pensé de moi Maüza-source-de-la-vie ? M'aurait-elle insufflé un peu de ce courage, de cette capacité à se révolter et à être soi-même dont je suis dépourvu ? Ce qui me restait de dignité avait été dévoré par les chiens de guerre qui avaient pris la vie et la beauté de Maüza. Sans elle, je n'étais plus que cette loque pleine de contradictions qui faisait taire sa conviction profonde et obéissait aux injonctions des maîtres et des puissants.

Quand j'eus commencé cette sinistre besogne, je ne mis plus les pieds dans le quartier des ruelles cases-nègres. J'abandonnai mes deux malles trop encombrantes chez Auguste-Nilanja. Quelques vêtements encore avenants et les plus précieux de mes instruments de chirurgien serrés dans un sac en vieille toile à voile, j'étais parti vivre ailleurs. J'avais trop honte. J'avais peur, aussi. Ceux qui prêtaient activement la main aux enchères du marché aux esclaves se méfiaient. Ils savaient que la haine et le désir de vengeance couvaient sur les plantations comme chez les affranchis et les mulâtres. De temps à autre, il arrivait qu'on retrouvât un nervi, zélé serviteur de la traite, la gorge tranchée et vidé de son sang dans un fossé.

Je pris aussi mes distances avec Auguste-Nilanja, mon seul ami à Saint-Domingue. Quand il me cherchait sur le port ou dans une de ces tavernes minables que je fréquentais, je prenais soin de l'éviter. Je n'avais pas envie d'affronter son regard ou d'entendre son rire me harceler et me rappeler qui j'étais et ce que je lui devais.

La *Marie-Amélie* était très loin en mer, peut-être était-elle déjà entrée dans le port de Nantes pour y décharger sa précieuse cargaison de sucre brut et de tous les autres produits des îles. Pourtant son odeur, l'odeur obsédante de la traite négrière, commença de m'importuner. Elle me cueillait n'importe où dans les moments les plus inattendus, elle me torturait l'odorat autant que la mémoire, elle m'envahissait l'esprit sans la moindre raison. C'était une sorte de rappel intime de mes fautes, dont il m'était impossible de me débarrasser. Je ne pouvais en parler à personne, on m'aurait cru fou.

Hiver 1760 – À l'hôpital Saint-Jean de Crécy-Couvé

— Alors, Monsieur ? Qu'en avez-vous pensé ?

C'est une manie. J'ai bien compris que Jacquet ne serait jamais un domestique comme les autres, il en est bien incapable. Voilà qu'il entre à nouveau chez moi sans frapper. Il me dérange en plein travail. C'est insupportable…

— Ne vois-tu pas que je suis occupé ? De quoi me parles-tu ?

— Mais de la pièce de monsieur de Marivaux que vous avez vue hier au soir avant de vous en aller souper à l'invitation de notre duc.

— Ah ! La pièce de M. de Marivaux…

— Le spectacle ne vous a pas plu ? Vous vous attendiez à autre chose ? Vous êtes déçu ?

— Non, pas vraiment… M. de Marivaux a beaucoup de talent pour faire la morale à tous ces foutriquets qui batifolent autour du duc et au duc lui-même : il dit à tous ces gens tellement imbus d'eux-mêmes qu'ils sont des parasites, des inutiles et des paresseux. Et il le dit très bien ! À voir la tête que les invités faisaient au souper d'après spectacle, c'était très réussi, l'auteur les a vraiment fâchés.

— Alors pourquoi restez-vous sur la réserve ? Vous êtes chagrin de voir les foutriquets prendre une bonne volée de bois vert ? Vous semblez faire la fine bouche.

— Le théâtre est un art délicat. L'auteur, les acteurs et le public parlent la même langue, policée, pleine de subtilités et de connivences. Que l'histoire soit édifiante ou tragique, que les amours s'épanouissent ou périclitent, les acteurs n'en viendront pas moins saluer le public à la fin de la pièce et recueillir ses applaudissements. La vie, telle qu'on la parcourt chaque jour, n'a que faire de toutes ces conventions, l'égoïsme forcené, la haine, la violence, le meurtre y prospèrent sans la moindre contrainte. Le théâtre ne montre jamais rien de sordide, il ne donne à voir qu'un monde aimable où les pires tragédies sont toujours sans conséquence.

— Vous n'oubliez que l'essentiel : la beauté, l'amour et tous les petits et grands bonheurs qui, de temps en temps, traversent nos misérables existences. Monsieur, vous n'êtes qu'un affreux pessimiste.

— Je suis ce que je suis, je vis avec tous mes chagrins et les fables bien tournées sur les scènes de théâtre n'y changeront rien.

— Vous n'y êtes pas du tout, Monsieur, c'est justement pour ça que le théâtre existe, pour nous permettre de vivre avec tous les malheurs du monde, toutes ses tristesses et en même temps toutes les espérances qui nous traversent. C'est en nous identifiant aux personnages qui devisent sur la scène qu'on trouve la force de vivre et de ne pas sombrer dans le désespoir.

— Fichtre, monsieur Jacquet ! D'où me sors-tu ce galimatias ? Ce n'est pas là le genre de propos dont tu m'abreuves habituellement.

— Ce galimatias, comme vous dites, me vient des confidences de la belle Euphrosine. Hier soir, elle n'était pas pressée d'aller rejoindre son duc pour souper. Je lui ai tenu compagnie, je lui ai dit tout le bien que je pensais de la pièce de M. de Marivaux et en retour, elle m'a parlé du théâtre et du métier de comédienne… C'était… bouleversant.

— Euphrosine est très belle, j'en conviens, mais tu n'es pas duc, mon petit Jacquet ! Garde-toi bien de tomber amoureux : la plus belle actrice de Paris n'aimera jamais d'amour un domestique, même s'il a la langue bien pendue.

— Et qu'en savez-vous ? Vous êtes bien tombé en amour pour une jolie Négresse au regard fier lors de votre « Grand Voyage ». Vous l'écrivez à longueur de pages.

— Ça n'a rien à voir !

— Mais si, Monsieur ! Au contraire, ça a beaucoup à voir. L'amour est capable de bouleverser l'ordre des choses et du monde. Si j'en avais le talent, je tresserais l'une avec l'autre nos deux histoires d'amour et j'en ferais une belle fable pour le théâtre.

— Cette pièce ne serait qu'une abominable tragédie. Tellement abominable que les spectateurs s'enfuiraient avant d'en connaître la fin.

— Non, Monsieur ! Avant qu'ils ne quittent la salle, je leur ferais dire, par la bouche des comédiens, que la résignation est la pire des conduites et que ne pas vouloir entendre la fin d'une tragédie est une lâcheté.

— Et ils resteraient jusqu'à la fin ?

— Bien sûr. Ils voudraient tous savoir comment finit cette histoire.

— Et comment se finirait-elle ?

— Comment elle se finirait ? Je n'en sais rien du tout ! Il faudra que j'y réfléchisse : très mal ou peut-être très bien, toutes les fins sont possibles. Rien n'est jamais écrit à l'avance.

Mon Jacquet me distrait de ces pages abominables que j'ai écrites hier et toute une partie de la nuit. Ce sont les plus terribles de ma difficile confession. Le théâtre et la jolie Euphrosine tourneboulent la cervelle de mon jeune ami, et c'est heureux. C'est de son âge. Avec cette jolie comédienne, il s'expose à de cruelles déconvenues, mais en amour comme dans tous les autres domaines de la vie, qui ne risque rien n'obtient rien. Et puis ce garçon est plein de vitalité, il est de taille à affronter la tempête d'un chagrin d'amour.

C'est assez rare, mais parfois Laurette se promène encore dans l'un ou l'autre de mes rêves. Elle garde dans mes songes la fraîcheur de notre enfance. Elle fut, au temps de ma jeunesse, un immense chagrin et elle n'est plus maintenant qu'une vision fugitive très légère, presque sans consistance. Tout passe. Maüza aussi hante mes nuits. Je suis comptable de sa mort, je n'ai pas su l'aimer, je n'ai pas osé, j'ai manqué de courage. Peut-être un jour, quand elle viendra visiter mon sommeil, me tendra-t-elle ses lèvres, elle m'aura pardonné. Ce n'est pas impossible.

— Tu as bien raison, mon petit Jacquet, rien n'est jamais écrit à l'avance…

XIII – Mars 1744

De nouveau sur la mer

Pour d'obscures raisons de politique européenne auxquelles personne ne comprend plus rien de nos jours, la France et l'Angleterre étaient entrées en guerre. Il ne fallut pas plus de quelques semaines pour que le commerce sucrier des Grandes et des Petites Antilles en devînt exsangue.

Depuis près d'une demi-année, il n'était guère arrivé plus de quatre navires négriers dans la baie de Cap-Français. Et encore, ce n'étaient que des goélettes rapides de moins de cent tonneaux, capables d'échapper aux croiseurs anglais qui arraisonnaient les négriers français. Les bateaux et leur cargaison de Nègres ou de sucre et de denrées coloniales étaient détournés vers la Jamaïque ou les autres îles antillaises appartenant à la couronne britannique.

À Saint-Domingue, le cours des esclaves était d'abord monté très fort avant de s'effondrer. En cause, l'entassement des barils de sucre brut et des tonneaux de rhum dans les entrepôts des marchands et des courtiers des ports. Les routes maritimes étant incertaines, la production sucrière ne trouvait plus preneur : la ruine menaçait. La grande machine du commerce triangulaire était grippée. Les planteurs les plus endettés ne pouvaient plus faire face, ils vendaient des terres, ils vendaient aussi les esclaves qu'ils avaient achetés parfois très cher. Le plus souvent, pris à la gorge, ils les bradaient.

Le marasme commercial provoqué par la guerre avait surtout révélé toute la fragilité de l'édifice colonial. Il se lézardait dangereusement. Des troubles avaient éclaté un peu partout sur l'île. Les Nègres avaient pris conscience de leur nombre et de leur force : les Blancs n'étaient qu'une poignée en face de la multitude du peuple à la peau sombre qu'ils avaient fait venir d'Afrique pour l'exploiter. Des esclaves s'étaient révoltés et avaient fui dans les montagnes. Le gouverneur manquait de soldats pour rétablir l'ordre, des Blancs imprudents ou isolés avaient été assassinés. En quelques mois, la violence s'était imposée sur toute l'île. Il était grand temps pour moi de partir, ou plutôt de fuir.

Par fatalisme et manque d'énergie, je m'étais résigné à végéter à Cap-Français. Abruti de débauche et d'ivrognerie, je ne faisais plus guère d'efforts pour quitter Saint-Domingue. Depuis des mois je m'étais enfoncé dans une mélancolie sans fond. Je me soignais en avalant plus de rhum que de raison. J'en avais pris mon parti, j'étais en train de couler à pic. Cependant, une force mystérieuse me retint au bord du néant : peut-être un des multiples dieux du vodou convoqué par la prêtresse à la face toute ridée des rues cases-nègres, ou bien une autre force, plus secrète encore, venue du monde des morts et qui me commandait de vivre. J'aime souvent rêver que Maüza, depuis le royaume des esprits, m'avait retenu au bord du gouffre. C'est idiot, les esprits n'existent et n'agissent que chez eux, en Afrique, mais cette pensée me console, elle arrive encore, après toutes ces années, à apaiser mes angoisses et à rendre supportable le poids de mes fautes.

Il m'avait fallu plusieurs mois pour refaire surface. Retrouver le goût de vivre demande courage et volonté, ce sont des denrées très rares au fond de la déchéance où j'étais tombé. D'autant qu'à deux reprises, j'avais dû faire face à ces assauts de fièvre des tropiques ramenée d'Afrique. Seul, sans le secours de ceux que désormais je fuyais, ce fut miracle d'en réchapper. À chaque fois, la maladie avait menacé de me guérir définitivement des soucis du monde, mais cette obscure et mystérieuse volonté de ne point sombrer m'avait ramené parmi les vivants.

*

On dit qu'au mois de mai débute la meilleure période pour se lancer dans une traversée d'ouest en est de l'océan Atlantique. Cependant, le capitaine Morentin estimait qu'il avait plus de chances d'échapper à l'Anglais en prenant la mer au mois de mars. Il avait moins peur des tempêtes tropicales de fin d'hiver et de début de printemps que des canonniers de l'ennemi anglais. Surtout, il savait qu'à Nantes, du fait de la raréfaction des arrivages, le sucre brut se vendrait à prix d'or. Il ne voulait pas perdre de temps. Le commerce ruiné par la guerre pouvait refleurir, et le prix du sucre repartir très vite à la baisse sitôt la paix revenue.

La goélette *La Belle-Églantine* ne mesurait pas plus de soixante-douze pieds de long et moins de dix-huit pieds de large. Sa jauge n'était que de quatre-vingt-dix tonneaux, elle était fine d'allure, taillée pour la vitesse et pour échapper à d'éventuels poursuivants. On n'y avait guère entassé plus d'une centaine d'hommes, de femmes et d'enfants depuis les côtes d'Afrique.

La cargaison de Nègres s'était très mal vendue. Tous les planteurs cherchaient à se débarrasser d'esclaves qui coûtaient plus cher à nourrir qu'ils ne rapportaient par leur travail. Cependant, le prix du sucre était si bas à Saint-Domingue que le voyage serait rentable pour les armateurs. Évidemment, il fallait que *La Belle-Églantine* arrivât jusqu'à Nantes, où le prix du sucre brut avait été multiplié par quatre depuis le début de la guerre avec les Anglais.

Le capitaine Morentin m'avait pris à son bord parce que j'avais proprement amputé un de ses matelots. Le pauvre garçon avait eu la jambe fracassée par une barre du cabestan qui avait ripé. Le treuil s'était défilé comme fou, sans qu'on puisse l'arrêter, lors du déhalage de l'ancre en quittant un précédent mouillage. L'accident était fréquent et parfois meurtrier. Il n'y avait plus rien à faire pour réparer les chairs écrasées et les os broyés. La gangrène ne manquerait pas de faire son œuvre, l'homme allait vers une mort certaine à brève échéance. Je l'avais sauvé, et du même coup j'avais payé mon passage vers la France.

Le 20 mars, un vendredi, nous saluâmes le fort Picolet de trois coups de canon chargés à poudre auquel il répondit de la même manière.

— Il y a plus d'une année que je n'avais pas senti le pont d'un bateau sous mes pieds, fis-je au capitaine Morentin, ça me manquait.

— Je ne connais personne qui ne soit pas content de ficher le camp de cette île, elle est maintenant bien trop pleine de Nègres, me répondit-il en m'adressant un clin d'œil.

J'avais bougonné une réponse qu'il pouvait interpréter à sa convenance.

On n'est jamais satisfait ! Comme un vrai marin j'avais posé mon sac sur le pont d'un navire en partance, j'avais voulu quitter la grande île, mais en voyant disparaître les côtes de Saint-Domingue, je fus pris d'une immense tristesse. Je laissais sur cette terre beaucoup de mon âme. Plutôt que de se battre pour ce en quoi il croyait, celui que je n'avais pas su être fuyait une fois de plus. Toute l'émotion nostalgique qui s'emparait de mon âme quand j'évoquais Maüza n'y changeait rien, j'avais été lâche. C'était une souffrance qui ne me quittait plus.

— On va remonter au nord-nord-ouest pour échapper aux vents des tropiques, me précisa encore le capitaine. Si les Anglais ne contrarient pas trop notre route, nous devrions toucher les Açores d'ici moins de quatre semaines.

Je m'en fichais complètement. Morentin était un bon marin, et *La Belle-Églantine* un fameux navire. Elle restait aussi rapide que maniable malgré les barils de sucre qui remplissaient sa cale et son entrepont.

— J'ai moins peur des Anglais que des spectres et des esprits qui me poursuivent à travers les mers, d'un continent à l'autre.

Le capitaine crut à une plaisanterie de ma part, il rit.

*

Sur *La Belle-Églantine*, je n'étais rien, tout juste un passager. L'espace était plus contraint encore que sur la *Marie-Amélie*. Pas question de chambre sous le gaillard arrière pour moi, même partagée. Je logeais avec les matelots, à l'avant, coincé entre les barils de sucre, les tonneaux de rhum et les sacs de café. Mais je ne partageais pas mon hamac. C'était un privilège enviable.

Le temps était mauvais, nous encaissions grain sur grain et je dus encore faire un bout de chemin avec le mal de mer. Mon corps était redevenu terrien pendant tous ces longs mois passés à terre dans la grande île. Cependant, quand nous fûmes en vue des Bermudes, je m'étais à nouveau amariné et je pouvais sans dommage supporter le roulis bord sur bord de la goélette.

Nous dûmes encore remonter au nord pendant plusieurs jours avant de rencontrer les vents qui devaient nous pousser jusqu'aux Açores. J'étais trop peu et trop mal vêtu pour affronter le mauvais temps, je souffrais du froid et de l'humidité. Le plus souvent, je restais à l'abri. J'avais droit à ma ration de tafia comme les autres et je partageais la gamelle de rata des marins. Entre deux quarts, les matelots dormaient ou bien jouaient aux dés ou aux cartes. Des querelles violentes éclataient entre les hommes de l'équipage de temps en temps, on me prenait à témoin, on me demandait mon avis, mais je préférais m'isoler, m'enfermer dans mes souvenirs. Un autre entrepont occupait mon esprit, celui où, trop brièvement, j'avais vécu les moments les plus heureux de ma vie. Maïza voyageait avec moi, son souvenir me hantait, c'était souvent douloureux, mais parfois très apaisé et presque sans tristesse. Peut-être était-ce un effet de l'imposition des mains de la vieille prêtresse toute ridée du vodou qui faisait vivre l'esprit de ma belle Africaine à mes côtés. Ma raison chancelait.

Je pensais aussi à tous ces Nègres, sans nom, sans visage, humiliés, enchaînés dans l'obscurité de navires-prisons, transportés de l'autre côté de la mer pour y devenir esclaves. Rien que de m'en souvenir, j'étais horrifié. Comment avais-je pu m'associer à pareille ignominie ? Pourquoi n'avais-je pas hurlé ma révolte ? Ces moments de lucidité me faisaient souffrir au point d'en avoir le souffle court et d'être pris d'étouffement.

J'étais, de plus en plus, sujet à cette autre maladie inconnue et nulle part décrite dans les traités de médecine : le dérèglement olfactif. Était-ce l'odeur obsédante de la traite qui me poursuivait depuis des mois, ou bien l'odeur négrière imprégnée dans le bois de *La Belle-Églantine* ? Peut-être l'une éveillait l'autre et toutes deux s'ingéniaient à attiser le souvenir de ma complicité avec les négriers. C'était aussi l'odeur de mes renoncements. La souffrance que provoquait cette obsession devenait par moments intolérable. Bien pire que les morsures profondes infligées par les chiens sanguinaires de M. de Kerouaz, l'assassin.

Chacun des membres de l'équipage de la goélette emportait avec lui les mêmes crimes, les mêmes horreurs et le souvenir des mêmes tragédies. Pourtant, aucun ne semblait en être incommodé. Tous avaient renoué avec la routine de la vie du bord, réglée par les quarts à la mer et l'heure de la gamelle. Aucun d'entre eux ne semblait avoir le sommeil perturbé d'insomnies ou de cauchemars. Ils s'apprêtaient à retrouver femmes et enfants et à s'immerger dans les tendresses des retours attendus de longue date.

— On fait toujours dire une messe d'action de grâces avant de commencer à décharger le bateau à Nantes, m'avait fait remarquer le maître d'équipage. Sans l'aide de Dieu, personne ne rentrerait à bon port.

— Vous avez bien raison, si le bon Dieu n'y avait pas mis son grain de sel, il n'y aurait jamais eu de traite négrière…

*

Les voyages en mer n'en finissent jamais. Regarder la mer appuyé au bastingage, échanger quelques mots avec le chef de quart, retourner se mettre à l'abri et puis attendre, c'était toute l'occupation de mes journées. Un passager n'a rien à faire sur un bateau, il s'ennuie ou il s'enfonce dans la plus sombre des mélancolies.

Les matelots prennent l'océan à bras-le-corps, ils n'ont pas d'autre choix. Ils sont dans le vent et le froid, face au danger et à la cruauté de la mer. Ils rêvent tous d'arriver, de poser sac à terre, d'empocher le solde de leur engagement et de se blottir dans la tiédeur des femmes : celles qui les attendent ou celles qu'ils paieront pour un peu de tendresse et un simulacre d'amour.

Moi, je n'avais plus même ce désir : je fuyais. Personne ne m'attendait à Nantes, j'étais devenu un solitaire condamné à l'errance comme à l'infinie tristesse des regrets.

J'avais laissé loin derrière moi les deux hommes qui m'avaient offert leur amitié sans rien attendre en retour, par bonté et beauté d'âme. La subtilité et l'intelligence du père Chabrier autant que le rire tonitruant d'Auguste-Nilanja me manquaient. Je les associais dans mes plus sombres rêveries à Maüza comme à la petite Alphonsine, que j'avais aidée à venir au monde. Plus jamais je ne reverrai, chacun à leur manière, ils m'avaient ouvert les yeux.

À l'approche des Açores, la crainte de l'Anglais tint l'équipage en haleine. Les hommes scrutaient l'océan à la recherche d'une voile qui aurait pu être hostile et nous obliger à fuir. Le capitaine Morentin avait fait hisser le pavillon portugais à la corne du mât. Le leurre était grossier, mais il rassurait les matelots. Cette anxiété de l'équipage me laissait de marbre, j'étais devenu indifférent à tout.

Nous eûmes de la chance, aucun croiseur anglais n'entreprit de nous donner la chasse. Nous pûmes gagner sans encombre le port bien abrité de Horta, sur l'île de Faial, dans l'archipel des Açores. Il y avait près d'un mois que nous avions quitté Cap-Français.

On dit que c'est une île magnifique. On n'y resta que trois jours, juste le temps de s'approvisionner en vivres et de compléter les réserves d'eau douce.

— Il faut profiter du mauvais temps pour échapper à l'Anglais, m'avait confié le capitaine de *La Belle-Églantine*.

— Bien sûr, avais-je répondu.

Il pensait que mon esprit était tout occupé de sciences botaniques, que j'aurais voulu herboriser et que j'étais déçu de ne pas aller à terre. Au vrai, je m'en fichais complètement.

On a repris la mer, nous avions fait plus de la moitié de la route. Il fallait encore remonter vers le nord, mais cette fois les vents dominants étaient pour nous. Ils nous emmenaient à bonne allure vers les côtes de la vieille Europe. Je commençais à redouter d'y poser le pied. J'aurais pu aussi bien débarquer aux Açores et y rester jusqu'à la fin de mes jours, là ou ailleurs, peu m'importait.

*

Cette guerre, comme beaucoup d'autres, était bien dérisoire. De nos jours, on l'a oubliée, plus personne ne sait qui l'a gagnée ou perdue. L'océan est beaucoup trop vaste pour qu'une nation parvienne à y imposer sa loi. Les vents et la mer sont rétifs à la domination. La marine anglaise n'était à l'affût des navires de commerce français qu'en proximité des côtes. Nous aperçûmes bien quelques voiles menaçantes en quittant les Açores, mais l'état de la mer et du vent nous permit, sans trop de peine, d'échapper à nos poursuivants. *La Belle-Églantine* était une goélette rapide, maniable et menée de main de maître par un marin chevronné. Une frégate, lourdement armée, ne pouvait pas lutter de vitesse avec nous dans le gros temps. Après ces quelques alertes, notre retour vers la France ne fut plus perturbé par la crainte de voir un chasseur de Français se mettre dans notre sillage.

Il nous fallut encore près d'un mois pour remonter vers le nord en chevauchant les courants océaniques et en profitant au mieux des vents de sud-ouest. Enfin, nous entrâmes dans les eaux du golfe de Gascogne. Le temps était au beau fixe, nous étions maintenant au mois de mai. Il me revenait en mémoire d'avoir cru mourir d'épuisement et de terreur dans ces parages si inhospitaliers l'hiver. Des vents contraires nous obligèrent à remonter jusqu'aux côtes de Bretagne avant de redescendre, sur un bord plus favorable, nous présenter devant l'estuaire de la Loire.

Pour notre capitaine, il n'était pas question de toucher terre ailleurs qu'à Nantes. C'était là, et nulle part ailleurs, que s'établissait le cours du sucre brut. C'était là que les barils entassés dans les cales et l'entrepont seraient mis aux enchères comme l'avait été la cargaison de Nègres de *La Belle-Églantine* sur la grande île de Saint-Domingue. De Nantes à Nantes, le temps était venu de faire les comptes et d'engranger les profits. Le commerce avait ses exigences et tout le monde s'y pliait avec le plus grand respect.

Nègres, barils de sucre, indigo, Négresses, négrillons, tonneaux de rhum, sacs de café, tout était à vendre, à acheter ou à échanger dans le monde des marchands. Les maîtres du grand commerce de la mer ne s'embarrassaient pas de sentiments, ils ne connaissaient que la valeur de ce qui était mis à l'encan : le marché pouvait être haussier ou baissier. Les enchérisseurs seraient tous à l'affût des affaires juteuses, ils achèteraient ou vendraient dans le tumulte et la fièvre de l'or. Tous les coups seraient permis. L'offre et la demande commandaient, c'était le seul credo de la religion du profit.

Ainsi se construisaient ou s'évaporaient les plus grandes fortunes nantaises. Qu'importait à tous ces gens qu'un planteur, de l'autre côté de la mer, fît dévorer ses Nègres fuyards par ses chiens. Que leur importait qu'une jeune Africaine au regard fier ait préféré la mort à ce monde absurde qui réduisait les hommes, les femmes et les enfants à n'être que des lignes de valeur sur les registres comptables des grands marchands prosternés au pied du Veau d'or.

*

Il faut avoir une grande habitude de la navigation côtière pour entrer dans l'estuaire de la Loire. Il faut de l'adresse et du sens marin pour remonter jusqu'à Nantes. Même avec l'aide d'un pilote qui connaît parfaitement le fleuve et toutes ses embûches, le capitaine devait sans cesse veiller à garder suffisamment de voiles au vent pour rester manœuvrant. C'était le courant de marée descendante qui avait emmené la *Marie-Amélie* jusqu'à la mer, c'était la marée montante qui emmenait *La Belle-Églantine* jusqu'à la grande cité maîtresse du commerce négrier. Le manque de vent autant que la faiblesse du courant de marée nous contraignirent à mouiller au milieu du chenal en attendant la montée du prochain flux de haute mer. Tandis que nous attendions la marée suivante, une autre goélette, profitant du jusant, gagnait la mer et vint à nous croiser. À son allure, au trop grand nombre de ses matelots, je reconnus un navire négrier. Son odeur aussi le trahissait, elle était épouvantable, chargée de toute la honte et de toute l'ignominie de la traite des esclaves. J'en vins à douter de plus en plus de ma bonne santé mentale.

Il nous fallut deux jours pleins pour arriver au cœur de la ville et venir nous amarrer au quai de la Fosse. Quand on abattit les voiles qui nous avaient maintenus dans l'axe du fleuve, j'en étais encore à me demander ce que je revenais faire à Nantes. Mais il n'était plus temps d'y penser, il faudrait bientôt débarquer.

La brume se diluait au-dessus du fleuve, le soleil luttait quelque part derrière les nuages et une lumière douce venue du ciel filtrait avec beaucoup de légèreté sur la ville. Nantes semblait s'être enfoncée dans le temps. En mon absence, rien n'avait changé et pourtant j'avais le sentiment d'être un étranger arrivant dans une ville inconnue : une de ces cités qu'on parcourt en rêve et qu'enveloppe le silence.

Car c'était bien ce silence qui me troublait. La guerre entre les Anglais et les Français perturbait le commerce nantais comme elle perturbait le commerce des îles antillaises. D'ordinaire si animés et bruyants, les quais étaient presque déserts. Deux ou trois bateaux seulement déchargeaient leur cargaison, l'activité était réduite à presque rien. Ancrés dans le lit du fleuve d'autres navires désarmés, au repos forcé, s'ennuyaient au mouillage.

Comme je l'avais vu faire par Duplessis en arrivant à Saint-Domingue après la grande traversée depuis les côtes de Guinée, le capitaine de la goélette réunit son équipage et se dépêcha de rendre grâce à Dieu avec toute la gravité et le sérieux dont il était capable. C'était urgent. Car il va de soi que sans l'aide providentielle du maître des cieux et des destinées humaines, les périls rencontrés en mer et sur les côtes d'Afrique nous auraient été fatals.

— Au nom du Père, du Fils et du Saint-Esprit, conclut le capitaine en se signant avec une certaine emphase.

Un capitaine de la traite se devait de montrer à tous qu'il était bon chrétien.

— *Amen*, lança d'une seule voix le chœur des matelots.

De Nègres, il ne fut pas question dans l'oraison, pas plus que de contrition, de fautes ou de pardon des offenses. Les marins ne semblaient pas le moins du monde troublés par ce qu'ils venaient de vivre. Ils en avaient fini avec leur « Grand Voyage », il leur tardait maintenant de passer à autre chose.

*

Toutes les expéditions négrières débutaient par une messe. Au retour, ces mêmes expéditions se concluaient par une autre messe. Il convenait, à ce moment-là, de rendre grâce à Dieu d'être enfin revenus sains et saufs à bon port, chargés de sucre et de tout ce qui allait pouvoir se revendre à prix d'or dans tout le royaume.

Ne faisant pas partie de l'équipage de *La Belle-Églantine*, je pus me dispenser de cet office aussi hypocrite que malséant. Ce genre de comédie religieuse me levait le cœur ; je poursuivis mon chemin sans le moindre regret. Passant sans y entrer devant le porche de l'église Saint-Nicolas-sur-le-port, j'eus une pensée émue pour mon vieil ami, missionnaire jésuite en terre africaine. Sur la lointaine côte des esclaves, le père Chabrier se battait sans relâche pour que soit rendue la dignité confisquée aux peuples noirs victimes de la rapacité des trafiquants négriers et des rois nègres, leurs complices. Il était seul dans son combat, démuni de tout, oublié par son Église et méprisé par tous. Moi aussi, convaincu de ses idées généreuses, je l'avais abandonné.

La matinée était bien avancée. Il était temps de tourner le dos à la mer et à l'église. Un chapitre de ma vie se refermait, je voulais oublier, je pensais que c'était possible. Tout le temps de ma jeunesse n'était pas encore consommé, il me fallait envisager la suite de mes jours, loin du monde de la traite. J'avais une vie à rebâtir. Je décidai de me rendre sans tarder chez mes employeurs, MM. Trottignon et Lecourbe, pour toucher le solde de mes émoluments.

Je dégotai, au fond de mon sac, une chemise à peu près propre, un pourpoint présentable, un restant de chapeau, des souliers fatigués et je m'en fus à pied jusqu'aux bureaux de mes armateurs. Je fus sidéré par un détail qui m'avait échappé quand j'avais traversé pour la première fois la cour intérieure de ce très bel hôtel particulier. Comme toujours dans ce genre d'endroit, les encadrements des portes et des fenêtres étaient ouvragés et sculptés, c'était une manière comme une autre d'afficher sa prospérité. En y regardant de plus près, je m'aperçus qu'au mitan de chaque linteau, se détachait un visage de femme en pierre grise. Toutes avaient lèvres épaisses et nez épatés. MM. Trottignon et Lecourbe avaient fait décorer de têtes de Négresses l'entrée de leur maison de commerce. Au moins ils n'avaient pas la traite honteuse et ne cherchaient pas à déguiser l'origine de leur fortune.

Je fus pris d'une sorte d'hallucination au milieu de cette cour majestueuse. Toutes ces effigies sculptées s'animaient et prenaient vie. Elles me semblaient avoir le visage de Maüza et me regardaient avec ce regard fier et un peu moqueur qu'elle avait quand je l'avais vue pour la première fois. Je crus l'entendre rire avant que ce rire ne se transformât en cri d'effroi. C'était ce même hurlement qui me vrillait les tympans depuis qu'elle s'était enfuie de la salle à manger de « l'habitation » Kerouaz.

Je titubais et dus m'appuyer au mur pour reprendre mes esprits. J'étais poursuivi par l'odeur de la traite et voilà que désormais, j'entendais hurler une morte. Ma raison était en train de chavirer pour de bon, je devenais fou.

*

On me fit attendre. J'avais demandé à voir ces messieurs, mais ils n'étaient pas prêts à me recevoir. Ils avaient mieux à faire, à n'en pas douter.

— Revenez demain, me suggéra un larbin en livrée qui jetait sur ma mise un œil pour le moins méprisant.

— Je préfère attendre, lui avais-je répondu, j'ai tout mon temps.

— Comme il vous plaira, monsieur !

Je n'avais plus de montre depuis longtemps, mais je dus patienter plusieurs heures dans l'espoir d'être enfin introduit auprès de mes employeurs. Las, vers la fin de l'après-midi, on vint me dire que MM. Trottignon et Lecourbe étaient partis pour suivre différentes affaires loin de Nantes et qu'ils seraient absents plusieurs jours. Cependant, on finit par me conduire jusqu'à un secrétaire chargé d'affaires qui voulut bien me recevoir. Les yeux mi-clos, l'homme m'écouta avec attention puis fourragea dans la pile des papiers qu'il avait devant lui. Il en ressortit le contrat que j'avais signé avant d'embarquer sur la *Marie-Amélie* et sembla le lire avec le plus grand intérêt. Des annotations surchargeaient les pages de ce document que j'avais à peu près oublié depuis mon départ.

— Vous n'avez pas respecté vos engagements, monsieur Levrault, finit-il par me susurrer d'une voix pateline.

— Je me suis scrupuleusement plié aux injonctions de MM. Trottignon et Lecourbe, protestai-je aussitôt. J'ai constitué une très belle cargaison de Nègres, de Négresses et de négrillons, je les ai soignés et j'ai fait en sorte que la plupart arrivent à Saint-Domingue pour être vendus.

— Certes, monsieur Levrault, je ne mets nullement en cause vos compétences de chirurgien, mais un contrat est un contrat. Vous deviez revenir à Nantes avec la *Marie-Amélie*. Vous avez rompu votre contrat à Saint-Domingue en désertant les rangs de l'équipage placé sous les ordres du capitaine Duplessis… Vous vous êtes volatilisé dans la nature, sans prévenir personne.

— Ça ne change rien au travail que j'ai effectué au compte de nos armateurs, j'ai scrupuleusement accompli les différentes tâches pour lesquelles on m'avait engagé !

— Bien au contraire ! Ça change tout, monsieur Levrault, poursuivit très calmement le secrétaire. Sur un vaisseau du roi, les déserteurs sont pendus haut et court s'ils sont matelots et fusillés s'ils sont officiers. La marine de commerce se contente de confisquer la solde des déserteurs. MM. Trottignon et Lecourbe, se conformant à l'usage des gens de mer, ont donc décidé la confiscation du solde de votre traitement.

— Mais c'est odieux, m'écriai-je, et d'une malhonnêteté qui passe les bornes ! Nous irons en justice, ils n'ont pas le droit…

— Estimez-vous heureux que vos employeurs ne vous fassent pas arrêter par la prévôté de Nantes, poursuivit le plumitif. La désertion est une calamité qu'il faut combattre et punir avec la plus grande sévérité…

— Mais c'est du vol pur et simple… Vous me devez cet argent ! Le prévôt du roi ne peut approuver une pareille filouterie.

— Les règles d'engagement pour une expédition commerciale ont été transgressées, il vous faudrait un fameux avocat pour plaider votre cause contre MM. Trottignon et Lecourbe, et un bon avocat coûte très cher : je crois comprendre que vous n'avez pas le sou, monsieur Levrault… Et puis ici, à Nantes, le prévôt du roi ne donne jamais tort à un armateur.

— C'est une infamie, hurlai-je.

— Appelez ça comme il vous plaira, me répondit avec le plus grand calme le larbin des armateurs. Mais les faits sont patents, le rapport de M. Duplessis est d'une rigueur qui vous accable.

— C'est une machination. Duplessis me déteste ! Il a fait exprès de lever l'ancre sans m'attendre…

— Le capitaine Duplessis s'est conformé aux ordres des armateurs : quand les cales et l'entrepont de la *Marie-Amélie* ont été pleins, il a mis à la voile. Cependant, dans leur grande mansuétude, MM. Trottignon et Lecourbe, eu égard aux services rendus, vous concèdent une bourse de cent livres tournois pour vous permettre de quitter la ville de Nantes, où vous n'avez plus rien à faire.

J'étouffais de colère. Les mots me manquaient. Pardessus sa table de travail, je saisis le factotum par les revers de son pourpoint. Je lui aurais fracassé le crâne s'il ne s'était promptement saisi d'une sonnette pour alerter deux sbires taillés en colosses. Ils étaient aux aguets derrière la porte, ils me sont tombés dessus. Je fus sans ménagement traîné à travers la cour et malproprement jeté à la rue. La lourde porte cochère du bel hôtel particulier claqua très fort en se refermant derrière moi. Juste avant, on avait eu la bonté de me balancer en pleine figure la bourse de cent livres qui devait me permettre d'aller me faire pendre ailleurs et mon sac de marin que j'étais contraint de traîner partout avec moi. Il me sembla entendre le rire joyeux de Maüza derrière moi, mais ce n'était qu'une illusion. Une de plus. J'étais seul, à genoux au milieu de la rue. Humilié et seul.

*

L'humiliation ne m'empêchait pas d'avoir froid et faim. Je n'avais rien mangé de toute cette journée.

Il commençait à être tard, la nuit venait. Je n'allais pas dormir à la rue comme un mendiant, il me fallait sans tarder trouver un toit pour la nuit, je traînais mes pas sur les quais du bord de Loire. Je les avais souvent arpentés jadis. J'errais d'une taverne à l'autre dans le quartier du port où autrefois je rejoignais mes joyeux compagnons de jeu et souvent de beuverie. Je les cherchais, mais ils n'étaient plus là. Ils étaient partis, ils avaient sans doute quitté Nantes. Eux aussi avaient suivi le cours de leur vie, ils n'avaient pas de raison d'attendre mon retour. Je n'ai jamais su ni cherché à savoir ce que les uns ou les autres étaient devenus. Tous ces souvenirs me paraissaient très lointains, comme appartenant à une époque révolue que je n'étais plus très sûr d'avoir vécue. Les événements dramatiques que j'avais traversés depuis mon départ pour la côte des esclaves semblaient vouloir effacer les traces de ce passé plus ancien.

J'étais venu jusqu'à Nantes pour fuir un dépit amoureux éclos dans ma lointaine enfance, et voilà que j'y revenais plein des chagrins des amours improbables de mon âge d'homme. Il y avait dans ce cheminement d'une existence quelque chose d'absurde et de dérisoire. Le bonheur et moi étions fâchés de très longue date.

Je me mis en tête de retrouver la demeure de celle qui avait été ma logeuse et qui avait eu de l'amitié pour moi avant que je ne m'embarque dans cette sordide et malencontreuse aventure de la traite négrière. Peut-être aurait-elle consenti à m'accueillir pour quelques nuits. Je me sentais misérable, sans avenir et dépourvu de volonté. Je n'avais plus prise sur ma propre existence.

Depuis trop longtemps j'allais au hasard, ne rencontrant sur mon chemin qu'avanies et désillusions. J'aspirais au repos.

Hélas, on rénovait le vieux quartier de la cathédrale où, autrefois, s'entassait le petit peuple des domestiques, des ouvriers et des artisans pauvres. La vieille maison où j'avais habité avait été abattue. À sa place, on était en train de construire un bel immeuble en pierres. Qu'était devenue cette vieille dame si douce et si mélancolique qui, autrefois, m'avait accueilli ? J'interrogeai le voisinage, personne n'en avait gardé le souvenir, c'était à se demander si elle avait jamais existé. Tout passe, s'efface et disparaît.

Pourtant je me souvenais de notre dernière conversation avant mon départ, je l'entendais encore me dire, dans la pénombre d'un soir d'hiver : « On se rencontre et puis on se quitte ! C'est toujours la même chose. Après, on se souvient, mais le plus souvent, on oublie. Parfois même on regrette, mais ça ne change rien. »

C'était dit comme un adieu. Elle avait raison.

Je trouvai refuge à l'asile de nuit des frères de la Charité de Saint-Jean de Jérusalem, parmi les mendiants et tous les traîne-misère qui peuplaient les porches des églises à l'heure de la sortie des offices. Il y avait beaucoup d'églises, à Nantes.

Dans la grande salle voûtée où s'entassaient toute la détresse et toutes les souffrances de la grande ville négrière et sucrière, je partageais une paillasse pleine de vermine avec un pauvre gueux encore plus misérable que moi. Je dus m'endormir un peu malgré les gueuleries des querelles des uns et les interminables lamentations de souffrance des autres.

Au matin, ma bourse avait disparu. Mon compagnon de grabat aussi. Dans la succession de déboires que j'affrontais ces derniers temps, c'était presque sans importance. Il se peut bien que j'en aie ri.

J'étais crasseux, mes vêtements étaient piteux et ma chemise déchirée. La barbe me mangeait le visage, je touchais le fond de l'indigence, j'étais un miséreux solitaire oublié dans la foule des miséreux. Jamais depuis ma fuite du séminaire je n'étais tombé si bas.

Au matin, j'eus droit à une tranche de gros pain gris avant d'aller quérir un bol de soupe servi par les frères de la Charité aux plus misérables d'entre les misérables. Malheureusement, ou peut-être heureusement, je ne pus profiter de ce festin réservé aux mendiants à cause de ce mal insidieux rapporté depuis l'Afrique : il profita de mon total dénuement pour me livrer un nouvel assaut. La crise de fièvre et de tremblements m'empêcha de me saisir de la gamelle de soupe qu'on me tendait. Incapable de me tenir debout, je m'effondrai devant la marmite, aux pieds du frère qui maniait la louche.

Ensuite, je ne sais plus. Je sombrai dans la cascade des cauchemars et de l'angoisse provoqués par cette épouvantable maladie qui devenait pour moi une indéfectible et terrible compagne.

*

Les frères de la Charité de Saint-Jean me transportèrent dans leur hôpital. Eux non plus ne savaient pas soigner cette fièvre d'Afrique, mais elle leur était familière. Beaucoup des marins nantais qui avaient séjourné sur les côtes de Guinée l'avaient aussi ramenée avec eux sans le savoir. En proie aux crises de tremblements, les plus pauvres venaient chez les frères dans l'espoir d'y être soignés. La plupart mouraient sans qu'on ne sût rien faire pour eux, mais quelques-uns en réchappaient. Je fus de ceux-là.

Pendant près d'une semaine, je restai prostré dans les griffes de cette maladie. La mort m'agrippait et me réclamait, mais la vie hésitait à m'abandonner. Une nouvelle fois, la vie l'emporta : n'ayant pas succombé à la fièvre, j'émergeai du néant. Je retrouvai doucement ce qu'il fallait de vigueur pour reprendre place chez les vivants. Comme lors des crises précédentes, cette attaque m'avait épuisé. J'avais du mal à me tenir debout.

— Tu es robuste, mon garçon, me fit le frère qui s'occupait de notre chambrée de malades et de bancroches de toutes sortes. J'ai bien cru que le mal de Guinée allait t'emporter… Tu ne t'en souviens pas, mais tu as reçu les derniers sacrements comme tous les marins qui viennent mourir ici.

J'ai eu la sottise, ou la faiblesse, de l'en remercier. Les simagrées des curés me faisaient horreur. Je dus subir encore un sermon larmoyant sur la rédemption, l'amour du père et le pardon de nos fautes avant de faire valoir ma fonction peu glorieuse dans le grand bazar de la traite.

— Je suis bien allé sur la côte des esclaves, mais je ne suis pas marin. Je suis chirurgien, j'étais chargé du tri des Nègres et je devais veiller sur eux jusqu'à la vente au marché de Cap-Français à Saint-Domingue.

— Chirurgien, s'écria-t-il. Mais vous aviez rang d'officier !

Le frère charitable était passé du tutoiement au vouvoiement, il s'était fait avenant et aimable. Je n'étais plus à ses yeux un misérable comme tous ces pauvres types qui croupissaient sur les paillasses de cette salle commune où se mêlaient toutes les maladies de la misère.

Je lui contai en partie mes aventures, insistant sur la malhonnêteté de MM. Trottignon et Lecourbe et la fourberie de Duplessis, mais omettant de mentionner Maüza. Le religieux se piquait de connaître un peu la médecine, il fut subjugué par la description que je lui fis des maladies sévissant sur les côtes de Guinée. Je me gardais bien de faire état de ce que je pensais de l'esclavage et des esclavagistes. On ne sait jamais à qui on s'adresse.

*

Le destin se plaît à vous entraîner, parfois, dans de bien curieuses cabrioles. Suite à cette crise de fièvre de Guinée, je devins pour un temps frère laïc de Saint-Jean de Jérusalem. Après m'être enfui du séminaire, après avoir mesuré ce qu'était la duplicité de l'Église, voilà que je me mettais sous sa protection. Je n'étais plus à une contradiction près.

Bien que ma piété laissât beaucoup à désirer, les frères de la Charité m'accueillirent à bras grands ouverts : il y avait de l'ouvrage pour un chirurgien acceptant de travailler pour rien dans leur hôpital. Contre le gîte et le couvert, j'incisais les furoncles, je recousais les plaies provoquées par les bagarres dans les bouges du port, j'accouchais les pauvresses, j'arrachais des dents, j'amputais les membres trop abîmés et pris par la gangrène, je procédais à toutes sortes de gestes chirurgicaux susceptibles de soulager mon prochain et souvent, impuissant et ignorant tout des maux qui les accablaient, j'assistais les mourants.

Je travaillais sans relâche, avec une sorte de hargne maladive, au milieu des sanies, des supplications des mendiants et de celles d'autres miséreux sans espoir. De l'aube au crépuscule, je donnais le meilleur de moi-même, j'usais de ce précieux savoir acquis au cours de ma vie aventureuse, je mettais tout en œuvre pour soigner ou rassurer le cortège innombrable de tous ces pauvres hères en quête d'impossibles miracles. J'essayais d'oublier, de tourner la page de ce « Grand Voyage » où je m'étais englouti. J'étais hanté par ce que j'avais vécu. Chaque nuit les mêmes cauchemars me visitaient. Maüza s'enfuyait en hurlant avant que la sarabande enragée des chiens en train de la dévorer ne me tirât de mon sommeil, ou bien de Kerouaz m'humiliait et me crachait toute sa morgue et sa haine à la figure. Je m'éveillais toujours en sueur, plein de terreur, et je la sentais, elle était là : l'odeur effarante de la traite me suivait sans cesse, je la retrouvais partout, où que j'aille, quoi que je fasse pour tenter de la fuir.

Je me mis dans l'idée que c'était Nantes, la ville négrière, celle des fourbes Trottignon et Lecourbe et de tous leurs semblables, qui m'empêchait de retrouver la sérénité. C'était absurde, évidemment, mais il me fallait partir, fuir, tourner le dos à cette cité autant qu'à cet épisode calamiteux de ma vie. Il fallait que je m'en aille, que je tente d'aller reconstruire ma vie ailleurs.

Le prieur des frères de la Charité me recommanda à un autre prieur de son ordre, exerçant son magistère dans un hôpital pour les pauvres et les indigents dans une autre ville. J'avais le choix, il y a partout dans le royaume de France des hôpitaux pour la multitude des pauvres et des indigents.

Plein d'ardeur et d'enthousiasme, je me mis au travail convaincu d'être arrivé sur les lieux de ma rédemption. Las, au bout de quelques semaines de sérénité relative, je fus à nouveau sujet au même malaise, au même vertige. L'odeur infernale de la traite était revenue. Cette épouvantable horreur me poursuivait. Elle finissait par me rendre fou.

Il me fallait fuir à nouveau.

J'errai ainsi de ville en ville pendant plusieurs années, incapable de me fixer quelque part, en proie à mes hantises et à mes hallucinations. Le travail, dans lequel je me jetais toujours à corps perdu, ne m'accordait plus que de courts moments de répit, il n'y avait pour moi ni havre ni refuge.

J'étais devenu irascible et querelleur, il m'arrivait souvent de boire beaucoup plus que de raison pour fuir mes tragiques désillusions. Je finis par lasser la bonne volonté des frères de la Charité de Saint-Jean, ils en vinrent à me congédier.

J'étais à la rue. Je connus les grands chemins de la solitude et du chagrin. Je dus faire face aux hivers glacés, à la pluie battante des automnes sinistres, aux chemins de désolation boueux et tourmentés de bourrasques. J'allais parfois comme un moins que rien, dépenaillé, sale, couvert de vermine, le visage mangé de barbe, mes précieux instruments de chirurgie serrés dans le baluchon que je portais à l'épaule. On se méfiait de moi ; comme partout de ce côté-ci du monde, on se méfie des traîne-misère et des vagabonds. Il m'arriva de mendier à la porte des églises pour ne pas crever comme une bête oubliée, exsangue au bord d'une route de hasard. Nulle part je ne trouvais la paix, mon passé de négrier me hantait, l'épouvantable odeur de la traite me poursuivait partout, il arrivait même souvent qu'elle m'y précédât.

La fièvre d'Afrique qui me harcèle depuis l'île de Saint-Domingue vint me tourmenter plusieurs fois pendant tout ce temps de ma complète déréliction ; elle s'y prit bien mal, dans l'état d'abandon où j'étais elle aurait dû m'abattre sans qu'il ne fût plus question jamais de rémission. J'aurais dû succomber et rejoindre au fond du néant Maüza et tous les autres fantômes qui n'en finissent jamais de me hanter. La mort refusa de m'emporter dans l'oubli, il n'était pas encore temps pour elle de m'accorder la paix. Sans doute jugea-t-elle que je n'avais pas fini d'expier.

Pour survivre, j'en vins à exercer le métier de chirurgien camelot comme au temps de ma jeunesse. C'était à la fois dérisoire et ridicule, je redevenais ce pantin que j'avais été quelques années plus tôt, avant mon arrivée à Nantes et ce désastreux embarquement pour l'aventure sordide de la traite.

À nouveau je me donnais en spectacle comme un saltimbanque, mais désormais j'étais rempli d'amertume et sans la moindre espérance. J'allais de ville en grange fermière, où je me livrais à toutes sortes de pitreries avant de passer parmi le public avec mon vieux chapeau mité. Il me fallait bien gagner de quoi dîner chaque jour et payer aussi pour le toit qui m'abriterait.

À plusieurs reprises, je songeai à en finir, à quitter ce monde pour échapper à mes tourments : il y aurait fallu un courage qui m'avait toujours fait défaut. Je suis un médiocre, les médiocres vont leur chemin, ils manquent de volonté, ils ne mettent pas fin à leurs jours.

*

C'est ainsi qu'au bout de cette longue déambulation désespérée, j'en vins à pratiquer mon art dans la ville de Dreux, aux confins du Maine et de la Normandie. J'avais trouvé à m'y employer comme partout où je passais : la chirurgie reste un spectacle très prisé par les petites gens. J'opérais sous une tente dressée en place publique, les jours de marché, pour le compte d'un forain bonimenteur et fort en gueule. Il faisait payer les spectateurs curieux d'assister à une opération. Nous partagions la recette.

Pour moi, ce n'était ni mieux ni pire qu'ailleurs : j'avais pris pension dans une auberge pour rouliers de grand chemin ; je mangeais, je buvais, mes hallucinations et mes hantises me poursuivaient. J'étais résigné, je n'aspirais qu'à un peu de repos.

Les aléas de mon errance m'avaient ramené tout près de « chez moi ». Dreux n'est qu'à une ou deux petites lieues du bourg de Crécy-Couvé où je suis né. C'était là où j'avais grandi, où j'avais aimé pour la première fois. Au fond de ma détresse, le souvenir de cette historiette très ancienne mit un peu de baume sur mes blessures. L'attendrissement, avec beaucoup de douceur, s'en vint envahir mon âme d'ordinaire si désespérée : j'eus envie de revoir mon village, de renouer pour un moment avec ce passé à tout jamais enfui. Peut-être d'infimes traces de mes bonheurs d'enfant y survivaient-elles ?

Il y avait beau temps que je n'avais plus les moyens de louer une monture pour aller et venir. Malgré le délabrement de mon corps, je restais un bon marcheur, je m'y rendis à pied. Je me mis en route de grand matin, c'était l'été et, c'est assez rare pour que je m'en souvienne, j'avais le cœur léger.

La campagne me souriait, c'était un peu comme si elle reconnaissait un de ses fils trop prodigues s'en revenant au pays de ses pères. Les arbres, les champs, les haies et même les oiseaux semblaient me faire signe et me souhaiter la bienvenue. J'allais d'un bon pas, soulevant de temps à autre mon vieux chapeau miteux pour saluer quelque paysan que je croyais reconnaître.

L'endroit n'avait guère changé depuis que je l'avais quitté bien des années auparavant. La vie avait coulé là, immuable, année après année, comme à l'abri de toute la déraison du monde. J'allai m'asseoir sur un banc à la porte de l'église pour goûter un peu la douceur du jour. Là, j'éprouvai une sensation de paix et de tranquillité que je n'avais plus connue depuis très longtemps et, à la réflexion, peut-être même jamais.

La marche m'avait fatigué, j'étais comme un de ces vieillards qui n'ont plus d'autre occupation que d'attendre la fin sans se bercer d'illusion, mais jouissant du simple plaisir de compter encore parmi les vivants. Le soleil cuisait amicalement l'usure prématurée de mes vieux os. Je me laissais aller à somnoler un peu et à rêver : Laurette, encore petite fille, et Maüza étaient assises sur le banc à côté de moi. Elles souriaient toutes les deux. Maüza voulait parler, mais elle s'exprimait dans la langue de sa tribu, je ne comprenais pas ce qu'elle voulait me dire. C'était Laurette qui faisait la traduction : dans les rêves tout devient possible, l'invraisemblable est de rigueur, sinon, ce n'est plus un rêve. Leurs images se confondaient, elles me disaient que j'étais arrivé au bout de mon chemin : c'était un peu triste, mais très beau.

Trop beau pour durer. On me secouait comme un prunier, on me réveillait.

— Tu es chirurgien, à ce qu'on dit ?

— Oui, je le suis, répondis-je, tout prêt à défendre bec et ongles mon droit à exercer ce noble métier ainsi que l'honneur de la profession.

Je reconnaissais mon briseur de rêve, c'était un des foutriquets du duc tout poudré et parfumé. Je l'avais repéré dans l'assistance, la veille, il m'avait vu « travailler » en bras de chemise, sous ma tente foraine à Dreux. J'arrachais des dents. Mes patients, bouche béante, transpiraient à grosses gouttes et du sang coulait au coin de leurs lèvres et sur leur menton : les tourments et les souffrances d'autrui sont un spectacle toujours plaisant pour les badauds qui déambulent sur les marchés. Il me revenait que cet élégant pomponné curieux de chirurgie avait jeté, avec une négligence tout aristocratique, une pièce d'argent dans la sébile posée sur le coin de l'estrade où je me perchais pour officier. Je ne recevais pas tous les jours une belle pièce d'argent.

— Viens vite, hurlait le bellâtre pommadé, notre duc a avalé une grosse arête d'un brochet qu'il gloutonnait pour son déjeuner. Dépêche-toi, il étouffe, il va passer…

Le hasard avait voulu qu'il me croisât un peu plus tôt et qu'il me reconnût, en train de sommeiller assis sur ce banc au soleil. La suite, heureuse ou malheureuse, de nos destinées tient parfois à bien peu de choses.

Nous courûmes jusqu'au château tout proche. Je reconnaissais ce chemin si souvent parcouru dans mon enfance. Sans perdre de temps, on m'amena jusqu'au salon richement meublé où M. de Penthièvre, dépoitraillé, les yeux hors des orbites, cherchait désespérément de l'air en râlant, les bras agrippés aux accoudoirs de son fauteuil. Il était grand temps que j'arrivasse. Les courtisans et les foutriquets couraient dans tous les sens, s'interpellaient et s'invectivaient sans être capables de décider de ce qu'il convenait d'oser faire ou de ne pas faire. Les belles dames étaient en larmes et s'arrachaient les cheveux, les mignons se tordaient les mains. L'affolement s'était emparé de tout ce petit monde frisotté tout plein de sa frivolité dérisoire. Je ne pouvais pas mieux tomber. Pour une fois, la chance voulait bien me sourire.

J'enfonçai deux doigts tout au fond de la gorge ducale et provoquai un hoquet salvateur. Ce rot, si peu élégant et si peu aristocratique, me permit de me saisir avec facilité de cette arête assassine. Il n'était pas encore l'heure pour notre duc de s'en aller dans l'autre monde. Ce geste salutaire, d'une confondante simplicité, sauva le glouton de l'étouffement et mit fin à mon errance.

Le duc n'avait pas encore recouvré ses esprits, il ne m'avait pas encore remercié de lui avoir sauvé la vie que je sentis l'odeur monstrueuse de la traite envahir le salon où nous nous trouvions. J'étais arrivé au bout de mon « Grand Voyage », je n'avais plus nulle part où aller me perdre. L'horreur me poursuivait. Je décidai de faire face, il n'était plus temps de fuir.

Hiver 1760 – À l'hôpital Saint-Jean de Crécy-Couvé

Jacquet est encore entré chez moi sans frapper. S'il avait toqué à ma porte, j'en aurais été décontenancé. Aujourd'hui, mon humeur n'est pas gâtée par sa familiarité. Ces intrusions intempestives chez moi n'ont plus aucune importance. Sa joie me réconforte et fait plaisir à voir. Il brandit le paquet des feuilles que j'ai écrites hier et au cours de toute cette nuit d'insomnie. Il les a rassemblées et remises en ordre ce matin.

— Ça y est, Monsieur, vous avez enfin terminé le récit de votre « Grand Voyage », vous voilà revenu chez vous, à votre point de départ en quelque sorte.

— Oui, et j'en suis déçu. J'ai cru qu'en posant le point final à l'histoire de ma vie j'allais être un peu soulagé du fardeau de mes erreurs et de mes fautes, mais je me suis trompé, tout cet effort de mémoire n'aura servi à rien, je me sens ce matin aussi malheureux et criminel qu'hier.

— Si tout ce que vous avez gribouillé reste au fond d'un tiroir, il est certain que votre travail aura été aussi inutile qu'il est inutile de rester enfermé dans cette chambre ! Se sentir inutile rend malheureux.

— J'ai fait ce que je pouvais pour sortir de cette inutilité dont tu me rebats les oreilles, que veux-tu que je fasse de plus ?

— Il faut faire imprimer ce récit, Monsieur, et diffuser largement tout ce que vous avez eu à connaître du commerce des esclaves ! Pour qu'on connaisse tout de cet abominable trafic négrier et qu'on s'en indigne partout.

— Mais monsieur le duc ne voudra jamais ! C'est un des hommes les plus riches du royaume, il a de gros intérêts dans une banque qui place l'argent de ses déposants chez les armateurs nantais pour le faire fructifier. Rendre public ce que je viens d'écrire est impossible, notre duc en serait très fâché ! Je dois rester dans les meilleurs termes avec lui. Il pourrait me retirer ma charge, me priver de ma pension ! Qui sait, me mettre dehors ? Que deviendrai-je s'il me chasse de sa maison ?

— Je n'en sais rien ! Mais il vous faut désobéir, Monsieur ! Ne vous encombrez pas de la permission d'un duc, c'est la désobéissance qui a toujours fait avancer le monde.

— Tu as sans doute raison, Jacquet, mais je suis un homme ordinaire, domestiqué, dressé depuis toujours à l'obéissance. Je ne suis pas doué pour la révolte, j'ai toujours été résigné. J'obéis. C'est ma nature, je n'y peux rien. Il vaut mieux ne pas compter sur moi pour renverser ce monde.

— Il n'est pas possible de renverser ce monde, Monsieur, et personne ne vous l'a demandé, mais vous pouvez essayer de lui ouvrir les yeux sur ses propres incohérences. Il faut oser, Monsieur…

Jacquet se tait. Il ne dit pas que j'aurais dû désobéir et enlever Maüza sans m'occuper des règlements et des interdictions, mais il le pense si fort que son silence me bouleverse. Je sens ma gorge se serrer et je vais encore pleurer, ce qui est fort inconvenant pour un homme de mon âge.

— C'est pour Maüza que vous devez désobéir, pour qu'elle continue de vivre dans votre cœur, dans le mien et dans le cœur de ceux qui prendront le temps de vous lire.

— Ne me dis pas que toi aussi, tu es amoureux d'elle ?

— Bien sûr que si, Monsieur, et c'est votre faute : vous lui attribuez toutes les vertus, même celle de vous aimer alors que vous dites ne pas avoir mérité son amour.

— Sa mort pèse sur ma conscience plus que tous les autres crimes de la traite auxquels j'ai prêté la main.

— Il n'y a pas que Maüza envers qui vous avez des devoirs. Pensez au père Chabrier ! A-t-il demandé la permission au pape pour défendre les Nègres ? Pensez aussi à Auguste, le Nègre-éclat-de-rire qui riait de tout, même de son propre malheur pour mieux le combattre. Vous rendez-vous compte, Monsieur, de la chance que vous avez eue de rencontrer des gens comme eux ? Et vous voudriez les laisser tomber, rester là, assis sur votre derrière à attendre que la fièvre et la maladie vous emportent, sans vous battre, à barboter dans votre mélancolie, à aller faire le beau quand monsieur le duc vous sonne, à vous lamenter sur la méchanceté des hommes, à obéir et à obéir encore et toujours, sans jamais contrarier l'ordre des choses parce que c'est l'ordre des choses.

— Tu me crois capable de désobéir ?

— Sans l'ombre d'un doute, Monsieur, tout le monde le peut !

— Et si je désobéis, crois-tu qu'on va me rire au nez ?

— Cela va de soi, Monsieur.

— Qu'on va me calomnier ?

— Oui, Monsieur.

— Qu'on va me traiter de menteur ?

— Ceux que vous dérangez vont vous traiter d'affabulateur et de calomniateur.

— Crois-tu que je vais aussi me couvrir de ridicule ?

— Évidemment, Monsieur, mais le ridicule n'a jamais tué personne.

— Si je parle trop fort et trop cru, crois-tu qu'on pourrait me jeter dehors et me faire bastonner ?

— Cela ne manquera pas d'arriver une fois ou l'autre.

— Je vais devoir affronter bien des tracas et des malheurs ?

— Plus que vous n'imaginez, Monsieur.

— Penses-tu qu'au bout de toutes ces épreuves, nous réussirons à ouvrir les yeux des hommes ?

— Je suis à peu près sûr que non, Monsieur.

— Alors, pourquoi ne pas rester au fond de cette chambre à me repaître de mélancolie et de mon inutilité, comme tu dis ?

— Parce que même si vous prêchez dans le désert, au moins aurez-vous essayé, vous aurez fait votre devoir. C'est très important de faire son devoir, il y a des gens que ça suffit à rendre heureux. Vous avez trop fait pénitence : la pénitence ne sert à rien. Il est temps pour vous d'être utile, de vous battre, et sait-on jamais, d'être heureux en vous battant.

Comme toujours, Jacquet a raison. Il se peut bien qu'au fil des jours et de son incessant bavardage, il ait fini par me convaincre : pas d'être heureux, je n'y aspire plus depuis longtemps, mais de me révolter contre moi-même. Il n'est peut-être pas trop tard pour secouer cet engourdissement de l'esprit qui m'a fait accepter l'inacceptable pendant toutes ces années.

— Je suis à vos ordres, Monsieur !

— Encore un moment, Jacquet, je dois réfléchir, je ne puis me décider dans l'instant…

— Vous le devez, Monsieur. Maintenant que vous l'avez écrite, votre histoire ne vous appartient plus. Vous n'avez plus le choix, il ne fallait pas commencer…

— Tu as raison, il ne fallait pas commencer…

Voilà que les événements s'enchaînent d'eux-mêmes sans me demander mon avis. C'est sans doute qu'il y a des révoltes qu'on doit vivre ! Sans rébellion contre soi-même, sans renversement des valeurs, il n'y a pas d'allégresse, pas de désir et sans doute plus de vie possible. Le temps m'est compté, le récit de ce « Grand Voyage » est terminé : il faut agir, maintenant.

— Alors, allons-y, maître Jacquet… Je vais… Je vais désobéir. Par où allons-nous débuter ce nouveau « Grand Voyage » ?

— Je n'en sais rien encore, Monsieur ! Notre aventure ne fait que commencer, laissons-la nous emmener à son rythme… vers l'avenir.

— L'avenir est incertain ! Ceux qui se mêlent de l'imaginer se trompent toujours…

— Ce n'est pas une raison pour renoncer ! Allons-y, Monsieur ! En route pour l'incertitude…

Note brève à l'adresse du lecteur

Ce livre doit beaucoup à Christophe Prat, mon éditeur et ami, et à Annie, la compagne de mes jours. Sans eux, le doute (mon plus vieil et plus intime ennemi) m'aurait, une nouvelle fois, dissuadé d'entreprendre. Avec tact et bienveillance, ils ont accompagné la construction et la rédaction de ce roman.

Par ailleurs, il me semble utile d'apporter quelques précisions à propos du *Grand Voyage de la* Marie-Amélie. Je me garde bien de confondre le travail patient et rigoureux de l'historien avec celui, moins contraint, du romancier. Je ne prétends aucunement brosser un tableau exhaustif de ce que fut, trois siècles durant, l'horreur de l'esclavage colonial encouragé par le pouvoir royal et accompagné, si ce n'est béni, par l'Église institutionnelle ; je n'ai bâti qu'une fiction romanesque. Si j'ai eu le souci d'être au plus près de la vérité historique, mon but a été de donner à penser et à réfléchir à propos d'une abomination dont nous sommes encore aujourd'hui comptables.

La rédaction d'un roman est liée au contexte psychologique, émotionnel et esthétique qui accompagne le travail de son élaboration comme de son écriture. Ce livre n'est donc que ma très modeste contribution à la lutte contre la bêtise abyssale qui, depuis longtemps déjà, envahit l'espace public, portée par la voix de femmes et d'hommes politiques vulgaires, ignares, sans mémoire et dangereux.

L'action du *Grand Voyage de la* Marie-Amélie se situe au début des années 1740, ce qui ne tient pas qu'à l'arbitraire ou à ma fantaisie de romancier. Dans la frise du temps, ces années-là se situent juste avant la guerre de succession d'Autriche durant laquelle la France et l'Angleterre se sont fait la guerre en Europe et dans la mer des Caraïbes. La déportation des Africains vers le Nouveau Monde en sera très ralentie quelques années durant, mais elle repartira de plus belle la paix revenue, après 1750.

Et puis, en 1740 la césure est devenue totale entre les « Blancs » et les « Noirs ». À cette époque, elle structure racialement le monde colonial. Dès la fin du XVIIe siècle, une succession d'édits royaux ignominieux, avec la complicité de l'Église catholique, a restreint puis interdit toutes les formes de mixité afro-européenne.

J'ajoute qu'au cœur de ce XVIIIe siècle, personne dans la France des Lumières ne s'est encore élevé pour dénoncer les crimes de la traite négrière. Il faudra attendre les années 1775-1780 pour que les abolitionnistes commencent à donner de la voix et de la plume contre l'abjection esclavagiste.

En 1740 aussi, Buffon entame la rédaction du volume de son *Histoire naturelle* consacré à l'homme où, pour la première fois, le concept de « races » humaines est développé. Quelques années plus tard, en véritable homme des Lumières, Buffon sera un des premiers intellectuels à dénoncer l'esclavage tout en affirmant l'inégalité des « races ». Il fut donc possible, à partir de ce moment-là, d'être ouvertement « raciste » tout en défendant une certaine idée de l'homme blanc et de sa liberté.

Bien qu'ayant choisi de situer ce roman au XVIIIe siècle je n'oublie pas que l'esclavage existe toujours. Dans sa version dite « moderne » il concernerait près de trente millions de personnes dans le monde. Le crime a changé de forme et de nom, il se dissimule mais il persiste : le travail des enfants, les mariages forcés, la prostitution, la servitude perpétuelle pour dettes ou le recours aux enfants soldats ne sont que des variantes de cette horreur à laquelle, en d'autres temps, nos aïeux ont prêté la main.

Enfin, et pour terminer, en faisant dialoguer Simon Levrault avec son domestique à propos du fatalisme et de la volonté d'agir, je me suis mis dans les pas du grand Diderot, un de mes maîtres à penser et à essayer d'écrire, mais surtout, l'incarnation d'un esprit libre, ironique et savamment critique. Cheminant dans son ombre, j'avais bien conscience de n'être qu'un nain, c'est pourquoi mon Jacques devisant avec son maître est devenu le petit Jacquet à la langue si bien pendue.

Composition et mise en pages
Nord Compo à Villeneuve-d'Ascq

Imprimé en Espagne par
Liberdúplex
à Sant Llorenç d'Hortons (Barcelone)
en décembre 2020

POCKET – 92, avenue de France – 75013 Paris

—

S31269/01